LES MAINS NOIRES

Éditions Kiwi
16, rue de Lancry, 75010 Paris

Direction : Édouard Frison-Roche
Direction éditoriale : Katia Kaloun
Édition : Lucie Bernamont et Axelle Quéré
Direction artistique : Charlotte Thomas
Mise en pages : Guenièvre Suryous

Crédits photographiques :
Couverture : © CSA-Archive/iStock, © Anastasiia Zvonary/iStock

Collection LES MYSTIQUES

ISBN : 978-2-492534-40-9

LES MYSTIQUES

Coline Tournus

LES MAINS NOIRES

kiwi romans

À mes parents qui m'ont donné le monde,
à Sylvain qui m'aide à en créer d'autres.

L'enfant sans père

Je me souviens encore de cette question qu'un troubadour m'a posée, un jour, au détour d'une conversation : « Quel est le moment où tu as vraiment commencé à vivre ? » Je pense faire preuve d'autant d'auto-apitoiement que de sincérité en répondant qu'il s'agit du moment où ma petite sœur a tué ma mère.

Avant ce jour, je n'étais qu'une extension de Maman. J'avais dix ans révolus, mais toute ma vie ne tournait qu'autour d'elle : j'étais un garçonnet malingre, chétif, résolument taciturne et absolument indifférent à ce qu'était l'existence en dehors des jupes de ma mère. J'ai toujours ignoré qui était mon père sans y accorder la moindre parcelle d'intérêt.

Nous habitions dans une maisonnette isolée, non loin de la route qui séparait les villages de Joname et de Hœuf. Nos journées scécoulaient paisiblement, sans accrocs : nous effectuions ensemble les tâches quotidiennes. Nous sortions Bouli, notre chèvre, relevions les pièges, nous attaquions aux travaux de couture ou de poterie… Je ne savais ni lire ni écrire, mais j'étais capable d'écorcher une carcasse de lapin en moins de temps qu'il n'en fallait au meilleur des bouchers.

Parfois, des voyageurs venaient passer la nuit chez nous, avant de reprendre la route le lendemain matin. Tous me qualifiaient de simplet, et comment le leur reprocher ? S'il m'arrivait de poser le regard sur eux, c'était pour les fixer avec des yeux vides aux paupières tombantes.

Je détestais tellement ces visites intempestives que je disparaissais la majeure partie de la soirée et revenais tard dans la nuit, crotté de la tête aux pieds. Maman savait la région clémente et me faisait suffisamment confiance pour ne pas s'inquiéter de mes escapades. Elle était cependant toujours debout lorsque je revenais, quelle que soit l'heure, à m'attendre avec une chandelle allumée tout en effectuant de menus travaux. En me voyant, elle souriait, m'embrassait sur le front et m'intimait d'aller au lit.

Mes balades solitaires n'avaient qu'un seul et unique but, en-dehors d'échapper aux intrus : parcourir la campagne environnante en quête d'ossements. Rien ne me fascinait plus que de repérer une charogne d'animal et de l'observer sous tous les angles. J'aimais voir la vie grouiller dessus, je m'extasiais lorsqu'un animal venait y banqueter. J'y retournais chaque jour pour voir l'avancée de la putréfaction puis, quand la bête était bien nettoyée et débarrassée des derniers reliefs de chair et de muscle, je me saisissais de ses os et rentrais à la maison pour les déposer dans ma collection personnelle. Contrairement à beaucoup d'enfants de mon âge, je ne prenais aucun plaisir à être acteur du cycle et me contentais d'en être un simple spectateur.

Parfois, nous recevions la visite de Sahel. C'était un prêtre de Ly, la déesse de la Mort. Il était également un ami de longue date de Maman et la seule personne au monde que je tolérais à part elle. Il venait deux fois l'an ou pas du tout, s'installait quelques jours durant lesquels il me racontait des anecdotes tirées de ses voyages, puis il repartait. Je lui montrais parfois ma collection d'os et il me félicitait :

– Tu es un garçon sage, Qotah, disait-il de sa voix douce. Il est sage de respecter la mort ainsi. Tu es bien le fils de ta mère pour ça. N'est-ce pas, Saeli ?

Dans ces moments-là, ils semblaient tous deux partager une plaisanterie que je ne comprenais pas, mais j'étais trop fier de ses louages pour en prendre ombrage. De toute façon, Maman ne me racontait pas grand-chose sur sa vie. Je l'avais souvent interrogée sur les larges cicatrices qui striaient son corps, ou sur ses mains et ses avant-bras intégralement brûlés, mais elle me répondait simplement qu'elle avait été soldate et que la guerre était une très mauvaise chose.

Les visites de Sahel et des voyageurs étaient rares et, le reste du temps, j'avais ma mère pour moi tout seul. Nous étions tellement proches que nous ne formions qu'une seule entité. Jusqu'à mes dix ans, je n'ai pas le souvenir d'avoir été une personne à part entière, comme si j'étais toujours dans son ventre, bien au chaud et abrité du monde extérieur.

Ce fut alors qu'elle tomba enceinte.

Une fois encore, son enfant était destiné à ne pas avoir de père, mais cela ne paraissait pas la troubler. Elle rayonnait au contraire de bonheur, plus encore que quand il n'y avait que nous deux sans l'intrus dans son ventre, et j'en éprouvais une jalousie qui rongeait mon cœur d'enfant. Soudain, après tant d'années passées dans notre cocon, rien que tous les deux, voilà que je ne lui suffisais plus. Il est difficile de décrire avec des mots les affres enfantines dans lesquelles me plongeait cette prise de conscience.

Je passais de plus en plus de temps seul. Bien évidemment, la nécessité d'accomplir les tâches du quotidien ne disparaissait pas avec ma mauvaise humeur, mais je m'arrangeais pour m'éclipser le plus souvent possible. Je suppose que je voulais montrer à ma mère à quel point je lui en voulais, mais elle ne semblait pas se formaliser de mon comportement et cela m'affligeait plus encore. Son bonheur semblait la rendre aveugle à tout le reste et, même si elle continuait à m'embrasser, à me chanter des chansons ou à me traiter avec affection, elle le faisait toujours avec une certaine distance, comme si son esprit était ailleurs. Je haïssais l'enfant qui grandissait dans son ventre.

Et puis, un jour, elle changea totalement d'attitude. Ce matin-là, elle était partie voir la sorcière des bois pour lui demander si son enfant se portait bien. En revenant le soir, elle était pâle et ses lèvres tremblaient lorsqu'elle posa son regard sur moi. Je commençais par me réjouir égoïstement de voir son bonheur vis-à-vis de quelque chose qui n'était pas moi s'étioler. Mais alors, elle me prit sur ses genoux pour me serrer dans ses bras et je sentis ses larmes couler dans mon cou.

– Maman ? demandai-je d'une petite voix.

C'était la première fois que je lui parlais depuis plusieurs jours. Elle se recula et m'adressa un sourire à travers ses larmes.

– J'ai fait une bêtise, Qotah, dit-elle de sa voix un peu rauque. Une grosse bêtise.

Je l'observai, interloqué. C'était moi qui faisais des bêtises et qui me faisais gronder. Le fait qu'elle pût en commettre aussi dépassait mon entendement.

– C'est sûrement pas grave, répondis-je d'un ton mal assuré. Personne ne te grondera.

– Les choses seraient plus simples si toute personne conservait un parent pour la gronder toute sa vie, soupira-t-elle.

– Moi, je ne t'en voudrai pas, ajoutai-je sans vraiment comprendre ses propos.

Elle me lança un regard qui contenait toute la détresse du monde. Ébranlé, j'eus un mouvement de recul.

– Si, tu m'en voudras, Qotah, et tu auras bien raison. Mais je veux juste que tu saches que je n'ai jamais voulu ça pour toi. Et j'aimerais que tu me promettes que, quoi qu'il arrive, tu prendras soin de ta sœur.

Je promis, sans vraiment prendre conscience de l'ampleur de ce qu'elle me demandait. Je n'avais toujours aucune envie qu'un intrus débarque dans notre famille et me vole l'attention de ma mère, mais j'étais heureux de redevenir le centre de son intérêt.

L'hiver passa. Maman s'arrondissait chaque jour davantage et semblait avoir perdu toute joie de vivre. Parfois, elle me prenait dans ses bras sans raison et me serrait contre elle. J'aurais dû être heureux de ces démonstrations d'affections, mais son attitude m'effrayait. Quelque chose m'échappait et je ne parvenais pas à m'imaginer de quoi il pouvait s'agir. J'en venais presque à regretter l'époque où elle flottait dans sa bulle de bonheur et ignorait mes bouderies. Je me réfugiais souvent auprès de Bouli, qui m'apaisait par son indolence toute animale.

Un matin de printemps, je partis pêcher dans la rivière qui longeait le bois. Le temps s'était réchauffé depuis peu et je me réjouissais d'abandonner mes gros lainages et de pouvoir attraper les premiers poissons de la saison. Depuis quelques semaines, Maman s'enfonçait dans la morosité, n'effectuant les tâches journalières que par devoir, sans son entrain et son dynamisme habituels. Il me semblait que ceux-ci étaient comme aspirés par la créature qui grandissait dans son ventre, et je ne l'en haïssais que davantage. J'avais entendu suffisamment d'histoires de la part de troubadours de passage pour connaître les débryons, les enfants démoniaques implantés dans les ventres des mères par des démons sans cœur. Maman riait de ces légendes qu'elle qualifiait de saugrenues, mais j'y prêtais autant de foi qu'à celle du loup-garou de la forêt de Joname ou qu'à l'histoire d'Octorinambus, le nécromancien fou.

Armé de ma canne à pêche taillée dans du bois de bouleau et de mon bocal de vers de terre, j'étais décidé à lui attraper le plus beau poisson de la rivière. Dans les histoires, les remèdes se préparaient toujours avec la viande du cerf le plus majestueux de la forêt ou les cornes d'un taureau béni par les dieux. J'espérais attraper un poisson suffisamment divin pour lui cuisiner un remède qui chasserait les mauvais esprits. Je m'installais à mon emplacement préféré, abrité par le feuillage charnu des hêtres qui bordaient le rivage, sur le rocher qui faisait comme un siège, et m'armai de patience.

Au bout de quelques heures, j'avais rempli mon panier de petits poissons brillants, assez pour un bon dîner, mais rien qui semblât suffisamment féerique pour avoir des vertus magiques. Frustré, je donnais à ma canne des petits coups secs, dans l'espoir d'attirer l'attention du roi de la rivière sur mon appât juteux. J'avais appris la patience avec les années de chasse, de pêche et de travaux manuels en tout genre, mais j'étais tellement exalté par mon idée que mon tempérament flegmatique laissait place à une irritation qui ne m'était pas coutumière.

Soudain, le fil de ma canne se tendit, me faisant sursauter. Fébrile, je resserrai mes mains sur le bois et tirai sur la ligne. J'eus l'impression de soulever un rocher agité de soubresauts. L'animal résistait vigoureusement et je sentis les battements de mon cœur s'accélérer. Aucune de mes prises précédentes n'avait manifesté une telle vigueur ! Je bandai mes muscles maigrelets et, au prix d'un effort considérable, arrachai le poisson gigotant au lit de la rivière.

Je remontai la plus grosse prise que j'avais jamais vue. Pendant quelques secondes, je restai à admirer ses écailles qui brillaient comme une cotte de maille sous la lumière du soleil, tandis qu'il tressautait, agité de soubresauts. Puis, sans une once de pitié, je lui assénai un coup de bâton sur le crâne.

J'étais aux anges lorsque je repris le chemin du retour avec mon butin. Si ça n'était pas le roi de la rivière, c'en était au moins le prince ! Nul doute que le remède que j'allais concocter serait doté d'une grande puissance magique !

Ma maison semblait orange dans la lumière de fin d'après-midi. Bouli bêla pour me souhaiter la bienvenue, mais je ne m'arrêtai même pas pour la gratifier de son habituelle caresse tant j'étais excité. La porte d'entrée grinça lorsque je déboulai dans l'unique pièce que nous partagions, Maman et moi.

Je pilai net. Quelque chose n'allait pas. Maman était assise sur son lit, les mains crispés sur les draps, le visage masqué par ses cheveux qui faisaient comme une cascade claire devant ses yeux. Elle haletait de douleur. Une odeur de transpiration flottait dans la pièce.

– Maman ? demandai-je timidement, la main serrée sur mon panier de poissons.

En m'entendant, elle redressa brusquement la tête pour me regarder. Elle pleurait.

– Qotah, appela-t-elle d'une voix brisée. Je ne suis pas prête… je ne veux pas…

Pendant un instant de pure terreur, je crus qu'elle allait s'effondrer. Mais elle rejeta la tête en arrière, prit une énorme inspiration qui fit frissonner son corps entier, et son visage retrouva un semblant de calme.

– Qotah, peux-tu m'apporter du linge humide, s'il te plaît ?

Je m'exécutai, dans un état second. Je me saisis du large torchon que nous avions fabriqué nous-mêmes à partir du produit de notre chasse, le passai dans la cuve remplie d'eau fraîche et revins l'apporter à Maman, sans un mot. Elle s'en saisit d'un geste presque sec, mais loin de se l'appliquer, elle le posa à côté d'elle et me prit dans ses bras. Elle me serra avec une force effrayante.

– Je ne voulais pas ça pour toi. Il faut que tu me croies.

Je gardai le silence mais lui rendis son étreinte. Je l'entendis déglutir, comme si elle s'apprêtait à faire quelque chose d'immensément difficile.

– Il va falloir que tu ailles dehors, reprit-elle. Tu n'as pas à assister à ça. Occupe-toi de Bouli. Ne rentre qu'en cas de danger. Et…

Le courage sembla lui manquer. Elle se tut et resserra son étreinte.

– Elle s'appellera Maelys, finit-elle par murmurer. Elle sera forte, et vous vous aimerez plus que tout au monde.

J'aurais aimé lui rétorquer que mon monde, c'était elle, et que je ne voyais pas comment quelque chose pourrait avoir plus d'importance à mes yeux, mais je ne parvenais pas à prononcer le moindre mot.

– Je t'aime, Qotah. Je t'aimerai toujours.

– Moi aussi, Maman, dis-je tout doucement.

Elle me lâcha et me tourna instantanément le dos, comme si elle refusait de me regarder. Blessé et perdu, j'obéis à son ordre et tournai sagement les talons. Je ressortis dans l'atmosphère boisée de la soirée. Je me rendis alors compte que je n'avais pas lâché mes poissons.

Je laissai tomber mon panier au sol, peu concerné par ce qu'il contenait à présent, et allai me réfugier auprès de Bouli. La petite chèvre frotta sa tête contre mon dos et s'allongea à mes côtés. Sa chaleur pulsait contre ma peau, et pourtant je me sentais glacé.

Le temps passa, la lumière déclina. J'attendais. Jamais je n'avais ressenti une telle solitude. J'observai ma douleur et la trouvai comparable à un rat qui aurait creusé à l'intérieur de moi un trou dont les dimensions ne cessaient de croître.

La nuit finit par complètement tomber. Bouli ronflait doucement à côté de moi, sa respiration avait quelque chose d'apaisant. L'air était doux malgré l'absence de soleil, mais je me sentais engourdi comme au cœur du plus rude des hivers.

Soudain, un cri retentit à l'intérieur de la maison.

Je bondis sur mes pieds, le cœur battant la chamade, et me précipitai vers la porte, bousculant Bouli qui m'adressa un bêlement de protestation. Je l'ouvris à la volée, haletant, et pénétrai de nouveau dans la maisonnette.

Aucune lampe n'avait été allumée dans la pièce, que seule éclairait la lumière de la lune qui filtrait par la fenêtre et la porte largement ouverte. Une odeur lourde y flottait. J'eus un moment d'hésitation, mais le hurlement reprit de plus belle, strident, insistant. Tout en sachant pertinemment que j'aurais aimé ne jamais voir ce que je m'apprêtais à découvrir, je m'avançai vers le lit.

La première chose que je vis, ce fut que ma mère était nue, allongée dans un méli-mélo de draps éclaboussés de sang. La deuxième, ce fut qu'elle était morte.

Un petit être s'agitait en hurlant auprès d'elle. Apparemment, elle avait eu assez de force pour tirer le nourrisson à elle, mais pas suffisamment pour le prendre complètement dans ses bras. Sa main reposait à quelques centimètres du bras minuscule du nouveau-né. Celui-ci pleurait avec force en serrant ses petits poings, les yeux étroitement fermés, les cheveux collés au crâne par une matière gluante.

J'observai longuement la scène sans bouger un muscle. Au bout de ce qui aurait pu être des heures, je m'approchai du lit à pas lents. L'enfant avait arrêté de crier, mais il continuait à émettre des petits bruits plaintifs. D'un geste mécanique, je m'assis sur le matelas, repoussai le bébé sur le côté et saisis la main de ma mère dans la mienne. Puis je m'allongeai à ses côtés et fermai les yeux. À cet instant, j'aurais tout donné pour m'endormir avec elle et ne plus jamais me réveiller.

Le nouveau-né se remit à crier. Je l'ignorai, songeant vaguement qu'il finirait par se taire, mais ses pleurs gagnèrent au contraire en force. À un moment, il poussa un cri plus strident que les autres. Et Maman bougea.

Je sursautai si fort que l'enfant faillit être éjectée du lit, et sautai sur mes pieds, les yeux écarquillés. Maman se redressait avec lenteur, comme un somnambule ou l'un de ces hommes envoûtés qu'on évoquait dans les histoires de magiciens maléfiques. Elle ne m'adressa pas un regard, mais je vis ses yeux : ils étaient vides de vie. Sous mon regard effaré, le corps de ma mère s'assit sur le lit et ses mains ensanglantées se tendirent en direction du nouveau-né. Elle s'en saisit et le porta à son torse pour le bercer de manière horriblement mécanique. Son regard était tourné vers le vide. Elle était toujours morte.

À l'instant où sa peau toucha celle de ma mère, l'enfant cessa de crier et, avec un grand soupir, se blottit contre son sein.

Je ne sais combien de temps je restai pétrifié à contempler cette scène qui semblait tirée des contes les plus noirs. Tout ce que je sais, c'est que l'aube pointait lorsque je m'avançai finalement de nouveau. Je pris délicatement le nouveau-né et l'enlevai à l'étreinte morbide de celle qui avait été ma mère. Celle-ci ne m'opposa aucune résistance et, sitôt que l'enfant fut installée contre ma poitrine, s'allongea et ferma les yeux, retombant dans son immobilité éternelle.

J'observai l'être que je tenais dans mes bras, ma petite sœur. Maelys. Elle gazouillait à mi-voix, repoussante de crasse et la peau toute plissée. J'ignorais comment m'y prendre avec un aussi petit enfant, tout comme j'ignorais ce que je ressentais pour elle à cet instant. Tout ce que je savais, c'était que je ne voulais plus jamais voir bouger le cadavre de Maman.

À petits pas précautionneux, je me dirigeai vers la cuve d'eau. Elle était probablement trop froide pour l'enfant, mais je n'avais rien d'autre à disposition et je ne me sentais pas le courage d'allumer un feu. D'un geste maladroit, je la plongeai presque brutalement dans la cuve. Elle se mit à geindre et l'eau se teinta immédiatement d'une couleur rougeâtre, mais quand je l'en extirpai pour l'enrouler dans une serviette propre, elle avait bien meilleur aspect. Je la frottai sans conviction, plus par sens du devoir que par réelle volonté de bien faire, puis me saisis d'une cruche qui contenait le lait chaud de Bouli, que j'avais traite le matin même, et entrepris de la nourrir.

Le soleil de la matinée se déversait à flot dans la maison lorsque je m'en extirpai finalement, tenant dans mes bras ma petite sœur qui dormait à poings fermés. Je fermai consciencieusement la porte derrière moi et restai un instant à observer les alentours : la route cahoteuse qui disparaissait derrière une colline au loin, le bosquet dans lequel j'avais passé tant d'heures à jouer qui frémissait derrière la maison, la rivière qui scintillait dans la prairie ; un paysage qui m'était aussi familier que mon propre corps, mais qui aujourd'hui me semblait onirique et sans vie, comme une fresque figée dans la peinture.

Bouli finit par me repérer et trottina jusqu'à moi. Arrivée à mon niveau, elle marqua un temps d'arrêt, puis avança le cou avec circonspection pour humer l'être que je tenais dans mes bras. Elle sembla satisfaite de son inspection, puisqu'elle frotta sa tête contre moi. J'effleurai son échine d'une caresse sans trop y penser. Je tombais de fatigue, mais il était inconcevable pour moi de dormir dans la pièce où gisait ma mère. Alors, suivi par Bouli, je m'installai dans l'étable où elle avait ses quartiers. Je déposai l'enfant dans un creux de la paille et m'allongeai à ses côté, recroquevillé autour d'elle. Je crois que je m'endormis instantanément.

Je n'eus pas réellement l'impression de vivre les journées qui suivirent. Je flottais au-dessus de l'existence, déconnecté de la réalité, comme si mon corps avait pris la relève et que mon esprit s'était tapi dans un coin de mon crâne pour hiberner.

J'avais surmonté ma terreur le temps d'une incursion dans la maison pour y récupérer les outils dont j'avais besoin et n'y étais plus jamais entré. Je trayais Bouli pour nourrir ma petite sœur et posais des collets pour me sustenter moi-même ; à cette époque de l'année, nos réserves étaient épuisées, dévorées pendant l'hiver. Je ne mangeais jamais complètement à ma faim et je pense que l'enfant non plus, mais il m'était impossible de faire mieux. Je n'en avais de toute façon ni l'envie ni la volonté.

J'emmenais ma petite sœur partout où j'allais. Elle faisait preuve d'un tempérament très accommodant et passait bien plus de temps à gazouiller et à me sourire qu'à pleurer, même quand je la trimballais sur des sentiers cahoteux qui faisaient balancer sa tête de droite à gauche. Pour ma part, je m'appliquais à l'ignorer et la soignais comme s'il s'était agi d'une plante qu'il m'était interdit de laisser mourir.

La nuit, nous nous pelotonnions dans la paille avec la petite chèvre, et la chaleur de nos corps faisait obstacle au froid qui s'infiltrait du dehors. Je regrettais parfois que ce fût inefficace pour le froid qui sévissait à l'intérieur de moi.

Je perdis vite le compte des jours. La seule chose que je savais, c'était que je maigrissais et que, malgré les efforts que j'y mettais, la santé de ma petite sœur se dégradait. Un garçonnet de dix ans endeuillé n'est pas la meilleure personne pour s'occuper d'un nouveau-né. Pourtant, je m'y efforçais. Je ne savais pas vraiment pourquoi. Sans doute parce qu'il s'agissait de la dernière chose qu'il me restait à faire en ce monde.

Nous aurions très certainement fini par mourir si, un beau jour, Sahel n'était pas apparu au bout de la route. J'étais concentré sur le découpage d'un lapin que je venais d'attraper. C'était le premier en trois jours et mon ventre gargouillait violemment tandis que je m'appliquais à insérer mon couteau convenablement sous sa peau. L'enfant était posée juste à côté de moi dans l'herbe, suffisamment loin pour que les éclaboussures de sang ne la touchent pas, mais assez proche pour que je puisse la surveiller du coin de l'œil. Elle gigotait vaguement et s'amusait à tirer les poils de Bouli, qui s'était allongée contre elle, en poussant un cri de ravissement à chaque fois que la petite chèvre s'ébrouait d'agacement. Parfois, un de ses cris effarouchait les oiseaux posés sur le hêtre le plus proche.

Ce fut lors d'un des coups d'œil machinaux que je lui jetais que j'aperçus la silhouette au loin. Surpris, je posai la carcasse au sol et serrai la main sur mon couteau en redressant la tête pour tenter d'identifier la personne qui s'avançait en solitaire sur la route. Il fallut quelques minutes pour que je reconnaisse la démarche et les robes noires et blanches de Sahel à côté de son âne. Je ne me relevai pas et me contentai de le fixer tandis qu'il s'avançait vers nous.

Il m'adressa un signe de main bien avant d'être arrivé à ma hauteur ; le foisonnement d'herbe grasse et le corps de Bouli cachaient l'enfant à sa vue. Voyant que je ne répondais pas à son salut, il me héla depuis la route :

– Eh bien, Qotah, on ne reconnaît plus les vieux amis ? Ma parole, qu'est-ce que tu as grandi ! Qu'est-ce que tu fais là ? Ta mère t'a envoyé préparer le repas ?

À cet instant, ma petite sœur poussa un cri et se mit à pleurer, comme font les bébés quand ils ont faim. Sahel sursauta et baissa le regard sur le petit tas de chiffons qui gigotait contre le flanc de la chèvre, les yeux écarquillés. Un moment, il resta silencieux, puis il leva vers moi des yeux hagards et demanda d'une voix blanche :

– Qotah… Où est Saeli ?

Je me bornai à secouer la tête. L'enfant pleurait toujours, mais je n'avais rien à lui donner. Bouli n'avait presque plus de lait et la cuve était vide depuis plusieurs jours.

– Par les dieux, souffla Sahel qui, sans que je sache comment, semblait prendre conscience de lui-même de la situation. Elle a…

Sans finir sa phrase, il partit à grandes foulées en direction de la maison. Je me redressai, pris mon lapin sous un bras, ma petite sœur dans l'autre, et le suivis. Il alla tout droit à la porte et entra sans autre forme de procès, en repoussant le battant avec brusquerie. Je m'arrêtai un peu avant le seuil ; jamais, au grand jamais, je n'entrerais de nouveau dans cette maison. De l'extérieur, je l'entendis pousser une exclamation étouffée, puis je perçus le bruit lourd de ses bottes sur le plancher tandis qu'il s'approchait du corps qui avait été son amie.

Incapable de faire un pas de plus, je déposai dans l'herbe le nouveau-né qui pleurait toujours, m'accroupis et repris mon dépeçage où je l'avais arrêté. J'avais très faim et Sahel ne m'avait rien proposé à manger. Je n'avais rien de mieux à faire.

Sahel ressortit peu de temps après. Il marchait lentement à présent, comme un homme complètement sonné qui avance à pas précautionneux. Il baissa les yeux vers moi pour la deuxième fois, et je compris ce qu'il vit : un garçonnet chétif, le teint tanné par le soleil mais les yeux profondément enfoncés dans leurs orbites, crasseux comme un porc. Un garçonnet qu'il avait toujours connu plein de vie et qui n'était plus qu'une ombre silencieuse. Un garçonnet qui avait toujours été une extension de son amie et qui existait à présent par lui-même.

Son regard s'égara sur la petite. Il était impossible pour moi de déceler précisément les émotions qui faisaient rage en lui, mais elles devaient être aussi conflictuelles que les miennes. Au bout d'un moment, il s'approcha et s'accroupit à côté de moi.

– Ça fait combien de temps ? demanda-t-il à mi-voix.

Je haussai les épaules. Cela avait-il vraiment de l'importance ?

– Personne n'est passé par ici depuis ?

Je secouai la tête. Si quelqu'un était passé sur la route, c'était sans que je le voie et sans s'arrêter. Sahel resta un long moment silencieux.

– Que vais-je faire de toi ? finit-il par murmurer.

À cela je ne savais que répondre, aussi me contentai-je de le fixer. Il sembla en prise avec lui-même pendant un moment, puis son regard devint déterminé.

– Depuis combien de temps le petit n'a-t-il pas mangé ? demanda-t-il avec une certaine brusquerie.

– C'est une fille.

Je n'avais pas parlé depuis bien longtemps. Ma voix était rauque et cassée, et elle me parut provenir d'ailleurs que de ma gorge. Sahel eut un geste agacé de la main.

– Peu importe. Il faut qu'elle mange pour survivre au voyage. Et toi aussi.

– Quel voyage ?

– Vous ne pouvez pas rester là. Je vais vous emmener.

– C'est chez moi, ici.

– Plus maintenant.

Avec de grands mouvements décidés, il attira son large sac de voyage à lui et en sortit de la viande, du fromage et une gourde de lait.

– Ça, c'est pour toi, dit-il d'un ton bourru en me fourrant les victuailles dans les mains. Et ça, c'est pour elle. Mangez vite, nous avons une longue route.

Je pris alors conscience que la situation ne lui plaisait pas du tout : il aurait aimé prendre ses cliques et ses claques et partir sans se retourner, sans avoir à s'encombrer de ces deux gamins à qui il ne devait rien. Docilement, j'enfournai la nourriture dans ma bouche et faillis défaillir tant c'était bon. Puis, essuyant d'un revers de manche les reliefs que mon repas avait laissés sur mes joues, je pris ma petite sœur dans mes bras et lui donnai le lait. Elle s'arrêta de pleurer et se mit à téter avec ardeur, sous le regard fasciné et répugné de Sahel.

Après cela, il entra à nouveau dans la maison tandis que je berçais le nouveau-né, qui s'était endormi dans mes bras.

– Va t'occuper de Bianca ! me cria-t-il à travers la porte.

Bianca, c'était son âne. Je m'exécutai. Elle n'avait pas vraiment besoin d'aide et je compris rapidement qu'il avait simplement voulu m'éloigner des abords de la maison, ce qui me convenait parfaitement. Installant de nouveau ma petite sœur contre Bouli, qui n'avait pas bougé et considérait Bianca avec circonspection, j'entrepris de me mettre en quête d'insectes. On n'avait jamais trop d'appâts en cette saison, et le poisson était une valeur sûre pour peu qu'on fût doté de patience.

Sahel revint longtemps après. Je m'étais assoupi aux côtés de mes silencieuses compagnes et le craquement de ses bottes me tira du sommeil en sursaut. Il avait l'air sombre et ses mains étaient maculées de terre jusqu'aux coudes. Je n'avais pas besoin d'explication pour comprendre ce qui s'était passé. Une épaisse fumée commençait à s'élever du côté de la maison.

– C'est fini, dit-il d'un ton las quand il fut arrivé à ma hauteur. Elle repose en paix à présent. Et vous, vous êtes partis pour votre nouvelle existence.

J'acquiesçais, sans être bien sûr de ce que j'étais censé ressentir. Tout ce que j'avais à présent, c'était une chèvre, une petite sœur et un grand trou à l'intérieur du corps. Piètre manière de commencer une nouvelle existence. Je tins cependant ma langue et pris de nouveau l'enfant dans mes bras. Elle s'était réveillée et regardait Sahel avec curiosité.

– Allez, mon garçon, fit celui-ci dans un soupir, allons-y.

Et nous quittâmes l'endroit sans nous retourner.

Les orphelins de Joname

Nous arrivâmes à Joname au quatrième jour de trajet. Jamais je ne m'étais autant éloigné de chez moi et j'observais avec curiosité le monde s'étendre sans fin au rythme du pas de Bianca, sur le dos de laquelle j'étais installé avec l'enfant. Au fur et à mesure de notre voyage, les forêts et les plaines sauvages se remplissaient de petites maisons et de champs de plus en plus larges. Nous croisions des paysans qui s'adressaient toujours à nous avec respect – Sahel était connu par ici.

Seuls les croassements des corbeaux nous souhaitèrent la bienvenue lorsque nous nous engageâmes sur la route du village, un matin brumeux. Les sabots de Bianca et Bouli claquèrent sur les quelques dalles de pierre qui parsemaient la route simple mais bien entretenue. Les oiseaux noirs se regroupaient autour d'un grand nichoir planté juste à l'entrée du village, sous lequel pendaient des cages qui contenaient des restes de cadavres d'animaux en putréfaction. L'odeur était suffocante, mais je ne pus m'empêcher d'observer la scène avec fascination.

– Ceci est un monument en l'honneur de Ly, m'expliqua Sahel à mi-voix. La plupart des villages en ont un. L'avantage de cette déesse, c'est qu'elle n'a pas besoin de grand-chose pour être satisfaite. Celui de Joname est cependant un des plus voyants que j'aie rencontrés. Généralement, les cités les cachent.

– Pourquoi ont-ils quelque chose d'aussi voyant ? demandai-je.

– Le taux de mortalité est élevé, ici, répondit Sahel avec gravité. On raconte qu'un loup-garou nommé Saebor hante la forêt de Joname avec sa meute. Ce genre de chose pousse les habitants d'une cité à préférer un dieu à un autre, même s'il est de meilleur ton de ne pas trop afficher ses croyances macabres.

– Tu dois être apprécié ici, non ?

– J'ai mes habitudes, oui. Un prêtre itinérant apporte toujours une dose d'exotisme. Mais la ville a son propre temple et son propre prêtre. Vous allez bientôt le rencontrer, d'ailleurs.

Je baissai les yeux sur l'enfant qui gazouillait dans mes bras. Sahel s'exprimait toujours comme s'il nous parlait à tous les deux en nous plaçant au même niveau, alors que j'avais pour ma part du mal à percevoir le moindre signe d'intelligence dans cette minuscule créature qui ne faisait que manger et pleurer.

Le temple n'avait rien de commun avec la description qu'on en faisait dans les contes. En fait de colonnes majestueuses, de statues imposantes ou de dorures immodérées, il n'y avait qu'une simple bâtisse en pierre grossièrement taillée, entourée d'un petit jardin à l'air fatigué. Le temple restait plus impressionnant que les maisons de chaume qui l'entouraient et infiniment plus que la cabane dans laquelle j'avais vécu, mais je ne pus m'empêcher d'éprouver une pointe de déception. Curieusement, des choses comme celles-ci pouvaient encore me toucher après ce que j'avais vécu.

Sans une hésitation, Sahel s'avança dans le jardin, attacha les deux bêtes à un anneau et frappa plusieurs fois à la porte. Après quelques instants, celle-ci s'ouvrit sur un homme. Je l'observai sans me cacher. Ses cheveux blonds et ses yeux clairs lui octroyaient une apparente jeunesse que démentaient ses mouvements prudents, son nez crochu et son regard attentif. Ces éléments rendaient son âge difficile à évaluer, mais je ne lui donnai pas plus de trente-cinq ans.

– Sahel ! s'exclama l'homme en ouvrant largement la porte. Quelle surprise de te voir ici. Ta dernière visite remonte à quoi, deux ans ?

Ses yeux se posèrent sur moi et sur l'enfant que je tenais dans mes bras.

– Qui est-ce ? demanda-t-il avec une curiosité franche.

– Les enfants d'une amie chère à moi, qui vivait non loin d'ici.

– Ah oui, la Dame de la Route. J'en ai entendu parler.

– Elle est morte.

Il était évident, même pour un enfant comme moi, que ces mots avaient une sonorité particulière dans une discussion entre prêtres de la mort. Je préférai me concentrer sur ce mystère plutôt que sur le premier plan de ce dont ils parlaient. Une boule commençait à enfler dans ma gorge.

L'homme auquel parlait Sahel eut l'air sincèrement triste.

– Notre foi n'enlève en rien la douleur de perdre quelqu'un aussi brutalement. Mais je suis heureux qu'elle ait pu compter sur toi pour les derniers sacrements. Que son corps soit le tombeau de son âme.

– Et qu'elle y demeure à jamais, compléta Sahel selon l'antique formule dédiée aux morts. Oui… C'est une bonne chose…

Il avait l'air soudain plus mortifié que jamais. L'homme mit cet accès de faiblesse sur le compte d'une brusque tristesse et s'avança pour lui serrer l'épaule de sa main maigre.

– Du courage, compagnon, dit-il avec une franchise abrupte. Ce genre d'épreuve fait partie de notre parcours.

Je sentis malgré moi un flot bouillant se déverser dans mon ventre. Maman n'était pas une épreuve. C'était ma mère, elle était morte, et tout ça à cause de…

Je baissai les yeux sur ma petite sœur, qui s'agitait dans mes bras pour essayer d'attraper ma manche de ses petites mains. Sous le poids de mon regard, elle tourna la tête vers moi et me fixa de ses yeux terriblement bleus qui, accompagnés de ses joues rebondies et de sa bouche entrouverte, lui conféraient un air toujours ahuri. Pour la première fois de ma vie, je me sentis alors comme frappé par une révélation, comme si quelque chose de plus grand que moi venait de me souffler une vérité qui m'échappait depuis des semaines : elle n'était pas responsable. Elle était innocente du malheur qui m'accablait. Ma petite sœur. Maelys.

Un sanglot m'échappa, si discret qu'aucun des deux adultes ne l'entendit, plongés qu'ils étaient dans les échanges propres à leur ordre. Les larmes ruisselèrent de mes joues, et je me mis à trembler de manière imperceptible. J'avais brusquement l'impression de revivre après des semaines de brouillard, et cela n'avait rien d'agréable.

– Que comptes-tu faire d'eux ? demandait l'homme à Sahel, inconscient des tourments qui m'agitaient.

– C'est pour ça que je suis ici, Swen. Je suis venu te les confier.

– Me les… pardon ? As-tu perdu la tête ?

– Que puis-je faire ? Les laisser là-bas ? Quand je suis arrivé, ils étaient déjà à moitié morts de faim. Ils n'auraient pas tenu une semaine supplémentaire.

– Tu pourrais les prendre…

– Les emmener avec moi ? Crapahuter sur les routes avec un nouveau-né ? Soyons sérieux, c'est impossible. Le trajet jusqu'ici a été suffisamment dur comme ça.

– Mais… pourquoi moi ?

– Tu as une dette envers moi, assena Sahel avec brusquerie. Je suis venu te donner l'occasion de la régler.

– Enfin, Sahel, un temple n'est pas un endroit adéquat pour élever des enfants… Je n'ai rien d'un père.

– Je ne te demande pas d'être leur père ni de les élever. Je te demande simplement de leur permettre de survivre. Pour le reste, fais-en ce que tu veux. Le garçonnet est chétif, mais il est adroit. Il pourra te rendre un bon nombre de services.

– Mais où les logerai-je ?

– C'est ton temple, pas le mien. À toi de leur trouver un coin pour dormir.

Les voix me parvenaient de très loin. Noyé dans mon chagrin, je m'étais assis par terre et je berçais Maelys, le visage trempé de larmes. Mon avenir était en train de se jouer dans cette discussion, mais je m'en moquais. Pour la première fois depuis que la mort avait frappé chez moi, je pleurais ma vie d'avant, mon insouciance et ma maman disparue. La voix de Sahel me parvint.

– Qotah ?

Je perçus un mouvement de surprise de sa part lorsqu'il se rendit compte que j'étais par terre en train de sangloter. Il semblait avoir oublié, le temps d'un voyage, que j'étais un jeune garçon qui avait perdu sa mère et qu'on allait confier à un inconnu.

– Ne pleure pas, Qotah, voyons, fit-il avec maladresse. Swen va s'occuper de toi.

– Il vaudrait mieux que je vous montre l'intérieur tout de suite, intervint Swen avec sécheresse.

Sahel choisit d'ignorer l'évident mécontentement de son collègue et me tapota l'épaule avec un paternalisme gêné.

– Vous allez être bien ici, dit-il. Swen va prendre soin de vous.

Je ne répondis pas mais, sans cesser mes pleurs, je serrai Maelys plus fort que jamais et me redressai sur mes pieds. Le silence plana quelques instants.

– Adieu, Qotah, finit par dire Sahel. Occupe-toi bien de ta petite sœur.

Et ce fut tout. Il détacha Bianca de son anneau, adressa un signe à Swen, tourna les talons et disparut derrière le muret du jardin. Le dernier morceau de ce qu'avait été ma vie, enfui à son tour.

Swen baissa les yeux sur moi. Son visage était un mélange conflictuel de pitié, de gêne et de colère mais, quand il posa sa main sur mon épaule, son soupir n'exprimait qu'une profonde résignation.

– Allez, suivez-moi, dit-il de la voix que j'utilisais pour m'adresser à de jeunes animaux. Vous avez besoin d'un peu de calme, vous êtes épuisés.

– Et ma chèvre ? m'entendis-je demander dans un sanglot.

– Je vais la mettre avec mon cheval. Elle ne manquera de rien.

Après quoi je cédai docilement à la pression de sa main et le suivis à l'intérieur du temple. Noyé dans mon chagrin, je ne distinguais rien de ce qui m'entourait et me contentais de fixer mes pieds qui avançaient mécaniquement sur les dalles irrégulières. Mes larmes s'écrasaient sur le crâne de Maelys qui, elle, observait les alentours avec curiosité ; je voyais ses yeux bleus s'ouvrir en grand sur cet environnement nouveau.

Swen nous mena à ce qui semblait être un spacieux débarras qui sentait le renfermé. L'endroit était sombre et encombré d'objets qui faisaient comme des silhouettes de gargouilles dans la pénombre. Le prêtre entreprit de fouiller dans l'amoncellement, dont il tira deux paillasses d'aspect miteux.

– Ce sont les dons que les Jonamiens font au temple pour les pauvres, les vieillards et les mourants.

Il se tut brusquement, visiblement confus à l'idée de parler à un nouveau-né et à un garçonnet en pleurs. Ce fut dans le silence qu'il libéra un peu d'espace et qu'il y étendit les paillasses.

– Dormez, dit-il d'un ton bourru. Vous en avez besoin.

Je m'agenouillai sur le lit de fortune, y déposai Maelys avec délicatesse et m'allongeais contre elle, toujours secoué de sanglots incontrôlables. Un instant, je sentis Swen hésiter, comme s'il allait dire quelque chose ou simplement rester avec nous. Mais, au bout d'un moment, le claquement de la porte qui se refermait sur lui retentit dans la pièce.

Seul, au calme et en sécurité pour la première fois depuis des semaines, je m'abîmai dans un sommeil empreint de détresse.

***

C'est ainsi que démarra ma nouvelle vie, loin de tout ce que j'avais connu, avec pour tuteur un prêtre qui n'avait jamais demandé à nous voir vivre chez lui, un enfant à charge et l'affection d'une petite chèvre.

Les jours suivant, j'errai dans le temple sans oser franchir la barrière du jardin qui le cerclait. Je me sentais hagard, apathique. Ma curiosité avait fui et je ne ressentais aucune envie d'explorer cet environnement nouveau.

Swen semblait ne pas savoir quoi faire de nous et s'appliquait la plupart du temps à nous éviter, tout en s'assurant que nous ne manquions de rien en termes de nourriture. Cela me convenait parfaitement, car j'avais besoin de solitude. Je pris l'habitude de passer mes journées avec Maelys dans un creux du mur au fond du jardin, sous une statue difforme représentant la déesse Ly, dont l'ombre nous couvrait d'un manteau rassurant. Les jours de pluie, je m'enfonçais dans la crypte du temple, en compagnie des tombeaux aux occupants inconnus et du vent fantôme qui sifflait entre les murs de pierre.

Petit à petit, les habitants de Joname prirent conscience de la présence de deux orphelins inconnus dans leur temple. Je croisai Gorgon, le meunier du village, un matin où je m'apprêtais à me glisser derrière la statue – il tenta de m'interpeller, mais je filai sans qu'il ait le temps de s'approcher. Quelques jours plus tard, je rencontrai une chasseuse au sein du temple, en allant chercher du lait pour Maelys. Elle me dit s'appeler Astase et tenta de me soutirer des informations. Je répondis par monosyllabes et disparus aussi vite que je le pus.

J'évitais les Jonamiens, mais les rumeurs commençaient à courir et, bientôt, le village entier était au courant de notre présence. Certains curieux vinrent le vérifier de leurs yeux ; d'autres déposèrent des miches de pain, des fruits et des vêtements auprès de la statue du jardin. Je les découvrais au matin et, une fois la surprise passée, emportai tout dans le débarras dans lequel nous dormions. J'interrogeai Swen à ce propos un soir où nous soupions tous les trois :

– Pourquoi les gens nous donnent-ils toutes ces choses ?

Le prêtre tressaillit et tourna vers moi un regard étonné. Je réalisai alors que ce devait être la première fois que je lui adressais la parole depuis la première nuit que nous avions passé dans le temple, quelques semaines plus tôt. Il ne se démonta cependant pas et, après s'être gratté derrière l'oreille comme il le faisait souvent, me répondit :

– Certains aimeraient se faire bien voir de Ly. Ils savent que les orphelins sont sous Sa protection et le fait que vous habitiez dans Son temple titille leurs croyances. D'autres sont simplement compatissants. Le vieux Albor a eu cinq enfants dans sa vie, tous morts désormais. C'est sûrement lui qui a déposé ces vêtements d'enfants hier.

Je fus étonné qu'il sache ce que j'avais trouvé la veille. Je pensais être le seul à voir ces cadeaux mais, de toute évidence, Swen était plus informé de ce qui se passait autour de son temple que je le pensais.

– J'espère que les fripes seront à la bonne taille pour la petite, ajouta-t-il après un temps, car je n'ai rien à te proposer pour elle.

En effet, Maelys grandissait. Lentement, mais d'une manière que je ne pouvais ignorer. Délaissant petit à petit ma gangue de chagrin, je me mis à me consacrer à son bien-être, sans même m'en rendre compte. Je jetai les chiffons puants dans lesquels je l'avais emmitouflée et la vêtis des robes miniatures qu'on m'avait offertes. De protecteur muet, je me changeai en professeur de tout instant, expliquant du mieux que je pouvais chaque éléments vers lequel elle agitait la main. D'apathique, je devins un compagnon de jeu : j'apprenais à chérir les instants où elle rampait dans l'herbe en riant ou les sourires qu'elle m'adressait.

Les semaines passaient. Un matin, je m'aventurai en-dehors du jardin. Je rôdai dans la brume grise du village encore endormi, découvrant les rues pleines de poussière et les maisons de pierre grossière, et le village me semblait être une de ces immenses cités dont ma mère me chantait les gloires et les décadences. Au fil de mes pérégrinations, je pris de l'assurance et finis par sortir en journée, Maelys toujours accrochée à mon torse comme un petit animal. Les habitants parurent surpris de me voir arpenter leurs rues, mais les seuls qui osèrent interagir avec moi se contentèrent de me saluer ou de m'offrir des pommes. Bientôt, ma sœur et moi fîmes partie du paysage au même titre que Bobo, le chien errant qui mendiait près du pavillon de chasse et auquel on jetait les restes dont personne ne voulait.

Un jour où je vagabondais dans les rues, désœuvré, Astase émergea du pavillon et, en me voyant, me héla de sa voix de tonnerre :

– Hé, petit ! Viens un peu par là.

Inquiet, je restai un instant sans oser bouger, mais son attitude n'avait rien de menaçant, alors je finis par m'exécuter à petits pas timides.

– Swen m'a dit que tu te débrouillais en écorchage ! s'exclama-t-elle quand je fus arrivé à sa hauteur. Ça te dirait de nous filer un coup de main ? On a ramené un gros cerf ce matin et il y a du boulot ! Évidemment, tu seras payé pour ta peine.

Éberlué, j'acquiesçai sans trop y penser et, sans trop comprendre comment j'étais arrivé là, me retrouvai agenouillé près du cadavre d'une bête immense, muni du plus gros couteau que j'eusse vu de ma vie. Maelys avait été déposée dans un petit parc de fortune non loin, composé de bûches infranchissables et d'un moelleux tapis de fourrure de loup.

Très vite, mes réflexes me revinrent, et je m'acquittai de ma tâche avec un certain plaisir. Les mains dans le sang et les boyaux, je m'abîmai dans le travail avec un abandon que je n'avais pas connu depuis bien longtemps. Astase et son apprenti, Cinus, s'activaient de leur côté et, en quelques heures, le cerf fut entièrement dépecé. La chasseuse me complimenta et me remit un paquet de viande salée, ainsi qu'une petite sculpture en bois qu'elle avait fait elle-même. « Pour la p'tite », me dit-elle avec un sourire. Cinus se contenta de me fixer avec des yeux ronds. Je partis sans demander mon reste, fier comme un coq, et donnai la viande à Swen. Ma bonne humeur devait être communicative, car il nous confectionna un festin ce soir-là, et je le vis enjoué pour la première fois de ma vie.

Après cet épisode, il devint courant que les habitants me réquisitionnent pour des petits travaux manuels moyennant récompense. Mowa, la potière, m'apprit à faire de larges pots pour contenir des provisions et me permit d'utiliser son four pour m'en confectionner un à moi ; Sibur, le mari de la vachère, me confia la tâche de garder ses bêtes tout un après-midi. Je ramenais ainsi de la nourriture et de menus objets au temple, tout en apprenant à connaître les habitants et leur savoir-faire.

À l'âge d'un an, Maelys se mit debout. J'assistai à ses premiers pas avec une attention teintée d'émerveillement. De ce jour, elle se mit à trottiner derrière moi où que j'aille. Son caractère curieux éclata au grand jour ; je passais mon temps à lui courir après lorsqu'elle partait en exploration ou à répondre à ses babillements. Je voyais cette petite personne se construire en ma compagnie, et cela me faisait complètement oublier que j'avais onze ans et que mon enfance était finie.

Un jour, pourtant, je me rendis compte que mon travail de tuteur allait s'avérer plus compliqué encore qu'il ne l'était déjà.

Je m'éveillai un matin d'automne avec une fringale terrible. Les années avaient passé et, depuis quelques temps, la nourriture que nous fournissait le prêtre Swen et celle que nous rapportait notre travail auprès des habitants du village ne suffisait plus à combler mon appétit d'adolescent en pleine croissance. J'étais pourtant de bonne humeur lorsque je me levai : Garrison, le palefrenier, m'avait promis du travail la veille. Je m'étais découvert un intérêt pour les chevaux qui avait remplacé mon ancienne passion pour les carcasses d'animaux, et l'idée de gagner ma pitance en passant du temps en leur compagnie me mettait de bonne humeur.

– On va aller s'occuper des chevaux de Garrison, dis-je à Maelys tout en frottant son visage et ses mains avec un linge mouillé.

– On va voir les sevaux ! s'écria-t-elle en riant de sa petite voix flûtée.

Nous nous rendîmes à l'écurie en trottinant, après un repas frugal essentiellement composé de pain trempé dans du lait. Garrison nous attendait devant le bâtiment en bois qui exhalait de puissantes odeurs de foin et de fumier, concentré sur la réparation d'un harnais. Je ralentis l'allure en voyant que son gros visage rouge, qui affichait généralement un air plein de bonhomie, s'était assombri. Je tins fermement la main de Maelys pour l'empêcher de courir vers lui.

– Bonjour, monsieur Garrison, lançai-je d'un ton neutre.

Il leva la tête vers nous, les yeux pleins de quelque chose qui aurait pu être de la colère ou de la tristesse, et parut faire un effort pour nous reconnaître.

– Ah, c'est le petit Qotah, finit-il par dire d'une voix grave et dénuée d'entrain. Bonjour, mon garçon. Tu viens t'occuper des bêtes, c'est ça ? Tu vas avoir moins de boulot que prévu.

– Que voulez-vous dire ? m'enquis-je avec inquiétude.

Je voyais déjà ma récompense me passer sous le nez et mon ventre gronda plus fort que jamais.

– Joffrette est morte hier, laissa-t-il tomber pesamment. Égorgée par un glouton. Je l'ai enterrée dans le pré.

Je gardai un silence prudent. Joffrette était la seule bête de race que possédait Garrison, une superbe jument grise qui faisait sa fierté et sur laquelle il fondait beaucoup d'espoir. Sa disparition devait être un sale coup pour lui. Ça n'enlevait rien à la faim qui me taraudait ni aux pleurs que pousserait Maelys si son assiette restait vide ce soir.

– Mais bon, reprit Garrison, les autres bêtes sont toujours là et elles ont besoin qu'on s'occupe d'elles. Tu connais le chemin.

Le cœur battant, je hochai la tête et, serrant plus fort que jamais la main de Maelys, contournai Garrison pour entrer dans l'écurie. Maelys regardait derrière elle avec curiosité.

– Qu'est-ce qu'il a, monsieur Gari ? demanda-t-elle.

– Joffrette est morte, répondis-je tout bas.

– Et alors ?

– Alors il est triste parce qu'il ne la reverra plus jamais.

– Il a qu'à aller dans le pré, puisqu'elle y est ! s'exclama-t-elle avec étonnement.

Je renonçai à expliquer l'idée de la mort à Maelys. Elle était trop jeune, sans doute, pour appréhender le concept. Je l'installai sur une botte de foin en lui intimant de ne pas bouger et entrepris de brosser et d'étriller les bêtes de Garrison – des poneys, des mules et de lourds chevaux de traits, aucun qui possédât la grâce de Joffrette.

Les bêtes respiraient paisiblement sous le poids de la brosse qu'elles connaissaient bien. Tout à coup, pourtant, la mule que j'étais en train de flatter eut un violent mouvement de recul. Comme s'il s'était agi d'un signal, les autres bêtes se mirent brusquement à renâcler, à ruer dans leurs boxes, à hennir et à braire bruyamment, dans une cacophonie soudaine qui me laissa pétrifié. Avais-je provoqué leur émoi par un geste malheureux ? Machinalement, je jetai un regard à la botte de foin où j'avais assis Maelys plus tôt. Elle ne s'y trouvait plus.

J'eus l'impression de recevoir une décharge d'électricité. La brosse vola à terre alors que je me détournai de la horde d'animaux écumant et me précipitai dans le pré. La lumière du soleil m'éblouit fugacement et, pendant un court moment, je n'aperçus qu'un éclat de ciel bleu brillant sur une mer d'herbe verte. L'instant d'après, un tableau sidérant s'offrait à moi.

Maelys courait dans le pré, pieds nus, sa petite robe blanche rapiécée lui battant les jambes. Elle courait vers un grand cheval qui trottait à sa rencontre depuis le fond du pré. Un cheval gris à l'allure fière, dont la queue noire flottait au-dessus de sa croupe comme un oriflamme. Ce cheval, c'était Joffrette.

Je poussai un cri de surprise qui s'étrangla en cri d'horreur dans ma gorge. Interpellée par le son, Joffrette avait tourné vers moi sa fine tête. Ses yeux étaient béants, deux orbites vides déchiquetées autour desquelles restaient les traces de dents qu'avait laissées le glouton en se nourrissant. Son large cou s'ornait d'une blessure sanglante, et une de ses oreilles disparaissait dans un amas de chair rouge. Joffrette était morte. Aucun animal n'aurait pu vivre avec des blessures pareilles.

Elle trottait pourtant vers Maelys sans paraître concernée par ses blessures hideuses. Le souvenir me frappa alors, obscurcissant ma vision – dans un endroit aussi sombre que celui-ci était gorgé de soleil, empuanti par la mort, déchiré par des cris de nouveau-né, un corps qui se redressait pour saisir un bébé…

Un violent haut-le-cœur me saisit, un rejet mental qui se répandit dans mes membres et me donna envie de vomir. Éperdu, je m'élançai dans le pré. J'avais le sentiment de pouvoir empêcher quelque chose, que si j'atteignais ma petite sœur à temps, que si cette charogne marchante ne la touchait pas, elle ne serait pas contaminée par une immondice contre-nature.

Je percutai Maelys sans ralentir et la projetai à terre. Elle tomba durement sur les fesses, glapit de douleur et se mit à pleurer. À cet instant, le cadavre de Joffrette s'effondra au sol comme une marionnette dont on aurait coupé les fils. Un bourdonnement de mouche incessant vibrait dans l'air.

Sans attendre, les jambes flageolantes, je pris ma petite sœur sanglotante dans mes bras et courus en direction de l'écurie. Je faillis percuter Garrison qui arrivait en sens inverse et qui baissa vers moi des yeux surpris.

– Qotah ? demanda-t-il, alarmé. Qu'est-ce qui se passe ? J'ai entendu la petite crier…

Son regard s'évada derrière moi et s'assombrit.

– Qu'est-ce que… marmonna-t-il.

En trois enjambées, il fut à la charogne. Je restai sur place, tremblant de tous mes membres, terrorisé à l'idée que Joffrette allait peut être se relever à nouveau, à l'idée de ce qui avait provoqué ça… Maelys pleurait toujours à gros bouillons dans mes bras mais, loin de s'y réfugier, se débattait tant et tant que je devais forcer pour l'y garder.

– Tu m'as poussée ! geignait-elle. Tu es méchant !

Ce reproche était tellement surréaliste que je restai complètement interdit. Déjà, Garrison revenait vers nous. Il paraissait embêté.

– Je suis désolé que la petite ait assisté à ça… grommela-t-il. Le glouton a dû la déterrer… si j'attrape cette engeance, je lui fracasse son sale crâne de charognard.

Je commençais à respirer un tout petit peu mieux, quand il ajouta, préoccupé :

– C'est vraiment pas commun, tout de même… il l'a tirée intégralement de terre et l'a traînée sur plusieurs mètres… ça doit être un monstre, ce bestiau-là.

– J'ai entendu dire qu'il y avait des loups dans la forêt, lançai-je étourdiment, prêt à tout pour détourner l'attention de mon interlocuteur.

– Les loups sont pas du genre à déterrer une carcasse. Mais c'est vrai qu'il y a une meute sur laquelle il court de sales histoires dans le coin…

J'avais entendu ces histoires. Le loup-garou de Saebor. Une créature maléfique à l'intelligence humaine qui menait une immense meute. L'idée n'avait rien de réjouissant, mais je me sentis soulagé de voir Garrison prendre cette piste.

– Si une bête capable d'exhumer un cadavre comme ça rôde dans le coin, poursuivit l'homme avec un regard dur, il va falloir que je prenne mes dispositions. Vous n'avez rien remarqué de particulier ? La petite peut-être, avant de tomber sur le corps ?

Je secouai la tête en signe de dénégation, peut-être un peu trop vigoureusement. Les pleurs de Maelys commençaient à s'assécher et ses reniflements annonçaient que le flot ne tarderai pas à se tarir. Je savais mieux que personne à quel point elle ne savait garder sa langue dans sa poche.

– Elle a été très choquée par ce qu'elle a vu, expliquai-je d'une voix que je n'eus pas de mal à rendre tremblante. Est-ce que je peux la ramener au temple ?

– Vas-y. De toute manière, il faut que je fortifie l'endroit. Pas question que ces monstres aient les autres.

Je murmurai un remerciement qu'il n'entendit pas et m'éclipsai. J'eus à peine une pensée pour la récompense qui me filait entre les doigts ; je me hâtai dans les rues du village avec toute la discrétion dont j'étais capable, tremblant à l'idée qu'on ne nous arrête, que quelqu'un ait assisté à la scène, que Maelys laisse échapper une parole malencontreuse…

– Où on va, Qotah ? me demandait-elle, toute colère envolée.

Une fois au temple, je me précipitai dans le débarras qui nous servait de chambre, fermai la porte et allumai des bougies. L'endroit n'avait pas beaucoup évolué depuis le jour où nous y étions entrés pour la première fois. Les objets encombrants qui n'avaient pas trouvé preneur étaient entassés contre le fond en un amas dans lequel se découpaient formes et visages à la lueur des bougies. Swen avait laissé entendre à notre arrivée qu'il pousserait tout ce fatras ailleurs pour que nous ayons la place de nous installer mais, finalement, c'était plutôt nous qui nous étions fait tout petits pour ne pas prendre trop de place. Nos deux paillasses étaient installées côte à côte dans un coin de la pièce, nos maigres possessions étalées autour, le tout éclairé par les quelques bougies que nous avions pu nous procurer. La pénombre et la présence de tous ces objets me donnaient l'impression d'être un petit animal qui se serait installé dans les combles d'une maison, toujours dans la pénombre, jamais chez lui.

J'assis Maelys sur sa paillasse et m'installai en face d'elle, le cœur battant. Elle m'observait avec curiosité, mais sans aucune inquiétude dans le regard. À l'évidence, elle considérait qu'il ne s'était rien passé d'important, qu'elle n'avait rien fait de mal.

– Maelys, commençai-je, hésitant. Est-ce que c'est toi qui a fait ça ?

– Fait quoi ? répondit-elle de sa petite voix flûtée.

– Joffrette était sous terre quand on est arrivés chez Garrison. Elle ne bougeait plus. Est-ce que c'est toi qui l'as sortie de là et qui l'as faite bouger ?

– Oui.

Elle avait répondu sans tressaillir, sans changer d'expression, toujours curieuse de ce que je pouvais bien avoir à lui dire. Un frisson me parcourut, mais je crispai les muscles et m'intimai le calme.

– Comment as-tu fais ça ?

Elle me fixa sans paraître comprendre.

– Je l'ai sentie dans le pré. Elle avait envie de marcher encore. Alors je l'ai tirée.

– Comment ça, tu l'as tirée ?

– Ben, je l'ai tirée !

Maelys me regardait maintenant avec agacement, comme si je faisais exprès de ne pas comprendre la chose si simple qu'elle m'expliquait. Je décidai d'abandonner ce sujet pour l'instant.

– Pourquoi tu as fait ça ?

– Parce qu'elle avait envie de marcher, je t'ai dit ! T'es sourdingue ?

Elle rit mais, devant mon absence de réaction, se calma rapidement.

– T'es fâché, Qotah ? demanda-t-elle avec inquiétude. J'ai fait une bêtise ?

– Oui. Une grosse bêtise.

– Mais j'ai parlé à personne ! Et j'ai pas donné de viande au chien !

À présent, elle se hérissait d'injustice, certaine de son bon droit, certaine de n'avoir franchi aucunes des limites que je lui avais imposées.

– Ce que tu as fait… tirer Joffrette. Il ne faut plus le faire.

– Mais pourquoi ? Elle était contente !

– Plus jamais, tu m'entends ? Si je te revois faire ça, je serai très, très en colère. Et…

Je m'interrompis. Et nous serions très, très en danger. Était-il bon de lui dire cela ? Fallait-il lui dire « ce que tu as fait est mal, on ne l'entend que dans les histoires les plus effrayantes, celles des nécromanciens maléfiques, les habitants nous tueront s'ils te voyaient faire ça » ? Mais Maelys n'était pas un nécromancien ! C'était une petite fille de quatre ans ! Ça ne pouvait être qu'une erreur ; dans les histoires, les nécromanciens étaient des êtres noirs, sans cœur, qui se servaient d'armées de cadavres pour accomplir leurs sombres desseins… Qu'est-ce que Maelys avait à voir avec ça ? Et pourtant… comment nier ce dont j'avais été témoin à deux reprises ?

– Personne n'a le droit de faire ce que tu as fait. C'est interdit, comme de frapper les gens. Les habitants du village ne seront pas contents s'ils te voyaient faire ça.

– Mais pourquoi ? s'obstina-t-elle, butée. J'ai rien fait de mal ! Joffrette était contente !

– Garrison ne l'était pas, lui. Tu as vu comment il parlait ? Il a dit qu'il fracasserait le crâne de celui qui avait déterré son cheval !

J'avais parlé plus durement que je ne l'aurai voulu et je vis Maelys blêmir. Garrison l'impressionnait avec ses grosses mains, sa mâchoire carrées et ses larges bottes. Un instant, je regrettai mes mots, mais si lui faire peur était la seule solution pour qu'elle comprenne, alors il n'y avait pas à hésiter.

– Si tu refais ça, Garrison te tuera, tu m'entends ?

– Eh ben, s'il fait ça, je demanderai à quelqu'un de venir me tirer, rétorqua Maelys avec une moue butée.

Je compris alors que les années à venir ne seraient pas de tout repos.

Celle qui parlait aux morts

– Dis, Qotah.

Je me retournai pour regarder Maelys, surpris : le ton grave avec lequel elle avait prononcé mon nom ne lui était pas coutumier. Elle avait retiré ses gants en cuir pour éviscérer l'écureuil qu'elle tenait et l'on voyait distinctement ses mains d'une noirceur de charbon sous le sang qui les maculait. Je retins une grimace. Nous nous trouvions dans la cuisine du temple et Swen pouvait débarquer à tout moment dans la pièce. Je n'étais jamais serein quand elle dévoilait ses mains avec autant de désinvolture, mais j'avais juré de lui faire confiance pour gérer ce problème quand elle avait sept ans et, trois ans plus tard, elle n'avait encore jamais failli.

– Oui ? répondis-je, tout en insérant la pointe de mon couteau sous la peau du renard imprudent qui s'était aventuré dans mon collet ce matin-là.

– Est-ce qu'on a une maman et un papa, nous ?

J'avais à peine commencé le travail de dépeçage, mais je reposai mon outil, troublé. En dix ans d'existence, Maelys, pourtant rongée par la curiosité, ne m'avait jamais posé ce genre de question. À présent, elle me fixait de ses grands yeux clairs, bien droite dans sa tenue rapiécée, sa petite bouche pincée. Quelques mèches de cheveux blonds s'étaient échappées de son bandeau et ses mains accomplissaient leur travail mécaniquement, quoique de manière plus fébrile qu'à l'ordinaire. Elle avait posé sa question calmement mais, de toute évidence, elle était en proie à une grande agitation.

– Pourquoi tu me demandes ça ?

Elle tiqua et son regard esquiva le mien pendant quelques secondes. Quand elle me regarda de nouveau, son visage était crispé.

– C'est Fouinet et Scipin, lâcha-t-elle de mauvaise grâce. Ils ont dit qu'on était des orphelins, que ça voulait dire qu'on n'avait pas de parents. Je n'ai pas su leur répondre et ils se sont moqué de moi.

Je sentis une étincelle de colère s'allumer en moi. Je détestais ces deux gamins qui semblaient prendre un malin plaisir à tourmenter ma petite sœur, mais elle leur vouait une admiration contre laquelle je ne pouvais lutter. Elle avait besoin de compagnons de son âge, me répétais-je quand elle partait les rejoindre. J'aurais cependant préféré qu'elle ne choisisse pas ces deux-là.

– Tu ne devrais pas prêter attention à ce qu'ils disent, répondis-je d'une voix mauvaise.

Elle ne répondit rien, se contenta de me fixer. Elle n'était pas venue pour mes sermons mais pour des réponses. Je ne m'en tirerais pas grâce à une pirouette.

– Très bien, soupirai-je. Je ne connais rien de notre papa, mais nous avons effectivement eu une maman.

– Où est-elle ? demanda-t-elle immédiatement.

– Elle est morte.

Maelys ne réagit pas. Elle avait une vision bien à elle de la mort. Quant à moi, je sentis mon cœur se serrer douloureusement.

– À cause de quoi ? fit-elle calmement.

J'hésitai, peu enclin à lui révéler que c'était elle qui l'avait tuée. Je biaisai :

– Elle était malade. Elle est morte peu de temps après ta naissance, mais elle a quand même eu le temps de te choisir un prénom.

– Comment est-ce qu'elle était ?

– Gentille, enjouée, chaleureuse, sévère et juste.

– Tu te rappelles de son visage ?

– Un peu.

– Tu te souviens d'où elle est morte ?

Je m'assombris. Elle dut comprendre que j'avais vu clair dans son jeu, car son expression déterminée laissa place à un visage contrit.

– Je sais ce que tu as en tête, et c'est hors de question. Tu ne la tireras pas.

– Mais pourquoi ? Je veux juste lui parler un peu.

Une grande douleur me traversa, je serrai les dents pour la réprimer. Que n'aurais-je donné pour pouvoir reparler à Maman, ne serait-ce qu'une poignée de minutes… mais je muselai fermement cette envie.

– C'est hors de question. C'est mal de faire revenir les gens. En plus, avec tout ce temps, elle n'est sûrement plus qu'un squelette. Et puis, tu n'arriveras probablement pas à la faire vraiment revenir. Tu te souviens de l'homme du cimetière que tu as tiré ?

– Je ne le connaissais pas ! rétorqua Maelys, vexée. C'est pas ma faute s'il se souvenait de rien.

– Eh bien, tu ne connais pas Maman non plus, alors le résultat sera le même. Et puis, de toute façon, tu m'expliques comment fait un squelette pour parler ?

Elle s'enfonça dans un silence boudeur et je retournai à ma tâche. Je me sentais vaguement nauséeux. Je savais, bien sûr, qu'il arriverait un jour où Maelys m'interrogerait sur ses parents, mais je l'imaginais plus comme une discussion paisible où je lui décrirais la femme formidable qui nous avait donné le jour et qui vivait encore dans mon cœur. J'aurais dû me douter que cela ne ferait que donner lieu à une énième dispute concernant ses pouvoirs.

J'avais passé toutes les années précédentes à essayer de l'empêcher de s'y adonner, mais rien n'y faisait. J'avais beau essayer tous les artifices que je connaissais, Maelys finissait toujours par se remettre à « tirer », comme elle disait. Quand je me fâchais contre elle et qu'elle boudait dans son coin, les insectes se mettaient curieusement à me harceler, pour retomber inertes au sol sitôt que son humeur s'éclaircissait. Je ne la quittais plus des yeux, terrifié à l'idée qu'un habitant du village puisse surprendre ses pratiques. Ma surveillance constante et mon interdiction catégorique de s'y adonner portaient cependant leurs fruits, et il n'y avait que dans l'intimité que j'avais à souffrir de ce pouvoir contre-nature.

Ses mains avaient commencé à s'assombrir à l'âge de cinq ans. À cette époque, j'avais beaucoup grandi et, du haut de mes quinze ans, je travaillais à présent suffisamment pour pouvoir nous offrir de petits objets de temps à autres ; je dus pourtant sacrifier de nombreux repas pour lui acheter une petite paire de gants en cuir. Maelys pleura pendant des jours en se plaignant que ses mains transpiraient mais, devant mon intransigeance, finit par se plier de mauvaise grâce à cette nouvelle règle. Je retrouvai de nombreux rats morts dans mon lit peu après cet épisode. L'avantage, c'est que certains d'entre eux s'avérèrent comestibles. Ses pouvoirs nous permirent également de survivre au sixième hiver de notre arrivée à Joname, quand la famine emporta sept personnes ; je me résolus à demander à Maelys de « tirer » des cadavres d'animaux frais à nous. Il fallut qu'elle se retrouve dans un état de faim critique avant que je me résolve à lui autoriser cela.

Elle paraissait éprouver un besoin intense de tester ses pouvoirs. Dès que mon attention faiblissait, elle tentait une nouvelle expérience. Les petits jeux anodins auxquels elle se livrait plus jeune devinrent plus malsains au fur et à mesure qu'elle grandissait. Un jour qu'elle avait huit ans, je la surpris dans le cimetière de Joname en train de parler à un homme dans un état de décomposition avancée. L'homme paraissait incapable de prononcer une phrase intelligible et se contentait de balbutier des sons incohérents. Cette expérience la déçut beaucoup. Pour ma part, je me fâchai si fort contre elle qu'elle s'abstint d'utiliser ses pouvoirs pendant plusieurs mois. Mais ce ne fut que pour mieux recommencer par la suite.

Je l'observai du coin de l'œil : sa mâchoire butée, ses cheveux fins qui voletaient en tous sens, sa tenue de paysanne, l'assurance de ses petites mains noires, et je sentis la douleur refluer et mon cœur se gonfler d'amour. Je n'avais qu'elle au monde. Cela me suffisait. Elle n'avait que moi. Pouvais-je lui reprocher de vouloir plus ?

– La prochaine fois que Fouinet et Scipin te parlent de ta maman, dis-je avec douceur, tu pourras leur dire que c'était la maman la plus belle et la plus incroyable de la terre et qu'elle t'aimait beaucoup.

Maelys tressaillit de surprise et hocha la tête sans me regarder. Je n'en étais pas sûr, mais j'aurais juré que ses yeux étaient plus brillants que quelques minutes plus tôt.

Je n'eus cependant pas le temps de m'en assurer, car des bruits de pas retentirent derrière la porte, qui s'ouvrit peu de temps après sur la haute silhouette de Swen. Je jetai un coup d'œil machinal sur les mains de Maelys. Vérification bien superflue ; ses gants étaient en place. Elle connaissait les risques.

– Bonjour, Qotah, bonjour, Maelys, lança Swen de sa voix douce. Vous avez attrapé de belles choses ?

Je soulevai la patte avant du renard pour la lui montrer et il hocha la tête d'un air appréciateur.

– Bien, bien. Astase vous a enfin appris à faire ses collets spéciaux ?

– Oui, répondis-je avec un sourire. Maelys y excelle.

Du coin de l'œil, je la vis se rengorger de fierté. Swen avait cessé de nous nourrir des années auparavant, lorsque nous devînmes capables d'assurer nous-mêmes notre pitance. Il lui arrivait cependant de partager son pain avec nous lors des jours de disette. Cet homme n'avait en aucun cas été un père pour nous, mais il n'avait jamais failli à sa tâche et nous avait toujours traité avec justice et équité. Je ne sais pas si je l'aimais mais, à coup sûr, je le respectais profondément.

– Vous pourrez jeter un œil dans les dons de la semaine, dit-il tout en se coupant une généreuse tranche de pain. Je crois que le père Kevier a déposé des habits pour Maelys.

– Ah, parfait, répondis-je avec satisfaction. Sa tunique actuelle commence à la serrer aux avant-bras et je n'ai rien à troquer pour le moment.

– J'espère qu'elle est plus jolie que celle-là, ajouta Maelys avec espoir.

J'eus un pincement au cœur. J'aurais donné tant et plus pour pouvoir lui offrir de beaux habits et des festins plantureux à chaque repas, mais chaque semaine était un combat que nous menions de haute lutte et il n'y avait pas de place pour le luxe dans notre existence. Elle le savait et m'aidait avec enthousiasme dans mes tâches pour nous permettre de manger à notre faim, ce qui ne l'empêchait pas de rêver à une vie plus douce. Pourtant, j'avais l'impression que nous étions plus ou moins heureux, même dans cet état de précarité. Je me sentis néanmoins obligé d'ajouter :

– Si elle ne te plaît pas, on pourra toujours l'apporter à Shayna après son travail. Elle arrivera peut être à l'arranger comme tu préfères.

– Tu dis ça parce que tu as envie de la voir, rétorqua Maelys d'une voix maussade.

Je rougis légèrement. J'avais dit cela sans arrière-pensée, mais je ne pouvais nier que la jeune chiffonnière ne me laissait pas indifférent. L'autre jour, pendant que Maelys cherchait de quoi se confectionner un bandeau dans un tas de tissu, Shayna m'avait attrapé par le col et m'avait plaqué un rapide baiser sur les lèvres. J'en étais resté stupéfait et, à présent, l'idée de la revoir m'attirait autant qu'elle m'inquiétait. J'ignorais comment j'étais censé me comporter. Et, même si j'avais très envie de voir où pourrait nous mener ce baiser dans l'intimité, je ne me leurrais pas : je n'avais ni le temps ni l'envie d'entretenir une relation avec une femme, fut-elle la jolie Shayna.

– Pourquoi tu dis ça, fis-je pour donner le change, tu ne l'aimes pas ?

Maelys haussa les épaules, ce qui m'arracha un sourire. J'aimais sa possessivité.

– Quel est votre programme pour la journée ? demanda Swen, rompant le silence.

– Nous finissons de préparer la viande et nous allons la vendre. Ensuite, nous allons donner un coup de main à Garrison pour ses bêtes. Après ça, nous aurons peut-être le temps de passer à la chiffonnerie, hein, Maelys ?

L'après-midi se passa peu ou prou selon mes prévisions. Garrison me garda un peu plus longtemps que prévu pour me parler de la manière dont il comptait débourrer son nouveau poulain. Depuis que son fils avait clairement assumé sa volonté de devenir troubadour, il me confiait de plus en plus de détails à propos de son travail et, dernièrement, je commençais à me demander s'il n'espérait pas me voir devenir son palefrenier. Cette idée me transportait de joie et j'espérais ne pas me leurrer. Avoir un vrai métier, une place fixe dans la société du village, une maison pour nous-mêmes, c'était un rêve que je caressais depuis bien longtemps.

Ce n'était pas pour aujourd'hui cependant, et je quittai l'écurie un peu morose. Maelys ne semblait pas de bien meilleure humeur que moi, mais je mettais son mutisme sur le compte de sa jalousie. Les nouveaux vêtements s'étaient avérés à peine mieux que des guenilles et nous étions obligés de passer voir Shayna pour voir s'il était possible d'en faire quelque chose.

La chiffonnière nous accueillit avec un grand sourire et un regard qui s'attarda longuement dans le mien.

– Maelys ! Qotah ! s'exclama-t-elle. Qu'est-ce qui vous amène à mon humble échoppe ?

Elle était adorable avec son tablier de travail blanc et ses joues roses rebondies qui donnaient envie de croquer dedans ; pourtant, quelque chose en moi regretta soudain d'être venu. Maelys tendit les vêtements abîmés en grimaçant un sourire presque convaincant.

– Kevier m'a donné ça, expliqua-t-elle tandis que Shayna examinait les frusques avec un œil de professionnelle.

– Oui, soupira la jeune femme, je comprends pourquoi tu viens me voir. Bons matériaux mais mauvais travail. Il y a peut-être moyen de rattraper le coup. Comment tu verrais ça ?

Le visage de Maelys s'éclaira, et elle entreprit de raconter à Shayna en long en large et en travers la manière dont elle imaginait reprendre la tenue. La chiffonnière hochait la tête, émettait des réserves de temps à autre, proposait des idées. Elle semblait tout entière à sa conversation, pourtant, je surpris plusieurs fois une œillade lancée dans ma direction.

– … et avec une ceinture bleue ! acheva Maelys, le regard brillant.

– Ce sera très joli ainsi, acquiesça Shayna. Je vais voir si je saurai me montrer à la hauteur de tes belles idées ! Pourquoi n'irais-tu pas jouer avec mon frère dans l'arrière-cour pendant que j'y travaille ?

Le sourire de Maelys s'effaça net. Elle posa sur Shayna un regard pénétrant.

– Qotah, dit-elle calmement, tu viens avec moi ?

– Je vais avoir besoin de lui pour m'aider, lança gaiement Shayna sans me laisser le temps de répondre. Et puis Scipin préfèrera t'avoir pour lui tout seul !

D'ordinaire, j'aurais protesté à l'idée qu'elle rejoigne ce galopin de Scipin, mais je me sentais comme hypnotisé par le regard de Shayna et fus incapable de prononcer un mot. En me voyant silencieux,

Maelys parut prendre une décision et son visage changea du tout au tout.

– D'accord ! s'exclama-t-elle d'un ton que je savais faussement enjoué. Ça va te prendre longtemps ?

– Oh, il y a beaucoup de retouches à faire, je pense que vous avez une bonne heure devant vous, voire plus.

– Très bien. À tout à l'heure, Qotah.

Quelque chose dans son expression me mit mal à l'aise mais, sitôt que Maelys eut tourné les talons, Shayna m'attrapa le poignet et m'attira à l'intérieur de l'échoppe. Une douce pénombre emplissait la pièce surchargée de tissu. Dans ma tête défilaient toutes les techniques possibles et imaginables pour m'enfuir d'ici, mais toute volonté m'avait abandonné et, quand elle s'avança vers moi avec son regard de braise, je ne pus que rester immobile, les bras ballants. Très vite, je me retrouvai sans trop savoir comment allongé au milieu de ballots de tissu, puis ses mains délacèrent mes vêtements. Son corps chaud se pressa contre le mien, exigeant, impatient. Je fermai les yeux tandis qu'un frisson électrique me parcourait de part en part, et m'abandonnai aux sensations.

***

– Tu pars déjà ?

Je n'osai pas tourner mon regard vers Shayna mais, au ton de sa voix, j'imaginai parfaitement la lippe boudeuse qui devait s'être dessinée sur ses lèvres. Je saisis mes vêtements et entrepris de les enfiler avec maladresse, comme si le poids de son regard altérait physiquement mon équilibre.

– Je n'aime pas laisser Maelys seule trop longtemps, biaisai-je.

C'était vrai, mais cela taisait le sentiment de malaise intense qui m'avait saisi sitôt que le corps de Shayna s'était avachi à côté du mien. Elle soupira dans mon dos.

– Elle n'est pas seule, elle est avec Scipin ! Reste encore un peu, il me reste plein de choses à te montrer…

Sa voix s'était faite câline, et un frisson électrique me parcourut bien malgré moi. Je serrai les dents et achevai de lacer ma tunique. Pense avec ta tête, Qotah.

– Je dois y aller… marmonnai-je sans plus chercher d'excuse valable.

– Ça ne t'a pas plu, c'est ça ?

Je me figeai. Shayna avait tenté de prononcer cette phrase d'un ton faussement enjoué, mais un tremblement sous-jacent dans sa voix trahissait sa déception.

– Si, fis-je entre mes dents, désireux de ne pas mentir mais toujours sans la regarder. Ça m'a beaucoup plu.

– On se revoit bientôt ?

Elle avait l'air soulagé et cela me fit mal. Je rassemblai mon courage et me tournai vers elle. Grave erreur : la vue de son corps nu et de son sourire radieux faillit m'ôter toute volonté une fois de plus. J'inspirai à fond.

– À vrai dire, dis-je de ma voix la plus neutre possible, c'était très agréable mais… je pense qu'il vaut mieux que ça ne se reproduise pas. Et crois-moi, ce n'est pas parce que je n'en ai pas envie.

Son sourire disparut plus vite que Bobo devant un bâton.

– Pourquoi ? demanda-t-elle avec un calme que je devinai apparent.

– Je n'ai pas le temps pour ça… pour m'impliquer. Et je n'ai pas envie de te faire croire l'inverse.

Elle garda le silence. Était-ce pour tenter de contenir une douleur intérieure ? Je n'avais pas envie de le savoir.

– Je dois aller rejoindre Maelys, rajoutai-je en lui tournant le dos. Bonne soirée…

J'eus l'impression de m'enfuir lorsque j'émergeai dans la pénombre du dehors. J'avais voulu me comporter courageusement et lui dire la vérité pour ne pas lui laisser de faux espoir, mais j'avais lâchement tu l'essentiel : mon attirance pour elle ne tenait que du désir charnel. Je le savais déjà, mais il n'est jamais agréable de se prendre en pleine face un fait soigneusement occulté.

Le soir était tombé pendant nos ébats ; un vague rayon de soleil colorait encore l'horizon de couleurs vives, mais les recoins des alentours étaient déjà engloutis par l'ombre. Je me dirigeai à grands pas vers la maison que partageaient Shayna et Scipin avec leurs parents, priant intérieurement pour ne pas rencontrer ces derniers.

Je trouvai Scipin en train de tirer la queue du chien de la maison. Seul. Un peu inquiet, je m'approchai de lui.

– Salut, Scipin, lançai-je sans chaleur. Tu sais où est Maelys ?

– Nan ! répondit le garnement en lâchant la pauvre bête qui s'enfuit en courant. J'l'ai pas vue depuis hier.

Mon cœur se serra.

– Tu veux dire qu'elle n'était pas avec toi ?

– Ben j'lai pas vue, j'lai pas vue, c'est c'que ça veut dire.

Je me détournai de Scipin. Où avait-elle pu passer ? Ce n'était pas la première fois qu'elle me faussait compagnie de la sorte, mais chacune de ses disparitions me plongeait dans l'angoisse. Était-elle retournée au cimetière pour pratiquer son affreux talent malgré mon interdiction catégorique ? Possible, elle était vraisemblablement fâchée contre moi à cause de Shayna ; c'était bien son genre de me punir ainsi.

Je me rendis dans le cimetière à grands pas. L'endroit m'était familier : aussi glauque que puisse paraître l'idée, c'était la partie du village que Maelys préférait. Je pouvais difficilement lui jeter la pierre, étant donné mes passions de jeunesse, mais l'intérêt que ma petite sœur portait aux charognes allait bien au-delà de celui que j'avais à son âge. J'examinai les pierres tombales mangées par les herbes folles, toutes plus de guingois les unes que les autres. Maelys n'aurait pas pu se cacher sans que je la déniche. Je finis par faire demi-tour, de plus en plus inquiet. Elle ne m'avait pas puni en bravant mes interdictions. Où était-elle donc ?

Je me dirigeais vers le temple dans l'espoir qu'elle serait directement rentré pour ruminer sa colère quand mon chemin croisa celui de Garrison. L'air fou de rage, il portait sur son dos un large sac de toile d'aspect mou et marchait en direction de ses écuries. En me voyant, il m'interpella et me fit signe de le rejoindre. J'envisageai de faire comme si je n'avais rien entendu pour pouvoir continuer ma route, mais son expression furibonde n'engageait guère à le contrarier davantage et je m'approchai docilement de lui.

– Qotah, fit-il en parvenant tant bien que mal à effacer la colère de sa voix. Tu as quelque chose de prévu dans l'immédiat ?

– C'est-à-dire que je cherche ma sœur, répondis-je avec honnêteté.

– Maelys ? Je l'ai vue traîner pas loin des écuries il y a une heure de cela. Tu ferais bien de lui dire de ne pas s'en approcher. Les gloutons sont revenus.

– Ils ont attaqué des bêtes ? demandai-je prudemment, soucieux de ne pas éveiller davantage sa colère.

– Pas encore, mais ils ont déterré Bohème ! Ça faisait des années que ça ne s'était pas produit. Ils l'ont embarquée en entier, sans en laisser la moindre trace. Je commence à me demander s'ils ne sont pas une véritable meute. Je suis allé acheter de la mort aux rats pour en verser sur toutes les tombes de mes bêtes. On verra bien si c'est toujours à leur goût, la viande de cheval mort ! Qu'est-ce qui t'arrive, petit ? Tu es tout blanc.

Mon sang s'était glacé dans mes veines et cela devait se répercuter sur mon visage. Bien évidemment, ce n'était pas les gloutons qui s'étaient amusés à déterrer Bohème, pas plus que Joffrette la première fois.

– Est-ce que je peux vous emprunter un cheval ? m'entendis-je demander.

La question prit Garrison par surprise et il oublia sa colère l'espace d'un instant.

– Toi ? fit-il, incrédule. Un cheval ? Pour quoi faire ?

– J'ai peur que Maelys se soit enfuie. Je me suis disputé avec elle tout à l'heure… elle a la tête dure et je crains qu'elle soit partie sur la route.

– Sur la route ? Toute seule ? Voyons, elle est pas si toquée que ça, ta petite sœur !

– Elle est capable d'agir de manière stupide quand elle est en colère, répondis-je d'un ton pressant. Vous savez comment sont les enfants. Je vous en prie, prêtez-moi un cheval le temps que j'aille la chercher.

– Mais pourquoi as-tu besoin d'un cheval ? Elle a des petites gambettes, ta Maelys, tu la rattraperas bien sans ça.

– La nuit tombe, insistai-je, suppliant à présent, et je ne tiens vraiment pas à ce qu'elle croise un loup… S'il vous plaît…

– Bon, bon, grommela Garrison d'un ton bourru en reprenant sa marche, vaincu par ma terreur apparente. Je peux te prêter Tzig, vous vous entendez bien. Mais pas de folies, d'accord ? Je veux le retrouver en bon état avant d'aller me coucher.

– Vous savez que je ne laisserais jamais rien arriver à un cheval, dis-je d'un ton éperdu de reconnaissance en lui emboîtant le pas.

Garrison m'observa d'un air qui me mit mal à l'aise. Il semblait réfléchir.

– Non, c'est vrai, tu ne le ferais pas. Tu es un bon garçon, Qotah. J'espère que tu sais que je ne prêterais pas une de mes bêtes à n'importe qui dans ce village ?

Je hochai la tête.

– Bien. Quand tu reviendras, il faudra que l'on parle, toi et moi. Cela fait bien longtemps que tu es à Joname, et tu as toujours été un gars travailleur et fiable. Tu as gagné le droit à un boulot stable, à un chez toi, à de la reconnaissance, à une femme peut-être, et moi, je me fais vieux. Tu comprends ce que je te dis, n'est-ce pas ?

Je comprenais qu'il s'agissait de ce dont j'avais rêvé pendant des années et qu'aujourd'hui, son offre voilée m'indifférait. Je n'avais qu'une idée en tête : retrouver Maelys. J'acquiesçai néanmoins, soucieux de le garder dans de bonnes dispositions envers moi.

– Bien, reprit Garrison. Pour l'instant, tu n'as que ta petite sœur à l'esprit, mais quand tu reviendras avec elle et Tzig, tous les deux sains et saufs, on discutera, d'accord ?

– D'accord.

Il m'offrait une place de palefrenier en échange de l'assurance que je lui ramènerai bien son précieux cheval. Au fond de moi, je fus touché par la marque de confiance énorme qu'il m'accordait. Ses chevaux étaient comme ses enfants.

Tzig m'accueillit avec bonne humeur et placidité. Le vieux canasson n'était pas le plus rapide, mais il avait un tempérament chaleureux et le pied solide. Sans attendre, je le harnachai et sautai sur son dos.

– Ramène-la nous en bonne santé ! me lança Garrison alors que je m'éloignais.

Je poussai Tzig au trot aussitôt que nous fûmes hors de vue du maître d'écurie et traversai le village sous les regards un peu surpris des habitants qui traînaient encore dehors. Je les ignorai et regardai avec angoisse le ciel qui s'assombrissait. Dans une heure, il ferait un noir d'encre. Si je ne retrouvais pas Maelys avant…

Je savais où elle était partie. Notre discussion du matin aurait dû me mettre la puce à l'oreille tout de suite, mais j'avais préféré fermer les yeux. À présent, elle avait réanimé Bohème, la rapide jument de Garrison morte la semaine dernière, et s'aventurait en bordure de la forêt, loin du village. Seule. À la recherche de sa mère.

Les dernières habitations disparurent derrière moi. À l'abri des regards, je poussai Tzig au galop. Je ne montais pas très bien et finirai probablement perclus de courbatures, mais peu m'importait.

Maelys connaissait hypothétiquement le trajet qui menait jusqu'à notre ancienne maison, là où elle était née. Je lui en avais naïvement parlé quelques années plus tôt mais, alors que je n'y avais vu qu'un endroit inaccessible, perdu dans le temps plus que dans l'espace, Maelys n'avait cessé d'y voir le lieu de ses origines, le lieu où elle pourrait discuter avec sa mère.

Les arbres qui bordaient la route projetaient une ombre opaque sur le chemin que je suivais. Le roulement des sabots de Tzig tonnait dans mes oreilles, mais moins fort que celui de mon cœur dans ma poitrine. Beaucoup d'histoires couraient sur la forêt de Saebor et ce qu'elle abritait. Nul ne s'y aventurait jamais la nuit et, même si je ne me trouvai pas dedans à proprement parler, je me sentais quand même mal à l'aise à l'idée de tout ce qui pouvait s'y cacher. Les bruits inquiétants qui provenaient de la forêt résonnaient dans mes oreilles, en échos à mes angoisses.

Un hurlement retentit soudain. Long, primitif, lancinant. Mon sang se glaça dans mes veines. Celui de Tzig ne fit qu'un tour : il fit un brusque écart, hennit et se cabra soudainement. Trop soudainement pour que je puisse garder mon assiette ; pris par surprise, je tentai de m'agripper à sa crinière mais elle me glissa des doigts et je tombai lourdement au sol. Avant même que je puisse reprendre mes esprits, Tzig était reparti au galop dans un tonnerre de sabots, tournant le dos à la forêt.

Meurtri, je me relevai tant bien que mal. Une douleur sourde pulsait dans ma hanche et mon épaule gauche, les deux parties de mon corps qui avaient pris le sol de plein fouet. Je regardai autour de moi en essayant de ne pas céder à la panique. La forêt frémissait dans l'obscurité, comme un animal immense sur le point de s'éveiller. Le soleil était tout à fait couché à présent et seule une lune ronde et blanche éclairait les alentours. Avant que j'aie le temps de me demander ce que j'allais faire, le hurlement retentit de nouveau, plus bref. Un autre bruit y répondit comme un écho, un cri qui ressemblait à s'y méprendre à un hennissement de cheval qui lui aussi provenait de la forêt.

Tremblant de tous mes membres, je me ruai sous le couvert des arbres. L'obscurité se referma immédiatement sur moi. Je courus comme un demeuré, refusant de me laisser envahir par la terreur. Branches et fougères me fouettaient les bras et le visage. Un deuxième hennissement brisa le silence sur ma droite. J'accélérai encore, mû par une nécessité bien plus pressante que ma peur.

Je faillis percuter le flanc de Bohème au détour d'un buisson. Je chancelai en arrière alors que la jument piétinait le sol avec l'évident désir de partir à toute allure. Elle était dans un état pitoyable. De multiples balafres la zébraient, toutes plus profondes les unes que les autres, et sa chair pendait par endroits, comme des langues hors de bouches béantes. Ses yeux avaient été dévorés. J'eus le temps de voir tout cela avant de lever les yeux vers sa cavalière. Maelys paraissait minuscule juchée sur l'échine de ce cheval trop grand pour elle.

– Calme-toi ! glapissait-elle d'une voix aigüe. Pourquoi tu ne fais pas ce que je dis ?

– Maelys ! lançai-je sans oser lever la voix, précaution bien superflue au regard du boucan que faisait Bohème.

Ma petite sœur sursauta et baissa les yeux sur moi.

– Qotah ? fit-elle en ouvrant des yeux ronds. Qu'est-ce que tu fais ici ?

– Je suis venu te chercher ! Tu te rends compte d'où on est ? Il faut que nous partions d'ici…

La terreur m'empêchait de ressentir de la colère, mais j'avais une furieuse envie de la saisir et la secouer de toutes mes forces.

– Bohème n'en fait qu'à sa tête ! geignit Maelys. Je ne comprends pas, je la contrôlais avant et puis…

Un craquement retentit non loin. Je me figeai ; la jument, elle, s'agita de plus belle.

– Maelys, dis-je le plus bas possible. Nous devons partir. Tout de suite.

– Mais je…

– Tout de suite.

Dans un bruissement de feuille, un homme émergea de l'ombre. Bohème s'immobilisa brusquement, les naseaux béants, ses yeux dévorés par les rats tournés dans la direction du nouveau venu. Glacé de peur, je le regardai approcher à pas lourds et précautionneux. Il était grand, vêtu de haillons, voûté et bizarrement proportionné ; ses bras paraissaient trop long, ses épaules faisaient un angle improbable avec le reste de son corps. La lumière de la lune que laissait filtrer une trouée dans le feuillage éclairait un crâne et une épaisse chevelure d'un blanc d'ivoire, au milieu desquels luisaient, surnaturels, deux yeux écarlates.

L'albinos étira son interminable bras dans notre direction et ouvrit une large main dans un geste d'invitation.

– Vous… dit-il d'une voix grondante, profonde. Venez avec moi. C'est dangereux.

Nous restâmes parfaitement immobiles. Un hurlement retentit non loin et l'inconnu releva brusquement la tête.

– Des loups, grogna-t-il. Venez. Ils arrivent.

Il eut un geste d'impatience de sa main difforme. Je jetai un coup d'œil à Maelys. Elle paraissait effrayée, mais moins que moi. J'avalai ma salive et me contraignis à réfléchir malgré le sang qui battait dans mon crâne avec un bruit de tonnerre. L'albinos ne m'inspirait rien d'autre que de l'effroi, mais la menace des loups était réelle. Mieux valait choisir le moindre mal. Je fis un signe à Maelys et elle hocha la tête, livide mais déterminée. L'albinos tourna les talons et s'enfonça dans l'ombre. Nous lui emboitâmes le pas, moi à pied et Maelys sur sa jument devenue étonnamment calme.

Pendant notre progression, je m'astreignis à penser que Maelys disposait d'un puissant pouvoir pour nous protéger, mais cela ne me rassurait guère. Ni elle ni moi n'en connaissions les limites. Les contes sur les nécromanciens qui levaient des armées de cadavres pour mettre à bas des forteresses me paraissaient très lointains.

L'homme marchait avec lenteur mais d'un pas constant, nullement gêné par les obstacles que nous celait l'obscurité ; je ne cessai de trébucher sur des racines et de me griffer à des branchages qu'il paraissait traverser comme s'il avait été fait de fumée. Les hurlements s'étaient tus, mais le silence presque absolu qui les avait remplacés ne me plaisait pas davantage. J'avais l'impression absurde d'être traqué par la forêt toute entière.

– Qotah… murmura soudain Maelys.

– Quoi ?

– Il y a des cadavres par ici… beaucoup.

Mes poils se dressèrent sur mon échine. Nous étions arrivés dans une sorte de clairière, jonchée d'ossements et baignée par la lune. Nimbé dans cette lumière éthérée, l'albinos avait un aspect plus dérangeant encore. Arrivé au centre de la clairière, il s'immobilisa et se tourna vers nous avec lenteur. Un sourire lui tordit la mâchoire, dévoilant des dents démesurées.

– Loups, dit-il d'une voix étrangement rauque.

Une dizaine de paires d'yeux s'allumèrent soudain dans les ombres. Maelys poussa un petit cri. Un à un, une meute entière de loups émergea de l'obscurité autour de nous. Ils firent quelques pas dans notre direction, la langue pendante, les yeux fous, puis s'arrêtèrent. L'albinos se mit soudain à enfler, enfler de manière grotesque et incontrôlée, à grandir toujours davantage. Ses cheveux couleur d'os l'enveloppaient tout entier et son visage indistinct s'allongeait. Je clignai des yeux. Soudain, ce n'était plus un homme qui se tenait devant nous. C'était un loup. Un loup géant, blanc de la tête aux pieds, ses yeux rouges braqués sur nous.

Saebor, songeai-je dans un coin de ma tête. Comme si cette transformation était un signal, les autres loups se remirent en marche. Ils approchaient doucement, leurs crocs largement dénudés, refermant le cercle autour de nous, sûrs de dévorer les proies qu'ils avaient savamment acculées.

Maelys poussa un hurlement de terreur.

Le sol de la clairière se mit alors à trembler tout autour d'elle. La terre se boursoufla soudain sous mes pieds. J'étouffai un cri et fis un bond de côté. Un bras creva le sol à l'endroit où je m'étais trouvé une seconde plus tôt, un bras humain fait d'os blancs et de bouts de chair putréfiée, un bras qui fut aussitôt suivi par un crâne, un torse, tout un corps qui s'extirpa de terre avec des mouvements absurdes. Je sentis mes cheveux se dresser sur ma tête. Les loups s'étaient soudain immobilisés, les yeux torves, l'échine hirsute, et fixaient le macchabée qui tournait lentement son visage dans leur direction.

Les feuilles qui parsemaient la forêt frémirent de nouveau et, brusquement, deux longues pattes terminées par des sabots en émergèrent, s'agitèrent et, prenant appui sur le sol devant elles, arrachèrent à la terre le squelette d'un grand cerf recouvert de bouts de peau qui pendaient contre ses flancs. Autour de lui, profitant de l'excavation creusé par sa large carcasse, des dizaines de petits cadavres se dégageaient à leur tour, rats, écureuils, ratons laveurs ou belettes, tous faits d'os et de fourrure déchiquetée, les yeux vides et les gestes malhabiles. Les nombreux ossements que j'avais repérés en entrant dans la clairière vibraient, tremblaient, se déplaçaient pour se rejoindre et reformer des corps aux aspects grotesques. La puanteur était insoutenable.

Maelys hurlait toujours.

Les charognes se mirent alors en marche sur leurs moignons de pattes et s'avancèrent vers les loups. Elles formaient une barrière répugnante mais d'aspect fragile, grouillant d'asticots et tremblant sur ses membres ; pourtant, les loups reculaient, grondant et grognant, l'air effaré, les oreilles plaquées sur leur crâne.

Un mouvement à la limite de mon champ de vision m'arracha à ce spectacle morbide. Le loup blanc géant s'était ramassé sur lui-même, prêt à bondir. Ses yeux rouges tourbillonnants étaient fixés sur ma petite sœur.

Sans réfléchir, je me ruai sur lui en beuglant de toutes mes forces, un bâton stupidement brandi à bout de bras. La bête eut un sursaut, braqua son regard sur moi. Je vis les crocs blancs plantés dans sa bouche rouge. Je vis ses yeux impitoyables à l'instant où il bondit dans ma direction. Je vis sa gueule démesurée. Puis plus rien.

Asile pour les défunts

J'ouvris les yeux.

Il n'y avait pas eu de préambule, pas de reprise de conscience. Un instant, je n'étais plus, et l'instant d'après, j'étais là, les yeux ouverts, à contempler la voûte de feuillage de la forêt. Il faisait clair et le chant des oiseaux parvenait à mes oreilles. J'avais l'impression d'avoir émergé dans un rêve. Tout me paraissait étrange, comme éthéré, comme si mon crâne, mes yeux et mes oreilles étaient emplis d'eau.

Je ne sentais plus mon corps. Par acquis de conscience, je tentai de lever le bras gauche et fus surpris quand il obéit. J'examinai ma main. Elle était maculée de sang et de terre mais, cela mis à part, tout paraissait normal. Machinalement, je portai la main à mon visage et la fis glisser le long de ma mâchoire. Cette fois-ci, mes doigts rencontrèrent de profondes zébrures. Elles descendaient jusqu'à ma gorge où elles s'achevaient par un trou béant.

Un grand froid s'empara de moi. Je tâtai le contour de la blessure. Elle était énorme, inconcevable. Je n'aurais pas dû pouvoir bouger avec la moitié de la gorge arrachée. Je n'aurais même pas dû pouvoir respirer…

Je ne respirais pas.

Cette prise de conscience me frappa de stupeur. Prudemment, comme si je m'apprêtais à faire quelque chose d'extrêmement dangereux, j'inspirai à fond. L'air passa dans ma gorge et dans mes poumons, mais cela s'accompagna d'une sensation désagréable semblable à des démangeaisons. Je posai avec précaution ma paume sur ma poitrine, au niveau de mon cœur. Rien.

Curieusement, aucune panique ne s'empara de moi. Je me sentais simplement engourdi, hors du monde. Comme à l'époque où ma mère avait été tuée…

Penser à cela me tira brusquement de ma torpeur. D'un bond, je me redressai et regardai autour de moi.

– Maelys !

Mais nul besoin de crier, elle était là, allongée sur le dos non loin de moi. Ses cheveux étaient étalés autour de son visage et sa peau, d'une pâleur inhabituelle, ressortait sur l'humus sombre de la forêt. Elle était entourée d'une véritable armée de cadavres.

La scène était surréaliste. Les carcasses d'animaux, tous différents, l'encerclaient dans une posture défensive tels des gardiens séculaires. Ils étaient tous immobiles, figés dans leur veille. Je distinguai le cerf, cabré, ses énormes andouillers cassés de toute part pointés devant lui ; des renards qui montraient ce qui restait de leurs crocs ; une multitude de rongeurs non identifiables éparpillés alentour ; beaucoup plus glaçant, quelques squelettes humains qui tendaient leurs bras en avant comme pour attraper ceux qui auraient l'audace d'attaquer leur maîtresse.

Tremblant, je passai cette barrière macabre pour m'approcher de Maelys. L'odeur aurait dû être abominable, mais je ne sentais rien. Les animaux n'esquissèrent pas un geste à mon passage. Je m'agenouillai près d'elle et la pris doucement dans mes bras. À mon contact, elle poussa un gémissement mais n'ouvrit pas les yeux. De la sueur coulait sur son front. Inquiet, j'essuyai la terre qui recouvrait son visage, puis examinai le reste de sa personne. Je retins une exclamation : sa robe était complètement déchirée au niveau de sa hanche, le tissu maculé de sang. Je passais ma main sur son front ; ou bien j'étais glacé, ou bien elle était brûlante.

Fébrile, je l'arrachai à l'étreinte de ses gardiens macabres et regardai autour de moi, éperdu. Je devais absolument trouver de l'aide. Cette pensée en tête, je me mis à courir entre les arbres sans m'arrêter, encore et encore, à la recherche de quelque chose, quelqu'un qui pourrait la sauver. La forêt bruissait autour de moi, paisible et indifférente.

Au bout d'un moment qui me parut une éternité, j'aperçus la lumière d'un feu à travers les arbres. Des filets de voix me parvenaient, incompréhensibles dans la distance. L'espace d'un instant, je faillis me précipiter en avant… puis je me rappelai que j'avais la jugulaire arrachée. J'ignorais de quoi j'avais l'air, mais une chose était sûre : je ne pouvais pas laisser voir cette blessure.

Le cœur crevé, je déposai Maelys au sol avec toute la délicatesse dont j'étais capable. J'arrachai des bandes de tissu à ma chemise, qui était de toute manière déjà bien mal en point, et entrepris de me confectionner un bandage maladroit autour du cou. Je n'insistai pas spécialement sur mon ouvrage : étant donné notre état, personne ne s'étonnerait de la laideur du pansement. Je m'assurai que Maelys avait toujours bien ses gants aux mains puis la repris dans mes bras et me dirigeai vers la lumière.

Émerger de la forêt me fit une impression curieuse, comme de sortir d'un cauchemar. Je clignai des yeux à plusieurs reprises. Un chemin de terre courait le long des arbres, flanqué d'une vaste prairie touffue. Plus loin, installés à proximité de la route, une dizaine de roulottes de bois étaient à l'arrêt. Des bœufs et des chevaux paissaient dans l'herbe grasse. Des voyageurs.

Une femme étrillait un des chevaux non loin de moi. Il n'était plus temps d'être prudent. Maelys toujours inconsciente dans mes bras, je m'avançai vers elle, priant pour que mon apparence ne l'effraye pas.

– Excusez-moi…

Elle sursauta et se tourna dans ma direction. Grande, large d'épaule, les cheveux courts et bruns, elle avait l'aspect de quelqu'un de droit, solide et difficilement impressionnable. Pourtant, dans son regard effaré, j'eus un aperçu de ce dont je devais avoir l'air.

– Par les dieux… murmura-t-elle, les yeux écarquillés.

– Ma sœur est blessée. Sauvez-la, par pitié.

La femme parut surprise et je compris qu'elle n'avait pas remarqué qu'une petite fille reposait dans le tas de vêtements malpropres que je portais, trop horrifiée par mon aspect. Elle se reprit vite.

– Une enfant blessée ? Porte-la dans cette roulotte et allonge-la, je vais chercher notre rebouteux.

Je balbutiai un remerciement, mais elle avait déjà filé. Sans attendre, je pénétrai dans la roulotte qu'elle m'avait indiquée – la sienne, selon toute probabilité, car elle était vide. L'endroit était petit, sombre et sentait le renfermé, mais il y avait une petite couchette avec des draps et il y faisait bon. Accrochés aux parois, des filets tissés dans du chanvre formaient des présentoirs où se côtoyaient de larges saucissons secs et des livres d'aspect très ancien. Du tissu coloré drapait le reste des murs et donnait à l'habitat un côté chaleureux, rehaussé par les deux lampes à mèche qui diffusaient une lumière tremblante.

Avec l'impression de profaner l'intimité de la maîtresse de maison, je couchai Maelys sur la paillasse avec une pensée distraite pour la literie que je recouvrais de terre et de sang. Elle poussa un petit gémissement lorsque sa hanche blessée toucha le lit et je caressai ses cheveux crasseux en lui murmurant que tout allait bien et qu'elle allait guérir. La femme entra à cet instant, suivie d'un jeune homme qu'on venait très probablement de tirer du lit.

– Voilà l'enfant en question, Sol, dit la femme en désignant Maelys.

Avec ses fins cheveux couleur paille qui voletaient autour de lui de manière chaotique, ses bras maigres et ses larges cernes violets, Sol ressemblait plus à un adolescent malade qu'à un guérisseur, mais un coup d'œil à l'expression de son visage me retint me protester. Aussi endormi fut-il, ce garçon savait ce qu'il faisait et était déterminé à l'accomplir. Il se tourna vers moi.

– Que lui est-il arrivé ? m'interrogea-t-il d'une voix cassée mais impérieuse.

– Elle s'est pris un coup de griffes sur la hanche, peut être ailleurs. Nous nous sommes fait attaquer par des loups dans la forêt...

Sol hocha la tête et se détourna. Alors qu'il se penchait sur ma petite sœur, la femme me saisit par le bras et me désigna la sortie d'un mouvement de tête.

– Sortons, chuchota-t-elle. Tu n'as pas besoin de voir ça et Sol travaille mieux sans public.

Je voulus protester, mais sa poigne ne me laissait pas le choix. Je lançai un dernier regard d'adieu en direction du corps inconscient de Maelys et suivis la femme dehors.

Elle nous entraîna à l'écart des chariots puis s'assit dans l'herbe et, d'un geste, m'enjoignit de faire de même.

– Quel est ton nom ? me demanda-t-elle tout de go.

– Qotah. Ma sœur s'appelle Maelys.

– Je suis Calva. Sol est mon fils et c'était le meilleur dans son apprentissage. Si ta sœur peut être sauvée, elle le sera.

Une grosse boule enflait dans ma gorge.

– Je vous remercie, dis-je néanmoins.

– Ta sœur est très mal en point, continua-t-elle, mais tu auras aussi besoin de ses soins. Par les dieux, si tu voyais ton visage. Tu m'as fait une peur bleue tout à l'heure.

– Je refuserai toute attention tant que ma sœur ne sera pas sortie d'affaire, rétorquai-je. Je me sens bien.

Calva m'observa d'un œil inquisiteur. Je supportai son examen sans broncher. Si elle découvrait ce qui se cachait sous mes bandages, Maelys pourrait dire adieu à ses soins.

– Tu es un garçon courageux, dit-elle. Mais te laisser mourir d'infection n'aidera pas ta sœur à mieux se porter. Ton pansement a vraiment un aspect affreux.

– Je vous suis très reconnaissant, mais je refuse. En revanche, si vous avez des bandages propres, je pourrais m'en occuper moi-même. Mais je ne laisserai personne toucher ma blessure tant que Maelys ne sera pas remise sur pieds.

– Comme tu voudras, fit-elle en haussant les épaules, l'air de dire que c'était ma stupidité et que j'en assumerais les conséquences. D'où venez-vous, toi et ta sœur ?

– Du village de Joname.

– Ce n'est pas si loin, à peine une demi-journée de marche. Pourquoi n'êtes-vous pas allés y chercher secours ?

– Je n'ai pas trouvé le chemin… nous étions profondément enfoncés dans la forêt.

– Malheureusement, notre caravane ne passe pas par Joname. Elle se rend même dans la direction opposée.

Je réfléchis un instant. Maelys ne serait probablement pas remise avant plusieurs jours… si elle se remettait. J'évacuai cette idée et tentai de garder la tête froide. Prendre Maelys dans mes bras et faire le chemin jusqu'à Joname n'était pas envisageable. J'eus un pincement de cœur en pensant à Garrison et à Tzig. J'espérais que ce dernier était d'instinct retourné chez lui. Je préférais que le maître d'écurie me croie mort dans la forêt que voleur de chevaux.

– Si vous avez de la place pour nous… commençai-je prudemment. Je n'ai pas d'argent, mais je peux faire tous les travaux dont vous avez besoin. Je suis plutôt doué de mes mains.

Une fois de plus, Calva me considéra de son regard de faucon. Elle devait probablement se demander pourquoi je ne tenais pas à rentrer chez moi. À la vérité, je ne le savais pas vraiment moi-même. Tout ce que je savais, c'était qu'au fond de moi, j'avais l'impression de renaître. Tout ce qui appartenait à mon passé me paraissait loin et flou, comme appartenant à une autre vie. Il me paraissait impossible que, quelques heures plus tôt, Shayna ait pressé son corps nu contre le mien.

– Nous n'abandonnons jamais des enfants en détresse, finit-elle par dire. Et tu as l'air effectivement débrouillard. Vous pouvez vous joindre à nous, tant que tu fais ta part du travail.

Je la remerciai et la laissai me reconduire au chariot où se trouvait Maelys. Sol nous attendait, l'air un peu plus réveillé qu'à son arrivée. Sa peau avait cependant toujours cette pâleur maladive qui ne devait jamais le quitter.

– J'ai fait ce que j'ai pu, dit-il immédiatement, sans me laisser ouvrir la bouche. Elle vivra. Mais elle va devoir garder le lit plusieurs jours.

Mes jambes se mirent à flageoler sous l'effet du soulagement et je manquai de m'effondrer totalement. Le garçon me regarda d'un air inquisiteur.

– Ça va ? demanda-t-il. Il faut que je m'occupe de tes blessures à toi, maintenant.

– Non, pas besoin, assénai-je. Laisse-moi simplement des bandages propres et des plantes. Je m'en occuperai.

Sol voulut protester, mais un coup d'œil à sa mère le convainquit de ne pas insister.

– Comme tu voudras, finit-il par grommeler. Mais c'est stupide.

– C'est comme ça qu'on fait par chez moi.

– Je suis sûr que ta sœur sera ravie en se réveillant de trouver son frère mort par respect pour ses traditions.

– Sol ! appela sèchement Calva.

Celui-ci m'adressa un dernier regard dégoûté et s'en fut. Ses paroles acerbes m'avaient quelque peu décontenancé, mais je n'en montrai rien. Après tout, de son point de vue, mon comportement était en effet dénué de sens.

Il revint quelques instants après, les bras chargés de linge blanc et d'un panier rempli de plantes. Il m'expliqua plusieurs minutes sans aménité de quelle manière je devais m'y prendre et comment utiliser les remèdes. J'acquiesçai sans piper mot puis me tournai vers Calva.

– Tout à l'heure, on vous trouvera un coin où dormir. En attendant, repose-toi. Tu dois être exténué, et je dois m'occuper du départ.

Elle était donc la cheffe de cette caravane. Je la remerciai de nouveau et entrai me réfugier dans l'obscurité de sa roulotte.

Maelys était couverte de bandages. Apparemment, de nombreuses blessures m'avaient échappé. Je m'approchai d'elle avec inquiétude, mais elle dormait paisiblement. Elle avait été nettoyée et changée. Je jetai un coup d'œil inquiet à ses mains, mais non, ses gants étaient toujours en place. Sol avait dû estimer que celles-ci n'avaient pas été touchées. C'était une chance énorme pour nous – j'avais oublié de m'en inquiéter lorsque je l'avais remise entre ses mains.

J'éteignis les lampes, m'assis sur une tabouret et, dans le silence et l'obscurité de la roulotte, me demandai si je devais dormir ou si je ferais mieux de me montrer méfiant.

C'est alors que je pris conscience que je n'avais pas le moins du monde sommeil.

J'avais efficacement écarté ces préoccupations de mon esprit mais, à présent que Maelys était soignée et en sécurité et que je me retrouvai seul dans le noir avec moi-même, l'angoisse s'infiltra en moi comme de l'eau dans une éponge. Qu'étais-je devenu ? À tâtons, je glissai ma main sous mon bandage de fortune pour tâter ma blessure. Aucune humidité, pas de sang, pas de douleur ; elle était simplement béante. Avec dégoût, je triturai les bouts de chair qui pendouillaient puis retirai brusquement ma main. La vérité me frappait, glaciale, indéniable : j'étais comme ces charognes avec lesquelles Maelys jouait. J'étais ce squelette que j'avais regardé se relever avec horreur dans la clairière. Nul souffle n'enflait ma poitrine, mon cœur ne bougeait plus. Je n'avais ni sommeil, ni faim, ni soif, ni mal. Avais-je encore quoi que ce soit d'humain ? Appartenais-je encore à ce monde ? Mes mains se mirent à trembler et je les serrai l'une contre l'autre. Pris d'une impulsion, je rapprochai mon tabouret de la couchette et posai ma paume sur le dos de Maelys.

La chaleur de sa peau… sa respiration lente… je fermai les yeux et m'imprégnai de la tranquillité qui régnait dans la pièce. Doucement, mon angoisse reflua. J'étais là, avec elle. J'étais là, et c'était tout ce qui comptait.

***

Bien plus tard ce jour-là, Sol vint me trouver. Depuis plusieurs heures, la roulotte s'était mise en route. Le bruit des roues et les cahots occasionnels accompagnaient mes pensées et créaient une mélodie qui se jouait au fond de mon esprit. Dès que la roulotte s'immobilisa, le battant s'écarta et la tête du rebouteux apparut.

– C'est le crépuscule, dit-il. On s'arrête pour la journée.

Puis, comme je ne répondais pas, il ajouta :

– Je peux entrer ?

– Bien sûr.

Il se glissa dans l'ouverture. Plus je voyais ses bras et ses jambes maigres bouger, plus il me faisait penser à une mante religieuse. Pour un rebouteux, il ne respirait pas la santé. Il s'avança jusqu'à Maelys et l'examina sans me jeter le moindre coup d'œil. Je pensais qu'il avait décidé de m'ignorer, aussi fus-je étonné lorsqu'il s'adressa à moi, toujours sans me regarder.

– Je suis désolé pour les mots que j'ai pu avoir tout à l'heure, marmonna-t-il. Ma mère m'a fait comprendre à quel point c'était déplacé.

– Il n'y a pas de mal, répondis-je.

– Je n'arrive pas à comprendre les croyances de gens quand il s'agit de la santé de leur corps, poursuivit-il sombrement. On devrait toujours faire passer sa propre vie avant ses traditions ou sa foi. Surtout si quelqu'un compte sur nous derrière.

Je gardai le silence, curieux de ce que pouvait bien cacher une telle répugnance. Je n'eus pas à être curieux bien longtemps.

– Mon père est tombé malade, m'expliqua-t-il, penché sur Maelys, les mains occupées à nettoyer ses blessures. Il était adepte de Jan, le dieu de la vie, et il a tenu à ce que ce soient ses condisciples qui s'occupent de lui, à coup de prières, de sacrifices et d'exorcismes. Ça n'a pas marché. Plus tard, j'ai découvert de quoi il souffrait et les remèdes qui auraient pu le sauver. Ça m'a mis dans une rage folle.

– Je comprends, fis-je à mi-voix.

– Tout ça pour te dire que ma colère de tout à l'heure n'était pas dirigée contre toi en particulier. Je pensais juste à ta sœur. Je pensais que tu la ferais passer avant tout.

– Je sais que ça peut paraître ridicule, mais je sais ce que je fais. Ne t'inquiète pas pour moi. Et merci pour elle.

– C'est mon travail.

Nous restâmes silencieux un long moment, lui occupé à découper des bandelettes de tissu propre, moi perdu dans mes réflexions. Il finit par rompre le silence.

– Comment vous êtes-vous retrouvés dans la forêt de nuit ?

– Elle a fugué, répondis-je après un temps d'hésitation.

– Pourquoi ça ?

– Elle voulait retourner sur la tombe de notre mère.

– Ah. Je suis désolé.

– Quelle est la destination de cette caravane ? demandai-je pour changer de sujet.

– Nous allons à Caffith. Nous sommes partis du sud d'Ilimbe avec nos marchandises pour les villages de la région.

– Vous êtes des pourvoyeurs ?

– C'est ça.

J'avais déjà vu des pourvoyeurs passer à Joname : c'étaient des convois de taille modeste qui acheminaient des marchandises diverses à travers les provinces, et parfois des gens ou des messages. Le fait qu'ils se rendissent à la capitale des Royaumes Paysans n'avait rien de surprenant.

– Quand penses-tu que Maelys sera en état de reprendre la route ? demandai-je tout à trac.

– Il faudrait déjà qu'elle soit en état de se lever, rétorqua-t-il en frottant de larges feuilles sur le pansement. Rien que ça ne devrait pas être possible avant une bonne semaine. Pour ce qui est de voyager… j'espère que tu n'es pas trop pressé.

– Pas vraiment, non. Je n'ai nulle part où aller.

Sol me lança un regard attristé, comme s'il comprenait parfaitement ce que je ressentais, mais ne répondit rien.

– Tu devrais sortir un peu, dit-il au bout d'un moment. Tu as besoin de te dégourdir les jambes. Et puis, c'est le bon moment pour rencontrer les autres personnes de la caravane.

– Je préférerais rester avec elle, répondis-je à mi-voix.

Il n'insista pas et je passai une nouvelle nuit seul, à ruminer. Au matin, Calva vint toquer à la porte de la roulotte. Je sautai sur mes pieds, portai machinalement ma main à mon bandage et jetai un regard en direction de la nourriture qu'on nous avait apporté plus tôt.

Bien sûr, je n'y avais pas touché, et je décidai de la dissimuler. Mon état était déjà assez intrigant comme ça, inutile d'en rajouter.

Je m'extirpai de la roulotte, devant laquelle Calva m'attendait. L'aube commençait à poindre, mais il était encore trop tôt pour que les pourvoyeurs commencent leur journée. Calva se levait très tôt pour régler les différents problèmes du groupe, et nous en faisions immanquablement partie.

– Bonjour, Qotah, m'accueillit-elle avec politesse.

– Bonjour.

– Je viens te voir pour te parler de la suite du voyage. Nous arriverons à Elunart dans deux semaines si nous parvenons à conserver cette allure. Il est hors de question que vous repreniez la route tous les deux, surtout dans l'état dans lequel vous vous trouvez.

– Merci pour votre accueil, me sentis-je obligé de répondre. Vous nous avez sauvé la vie.

– Nous ne laissons pas les gens mourir, rétorqua Calva en croisant ses larges bras sur sa poitrine. Mais je ne peux pas non plus vous nourrir et vous loger à l'œil pendant l'intégralité du trajet. Tu m'avais dit être prêt à travailler, mon garçon ?

– Je ferai tout ce qu'on me demandera.

– Parfait. Il y a toujours des choses à faire dans cette caravane, nous te trouverons du travail. Dès que Maelys ira mieux, vous pourrez vous installer dans un des chariots de marchandises. Ce n'est pas l'idéal, mais ça suffira pour un court voyage.

J'acquiesçai. J'ignorai où Calva avait dormi pendant les deux jours où nous avions monopolisé sa roulotte, mais je lui serais éternellement reconnaissant de son sacrifice.

– Je trouverai un moyen de vous dédommager de ce que vous avez fait pour nous, dis-je avec toute la sincérité dont je disposais.

– Fais ta part du travail et je serai remboursée, répliqua-t-elle.

Et je m'y attelai de grand cœur toute la journée. Sitôt que les pourvoyeurs eurent émergé du sommeil, je ne sus plus où donner de la tête. On me demanda de réparer un essieu, de recoudre des bâches déchirées, d'arranger des cargaisons bancales, de m'occuper de chevaux, de préparer un repas… J'étais heureux de pouvoir m'abîmer dans le travail et de ne pas avoir à penser à ma situation.

Je croisai Sol plusieurs fois dans la journée et il m'assura que Maelys se portait bien et reprendrait très bientôt conscience. Le soir, quand je retournai auprès d'elle, elle dormait toujours. Son déferlement de pouvoir avait dû drainer énormément de son énergie. Je restai quelques instants à ses côtés puis, incapable de supporter l'idée de rester une nuit de plus à attendre enfermé, j'embrassai son front et sortis de nouveau.

Il faisait nuit noire. Les chariots étaient agencés de manière plus ou moins circulaire et l'ombre des bêtes qui dormaient ou paissaient se découpait sur leurs flancs de toile blanche. Un feu de camp brûlait au milieu du cercle, déserté de tous.

Une femme chantait, seule, assise sur un rondin. Elle tenait dans ses mains un instrument que je n'avais jamais vu, une sorte de biniou pourvu de cordes dans lequel elle soufflait et chantait tour à tour. Sa voix était douce, paisible, et je sentis une sorte d'engourdissement se répandre en moi. Je m'approchai du foyer, tel un papillon de nuit hypnotisé, et m'arrêtai à la limite de la lumière. Je l'observai sans me cacher dans l'obscurité, immobile, les bras ballants.

Elle lança la dernière note de sa ballade, baissa son instrument et tourna son regard vers moi. Elle me sourit.

– Tiens, du public, dit-elle d'une voix enjouée. Et pas n'importe qui ! L'homme venu de la forêt, mystérieux et ténébreux. Je m'appelle Luzelle. Approche-toi que je te croque.

Je ne pu m'empêcher de sourire.

– Si tu savais quel était mon côté ténébreux, tu n'aurais aucune envie de me croquer.

– Et pourquoi pas ? rétorqua-t-elle en souriant de plus belle. Je connais beaucoup d'êtres ténébreux et ce sont de très bons amants. Tiens, tu connais l'histoire du loup et de la fauvette ?

– Pas du tout, non.

– Viens là, dit-elle en tapotant le rondin à côté d'elle. Tu ne seras pas déçu.

Intrigué, je m'exécutai et m'assis en face d'elle, dédaignant la place qu'elle m'avait assigné. Elle se racla la gorge, porta le biniou à ses lèvres et souffla quelques notes mélancoliques dedans. Puis elle entonna, d'une voix étonnamment rauque :

Elle avait des jupes trouées
Qui laissaient voir ses maigres gambettes
Quand on l'appelait elle semblait s'envoler
Pour cette raison on l'appelait la Fauvette

Il avait une fourrure bien vilaine
Un long museau qui hurlait à la lune
Lui demandait de se faire pleine
Pour qu'il échappe à son infortune

Elle le rencontra une nuit claire
Alors qu'il allait sur deux pieds
L'évidence les frappa d'un éclair
Deux animaux pouvaient bien s'aimer

Elle le rejoignait quand la lune était ronde
Un instant qui semblait n'être qu'une seconde
Et les mois étaient infinis
Et les jours passaient comme autant de nuits

Les dernières notes s'éteignirent dans un souffle, et j'eus l'impression de reprendre mes esprits, comme si j'étais parti dans la nuit avec la fauvette, la voix et la musique. Luzelle me regardait, l'air contente d'elle. Je n'aurais su dire pourquoi j'étais aussi troublé.

– Alors, aussi ténébreux que ce monsieur ? lança-t-elle.

J'hésitais avant de répondre. La prudence me recommandait de ne pas entrer dans ce jeu-là, mais je me sentais comme dans le conte que je venais d'entendre et cela émoussait ma méfiance.

– Peut être pas, finis-je par dire. Mais un peu quand même.

– Ah ? Je n'aurais donc pas le plaisir de ta compagnie ce soir ? C'est bien triste.

– Ma sœur est malade, répondis-je en haussant les épaules.

Son attention ne me déplaisait pas, mais je n'avais pas le cœur à ces jeux. Elle eut soudain l'air alarmé et reposa son biniou.

– C'est grave ?

– Juste de l'épuisement, a dit le rebouteux. Nous avons eu un voyage… difficile.

– Sol est le meilleur, affirma-t-elle sans hésitation.

– Je l'espère.

Puis, comme je n'avais pas envie de parler de ça, j'enchaînai :

– Qui invente ces histoires ?

– Inventer ? Mais elles sont vraies, bel inconnu ! Je ne chante pas des contes pour amuser la galerie, je chante la vérité.

– Ah, vraiment ? demandai-je, sceptique.

– Tu n'y crois pas, hein ? Les sédentaires ont souvent du mal à prêter foi à mes contes. Pourtant, eux-mêmes ont leurs propres créatures locales, et ils y croient !

– Les créatures, oui, admis-je. Mais des histoires telles que celle-là ? Des fillettes qui couchent avec des loups-garous ? J'avoue que c'est dur à croire.

– Et pourtant, fit-elle en clignant de l'œil, je ne chante que des histoires avérées. Je ne suis pas qu'une amuseuse, je suis aussi une historienne.

Je gardai le silence. Après tout, l'aurais-je crue jadis si elle m'avait chanté l'histoire de l'enfant nécromancienne et de son frère non-mort ? J'esquissai un sourire amer à part moi. C'était bien ce que nous étions à présent : des créatures.

– Je t'ai raconté une histoire vraie, reprit-elle, du coup, tu m'en dois une en échange.

– Je ne connais pas d'histoire…

– Et la tienne ? fit-elle avec un sourire espiègle.

– Non, celle-là, je la garde pour moi. Elle a plus de valeur que des contes.

Elle ne parut nullement désabusée. Son sourire, au contraire, parut s'élargir.

– Dans ce cas, je te raconterai des histoires jusqu'à ce que leur valeur combinées valle la tienne.

– Il va en falloir beaucoup…

– J'en ai plein mon répertoire, ça ne me fait pas peur. Est-ce que tu connais l'histoire des Antiques ?

Et, sans attendre, elle entonna ce nouveau chant :

Le dragon, le serpent, l'étalon et le lion :
D'incroyables géants. Fantastique vision
Que ces dieux masquant tout là-bas l'horizon
Entraînés par le vent, couronnés de faucons.

Voyant que j'étais captivé, elle chanta pour moi, ce soir-là, un grand nombre d'histoires. Certaines étaient tristes et tendres, d'autres simplement effrayantes. J'en connaissais quelques-unes, mais très peu. Sa voix me berçait et m'enveloppait, me plongeant dans un état proche du sommeil. Pour moi qui n'avais pas dormi depuis plus de trois jours et qui ne dormirais peut-être plus jamais, c'était un véritable enchantement.

Elle finit par se taire et, laissant les derniers échos de sa voix et des notes mourir dans le silence, m'observa avec une acuité étrange.

– Il est temps pour moi d'aller dormir, annonça-t-elle. Mais sache que je te chanterai des histoires tous les soirs, autant de soirs qu'il faudra pour gagner le droit d'écouter cette ténébreuse histoire.

– Je ne suis pas sûre qu'elle ait de valeur pour quiconque d'autre que moi, répondit-je simplement.

– Les histoires ténébreuses, c'est mon métier. Même quand elles sont banales, elles ont beaucoup de valeur pour moi. Et la tienne m'intéresse particulièrement.

Je ne lui demandai pas pourquoi.

Les parias

Je clignai des yeux, saisie par un profond sentiment d'incompréhension. Quel était ce plafond de bois inconnu qui s'étalait au-dessus de moi ?

– Bonjour, souffla une voix éraillée, mais étrangement douce.

Je tressaillis et tournai la tête. Machinalement, je joignis mes mains et éprouvai une pointe de soulagement en sentant le cuir de mes gants sur mes doigts.

Un homme se trouvait assis à côté de moi, un homme que je ne connaissais pas. L'espace d'un instant, je le pris pour un fantôme : ses cheveux blonds flottaient autour de son visage, comme dépourvus de matière, sa peau était d'une pâleur cadavérique, ses joues creusées, et ses yeux verts étaient mangés par les cernes. Pourtant, je n'éprouvai aucune peur. L'expression de son visage, ses longs cils baissés sur moi, le sourire qui étirait ses lèvres gercées, tout respirait la bienveillance.

– Qui t'es ? demandai-je.

– Je m'appelle Sol. Et toi, tu es Maelys, c'est ça ?

Je hochai la tête, intimidée.

– Tu as été très malade pendant quelques jours. C'est moi qui me suis occupé de te soigner.

– Où est mon frère ? demandai-je.

Puis, réalisant que ce n'était pas très poli, j'ajoutai :

– Merci de m'avoir guérie, monsieur Sol.

Son sourire s'élargit et ses yeux se plissèrent jusqu'à n'être plus que deux fentes.

– Il n'y a pas de quoi, et tu peux m'appeler juste Sol. Ton frère est ici.

Il se leva et je me sentis toute étourdie. Le bois craqua sous ses pieds tandis qu'il reculait. Je réalisai que je me trouvai dans une pièce exigüe, sombre. Comment m'étais-je retrouvée là ? Que s'était-il passé ?

Les loups.

Le souvenir me frappa à l'instant même où Qotah apparaissait dans mon champ de vision. Je me redressai du mieux que je pus sur ma couchette, soudain consciente de la douleur qui me traversait la taille, et lui adressai un petit signe de la main en même temps qu'une grimace. Son visage s'illumina et il s'accroupit près de moi.

– Comment te sens-tu ? murmura-t-il.

– J'ai un peu mal, mais ça va, répondis-je sur le même ton.

Il posa sa main sur mon poignet. À l'instant où sa peau toucha la mienne, je pris brusquement conscience du lien qui existait entre nous. Un lien que je m'étais amusée à nouer et dénouer avec tant de créatures différentes à de maintes reprises au cours de ma vie… mais que je n'avais jamais senti aussi puissant, aussi solide, presque palpable. Mon frère était mort, et je l'avais tiré.

Je m'en souvenais à présent, dans la clairière, la nuit… les loups, tous ces liens que j'avais attachés, tous ces êtres que j'avais tirés, presque inconsciemment, poussée par mon instinct et ma peur. Et les dents du gros albinos qui se refermaient sur sa gorge, qui l'arrachaient… Je blêmis à ce souvenir et serrai fort son poignet entre mes mains gantées. Je ne laisserai jamais ce lien se défaire. Jamais jamais jamais.

Je pense qu'il comprit ce qui me passait par la tête, car il m'étreignit sans mot dire pendant un long moment. Quand il me relâcha, je l'examinai. Avait-il changé, maintenant que je l'avais tiré ? Ses longues mèches qui auraient bien eu besoin d'être coupées, ses yeux noirs et inquisiteurs, ses pommettes hautes, ses mains aux longs doigts… rien ne paraissait changé. Il avait pourtant l'air plus pâle qu'avant. Et quelque chose dans son regard… Un bandage sale et posé avec maladresse masquait son cou à l'endroit où le loup l'avait mordu. Sa peau était fraîche. Son souffle n'exhalait aucune odeur. Avait-il seulement un souffle ? Je pris conscience que non.

– Pardon, intervint la voix de Sol en m'arrachant à mon examen, mais il faut que je change ses pansements. Sa blessure est encore fragile.

Avec une réticence évidente, mon frère s'écarta de moi et l'autre garçon prit sa place. J'eus un instant la pensée saugrenue que celui-ci ressemblait plus à quelqu'un de tiré que Qotah.

– Je peux retirer ta tunique, Maelys ? me demanda Sol. Il faut que je change tes bandages.

– D'accord.

Je n'avais jamais accordé d'importance à ma nudité mais, sans raison, je me sentis soudain gênée. Les yeux de Qotah suivaient avec attention le mouvement des mains du rebouteux et je m'efforçai de ne pas trop tressaillir à son contact sur l'entaille. Il connaissait visiblement son affaire, car cela ne lui prit que quelques rapides minutes.

– Et voilà, fit-il en se reculant. Tu devrais pouvoir te lever. Mais ne va pas courir partout, tu es encore en rétablissement.

Je m'assis précautionneusement sur le bord de ma couchette en veillant à ne pas malmener ma blessure. J'adressai un timide sourire à Sol qui eut l'air satisfait de lui-même.

– Parfait. Il ne reste plus qu'à convaincre ton frère de me laisser faire de même avec son cou, maintenant.

Je jetai un regard à Qotah et fus frappée de mutisme. Bien sûr, ce bout de tissu n'avait rien d'un bandage… Le regard de ce dernier s'était assombri.

– Ce n'est pas négociable, Sol, et Maelys ne me fera pas changer d'avis. Mais merci pour elle.

Sol haussa les épaules comme si cela ne le concernait pas, mais je le sentis agacé.

– Je vous laisse, alors. Maelys va avoir besoin de marcher un peu dehors, mais je vous déconseille de trop forcer. Calva vous laisse la roulotte cette nuit encore. Bonne nuit.

Roulotte ? Je tus ma question et adressai un regard à la dérobée au rebouteux qui s'éclipsait. Il me fit un dernier sourire avant de franchir la porte. Je rougis honteusement.

Qotah vint s'asseoir sur le lit à côté de moi. Le matelas s'enfonça sous son poids.

– Je suis content de voir que tu vas bien, dit-il simplement.

Il n'avait jamais été très expressif, mais je savais tout le soulagement que masquaient ces mots. Je l'étreignis à nouveau, attentive malgré moi au bruit d'un battement de cœur qui ne venait pas.

– Je t'ai tiré, annonçai-je après m'être écartée de lui.

– Oui, je l'ai remarqué, murmura-t-il. Merci.

– Ça n'a jamais marché aussi bien. Je suis contente !

– Maelys, me coupa-t-il d'une voix étrange. Arrête.

Sa brusquerie me blessa et je réagis en me hérissant.

– Tu vas encore me gronder pour ça ? Si je ne l'avais pas fait, tu serais encore allongé là-bas avec les autres et…

Je m'interrompis en voyant l'expression de son visage. J'avais trouvé que Sol ressemblait à un fantôme, tout à l'heure, mais j'avais à présent devant les yeux une véritable expression hantée. Ma colère disparut aussitôt et j'avalai ma salive.

– Ça fait quoi d'être tiré ? demandai-je timidement.

– Bizarre… dit-il tout bas. Ça fait bizarre.

– Toi aussi, il va falloir que tu portes des gants maintenant ?

Sa blessure n'était pas aux mains, mais il comprit ce que je voulais dire.

– Apparemment. Nous sommes tous les deux marqués, maintenant.

– J'ai fait quelque chose de mal ?

Je ne l'avais jamais vu aussi abattu. Pourtant, à ma question inquiète, il répondit par un sourire forcé.

– Non, pas du tout. Je suis vraiment très heureux que tu sois réveillée. Tu veux aller marcher ?

J'acquiesçai et il m'aida à quitter le lit tout en m'expliquant brièvement où nous nous trouvions, une caravane en route pour Caffith. Je ne m'étais jamais vraiment intéressée à la géographie et Caffith ne m'évoquait rien de plus que le nom d'un lieu inaccessible. Tout ce que j'en compris, c'est que nous n'étions plus à Joname.

– Mais, et Swen ? demandai-je.

– J'aurais aimé lui envoyer un mot, répondit sombrement Qotah. Et à Garrison aussi, lui dire que je ne me suis pas enfui avec Tzig. Mais tu es vivante, c'est tout ce qui compte. Nous pourrons peut-être leur faire parvenir du courrier une fois arrivés à Elunart.

Je restais silencieuse, pleine d'incompréhensions. Comment ça, c'est tout ce qui compte ? Et Scipin, Fouinet, mes amis ? Et Astase, la chasseuse qui me donnait toujours des petits objets ? Et même Shayna, je pensais que Qotah… j'eus soudain du mal à respirer. Nous ne pouvions pas vraiment être partis, n'est-ce pas ?

Mais quand la porte en toile s'ouvrit sur l'extérieur, je ne vis rien de ce que je connaissais. Pas de temple rassurant dans lequel nous nous mussions comme des souris, pas de rues que j'avais appris à connaître à force de les parcourir, pas de maisons de bois et de chaume… Même le doux appel du cimetière s'était tu, alors qu'aussi longtemps que je me souvienne, je l'avais toujours entendu. Seule une large plaine inconnue, des chariots que je n'avais jamais vus et des silhouettes qui ne m'inspiraient rien. Même l'air de la nuit sentait différemment ; l'odeur était plus sauvage, plus chargée d'herbe. Il y manquait la fumée, la sueur, le chien, la viande en train de cuire…

Je lançai un regard plein de détresse à mon frère et il parut se rendre compte du choc que je venais d'éprouver. Avec un soupir, il s'assit au bord du chariot et m'enjoignit à faire de même.

– Tu as besoin de prendre l'air, mais tu n'es pas obligée de trop marcher, fit-il.

– Où sommes-nous ? demandai-je d'une petite voix.

Il avait déjà répondu à cette question, mais ce n'était pas exactement la même et il le savait. Il passa son bras autour de mes épaules et me serra fort.

– Nous ne pouvons pas faire marche arrière, Maelys. Pour retourner à Joname, il faudrait rebrousser chemin à travers la nature, seuls. C'est beaucoup trop risqué.

– Mais c'est chez nous, rétorquai-je, les larmes aux yeux.

Le regard de Qotah se perdit dans le ciel nocturne.

– Nous pouvons toujours nous arrêter au prochain village et attendre que passe une caravane qui nous ramènerait à Joname…

– Oui, il faut faire ça !

– Peut-être, Maelys, soupira-t-il. Nous verrons bien où nous allons atterrir.

Il paraissait complètement abattu. Nous avions beau avoir vécu une vie difficile, je ne l'avais presque jamais vu faire preuve de faiblesse. Mes larmes menaçaient de déborder, lorsque deux femmes se campèrent soudain devant nous.

– Bonjour !

Seule la première avait parlé, celle toute fine avec un petit nez pincé, les dents de devant écartées et des yeux très très clairs. L'autre, plus épaisse de corps comme de visage avec son gros nez bulbeux et ses bras musclés, avait gardé le silence et nous fixait d'un air suspicieux. Une énorme hache pendait dans son dos et l'autre avait une instrument en bois muni de cordes accroché à sa taille. Fascinée par ces apparitions, je sentis mes larmes refluer.

– Bonjour, répondit Qotah avec sa réserve coutumière.

Ses doigts s'étaient brusquement resserrés sur mon épaule.

– J'ai entendu dire que la petite s'était finalement réveillée, claironna la première. Je m'appelle Luzelle, je suis troubadour. Et voici Oscane.

La dénommée Oscane ne desserra pas les dents et je vis à l'air sombre de Qotah qu'il s'apprêtait à les chasser.

– Je m'appelle Maelys ! m'empressai-je de répondre, bien décidée à ne pas le laisser renvoyer quelqu'un d'aussi intéressant. Et lui, c'est mon frère, Qotah.

– Nous nous sommes déjà rencontrés, sourit Luzelle. Bienvenue dans la caravane. D'où venez-vous ? Les troubadours aiment entendre les histoires de mystérieux voyageurs.

– On s'est fait attaquer par des loups dans la forêt, répondis-je. Ils voulaient nous manger ! Heureusement on… aïe !

Qotah venait de me pincer très fort. Je lui lançai un regard de reproche, mais son expression me fit comprendre qu'il était furieux.

– Il est encore un peu tôt pour toi pour revivre tout ça, fit-il à mi-voix en me grondant du regard. Tu dois te concentrer sur ta guérison.

– Oh, vous êtes blessés ? demanda Luzelle avec inquiétude.

Je me trompai peut-être, mais il me semblait percevoir une grosse dose d'avidité derrière sa question. D'autant plus que celle-ci était stupide : un simple regard au large bandage que portait Qotah à la gorge permettait d'y répondre.

– Nos vies ne sont plus en danger grâce à Sol, répondit Qotah, mais Maelys vient de reprendre conscience et elle est encore un peu faible.

Ce n'était pas vraiment vrai. Ma blessure me faisait mal et j'avais l'impression que chaque muscle de mon corps était perclus de courbatures, mais cela mis à part, je me sentais en pleine forme, aussi reposée et pleine d'énergie qu'après une bonne nuit de sommeil.

L'air gourmand de Luzelle avait disparu et son expression se fit compatissante.

– Tu es courageuse, Maelys. Veux-tu entendre une histoire ? Ça te changerait peut-être les idées.

– Merci mais non, me coupa Qotah alors que j'ouvrais la bouche. Nous avons besoin d'un peu de tranquillité.

Je faillis crier que c'était faux, que je voulais bien entendre ses histoires, mais je connaissais mon frère : quand il prenait cet air-là, mieux valait avoir une bonne raison de le contrarier. De plus, le mutisme d'Oscane commençait à m'inquiéter. Elle n'avait pas quitté Qotah des yeux une seule seconde et son expression n'avait rien d'amical.

– Je comprends, dit gracieusement Luzelle en adressant un large sourire à Qotah. Nous vous laissons à votre convalescence, mais promettez-moi que vous viendrez écouter une histoire quand vous vous sentirez mieux !

– Promis, m'empressai-je de répondre, ravie.

– Au revoir, fit sèchement Qotah.

Avec un clin d'œil à mon intention, Luzelle attrapa sa compagne par le bras et fit volte-face en chantonnant. Cette dernière se laissa faire de mauvaise grâce et, bientôt, nous fûmes de nouveau seuls.

Qotah bouillonnait visiblement et je sentis un mélange d'inquiétude et d'indignation monter en moi. Qu'avais-je fait de mal, encore ?

– Quoi ? demandai-je d'une voix boudeuse.

– Il y a une règle d'or, Maelys, une seule : personne ne doit savoir ce que tu es !

Il s'exprimait à voix basse, mais vibrante de fureur. Je me sentis un peu contrite.

– Mais on n'est plus à Joname ! bougonnai-je.

– C'est une règle qui vaut pour tout et partout ! Les Jonamiens ne sont pas les seuls à détester les néc… ce que tu es. Ne joue pas à l'idiote, tu le sais très bien !

– Mais je n'allais pas leur dire, j'allais simplement raconter les loups !

Sans prévenir, alors que je me sentais simplement outrée quelques instants plus tôt, des larmes emplirent mes yeux et se mirent à déborder, à tremper mes joues et mon menton. Qotah écarquilla les yeux, probablement aussi surpris que moi, et eut soudain l'air un peu honteux. Avec des gestes maladroits, il me prit dans ses bras et m'attira à lui. Je m'installai sur ses genoux et enfouis ma tête contre son torse. Il était sale, couvert de blessures et étrangement froid, mais je me sentis tout de même un peu mieux. Il me laissa sangloter pendant de longues minutes sans mot dire, immobile comme une statue.

– Je suis désolé, murmura-t-il comme le flot de mes larmes se tarissait. Pardonne-moi.

– C'est pas grave, répondis-je d'une petite voix.

– Ça va aller, d'accord ? On va s'en sortir. On trouvera un moyen de retourner à Joname.

Je ne répondis rien. C'était probablement la première fois de sa vie qu'il me mentait.

***

Dès le lendemain, nous déménageâmes. De la petite roulotte coquette et confortable, nous passâmes à un chariot de marchandises dans lequel chaque cahot menaçait de faire choir un sac sur nous. D'une certaine manière, je préférais cet endroit ; tout comme dans notre chambre dans le temple de Swen, nous n'étions que des locataires temporaires, forcés de ne pas prendre trop de place parmi les objets.

Le jour, Qotah travaillait. Je restais à ses côtés, assise au bord du chariot qu'il réparait ou jouant à tirer discrètement des insectes pendant qu'il pansait un cheval. Je guettais l'apparition de Sol ou d'Oscane, le premier parce que sa présence me ravissait, la seconde parce qu'elle m'inquiétait. Je l'avais vue s'entraîner avec la hache qu'elle portait dans son dos et la manière dont elle avait découpé le tronc qui lui servait d'adversaire m'avait fait frissonner. Cela plus le fait qu'elle n'adressait jamais la parole à quiconque d'autre qu'à Luzelle et qu'elle fixait parfois Qotah avec une intensité que je trouvais extrêmement dérangeante. Celui-ci m'avait expliqué qu'elle était la gardienne de la caravane et devait donc se montrer suspicieuse à outrance, mais cela ne me rassurait pas outre mesure.

La troubadour venait souvent nous trouver pour discuter, ce qui m'emplissait de joie. Elle était toujours enjouée et avait des milliers d'histoires à raconter. Elle essayait parfois d'engager la discussion avec Qotah mais se heurtait bien trop souvent à son silence. J'avais pourtant l'impression qu'il l'appréciait, à en juger par les rares fois où il lui répondait, mais il se méfiait également d'elle. Même moi, je pouvais comprendre que cela venait de l'obsession de Luzelle pour les histoires personnelles de chacun. Malgré tout, la réserve de mon frère à son égard ne l'empêchait pas de revenir régulièrement à l'assaut, à mon grand plaisir.

Le septième jour après mon réveil, nous étions à l'arrêt pour la journée. Assis contre un arbre, Qotah réparait consciencieusement des outils tandis que Luzelle et moi discutions du village de Joname. Sol était assis non loin de nous, suffisamment près pour nous entendre. Je lui jetai régulièrement des regards en coin dans l'espoir qu'il se joigne à notre conversation, mais il paraissait perdu dans ses pensées. J'étais ravie que Luzelle me traite comme une adulte, mais je trépignais surtout de l'envie que le rebouteux fasse de même.

– Luzelle, la coupai-je, et si tu nous chantais quelque chose ?

La troubadour sourit. Elle adorait raconter ses histoires et il ne fallait pas grand-chose pour la pousser à sortir son comma, comme s'appelait son instrument.

– Qu'est-ce qui te ferait plaisir ? demanda-t-elle.

– Une histoire de nécromancien !

Du coin de l'œil, je vis que Qotah avait brutalement posé ses outils par terre et m'avait jeté un regard d'avertissement, mais je l'ignorai, mon attention concentrée sur Sol. J'avais dans l'idée de lancer la conversation sur un sujet que je connaissais pour les éblouir de mes connaissances. Sans rien dévoiler de mon identité, bien évidemment !

– Ah, ça, ce n'est pas ce qui manque. Les nécromants ont été nombreux à fouler ces terres, jadis. Laisse-moi en trouver une bonne…

Après un instant de réflexion, elle se saisit de son instrument et se mit à chanter. La chanson parlait d'un nécromancien qui massacrait plusieurs villages et levait une armée de cadavres pour se lancer à l'assaut d'un château et se venger d'une lavandière qui l'avait repoussé. Luzelle insistait bien sur tout ce qu'il y avait d'abominable dans ce personnage et dans sa magie impie.

J'avais l'impression d'avoir pris un coup de poing en plein visage. Je n'avais jamais imaginé, même dans mes rêves les plus mesquins, que mon pouvoir pouvait servir à ce genre de chose. Une boule commençait à enfler dans ma gorge.

– Alors, demanda Luzelle, que penses-tu de l'abominable San Ner ?

– Il n'y a pas d'histoires de nécromants gentils ? demandai-je bravement, bien décidée à ravaler mes larmes.

– Je ne pense pas avoir ça dans mon répertoire. Disons qu'il y en a qui sont moins horribles que d'autres, mais… Maelys, ça va ?

Mes larmes traîtresses avaient fini par déborder. J'avais beau essayer de les garder en moi, je me sentais profondément bouleversée.

Je n'eus heureusement pas à répondre : Qotah était déjà à mes côtés. Il avait tout lâché pour me rejoindre et me souleva dans ses bras comme quand j'étais petite. Je fourrai mon visage contre son cou, du côté où il n'y avait pas de bandages.

– Ça va aller, murmura-t-il.

– Qu'est-ce qui lui arrive ? entendis-je demander Luzelle, apparemment interloquée.

– Ce n'est pas ta faute, répondit-il avec une pointe de sécheresse dans la voix. Notre mère est morte à sa naissance et elle a toujours rêvé de pouvoir la rencontrer. Depuis toute petite, elle se représente les nécromants comme des êtres féeriques qui peuvent réaliser son rêve. Tu ne pouvais pas savoir que tu allais détruire ses illusions.

Un grand silence suivit sa déclaration. Je refusai de sortir la tête de son cou, priant pour qu'il nous emmène loin, à un endroit où il pourrait me dire que tout cela était faux, me dire que les nécromants n'étaient pas des mauvaises personnes…

La voix de Sol s'éleva soudain :

– Si ça peut la rassurer, je suis intimement persuadé que les histoires à propos des nécromants sont très exagérées pour la plupart. Une sorte de propagande. La nécromancie a vraiment une mauvaise réputation.

– Toutes mes histoires sont véridiques…, commença par protester Luzelle avant de se taire brusquement.

Sol ne répondit rien et Qotah m'emmena. Je levai brièvement les yeux de son épaule et pus voir que le rebouteux me fixait, d'un regard que je ne sus interpréter. Puis il disparut de mon champ de vision.

Qotah m'emmena dans le chariot dans lequel nous dormions. Sitôt à l'intérieur, il rabattit la toile qui masquait l'arrière du chariot et me déposa sur la mince couverture qui me servait de lit. Je m'y roulai en boule et ne bougeai plus.

Il garda le silence un long moment. Puis il s'approcha de moi en faisant craquer le bois et s'assit contre mon dos.

– Maelys…

– Je ne veux pas parler !

– Il ne faut pas que tu le prennes pour toi.

– Pourquoi ? Tous les nécromanciens sont méchants, et c'est bien ce que je suis, non ?

Je refusai de le regarder et laissai ma détresse me consumer de colère.

– Même toi, tu n'as jamais arrêté de me dire que c'était une mauvaise chose, ajoutai-je en sentant mes larmes affluer une fois de plus.

– Ta magie, oui, mais pas toi.

– Mais ma magie, c'est moi !

Je m'étais brusquement retournée et le défiais d'un regard trempé de larmes. Qotah eut un geste de recul. Il paraissait dépassé, hésitant. Lui-même ne savait pas quoi en penser et cette prise de conscience ne fit que me blesser encore davantage.

– Je te dégoûte, hein ? Je le vois bien ! Depuis toujours, ça te dégoûte que je fasse ça. Mais moi, je trouve ça normal ! Pourquoi je devrais m'en empêcher ?

– Ce n'est pas toi qui me dégoûte, Maelys, répondit-il à mi-voix. Tu ne me dégoûteras jamais.

– Alors pourquoi tu m'as toujours interdit de le faire ? criai-je.

– Parce que j'ai peur pour toi. Parce que je sais que tu es une petite fille incroyable mais que d'autres ne le verraient pas. Ils te réduiraient à ta magie, alors que tu es tellement plus que ça.

– Alors, si les gens n'aimaient pas mes cheveux, tu les couperais ?

– S'ils risquaient de te tuer pour ça, bien sûr que oui ! s'exclama-t-il avec violence.

Ma réponse mourut dans ma gorge. Le ton de Qotah s'était subitement durci. Avec son visage sombre, son corps aux longs membres crispé sur lui-même et son regard hanté, il ressemblait pour la première fois au mort-vivant qu'il était.

– Je ne laisserai jamais personne te faire du mal, tu m'entends ? Même s'il faut pour cela t'imposer toutes les règles du monde.

– Mais ça me fait du mal quand même…, murmurai-je d'une toute petite voix.

Il resta silencieux à son tour, ses yeux fixés sur moi, comme en proie à un tourment intense. Au bout d'un certain temps, je me détournai de son regard et m'allongeai à nouveau sur la couverture. Je me sentais épuisée, meurtrie, comme si j'avais été rouée de coups. J'avais pensé avoir été blessée en me réveillant après l'attaque des loups, recouverte de plaies graves. Je découvrais à présent ce que représentait une vraie blessure.

Le lendemain, nous nous levâmes de concert sans évoquer notre discussion de la veille. J'avais le cœur extrêmement lourd, mais je ne me sentais pas l'envie de rouvrir le débat. Qotah avait été très clair, toute sa vie durant : je devais me cacher, pour mon propre bien. Je ne m'étais jamais réellement posé de question sur le bien-fondé de cette règle. J'en avais testé les limites, bien sûr, pour voir jusqu'à quel point je pouvais le pousser, mais je prenais conscience seulement maintenant de ce que cela signifiait. Et ça faisait mal.

Je passai la journée dans une morosité qui paraissait s'étendre tout autour de moi. Qotah semblait perdu dans ses pensées et je ne faisais aucun effort pour me montrer plus loquace que lui. Même la présence de Sol pendant le déjeuner et le sourire qu'il m'adressa ne parvinrent pas à me dérider. Je gardai à l'esprit qu'il avait tenté de me réconforter la veille, ce qui aurait dû me remplir de joie, mais tout ce sur quoi je parvenais à me concentrer, c'était sa dernière phrase : « La nécromancie a vraiment une mauvaise réputation. » Lui aussi m'aurait haïe s'il avait connu ma vraie nature.

Le soir, Qotah insista pour que nous nous éclipsions très tôt. Lui qui mettait un point d'honneur à écouter Luzelle chanter après sa journée de labeur, il me prit pourtant par la main et nous excusa en expliquant que nous étions très fatigués. Personne ne trouva rien à y redire et nous tournâmes le dos au feu de camp où se réunissait l'intégralité de la caravane – ou tout du moins ceux qui ne dormaient pas encore. Avant de quitter la place, je remarquai que Luzelle paraissait moins souriante que d'habitude.

Je m'attendais à ce que nous nous dirigions vers notre chariot, mais Qotah passa devant sans même le regarder et continua à avancer, nous enfonçant de plus en plus dans l'obscurité. Je le suivis sans mot dire, ma curiosité piquée malgré ma tristesse. Nous marchâmes longtemps. Ce ne fut que quand le feu ne représenta qu'un point de lumière dans le lointain et que les environs ne furent qu'ombres indistinctes, faiblement éclairées par le croissant de lune, qu'il s'arrêta enfin.

– Ici, on ne devrait pas être dérangés, dit-il.

Je le distinguais à peine, planté devant moi, et n'avais aucune idée de l'expression de son visage. Voulait-il me gronder sans présence intempestive ?

– Est-ce que tu peux tirer quelque chose par ici ?

Je restai interloquée. La seule fois de ma vie où il m'avait demandé cela, ç'avait été des années plus tôt, lorsqu'il avait fallu manger des cadavres pour survivre.

– Alors ? insista-t-il.

J'inspirai à fond et me concentrai sur cette partie de moi qui *savait*. J'étendis cette conscience autour de moi, comme les cercles concentriques d'un caillou dans une mare. Il y avait évidemment des insectes morts en quantité, que j'avais appris à ignorer pour ne pas être submergée d'informations, ainsi que les squelettes de petits animaux qu'on trouvait en terre absolument partout. Diverses carcasses de tailles plus conséquentes se trouvaient autour de nous, dont un fauve mort très récemment, à en juger par l'aura qu'il émettait.

– Oui, répondis-je d'une voix circonspecte.

– Bien. Tire-le et amène-le devant nous.

Toujours aussi médusée, je m'exécutais. Je crochetai la charogne et la tirai à moi. Je sentis le lien qui se formait entre nous, un lien qui, je m'en rendais compte à présent, était si fin, si ténu comparé à celui qui me reliait à Qotah. J'ordonnai à la bête de sortir de terre, ce qui ne se fit pas sans mal, et de venir se poster face à nous. Le cadavre se plia docilement à mes ordres et, bientôt, le squelette d'un puma émergea de l'obscurité, marchant pesamment sur ses pattes mangées par les vers. Je le fis s'arrêter juste devant nous. L'odeur était incommodante, mais Qotah semblait vouloir l'examiner pour une raison qui m'échappait.

– Bien, dit-il. Est-ce que tu le contrôles complètement ? Est-ce qu'il pourrait bouger lui-même s'il le voulait ?

– Je… non, il ne fait que ce que je lui demande.

– Pourquoi ?

Sa question me prit de cours. Pourquoi ? Parce que c'était comme ça.

– Je ne comprends pas, avouai-je, complètement perdue.

– Tu as déjà essayé de parler avec des morts, n'est-ce pas ?

Il faisait allusion à mon expérience dans le cimetière de Joname qui avait tourné complètement court. J'acquiesçais de la tête.

– Je n'ai jamais réussi.

– Pourtant, je suis là, avec toi. Je te parle. Tu ne me contrôles pas.

– Non !

– Comment ça se fait ?

Je réfléchissais furieusement à cette énigme. Soudain, la vérité me frappa.

– Tu veux tester mes pouvoirs ?

– Si tu es décidée à les utiliser, il faut que tu les comprennes et que tu connaisses tes limites, rétorqua-t-il. Autrement, tu risques de faire des grosses bêtises. Alors, sois concentrée. Nous n'aurons pas énormément de temps pour t'entraîner, il faudra en faire bon usage. Reprenons donc. Essaye de…

Il se tut brusquement. Le visage fourré dans sa chemise, je venais de l'enlacer avec violence.

Conséquences

– Elle a l'air d'aller mieux.

Je levai la tête du poney que j'étais en train de brosser, arraché à mes pensées, et posai sur Luzelle un regard distant.

– Pardon ?

– Maelys, insista-t-elle. Elle a l'air mieux.

– Ah, oui. Elle est passée à autre chose. Ça ne lui tenait pas tant que ça à cœur.

– Ça avait l'air, pourtant.

Je m'abstins de répondre. Depuis plusieurs jours, Luzelle me suivait partout, plus encore qu'à son habitude. Sa présence continuelle me gênait, mais je ne la renvoyais jamais. D'abord parce que j'aimais ses chansons, qui étaient la seule chose qui me donnait l'impression d'être encore capable de dormir et de rêver. Ensuite parce qu'elle aimait sincèrement Maelys.

Depuis qu'elle avait raconté son histoire de nécromancien qui avait tant blessé ma petite sœur, la troubadour paraissait moins assurée, plus hésitante. Ce remord sincère qu'elle affichait m'empêchait de lui en vouloir pour ce qu'elle lui avait infligé.

Maelys avait été réquisitionnée par Calva pour des menus travaux qui nécessitaient ses petites mains. J'avais beau rechigner à l'idée de la laisser seule avec des membres de la caravane, ceux-ci avaient suffisamment prouvé leur intégrité pour que j'accepte qu'elle s'éloigne de moi. De toute façon, nous n'étions pas vraiment en mesure de refuser de travailler pour eux.

Apparemment, Luzelle avait saisi cette opportunité pour me parler de ce qui la taraudait.

– Je suis désolée, reprit-elle après un instant de silence. Je n'aurais jamais pensé que mes histoires pouvaient blesser. Agacer ou provoquer, oui. Mais pas comme ça.

– Maelys est forte pour son âge, répondis-je en choisissant mes mots avec prudence, mais elle a ses failles. Tu ne pouvais pas savoir.

– J'ai essayé de trouver des histoires où les nécromanciens avaient le beau rôle, reprit-elle sans paraître entendre mes paroles, mais je n'en ai aucune dans mon répertoire.

– C'est fini, maintenant, n'en parlons plus.

Le poney renâclait, agacé. Je retournai ostensiblement à mon travail, désireux d'interrompre cette conversation. Il n'existait aucune histoire de bon nécromancien. Je le savais déjà, mais l'entendre me causait une curieuse douleur. *Moi, j'en connais une,* pensai-je avec force.

– Nous arriverons à Elunart demain soir, fit Luzelle au bout d'un moment de silence. Qu'est-ce que vous comptez faire ?

– Je pense que j'irai voir s'il est possible d'acheter une place dans une caravane qui fait le chemin inverse. Ou un cheval.

– Tu as de l'argent ?

– Pas la moindre pièce.

– Alors tu n'y arriveras pas.

Je pinçai les lèvres face à sa franchise brutale. Je m'y attendais, mais n'avais aucun autre plan.

– Dans ce cas-là, je suppose que j'essayerai de trouver du travail pour nous installer en attendant de trouver une solution.

– Pourquoi est-ce que vous ne resteriez pas avec nous ?

Ma main qui brossait les poils du poney suspendit son mouvement un court instant. Trop rapidement pour que mon trouble n'apparaisse de manière évidente. Trop lentement pour que cela échappe à la troubadour. Pour autant, j'ignorais absolument quoi répondre à cette question.

– Je ne sais pas, finis-je par dire en toute franchise.

– Tu ne parles jamais de votre vie à Joname, fit-elle remarquer.

– Maelys t'a tout raconté dans les moindres détails.

– Mais toi non.

Je serrai les dents. Luzelle ignorait ma volonté évidente de ne pas parler du sujet avec une nonchalance qui devenait presque insultante. Non pas qu'elle ne s'en rendît pas compte – c'était tout le contraire. Selon elle, si son interlocuteur était réticent à parler, c'était qu'il y avait quelque chose de valeur à apprendre. Sa manie de creuser dans la vie privée des gens avait beau m'exaspérer prodigieusement, son obsession assurait au moins son interlocuteur de la sincérité de son intérêt. Je n'étais pas sûr d'avoir rencontré dans ma vie une personne qui s'intéressait à ce point aux autres, quelles que soient ses motivations et, pour une raison quelconque, cela me fascinait.

– Je n'ai pas grand-chose à ajouter, lâchai-je tout en sachant pertinemment que c'était faux. Les habitants nous aimaient bien, dans l'ensemble.

– À t'entendre, on croirait que vous n'étiez pas des habitants vous-mêmes.

– Évidemment qu'on ne l'a jamais vraiment été. Nous n'avions même pas de maison. Je suis arrivé là-bas à dix ans avec Maelys dans les bras, tout bébé. J'ai dû faire des pieds et des mains pour que l'on survive et, aux pires moments, nous ne pouvions compter sur personne…

J'étais moi-même étonné par la rancœur qui m'envahissait. Je me sentais comme rempli de colère, mais une colère qui ne visait personne, une colère sur laquelle je n'avais jamais mis de mots. Le poney commença à renâcler alors que mes coups de brosses se faisaient de plus en plus durs.

– Ça n'a jamais été ma maison, grondai-je finalement.

– Pourquoi vouloir y revenir à tout prix, dans ce cas ? demanda Luzelle d'une voix prudente.

– Maelys aime ce village. Et puis, où aller d'autre ? Nous n'avons rien.

– N'avoir rien, c'est toujours avoir l'opportunité d'aller où on veut.

– Peut-être, marmonnai-je.

Je me sentis soudain profondément triste. Luzelle aurait voulu que je lui dise toute la vérité, mais que raconter ? La vérité, c'était que quand je disais « chez moi », je pensais toujours à ma mère, à cette petite maison que nous habitions une éternité plus tôt. La vérité, c'était que je prenais conscience que la seule chose que j'aimais à Joname, c'était Maelys. Qu'elle était avec moi, ici, dans cette caravane, et que je ne me sentais pas moins à ma place qu'auparavant.

La vérité, c'est que nous étions des parias et que nous n'avions notre place nulle part.

Mais je ne pouvais pas le dire à Luzelle.

– Qu'est-ce que je pourrais faire, de toute manière ? demandai-je pour changer de sujet.

– Oh, il y aurait sûrement plein de choses ! Tu es la personne la plus débrouillarde que je connaisse, Maelys dit que tu sais chasser et je suis sûre que tu pourrais apprendre à te servir d'une arme. L'autre jour, j'ai entendu Calva dire à Sol qu'elle aimerait avoir plus de gars comme toi sous ses ordres…

Je hochai la tête mécaniquement tout en flattant le poney, contaminé par ma nervosité, et tentai de nous calmer tous les deux en inspirant à fond, avant de me rappeler que cela ne faisait que me démanger le torse. Luzelle continua de parler pendant un moment puis, faisant preuve d'une étonnante sagacité, s'éclipsa.

Je finis de brosser le poney et, après l'avoir ramené à sa propriétaire, filai vers le fleuve près duquel nous nous étions arrêtés pour la soirée. Je ne tenais à croiser personne, aussi le remontai-je un long moment avant de décider que je m'étais suffisamment éloigné. Je retirai mes vêtements, hésitai un instant à défaire le bandage qui cachait ma blessure béante, puis, rassuré par le silence qui planait alentour, me permis cette imprudence. Je me glissai avec bonheur dans l'eau. J'avais beau être incapable de profiter de sa fraîcheur, mon corps étant figé dans sa froideur cadavérique, j'appréciai de pouvoir me décrasser. Maelys aurait adoré se baigner avec moi, mais j'avais besoin d'un moment de solitude. J'en avais eu si peu, depuis la mort de ma mère…

Je me frottai la peau, sans oser faire preuve de trop de vigueur. Je supposai que toutes les blessures que je me ferai à présent resteraient sur mon corps éternellement. Je ne tenais pas à collectionner les égratignures bêtement… même si j'étais conscient que je ne pourrais pas y échapper. L'autre jour, je m'étais fait une coupure à la cuisse en marchant dans l'herbe, une toute petite coupure bénigne et quasiment invisible… qui n'avait pas changé d'aspect depuis. Je commençai à vivre dans la peur de me transformer en corps supplicié, crevassé de partout, incapable de passer pour vivant. Ma balafre au cou était déjà suffisamment handicapante comme cela.

Alors que je me frictionnais le dos, je sentis quelque chose d'étrange sous ma paume. Délicatement, je fis courir mes doigts du haut de mon dos jusque sur ma nuque, sous mes cheveux mouillés. La peau à cet endroit me paraissait étrangement tendue, presque dure. Je bougeai la tête avec circonspection, en haut, en bas, à gauche… était-ce une impression, ou bien ces mouvements m'étaient-ils plus difficiles à accomplir qu'avant ? Comme si ma nuque était toute raide, toute rigide…

Un grand froid me saisit à cette pensée. À cet instant précis, j'entendis des bruits de pas dans l'herbe.

Sans réfléchir, je m'enfonçais dans l'eau jusqu'aux yeux. J'eus bêtement le réflexe de retenir ma respiration, avant de me souvenir que cela m'était inutile désormais. Le corps enfoncé dans l'eau désespérément claire, je fouillai les alentours du regard.

Marchant vigoureusement dans l'herbe qu'elle écrasait de ses larges bottes, Oscane avançait dans ma direction. Sa large hache se balançait dans son dos au rythme de ses pas. La panique m'envahit comme une bouffée sauvage. Je fouillai frénétiquement la vase de mes pieds, dans l'espoir que l'eau deviendrait suffisamment opaque pour me cacher. Vain espoir : le regard braqué sur moi, la guerrière n'avait pas raté ma présence dans le fleuve malgré le crépuscule et progressai dans ma direction avec détermination.

Une seule solution s'offrait à moi : plonger au plus profond et nager loin d'ici. Mais Oscane penserait-elle à une fuite de ma part ? Depuis le premier jour, elle se défiait de moi. Je la pensais parfaitement capable de retourner à la caravane et de se saisir de Maelys pour me forcer à revenir.

Alors que je m'apprêtais à immerger malgré tout, un éclat de voix m'insuffla de l'espoir :

– Oscane !

C'était la voix de Sol. Le jeune rebouteux courait sur ses maigres jambes pour rattraper Oscane, rouge et essoufflé. Cette dernière fit volte-face, le toisa du regard, puis se tourna à nouveau vers moi, regrettant de toute évidence de ne pas pouvoir poursuivre son avancée.

– Oscane ! appela Sol de nouveau, haletant. Ma mère veut te voir. Elle a peur qu'il y ait des loups dans le coin.

Je crus tout d'abord que la guerrière allait l'ignorer. Sa face épaisse n'exprimait qu'une frustration amère. Elle m'évoquait un taureau auquel on aurait retiré une large botte de foin.

– Des loups ? finit-elle par grommeler de sa voix basse et rocailleuse.

– Oui, répondit Sol qui venait d'arriver à sa hauteur, le souffle court. Elle a vu des traces… elle a dit que c'était urgent.

Oscane me jeta un coup d'œil courroucé. Toujours le nez enfoncé dans l'eau du fleuve, je lui renvoyais un regard inexpressif. J'espérais de tout cœur que mon refus de sortir de l'eau passerait pour un excès de pudeur.

– J'arrive, dit-elle finalement. Mais *lui*, ajouta-t-elle en me désignant, il devrait pas traîner ici s'il y a des loups.

– Je reste pour m'assurer qu'il rentre entier, l'assura Sol.

Les yeux de la guerrière lancèrent des éclairs, ce qui ne parut pas troubler Sol outre-mesure. Privée de prétextes pour rester, Oscane tourna les talons en traînant des pieds.

Une fois qu'elle fut trop loin pour nous entendre, le rebouteux se tourna vers moi et me considéra en silence. Je me sentis ridicule sous son regard, nu comme un ver et immergé quasi intégralement.

– Maelys te cherche, dit-il simplement. Tu devrais rentrer.

J'acquiesçais de la tête. Sans insister, il se détourna à son tour et repartit. Une fois seul, je réalisai avec horreur que, durant toute la scène, ni mon nez ni ma bouche n'avaient affleuré à l'air libre.

Espérant de tout cœur que personne n'avait remarqué cette anomalie, j'émergeai avec précaution, attentif à tout bruit qui pourrait indiquer qu'Oscane était revenue à la charge. La guerrière suspectait clairement quelque chose, et cela était déjà suffisamment inquiétant en soi, mais j'avais plus urgent à régler dans l'immédiat.

Vêtu de nouveau, je courus à la caravane. La nuit était tombée pendant mes ablutions et je les trouvai tous installés autour du traditionnel feu de camp. À mon grand soulagement, Maelys était assise à côté de Luzelle. Elle me vit immédiatement et m'adressa un grand sourire, du genre qui m'aurait réchauffé le cœur en temps normal, mais pas aujourd'hui. Je lui fis signe de me rejoindre, peu désireux de rentrer dans le cercle et d'attirer l'attention. Elle fronça les sourcils mais s'exécuta néanmoins. Je vis Luzelle la suivre du regard et m'apercevoir, et je crus qu'elle allait se joindre à nous. Mais non, elle m'adressa un sourire un peu désabusé et retourna à son public.

Soulagé, j'attrapai la main de Maelys sitôt qu'elle m'eut rejoint et l'attirai dans la nuit.

– On va s'entraîner ? me lança-t-elle dans un souffle qui trahissait son excitation.

– Chut, lui intimai-je.

Depuis que j'avais entrepris de l'aider à maîtriser ses pouvoirs, sa joie ne connaissait plus de limites. Nos séances nocturnes l'abrutissaient de sommeil mais l'emplissaient de bonheur et je ne pouvais plus douter d'avoir pris la bonne décision. Nous avions déjà découvert de nombreuses choses sur sa magie : les créatures au décès récent paraissaient disposer de plus de libre-arbitre que les squelettes rongés depuis des années, qui n'étaient que des marionnettes entre ses mains. Contrôler plusieurs cadavres en même temps la fatiguait – et quand elle était fatiguée, je me sentais plus lourd, moins réactif, presque somnolent. Toutes ces petites informations s'ajoutaient à ce que nous avions découvert pendant son enfance, mais de nombreuses questions subsistaient encore, dont celle qui me brûlait les lèvres ce soir.

Une fois hors d'atteinte de toute oreille, je me tournai vers elle.

– Je crois que je pourris.

Malgré l'obscurité, je la vis nettement écarquiller les yeux.

– Quoi ?

– J'ai la nuque toute raide. La nuque est la première partie du corps à être touchée par la rigidité cadavérique après un décès.

Mes années de chasse aux charognes me l'avaient appris bien des années plus tôt. Je ne pensais pas avoir un jour l'utilité de cette information, et certainement pas une utilité aussi morbide.

– Mais… balbutia Maelys. C'est… c'est impossible.

– On n'en sait rien, répondis-je avec tout le calme dont j'étais capable. Peut-être que ta magie ralentit le processus de putréfaction sans l'arrêter complètement. Tu n'as jamais gardé suffisamment un… un mort sous la main pour le savoir.

J'avais envie de hurler, mais la terreur qui apparaissait dans les yeux de ma petite sœur m'obligeait à garder mon calme.

– Ne paniquons pas, d'accord ? Il doit y avoir une solution.

– Quoi comme solution ? gémit Maelys.

– Je l'ignore, mais j'ai déjà entendu parler de nécromanciens qui passaient des siècles en compagnie de tel ou tel cadavre ressuscité. C'est donc qu'ils n'ont pas pourri en quelques mois. Il doit exister un moyen pour stopper le processus.

– Mais on ne le connaît pas !

Quelque part au fond de moi, quelque chose espérait qu'elle saurait comment faire, que quelque chose dans sa nature de nécromancienne lui soufflerait la solution. Mais elle n'était qu'une petite fille perdue et effrayée. J'étais son grand frère et, même concernant cette magie qui lui était propre, c'était à moi de régler les choses. Je refusais de prêter attention au désespoir qui menaçait de me submerger.

– Ne paniquons pas, d'accord ? La rigidité cadavérique arrive normalement quelque heures après le décès. Cela fait plus de trois semaines que tu m'as tiré, c'est donc que tout se fait très lentement. On a du temps devant nous pour trouver une parade.

– Qu'est-ce qu'on fait, alors ? murmura-t-elle.

Je restai silencieux un moment. Mon idée comportait énormément de risques, mais c'était la seule que j'avais. Et nous n'avions pas le choix.

– Nous allons demander une chanson à Luzelle, répondis-je doucement.

***

La réponse de la troubadour ne fut pas surprenante.

– Hors de question !

– Luzelle, écoute-moi…

– La dernière fois que j'ai raconté une histoire de nécromancien, j'ai blessé Maelys. Je ne recommencerai pas.

Je jetai un regard à ma petite sœur. Elle était chamboulée, je le savais, mais elle serrait bravement ses petits poings gantés, déterminée à accomplir ce qui devait être fait.

– Luzelle, dit-elle, Qotah m'a expliqué. C'est pas grave si les nécromanciens sont méchants.

– J'ai plein d'histoires beaucoup plus joyeuses, rétorqua la troubadour, butée.

– J'aimerais que tu me racontes l'histoire de quelqu'un qui a été ressuscité et qui a vécu longtemps, poursuivit bravement Maelys.

– Ça va encore te décevoir.

– J'essaye de grandir. Promis, cette fois, je ne pleurerai pas. Mais Qotah dit que si je peux entendre des histoires de ça, peut-être que je pourrais me faire une raison…

Luzelle me foudroya du regard. Tout le monde était parti se coucher, mais elle était restée à notre demande. Je pense qu'elle regrettait à présent de ne pas avoir suivi le mouvement.

– Est-ce que c'est vraiment une bonne idée ? siffla-t-elle entre ses dents à mon intention.

– Elle a besoin de s'assagir un peu, répondis-je. Connaître la réalité ne peut que lui être bénéfique. Imagine qu'elle débarque à Elunart en disant qu'elle rêve de rencontrer un nécromancien ! Elle se ferait lyncher.

– J'en connais qui seraient ravis, marmonna Luzelle.

Je ne savais pas à quoi elle faisait allusion, mais peu m'importait. Il nous fallait cette chanson.

– Très bien ! finit-elle par s'exclamer, visiblement agacée. J'en ai quelques-uns en stock sur ce sujet. Mais je vous préviens, ce n'est pas joyeux…

– Raconte quand même.

– Je peux vous parler de Narahn qui força sa femme à vivre jusqu'à ce qu'elle l'assassine pour enfin connaître le repos, de Ylena la Générale qui mena la même armée de cadavres pendant deux années entières, de l'Errant qui cherchait la paix, du village des Non-Morts qui existe encore probablement aujourd'hui…

– La dernière histoire, coupai-je, plus fébrilement que je ne l'aurai voulu. Raconte-nous la dernière histoire.

Luzelle parut exaspérée. De toute évidence, elle avait espéré que son énumération nous découragerait. Mais nous étions tous les deux face à elle, plus attentifs que jamais, et elle n'eut d'autre choix que de s'exécuter.

En-deçà des prairies, des coteaux, des forêts
Dans le sombre giron des montagnes azurées
Le voyageur pourrait, au détour d'un sentier
Découvrir un village peuplé de macchabées

Dès le premier quatrain, Maelys et moi échangeâmes un regard. C'était peut-être exactement ce que nous cherchions.

– Et tu dis que ce village existe toujours ? demandai-je lorsqu'elle eut fini.

– Les témoignages que j'ai recueillis dataient de moins de cinq ans. C'est impossible de le savoir avec certitude, mais s'ils sont là depuis plus d'un siècle, il n'y a pas de raison qu'ils disparaissent comme ça.

– Et quelles sont les montagnes azurées dont parle la chanson ?

– C'est la cordillère Céleste, qui parcourt le pays en diagonale. On la voit très bien d'ici quand il fait jour. Elle est tellement haute et brumeuse qu'on la voit bleue de loin, d'où son nom.

– Ça veut dire qu'il n'est pas loin, ce village ? fit Maelys en ouvrant de grands yeux.

– Non, n'aie pas peur, lui sourit Luzelle. La cordillère est très longue. Je ne sais pas exactement où est censé se trouver ce village, mais il pourrait se trouver à des semaines de marches d'ici.

Maelys ne fit aucun effort pour cacher sa déception, ce qui – heureusement – ne parut pas étonner Luzelle.

– Mais ce n'est pas toi qui composes ces chansons ? intervins-je. On a dû te donner des informations pour que tu décides d'inclure la cordillère dans les paroles.

– Je ne me suis pas intéressée à l'emplacement de ce village, s'agaça la troubadour, seulement à son existence. Je ne fais pas une cartographie de monstres !

– Mais du coup, peut-être que cette histoire est fausse, non ? risquai-je.

Je sus aussitôt que je l'avais vexée. Son visage avait perdu son continuel air enjoué et ses yeux s'étaient mis à lancer des éclairs.

– Ce village est aussi réel que vous et moi, siffla-t-elle. Je ne suis pas une diseuse de contes pour enfants, je me renseigne avant de raconter n'importe quoi ! Une des personnes qui a vu le village habite à Elunart, vous n'aurez qu'à lui demander !

– Ne t'énerve pas, c'était simplement une question.

Je peinai à masquer ma satisfaction, mais au-delà du secret que nous devions garder sur nos réelles motivations, l'air courroucé de Luzelle m'indiquait clairement que je n'avais pas intérêt à paraître trop content de moi-même.

– Je passe le plus clair de mon temps à enquêter sur la véracité des informations que je glane, tempêtait-elle, je me renseigne dans tous les sens pour avoir des histoires fiables, et les gens continuent à en douter ! Je pensais que toi, au moins, tu respectais un peu mon travail…

– Calme-toi, l'interrompis-je en posant mes mains sur ses épaules. J'ai demandé ça comme ça, par curiosité, je ne voulais pas te blesser.

Elle pinça les lèvres en soutenant mon regard. Je la lâchai.

– C'est bon, vous êtes satisfaits ? demanda-t-elle d'un ton sec. Je peux aller me coucher ?

– Reste encore quelques instants, s'il te plaît. Maelys, va te coucher.

– Hein ? s'exclama ma petite sœur, outrée.

– Ne discute pas, il est tard. Je te rejoins vite.

Elle ne discuta pas, mais son regard noir me promettait mille morts quand elle s'éloigna du feu de camp et disparut dans le chariot de provision qui était notre demeure. Luzelle, elle, s'était plongée dans l'accordement de son instrument, mais j'avais l'impression que son humeur s'était réchauffée. S'imaginait-elle que j'allais enfin lui raconter mon histoire ?

– Luzelle…

Elle leva le regard de son comma et m'adressa un sourire plus que chaleureux.

– Oui ?

– Que me veut Oscane ?

Les yeux de la troubadour s'agrandirent de surprise et une moue de déception lui tordit la bouche. Visiblement, elle ne s'attendait pas à ce genre de question.

– C'est vraiment stupide... marmonna-t-elle.

– Elle me tourne autour depuis le premier jour, insistai-je. J'ai l'impression d'être une obsession pour elle. J'aimerais bien comprendre pourquoi.

– Tu n'as pas envisagé qu'elle pourrait simplement être séduite par ton côté sombre et ténébreux ?

Je restai imperméable à son humour et elle poussa un grand soupir.

– Oscane n'est pas aussi terrible qu'elle le paraît, commença-t-elle sans me regarder. C'est juste qu'elle a un rêve... qui lui tient un peu trop à cœur.

– Quel rêve ?

J'avais du mal à imaginer la face maussade de la guerrière capable de masquer des choses aussi élaborées que des rêves, mais je muselai fermement mes a priori et couvris Luzelle de mon regard le plus attentif. J'étais là pour obtenir des réponses et la troubadour réagissait mieux à un auditoire concentré qu'au scepticisme. Cette dernière se mordit les lèvres et me jaugea du regard, comme pour déterminer si j'étais digne de connaître un secret si bien enfoui.

– Elle a toujours voulu faire partie des exorcistes, finit-elle par lâcher.

– Des quoi ?

– C'est une unité d'élite, expliqua Luzelle. Un corps d'armée du royaume dont le seul objectif est de traquer et éradiquer les monstres. Loups-garous, esprits, nécromants... ce genre de choses.

Je sentis un frisson glacé remonter le long de ma colonne vertébrale. Il me fallut un gros effort pour décrisper les poings.

– Mais quel rapport avec moi ? demandai-je en serrant les dents, priant pour qu'elle mette ma réaction sur le compte de l'agacement.

– Sa candidature a été rejetée, il y a plusieurs années. Depuis, elle se fait engager dans des caravanes dans l'espoir de croiser un monstre et de pouvoir faire ses preuves. Elle lorgne sur toutes les personnes qui sortent un peu de l'ordinaire dans l'espoir que ce soient des monstres déguisés…

– Donc elle me prend pour un monstre déguisé ?

– Je sais, c'est absurde, fit Luzelle en haussant les épaules. Toi et ta sœur, vous êtes sortis de la forêt dans un état à faire peur, alors elle s'est fait toute une histoire dans sa tête… Elle n'est pas méchante, au fond, mais elle tient tellement à cette place chez les exorcistes…

Je me forçai à rester stoïque. Heureusement, mon cœur ne battait plus et ma respiration ne pouvait s'accélérer, ce qui me rendait beaucoup plus difficile à interpréter.

– … mais elle ne te fera pas de mal tant qu'elle n'aura pas de preuve, acheva Luzelle. Elle est juste un peu… envahissante.

– Tu ne pourrais pas lui dire de me laisser tranquille ? demandai-je d'une voix que j'espérais vaguement agacée.

– Elle m'aime bien, mais de là à abandonner son obsession… Je lui ai déjà dit que c'était ridicule, mais rien n'y fait.

– Qotah ! appela soudain la voix flûtée de Maelys. T'avais dit vite !

J'étouffai un soupir.

– On dirait que je suis rappelé à mon devoir. Merci pour tes réponses, Luzelle.

– Je suis désolée pour Oscane…

À ma grande surprise, elle paraissait réellement peinée.

– Ne le sois pas, répondis-je maladroitement. Elle finira par se lasser.

– C'est vrai, fit-elle, l'air un peu rasséréné. Bonne nuit à vous deux.

Je rejoignis Maelys, la tête pleine de questions qui s'entrechoquaient. Ma petite sœur ne s'était évidemment pas le moins du monde couchée et m'attendait de pied ferme, ses sourcils froncés avec détermination pour m'indiquer clairement qu'elle n'était pas contente.

– Qu'est-ce que tu disais à Luzelle ? exigea-t-elle de savoir à l'instant où j'eus refermé le battant de toile.

– Rien d'important, biaisai-je en m'asseyant sur le plancher et en allumant une bougie.

Le visage hautement sceptique de Maelys apparut à la lumière de la petite flamme.

– Alors, ce village des Non-Morts ? enchaînai-je. Qu'est-ce que tu en penses ?

– Il faut qu'on y aille ! s'exclama-t-elle immédiatement. Je suis sûre qu'ils pourront nous aider !

– On ne sait pas pourquoi ils sont tirés, ni même si le nécromancien sera dans les parages…

– Mais ils doivent savoir plein de choses sur la magie quand même !

– Je pense que tu as raison. Reste à savoir où les trouver. La chanson n'est pas très précise à ce sujet.

– Il faut demander au monsieur d'Elunart.

– Il faut surtout qu'on soit très prudents. Luzelle va finir par nous trouver suspects. Dès l'instant où nous aurons nos informations, nous devrons filer le plus vite possible.

À ces mots, Maelys se mit à cligner frénétiquement des yeux, comme éblouie par une violente lueur.

– Tu veux dire… quitter la caravane ?

– Nous n'avons pas le choix. Ils ne nous accompagneront pas au village des Non-Morts.

Elle ouvrit la bouche pour répondre quelque chose, la referma aussi sec. Les conséquences de notre quête, qui me paraissaient pourtant si évidentes, venaient tout juste de la frapper. Je me morigénai intérieurement. Comment pouvais-je encore ignorer qu'elle n'était qu'une enfant ?

Je la saisis par le bras, la forçai à s'asseoir près de moi et entourai ses frêles épaules de mon bras froid.

– Je sais que tu les aimes bien, dis-je avec douceur. Mais nous ne pourrons rester indéfiniment parmi eux.

– Pourquoi ? demanda-t-elle avec une toute petite voix, sans me regarder.

– Nous sommes des parias, Maelys, assénai-je sans brutalité. Si nous restons trop longtemps, ils vont finir par remarquer des choses, poser des questions et finalement comprendre et là… là, il faudra fuir.

– Mais ils sont gentils. Sol disait…

Il était là, le cœur du problème. J'ignorais ce qui avait poussé ma sœur à s'amouracher du rebouteux fantomatique, mais je ne pouvais laisser ses jeunes sentiments la mettre en danger.

– Sol ne nous fera probablement aucun mal, concédai-je, mais il ne pourra pas empêcher les autres de le faire. Nous devons nous protéger avant tout. Et pour nous protéger, nous devons apprendre.

Et un jour, songeai-je à part moi, peut-être serons-nous suffisamment armés pour que ma petite sœur soit libre de rester près de l'homme qu'elle aime sans craindre pour sa vie. Peut-être pourrais-je partir en la sachant enfin libre de vivre comme elle l'entend et de s'installer où elle le souhaite. Peut-être qu'un jour, elle n'aurait plus besoin de ma protection.

Mais par Ly, que ce jour paraissait loin…

Elunart

Jamais je n'aurais pu imaginer qu'il existait un endroit aussi grand qu'Elunart. Il y avait des tas de rues assez larges pour faire passer trois caravanes comme la nôtre, des grands bâtiments tout de pierre avec des jardins clôturés et des milliers de gens qui marchaient dans tous les sens sans se regarder.

Rien que pour y entrer, nous étions passés sous une large arche qui symbolisait l'entrée de la ville. Je dis symboliser, car Elunart n'ayant pas de murs, on aurait tout aussi bien pu rentrer par ailleurs – mais non, c'était interdit. Qotah, assis à mes côtés sur le bord du chariot, paraissait aussi intrigué que moi, aussi avais-je plutôt interrogé Sol, qui conduisait les bêtes, sur cette étrange obligation. Il avait roulé des yeux, haussé les épaules et répondu :

– C'est traditionnel.

Son ton profondément exaspéré m'avait dissuadée de creuser la question plus avant.

La veille au soir, Calva avait réuni les quinze pourvoyeurs, nous inclus, pour nous annoncer notre arrivée prochaine à la ville.

– Pour ceux qui souhaitent nous quitter, avait-elle dit, je vous demande d'attendre que nous soyons installés à l'étape pour nous dire au revoir.

Tout le monde avait acquiescé sans question. J'en avais des milliers, mais je n'avais pas osé les poser : ils semblaient tous connaître si bien leur travail, ils avaient l'air d'être tellement à leur place, que pour la première fois, je m'étais sentie comme une intruse parmi eux.

Avec Sol, cependant, ce n'était pas pareil.

– C'est quoi, l'étape ? demandai-je sans rater une miette de l'imposant étal recouvert de poissons brillants devant lequel nous passions. J'aurai pu les tirer pour les voir frétiller et effrayer les gens alentours, mais je n'aurais gagné qu'une belle taloche de la part de Qotah.

– C'est un endroit pour accueillir les caravanes de pourvoyeurs, à la fois entrepôt et auberge. On y dépose nos marchandises, on fait quelques affaires, on en embarque d'autres… et une fois qu'on est prêts, on repart.

– Vous restez combien de temps ?

– Généralement un jour ou deux. Ma mère préfère le calme des routes à l'agitation de la ville. Mais certains pourvoyeurs restent parfois des semaines.

Il s'interrompit le temps d'ordonner à ses bêtes de s'écarter du passage, gêné par deux hommes chargés d'énormes caisses qui tentaient de se frayer un passage entre les chariots qu'ils remontaient à contre-courant. Une fois cet obstacle dépassé, il tourna la tête vers nous.

– La personne que vous cherchez est un pourvoyeur d'ailleurs, il y sera sûrement. Leur caravane fait l'aller-retour entre Elunart et Caffith et, à cette période de l'année, ils reposent leurs bêtes avant de repartir pour la saison.

– La personne que nous cherchons ? fit Qotah en levant un sourcil.

– L'homme qui a vu le village des Non-Morts. Vous vouliez lui parler, non ?

– Ah, lui. Oui.

Je pensais que Qotah allait protester que nous n'y tenions pas plus que ça pour donner le change, mais il ne dit rien de plus.

– Luzelle m'en a parlé, expliqua Sol d'un ton absent, concentré sur la direction du chariot. Elle a été un peu vexée, mais elle met un point d'honneur à prouver que ce village existe vraiment. Elle a même dit qu'elle serait prête à y aller avec vous pour ça.

Je suis certaine que, s'il en avait encore été capable, Qotah se serait étouffé dans une quinte de toux particulièrement violente.

– Ce ne sera pas nécessaire, je pense, marmonna-t-il entre ses dents.

– Oh, Luzelle ne nous accompagne pas depuis bien longtemps, mais je la connais suffisamment pour être sûr qu'elle le pensait. Elle tient vraiment beaucoup à ce qu'on la croie.

Nous échangeâmes un coup d'œil avec Qotah mais restâmes silencieux. Je ne savais pas trop quoi penser de ces informations. En revanche, le regard que mon frère adressa à Sol dans son dos me fit réaliser que lui savait exactement quoi en penser. Ne pouvant le questionner sur ses conclusions, je décidai d'interroger le rebouteux sur ce que j'avais le droit de demander.

– Luzelle est avec vous depuis combien de temps ?

– Quelques mois. Elle a passé deux saisons entières avec nous.

– Mais elle vient d'où ?

– D'un peu partout, répondit Sol en haussant les épaules. C'est une troubadour.

– Et toi, tu as toujours été dans cette caravane ?

Je regrettai cette question à l'instant où je la posais, persuadée d'avoir été trop intrusive. D'habitude, Sol m'intimidait trop pour que j'ose l'interroger sur lui-même, mais l'excitation de découvrir un endroit aussi différent qu'Elunart m'avait étourdie. À mon grand soulagement cependant, quand il se tourna vers moi pour me répondre, un sourire éclairait son visage fatigué.

– Non, fit-il, je suis né ici, à Elunart, et j'y ai vécu toute mon enfance. Ma mère était déjà pourvoyeuse, mais j'étais trop faible pour qu'elle m'emmène avec elle, alors mon père a décidé de rester en ville pour s'occuper de moi pendant qu'elle travaillait au lieu de l'accompagner.

– Ton père est vraiment gentil, constatai-je avec une méchante pointe d'envie.

– Gentil, ça oui, mais naïf aussi, tellement qu'il en est mort. Je crois que je lui en voudrai toute ma vie pour ça.

Il souriait toujours, mais son regard s'était fait triste. À cet instant, j'aurais tout donné pour être capable de le consoler, mais je me sentais dépassée, impuissante. C'est peut-être pour cela que les mots m'échappèrent :

– Tu aimerais lui parler encore une fois ?

Son sourire disparut brusquement et il se mit à me fixer en silence d'un air étrange. À côté de moi, Qotah m'avait saisi le bras et le serrai, mais peu m'importait. J'attendais la réponse du rebouteux sur des charbons ardents, sans trop savoir ce que j'espérais.

– Eh bien… finit-il par répondre avec lenteur. Je n'aurais que des reproches à lui faire mais… peut-être. J'aimerais qu'il m'explique pourquoi il a fait ça. J'aimerais qu'il s'excuse.

Je mourrais d'envie de lui crier que j'étais nécromancienne et que nous pouvions y aller sur le champ s'il le souhaitait ; mais je me tus. La mort dans l'âme, je le regardai se retourner face à la route, silencieux. Et, en prime, j'avais gagné un sermon de la part de Qotah. Je refusai de croiser son regard, mais je savais qu'il bouillonnait intérieurement.

Nous fîmes le reste du trajet en silence. Les merveilles inconnues d'Elunart ne me paraissaient plus si extraordinaires. Je regardais d'un œil morne les différents bâtiments et gens qui passaient devant moi. Soudain, la ville me parut trop grande, trop bruyante. En revanche, l'appel des cadavres s'était fait moins fort que dans la nature.

L'étape était un large complexe de bâtiments composé d'écuries, d'auberges et d'un large entrepôt. De nombreuses personnes allaient et venaient ; certaines portaient des caisses, d'autres menaient des bêtes, d'autres encore marchaient simplement d'un pas pressé. Un groupe d'hommes attira mon regard au milieu de ce chaos. Immobiles alors que tout bougeait autour d'eux et vêtus de noir de la tête au pied, jusqu'à leurs crânes qui étaient recouverts d'un capuchon, ils arboraient pourtant un grand sourire qui contrastait avec leur tenue sombre. Un cercle blanc était cousu sur le devant de leur robe. Lorsque Sol immobilisa notre chariot, ils se dirigèrent droit sur nous sans se départir de leur air béat.

– Bonjour ! claironna celui qui semblait guider le groupe. Avez-vous entendu parler du Bienfaisant ?

– Oui, et ça ne nous intéresse pas, rétorqua calmement Sol en sautant à bas du chariot et en se saisissant d'une caisse à décharger.

– Vous avez tort ! fit un deuxième homme sans se laisser démonter par son indifférence. Le Bienfaisant vous permettra d'être plus heureux. Avez-vous déjà perdu un être cher ?

– Allez, intervint Calva qui venait d'arriver et paraissait exaspérée. Ça suffit, maintenant, laissez-nous travailler en paix.

– Le Bienfaisant vous libérera de la tristesse ! Il vous libérera de…

Devant le regard de Calva, le troisième homme préféra ne pas finir sa phrase. L'air nullement dépités, ils nous saluèrent et repartirent comme ils étaient venus. Ils eurent tôt fait de disparaître dans la rue, dilués par les passants.

– Ils ne sont pas méchants, mais qu'est-ce qu'ils sont pénibles, commenta Calva en secouant la tête. À chaque fois qu'on passe à Elunart, c'est la même chose. Dépêchez-vous de décharger, qu'on puisse aller s'installer.

– De quoi ils parlaient ? demandai-je à Sol et Qotah en trottinant derrière eux.

Qotah réussit l'exploit de hausser les épaules en étant chargé d'un sac qui devait faire deux fois mon poids.

– Ils font partie d'une secte qui prévoit l'arrivée d'un soi-disant Bienfaisant, répondit Sol avec un soufflement dédaigneux. Complètement absurde, mais ils ne font de mal à personne, alors on les tolère.

J'étais très intriguée par ce concept mais, à cet instant, Luzelle déboula d'une des portes des auberges et fonça sur nous, essoufflée.

– Qotah, Maelys ! s'exclama-t-elle. Je vous cherchais. Venez, je vais vous présenter quelqu'un.

– On n'a pas fini de décharger, fit remarquer Qotah, toujours encombré par son énorme sac.

– Ah oui… Eh bien, rejoignez-moi quand vous aurez fini.

Et elle fit demi-tour aussi sec. Sol eut un sourire où l'amusement se mêlait à l'exaspération et reprit son avancée, suivi par mon frère. Je remarquai que, alors que le frêle rebouteux peinait à transporter sa marchandise et que sa chemise commençait à se tremper de sueur, Qotah marchait comme s'il ne portait rien. Les muscles se gonflaient pourtant sur ses bras, mais on ne distinguait sur lui ni goutte de transpiration ni essoufflement. J'espérai que les nombreuses personnes que nous croisions ne remarqueraient pas ces détails, ou bien mettraient cela sur le compte de sa grande taille et de ses épaules musculeuses.

Quand ils eurent fini de tout débarrasser, Sol nous fit signe d'aller rejoindre Luzelle. Je tâchai de masquer ma déception, persuadée que j'étais qu'il viendrait avec nous. Il dut cependant la sentir, car il me dit que Calva allait avoir besoin de lui pour la suite.

– Elle veut que je reprenne la caravane plus tard, expliqua-t-il avec une grimace. Du coup, elle m'implique dans toutes les étapes importantes pour que j'apprenne.

– Ça ne t'intéresse pas ? demandai-je.

– J'aime bien participer au voyage, voir du pays et soigner les gens, mais m'occuper de gérer tout ça… Enfin bref, Luzelle vous attend. On se voit tout à l'heure.

Il nous adressa un salut qui fit cogner mon cœur dans ma poitrine et nous nous séparâmes. Je préférais ne pas songer à l'idée que nous allions probablement devoir le quitter. Penser à une existence où je ne pourrais guetter les occasions de lui parler me paraissait d'ores et déjà triste et morne.

Lorsque nous entrâmes dans la première auberge, je compris tout de suite qu'il s'agissait d'un endroit différent de tout ce que je connaissais. Malgré quelques fenêtres qui laissaient passer la lumière du jour, la pièce baignait dans une étrange pénombre, principalement due au large nuage de fumée qui flottait sous le plafond. Une vingtaine d'hommes et de femmes dont la moyenne d'âge devait avoisiner les quarante ans étaient installés un peu partout, buvant assis sur des chaises, fumant debout contre le mur, discutant adossés au comptoir… Beaucoup tournèrent la tête vers moi, et la surprise laissa vite place à la réprobation sur leur visage. Je leur adressai un grand sourire et ils se désintéressèrent de moi.

Luzelle était assise avec un homme plus jeune que le reste des clients à une table en plein milieu de l'auberge, comme pour être bien sûrs que tout le monde les voyait. Et effectivement, contrairement aux tenues ternes et aux visages renfermés de tous ceux qui les entouraient, leurs vêtements colorés et leur air réjoui attiraient immanquablement l'œil. On aurait dit un couple d'oiseaux chanteurs au milieu d'un troupeau de vaches.

Ravie de me retrouver dans un endroit aussi adulte, je courus auprès de Luzelle sitôt que je l'eus repérée.

– Ah, Maelys ! s'exclama-t-elle joyeusement en me voyant. Vous vous êtes enfin échappés ?

– Qotah et Sol ont tout déchargé super vite !

Je promenai un œil curieux sur le compagnon de la ménestrelle. Comme j'en avais eu l'impression, il rayonnait de jeunesse et de beauté. C'était plus que ses épaisses mèches aile-de-corbeau, que ses yeux bleus sous ses longs cils, que son visage avenant savamment mal rasé et ses mains aux longs doigts : quelque chose d'indéfinissable émanait de lui, une sorte d'assurance qui transparaissait dans chacun de ses gestes et qui transcendait sa beauté. Je sentis mes joues se mettre à brûler lorsqu'il m'adressa un sourire éblouissant.

– Je suis sûr que ton frère a fait tout le travail, me dit-il avec un clin d'œil complice. Ce gringalet de Sol ne serait pas capable de soulever un chiot même si sa vie en dépendait.

Toute beauté disparut instantanément de ses traits, comme aspirée par un tour de magie. Soudain, je remarquai que son nez était légèrement protubérant, qu'il avait un début de calvitie sur les tempes et que ses ongles étaient sales. Mon sourire s'effaça et je le fixai sans aménité.

– Sol a porté plein de choses, rétorquai-je sèchement. Et au moins, il aide.

– Juste parce que sa chère mère le tient en laisse, fit l'homme sans se démonter le moins du monde. Sinon, il serait allé hanter sa vieille maison.

– Je vous présente Auron, intervint Luzelle sans paraître remarquer la colère qui bouillonnait en moi. Auron, voici Qotah et Maelys, les deux voyageurs dont je t'ai parlé.

– Je vous voyais plus… grands, dit Auron en me lorgnant avec amusement.

– Désolés de vous décevoir, répliqua Qotah avec froideur en s'asseyant à la table.

Mon cœur bondit de gratitude en entendant son ton. Si Qotah faisait front avec moi contre ce type, alors… Sans rien en montrer au-dehors, je me plongeais dans l'exploration de la pièce, à la recherche de quelque chose à tirer. Un coin du plancher se mit à briller dans mon esprit : une grande quantité de cadavre d'insecte étaient entassés là, probablement placés par un balai peu consciencieux. Discrètement, je tirai une mouche, deux mouches, trois mouches qui vinrent bourdonner autour de sa tête.

– Auron est l'homme qui m'a raconté l'histoire du village des Non-Morts, expliqua Luzelle. Je lui ai demandé de vous en refaire le récit.

– Ce n'est pas simplement ce que tu racontes dans la chanson ? demanda Qotah.

– J'ai un peu romancé, fit-elle en clignant de l'œil. Auron, tu leur racontes ?

Auron parvenait à ignorer les mouches qui lui tournaient autour avec beaucoup de nonchalance, mais je pouvais voir à de légers signes qu'il était agacé. Ravie, je forçai un peu sur le fil et les mouches s'approchèrent encore davantage de son visage…

Qotah me saisit soudain le bras.

– Maelys… commença-t-il d'un ton menaçant.

– Qu'est-ce qu'il y a ? demanda Luzelle avec de l'inquiétude dans la voix.

– Elle me donne des coups de pieds sous la table pour commander quelque chose depuis tout à l'heure, mentit Qotah sans me lâcher des yeux.

Je savais que j'étais allée trop loin. Les mouches reculèrent dans l'ombre et retombèrent au sol, sans vie. Personne ne parut s'en apercevoir.

– On va lui commander à boire, intervint Auron en cherchant le serveur du regard. Excusez-moi ! Deux chopes de bières et une part de fromage de chèvre pour nos deux compagnons.

– Maelys est trop jeune pour boire de la bière… commença Qotah.

– J'avais son âge quand j'ai bu ma première pinte et je ne m'en porte pas plus mal aujourd'hui, l'interrompit Auron avec un flegme à toute épreuve.

Je crus que mon frère allait le frapper. Il lâcha mon bras et garda le silence quelques instants.

– Qu'est-ce qu'il y a comme mouches ici, hein ? finit-il par dire.

– Auron, intervint sèchement Luzelle, visiblement agacée par la tournure que prenaient les choses. Raconte-leur.

– C'est la vérité, dit Auron en haussant les épaules. Il y a quelques années de cela, je longeais la cordillère Céleste avec une caravane de pourvoyeurs. J'avais un contrat à Agrimus, et il me manquait une ou deux chansons pour que mon répertoire soit complet, alors je fouinais pendant le trajet pour dénicher quelque chose d'intéressant. Un soir, je suis allé explorer une grotte. Elle était sombre et étroite, mais, au bout d'un moment, elle débouchait à l'air libre, probablement dans une cuvette de la montagne. J'ai aperçu quelqu'un au loin et je l'ai suivi discrètement. Il n'y avait aucune ville dans les parages, et l'endroit me paraissait trop inhospitalier pour que des gens puissent y vivre en autarcie. Et pourtant, j'ai fini par tomber sur des habitations… et les habitants sont tombés sur moi.

Alors qu'il paraissait parfaitement à l'aise au début de son histoire, le troubadour montrait à présent des signes de gêne. Il s'était mis à jeter des coups d'œil nerveux derrière lui et à se gratter compulsivement le crâne. Ce qui ne l'empêchait pas d'être un brillant orateur. Fascinée, j'attendais la suite de l'histoire, oubliant malgré moi mon antipathie pour cet homme.

– Ce n'était pas une rencontre très agréable, lâcha-t-il à contrecœur. Ils étaient une dizaine, tous morts. Des abominations contre-nature.

Je jetai un coup d'œil à Qotah. Son visage n'exprimait rien d'autre que de la concentration.

– Les non-morts m'ont pourchassé pendant un moment, poursuivit Auron, mais ils étaient lents et je suis parvenu à retrouver le chemin de la grotte. J'ai réussi à convaincre le chef de la caravane de nous enfuir en vitesse, et voilà.

– Pour un troubadour, tu ne romances pas beaucoup, fit remarquer Luzelle.

Auron pinça les lèvres dans un sourire contraint.

– Disons que ce n'était pas forcément une rencontre dont je voulais garder un souvenir impérissable, répondit-il.

– Alors, fit Luzelle en se tournant vers nous avec un grand sourire, qu'est-ce que vous en dites ?

– Où c'était, exactement ? demanda Qotah.

– À plusieurs semaines d'ici, en suivant la route qui va à Vaolin. Je me souviens d'un rocher qui avait la forme d'un cheval cabré. En face, il y a une dizaine de trous dans la roche, mais je serais bien incapable de vous dire lequel y mène… peut-être qu'ils sont tous connectés ?

– Tu doutes encore ? fit Luzelle à mon frère, visiblement déçue.

– Non non, s'empressa de répondre ce dernier. Je suis simplement curieux.

– Comme ça, il saura quand il faut commencer à courir s'il passe par là un jour, dit Auron avec un sourire qui avait retrouvé toute son assurance.

Les chopes de bière arrivèrent sur ces entrefaites. Curieuse malgré le regard réprobateur de Qotah, je saisis la lourde pinte dans mes mains trop petites et trempai mes lèvres dans le breuvage. Je poussai une exclamation immédiate. C'était dégoûtant !

– Tu t'y feras, m'assura Auron après avoir éclaté de rire et récupéré ma boisson pour lui.

J'avais beau détester ses propos vis-à-vis de Sol, il me traitait comme une grande et cela me plaisait. Je me rabattis sur le fromage de chèvre qui avait, lui, un goût délicieux. Évidemment, Qotah dédaigna sa bière, mais personne ne parut s'en formaliser. Son regard s'était perdu dans le vague.

– Comment ça se passe pour toi ? demanda ensuite Auron à Luzelle. Tu vas repartir avec la Calvavane ?

– Je n'en suis pas encore sûre, répondit-elle avec une moue pensive en tapotant la table du bout de ses doigts. Il paraît que les exorcistes sont en ville…

Un bruit sourd fit trembler la table quand les mains de Qotah s'abattirent dessus. Luzelle et moi sursautâmes et Auron le dévisagea avec étonnement. Conscient que sa réaction était on ne peut plus suspecte, il se composa un sourire qui ressemblait plus à grimace.

– Je crois que je m'étais mis à somnoler, désolé. Vous disiez ?

– Les exorcistes sont en ville, reprit Luzelle après un coup d'œil surpris à son intention, et ils auront peut-être envie de travailler avec moi à nouveau. J'ai quelques pistes que je pourrais leur présenter.

– C'est quoi, les exorcistes, Luzelle ? demandai-je, la bouche pleine de fromage.

– Des soldats spécialisés dans les monstres. Ils les traquent aux quatre coins du royaume et, comme c'est un peu mon métier, j'ai pas mal de tuyaux pour eux…

– Tu devrais leur parler de ce village des Non-Morts, fit Auron. Je te laisse l'argent, pour rien au monde je ne m'en approcherai de nouveau.

– Ça faisait partie de mes pistes possibles, oui, répondit la troubadour avec un sourire taquin. Merci de ton autorisation. Mais ils seront peut-être intéressés par quelque chose de plus proche ou plus dangereux.

– Ils ont quand même un passif particulier avec ce qui touche à la nécromancie.

– Comment ça, un passif ? intervins-je en sentant mon cœur se serrer.

– Cette organisation existe depuis des siècles et fait la chasse aux monstres aujourd'hui, expliqua Auron, mais on raconte qu'elle a été créée pour chasser les nécromanciens à l'époque de la Main Noire.

– C'est quoi, la Main Noire ? demandai-je.

– L'âge d'or des nécromanciens, l'époque où le monde était déchiré par leurs guerres intestines. Bien sûr, aujourd'hui, il n'en reste plus ou presque, donc les exorcistes se reconvertissent dans du menu fretin. Mais à la base, ce sont des chasseurs de nécromanciens. Je suis sûr que mon village les intéresserait beaucoup.

– Tu as probablement raison… fit Luzelle, songeuse. À voir ce que me propose Calva…

– Il faut qu'on y aille, la coupa assez brusquement Qotah en se levant.

– Oh, tu ne finis pas ta bière ? interrogea-t-elle, déçue.

– Non, je n'aime pas ça. Merci, Auron, pour cette histoire. Je te crois, Luzelle, maintenant. Viens, Maelys.

Je pris le temps de faire un salut de la main à une Luzelle dépitée et à un Auron indifférent, et trottinai à la suite de Qotah qui traversait la taverne à pas de géant. Il continua sa marche longtemps après que nous soyons sortis, à une telle vitesse que j'avais du mal à le suivre. Puis, une fois assuré que nous étions seuls, il s'arrêta, se tourna vers moi, et dit, implacable :

– On s'en va.

– Quoi ?

– On ne reste pas une seconde de plus dans cette ville, asséna-t-il.

– Mais…

– Il y a des tueurs de nécromanciens ici, Maelys.

– Mais ils ne savent pas qui je suis !

– Peut-être qu'ils ont des techniques pour le savoir ? Et s'ils exigent que tout le monde soit mains nues en leur présence ?

Je serrai compulsivement mes mains gantées les unes contre les autres. Auron avait parlé de l'époque de la Main Noire… mais non, nous ne pouvions pas partir ainsi ! Et la caravane ? Et Calva, Luzelle ? Et Sol ?

– Il nous suffit de ne jamais les croiser, proposai-je d'une voix hésitante.

– C'est un risque que je refuse de courir. Et puis, tu as entendu ? Luzelle a dit qu'elle allait leur parler du village des Non-Morts. Il faut qu'on y arrive avant eux.

– Elle ne le fera peut-être pas, il suffit de lui demander de…

– Maelys ! s'exclama-t-il.

Je me tus brusquement, choquée qu'il lève la voix contre moi.

– Je sais que tu n'as pas envie de les quitter, poursuivit-il durement, mais il s'agit de ta vie ! Alors arrête tes caprices.

Je sentis les larmes me monter aux yeux mais les essuyai rageusement avec ma manche. Je ne voulais pas partir, mais quels arguments avais-je contre mon frère ?

– On va chercher nos affaires, reprit-il plus calmement. Et après ça, on file.

J'acquiesçai, les dents serrées, et lui emboîtai le pas. Je ne parvenais pas à lui en vouloir ; ses grandes enjambées saccadées et ses poings serrés trahissaient son malaise autant que sa détermination. Jusqu'à quand devrions-nous fuir à cause de ma magie ? Je me sentais plus abattue que jamais, tandis que nous croisions quantité d'inconnus qui marchaient en ignorant quel monstre se trouvait parmi eux à cet instant…

Toutes nos maigres possessions étaient entassées dans un sac qui se trouvait toujours dans le chariot que Sol et Qotah avaient déchargé plus tôt. Mon frère s'en saisit et en parcourut rapidement le contenu. Un couteau, quelques matériaux pour faire des collets, la robe déchirée que je portais avant d'arriver dans la caravane, des bandages… nous n'avions évidemment rien emporté de Joname dans notre départ impromptu, et le travail qu'avait fourni Qotah ces dernières semaines avait servi à payer notre traversée et notre nourriture, pas à nous acheter des choses. Ma tristesse s'accentua à la vue de ces pitoyables biens.

– On se débrouillera avec ça, fit Qotah en refermant sèchement le sac, comme si lui aussi avait été déçu par ce contenu que nous connaissions pourtant tous les deux d'avance. Il va nous falloir un cheval.

Je redressai la tête, une partie de mon accablement estompée par la perspective de ce travail d'importance qui, je le savais, me revenait.

– Où allons-nous… commençai-je.

– Maelys.

Je sursautai en entendant mon nom. Sol s'était approché de nous en silence et nous observait à bonne distance. C'était lui qui venait de prononcer mon nom et je sentis ma bouche devenir sèche.

– Oui ? répondis-je sans réfléchir.

– Je…

Il se tut en plein milieu de sa phrase. En y réfléchissant, quelque chose semblait le tourmenter. Ses yeux étaient plus cernés que d'habitude, ses cheveux plus ébouriffés et certains de ses doigts étaient parcourus d'un tic nerveux qui les faisait trembler. Il avait l'air plus malade que jamais. Et il me fixait, moi. Je me sentais minuscule sous l'intensité de son regard.

– Sol, intervint Qotah d'une voix posée, on n'a pas trop le temps, là, on doit aller faire quelque chose d'urgent. C'est important ?

Le regard du rebouteux vola de mon frère à moi sans mot dire, puis il esquissa un sourire.

– Non, non. Ça n'a rien d'important. Allez à vos occupations, je vous verrai tout à l'heure.

Je sentis mon cœur se déchirer en entendant ces mots. Il nous adressa un signe de la main que je lui rendis frénétiquement en essayant désespérément de contenir mes larmes. Il nous tourna le dos et s'engouffra dans un des bâtiments de l'étape. Quelque chose en moi me souffla que ce serait probablement ma dernière image de lui. Je repoussai cette idée avec fureur.

– Allons-y, dis simplement Qotah.

Je crois qu'il savait ce que j'endurais à cet instant, car il me guida vers la sortie d'une main douce qui contrastait avec la course endiablée qu'il nous avait imposée plus tôt. Ou peut-être était-ce dur pour lui aussi de dire au revoir ? Impossible de percer son visage pour découvrir ce qui se passait derrière. J'avais beau prétendre le connaître par cœur, par moment, Qotah m'était totalement impénétrable.

Penser à cela me permit de ne pas affronter la réalité tandis qu'il m'entraînait dans son sillage à travers l'étape dont nous émergeâmes assez rapidement. Dehors, c'était un chaos organisé qui tourbillonnait tout autour de nous. Le soir commençait à tomber, mais Elunart ne paraissait pas en être troublée. Au contraire, l'activité avait crû dans les rues éclaboussées de lumière orange. Je me serrai contre Qotah pour être sûre de ne pas le perdre.

– On va s'éloigner un peu du centre-ville, me disait-il en parlant bas pour être sûr que personne n'interceptait notre conversation. Il va falloir que tu me guides. Je suppose que ça va être compliqué dans cette ville, mais tu dois nous trouver un cheval.

Je me concentrai. Comme auparavant, l'absence de « bruit » me frappa. Il y avait bien des insectes un peu partout, des petits animaux, un homme fraîchement décédé dans une maison non loin, des ossements enterrés profondément… mais c'était tout. Rien qui ressemblât au chant puissant du cimetière de Joname ou au chœur de la campagne.

Je canalisai plus profondément ma perception. Je cherchai très certainement un animal mort très récemment – Qotah ne voudrait pas que nous prenions la route avec un cadavre putréfié. Quelques petites flammes commencèrent à émerger. L'une d'elle brûlait avec plus d'intensité que les autres, et c'est celle que j'indiquai à Qotah.

– Par là.

La partie de la ville où nous nous rendions était visiblement boudée par la population, car la circulation se clairsema très rapidement. Bientôt, nous nous retrouvâmes à évoluer seuls dans des ruelles qui s'assombrissaient à vue d'œil, parmi des habitations cintrées de jardins miteux où les ordures s'accumulaient. Il y avait plus de choses à tirer ici. Des silhouettes qu'on devinait à peine s'éclipsaient derrière des fenêtres sales et un chien rachitique se mit à aboyer à notre passage.

– C'est ici, finis-je par dire à Qotah en lui indiquant une maison d'apparence pitoyable.

Du linge pendait sur un toit criblé de trous. Les rares fenêtres étaient obstruées par des couvertures en crin crasseuses et un bric à brac de caisses défoncées s'empilait à l'arrière du jardin.

Juste devant le portique, un couple incroyablement crasseux était penché sur une jument couchée à terre. Et quelle jument ! J'avais suffisamment observé les chevaux dont s'occupait Qotah à l'écurie de monsieur Garrison pour être capable de comprendre qu'il ne s'agissait pas d'une bête de labour. Grise de la tête aux sabots avec la robe parcourue de pommelées blanches et la crinière noire, le corps parfaitement proportionné, les pattes fines et musclées, elle provenait assurément d'une riche écurie. Pourtant, elle était ici, dans ce jardin miteux, et elle était morte.

L'homme et la femme levèrent la tête vers nous comme nous nous arrêtions pour les observer. La femme plaça vivement ses mains sur la jument, mais j'avais eu le temps de voir ce qu'elle comptait nous dissimuler : un couteau était planté dans son large cou. Elle devait être morte récemment, car sa flamme brûlait avec une intensité déconcertante. Il m'aurait été si facile de la tirer, si seulement ces deux-là n'avaient pas été là…

– Ques'nous voulez ? baragouina l'homme en nous évaluant avec méfiance.

Je frissonnai malgré moi à la vue de ses dents, d'une noirceur répugnante.

– Où avez-vous trouvé ce cheval ? s'enquit Qotah.

– Ça vous regarde ? grogna la femme.

– Fichez l'camp ou z'arrivera des bricoles, enchaîna l'autre.

– Du genre qu'on ne fait pas à une petite fille.

L'homme mangeait la moitié de ses mots et la voix de sa compagne était d'un calme glacé, aussi terrifiant que l'œil en verre sans âme qu'elle dardait sur moi. J'eus un mouvement de recul, tremblante. Qotah, lui, n'esquissa pas le moindre geste.

– Vous avez volé cette bête ?

– Non, elle a poussé dans notre potager, cracha la femme. Du balai !

– On a d'la viande à couper, renchérit l'autre en caressant son poignard, les yeux fixés sur mon frère.

– Vous ne pouvez pas la dépecer, rétorqua calmement ce dernier.

– Et pourquoi, s'vous plaît ?

– Parce qu'elle est vivante.

L'homme s'esclaffa, mais j'avais compris le message et le pouvoir affluait déjà en moi. Son rire grinçant se mua en cri de surprise quand la jument ouvrit subitement les yeux et projeta brusquement son sabot avant dans son épaule. Il tomba en arrière avec un hurlement tandis que, d'un mouvement puissant qui sollicita l'ensemble de ses muscles, la bête se relevait de toute sa hauteur et faisait face à la femme. Celle-ci ouvrit grand ses yeux asymétriques, mais elle ne se laissa pas perturber plus de quelques secondes. Se saisissant du couteau de son compagnon tombé à terre, elle se fendit d'un mouvement impressionnant de dextérité et le planta dans le poitrail de la jument.

L'animal poussa un hennissement strident qui n'avait rien à voir avec de la douleur et se cabra en battant l'air de ses antérieurs. Pour une raison que je ne m'expliquais pas, je ne la contrôlais pas le moins du monde, alors que je sentais pourtant fermement le lien tissé entre nous. Elle était ivre de vengeance et elle comptait bien l'assouvir.

– Maelys, dit Qotah, c'est bon maintenant. On peut partir.

– Mais je n'y arrive pas ! gémis-je.

Les sabots avant de la jument se plantèrent dans la terre à quelques centimètres de l'endroit où se trouvait la tête de la femme. Celle-ci restait tétanisée au sol, terrorisée. Alors que l'animal se cabrait de nouveau, bien décidé à réussir son coup cette fois-ci, Qotah se jeta en avant et saisit l'abondante crinière à pleines mains. Furieuse, la jument secoua la tête avec violence, bien décidée à se libérer de son emprise. J'assistais à la scène, impuissante, essayant de toutes mes forces de reprendre le contrôle sur ce corps que j'avais relevé, en vain.

Pendant que la femme rampait hors de portée des redoutables sabots en abandonnant son mari sonné à terre, Qotah, conscient qu'il ne pouvait lutter en force avec la jument, avait agrippé la crinière de sa deuxième main et, dans un mouvement de balancier, s'était projeté sur son dos à la force de ses bras. Je sentis la surprise et l'agacement de l'animal, tout entier tourné vers ses deux meurtriers et peu désireuse de traiter avec une troisième partie. Ce moment de flottement me fut salutaire ; instinctivement, je raffermis mon emprise sur elle et, sans pour autant annihiler son libre arbitre, apaisai son désir de tuer. Après une dernière ruade, son corps fut parcouru d'un long frémissement et elle se calma enfin.

Sur son dos, Qotah paraissait aussi serein que s'il était simplement assis à un salon de thé, malgré ses cheveux ébouriffés par la bataille. Le couple le dévisageait, bouche bée. De leur point de vue, il venait de calmer un cheval furieux simplement en lui grimpant dessus. Il les toisa du haut de sa monture d'un regard plein de mépris que je ne lui avais jamais vu.

– Ne tuez plus jamais de chevaux, déclara-t-il d'une voix dangereusement basse. Ou ils se relèveront pour se venger.

– Sorcellerie… marmonna la femme, les yeux attachés aux deux couteaux toujours plantés dans la chair de la jument.

– Mais faut ben qu'on mange ! geignit l'homme en se massant l'épaule.

Qotah les ignora tous les deux et intima à sa monture de faire demi-tour. Arrivé à ma hauteur, il se pencha, me saisit par la main et m'installa devant lui sur les épaules de la jument. Il se pencha en avant pour arracher les deux couteaux et nous partîmes au pas, sans nous retourner. Chaque seconde, je m'attendais à ce que la monstrueuse femme se lance à notre poursuite. Mon cœur battait la chamade.

Nous avions dû faire beaucoup de bruit, car les silhouettes informes se pressaient aux fenêtres, mais personne ne sortit. Nous traversâmes le quartier dans un silence seulement troublé par le bruit des sabots contre la pierre. Nul ne nous interpella, même lorsque nous quittâmes la ville sans passer par la porte principale.

Quelques heures plus tard, Elunart était loin derrière nous.

Les morts ne parlent pas

Un puissant flot de lumière s'engouffra dans la pièce sombre alors que la porte claquait sur le mur. Un cliquètement de bottes accompagna l'entrée des nouveaux venus dans l'auberge, une large troupe de soldats vêtus de vestes marron par-dessus des chemises vertes – l'uniforme des patrouilles de route. Je posai subrepticement mes doigts sur le poignet de Maelys, attablée à mes côtés, afin de lui faire comprendre qu'elle devait garder ses mains cachées sous la table. Depuis que j'avais découvert l'existence des exorcistes, je me méfiais de l'autorité comme de la peste.

La troupe était constituée d'une dizaine d'hommes et de femmes tous plus bruyants les uns que les autres, et leur arrivée avait métamorphosé l'ambiance très calme et feutrée qui régnait dans la taverne quelques minutes plus tôt. Les deux scribes qui devisaient calmement dans un coin de la pièce se turent brusquement, et l'adolescent qui mangeait non loin de nous leva des yeux curieux vers eux. L'aubergiste, une femme avec de larges épaules et des manières distinguées, alla à leur rencontre.

– Bien le bonjour, gente dame, dit l'homme de tête en exécutant un salut exagéré. Nous venons dans votre établissement pour nous sustenter.

– On vient boire, ouais ! lança un de ses compagnons derrière lui, ce qui déclencha une flopée de rires.

– Pas d'histoires, hein ? demanda l'aubergiste en faisant les gros yeux à celui qui semblait commander.

– Il n'y en aura aucune, je le jure sur Jan et sur l'enfant qui pousse dans le ventre de ma femme. Alors, vous avez entendu, vous autres ? Tenez-vous à carreau !

Il avait beuglé cette dernière phrase et un chœur de hurlements joyeux lui répondit. À la place de l'aubergiste, j'aurais probablement considéré la question avec soin, mais elle parut satisfaite de la réponse et les pria de s'installer. Sans doute la promesse de dix soiffards commandant pintes sur pintes n'était-elle pas étrangère à son choix. Très vite, la troupe se mit à brailler des chants de soldats, aux paroles souvent peu recherchées. Excédés, les deux scribes posèrent quelques pièces sur leur table et s'éclipsèrent sans demander leur reste.

L'adolescent ne paraissait pas gêné par le tumulte, pas plus que Maelys qui les fixait avec un intérêt marqué depuis leur arrivée. Pour ma part, je me pris à songer à Luzelle avec nostalgie. Elle n'était sûrement pas la dernière à se joindre aux chœurs de chansons paillardes, mais sa musique à elle était autrement plus recherchée. Ses interprétations me manquaient parfois, surtout la nuit.

Je me rabrouai intérieurement, comme chaque fois que j'avais pensé à elle ces derniers temps. Les premiers jours, je ne pouvais m'empêcher de culpabiliser en songeant à la manière dont elle avait dû prendre notre départ, elle qui avait l'air si attachée à ce que nous pensions d'elle. De même pour Calva, qui nous avait accueillis au moment où nous en avions le plus besoin, ou pour Sol qui avait soigné Maelys de ses propres mains. Je me détestais de ne pas avoir pu les remercier pour tout. Mais cela faisait plus de trois semaines que nous avions quitté Elunart à présent, et je n'avais aucune intention de passer ma vie à me morigéner pour mes choix.

Malgré mes réticences vis-à-vis des goûts musicaux de nos nouveaux voisins de table, je ne pouvais m'empêcher d'être heureux de voir Maelys sourire à nouveau. Si je m'étais senti coupable, ma petite sœur avait, elle, très mal vécu la séparation que je lui avais imposée. Je ne l'avais jamais vue aussi sombre et renfermée que pendant les quelques jours qui avaient suivi notre départ précipité d'Elunart, elle qui avait toujours été une enfant pleine de vie. Ces derniers temps, elle paraissait avoir retrouvé son entrain et j'espérais de tout cœur que son deuil était bel et bien passé.

– Mange ta viande avant qu'elle refroidisse, lui dis-je.

Soudain pris de curiosité, je me penchai vers elle.

– Tu pourrais la faire bouger ? chuchotai-je, la voix couverte par le tintamarre qui s'élevait de la table d'à côté.

– Non, répondit-elle en en arrachant un gros morceau avec les dents et en le mastiquant avec ardeur. Che ne chais pas pourquoi mais la viande cuite cha ne marche pas. Che ne chens rien.

– Avale avant de parler, la sermonnai-je gentiment.

Je ne pouvais pas vraiment lui reprocher de se bâfrer. Durant notre voyage, elle n'avait pas mangé grand-chose d'autre que des champignons, des plantes ou des morceaux des animaux filandreux que j'attrapais quand j'étais chanceux. Alors, un gros steak cuit à point comme celui-là, difficile de résister. Nous nous étions arrêtés dans de très rares fermes quand le temps était trop mauvais ou la nourriture trop chiche mais, la plupart du temps, nous avions passé la nuit à la belle étoile. Le fait que je n'aie plus besoin ni de manger ni de dormir était heureux, car j'avais pu passer mes nuits à essayer d'assurer la subsistance de Maelys uniquement. Dans une campagne foulée quotidiennement par les patrouilles et envahie de fermes, scieries et auberges, mes talents de chasseur-cueilleur étaient mis à mal.

– On dort ici cette nuit ? demanda Maelys en levant vers moi des yeux plein d'espoir.

– Je ne pense pas. Il fera sûrement doux.

– Mais la couverture sent mauvais !

– Tu exagères, c'est au moins la cinquième fois que je la lave.

– N'empêche qu'elle pue.

J'allais la sermonner sur son langage, mais la patrouille avait entamé un couplet particulièrement imaginatif en termes de grossièretés, et j'abandonnai face à la futilité de mes efforts. Ma mère m'avait toujours grondé au moindre signe de vulgarité, comme si nous étions une famille de nobles, mais je m'étais rendu compte par la suite que tous les parents n'étaient pas aussi pointilleux sur la question, particulièrement les paysans. Et puis, Maelys n'était pas plus noble que moi, alors à quoi bon ?

– Tu penses qu'on est bientôt arrivés ? reprit-elle une fois son assiette engloutie.

– Je n'en ai aucune idée, avouai-je. Je l'espère, en tout cas. Auron a parlé de plusieurs semaines, pas de mois. Lizzie a une bonne cadence, donc on ne doit pas être plus lents que les caravanes de pourvoyeurs.

– J'espère qu'elle va bien, dit aussitôt Maelys en regardant nerveusement par-dessus son épaule, comme si elle avait pu apercevoir la jument à travers les murs de pierre de la taverne.

– Elle nous attendra sagement, comme les autres fois.

– Elle n'aime pas être attachée. On ne pourrait pas la mettre dans l'écurie pour une f…

– Non, la coupai-je impatiemment. Pour la énième fois, Maelys, n'importe quel garçon d'écurie serait capable de se rendre compte que notre cheval a des trous et ne respire pas.

– Je disais ça comme ça, rétorqua-t-elle, boudeuse.

L'affection fulgurante qu'avait porté Maelys à la jument, rapidement nommée Lizzie par ses soins, me fascinait. J'aimais beaucoup ce cheval, moi aussi : c'était un superbe animal, et son caractère bien trempé la rendait bien plus intéressante que les canassons à l'œil éteint dont j'avais dû m'occuper dans la caravane. Malgré son état de cadavre, elle était joueuse, boudeuse parfois, et d'une gentillesse à toute épreuve en ce qui concernait Maelys. Jamais je ne l'avais vue montrer les dents ou esquisser une ruade autrement que pour jouer. Je ne me l'avouais qu'à moitié, mais la voir aussi impétueuse et caractérielle alors qu'elle était morte me faisait beaucoup de bien, et me rassurait sur ma propre condition.

Je m'apprêtais à continuer la discussion quand je vis du coin de l'œil l'adolescent qui mangeait à côté de nous se lever et se diriger vers les dix soldats. Intrigué, je le suivis du regard. Je ne l'avais pas remarqué lorsqu'il était assis, mais il portait une robe noire qui lui descendait jusqu'aux pieds, agrémentée d'un capuchon rabattu sur sa nuque. Seul un cercle blanc cousu sur son torse tranchait dans le noir du tissu.

– Un membre de la secte, murmurai-je.

– Les gens bizarres qu'on a vu à Elunart ? demanda Maelys.

Je hochai la tête sans quitter le garçon des yeux. Il s'était planté devant la troupe et les membres de celle-ci, tout avinés qu'ils étaient, avaient commencé à le remarquer.

– Qu'est-ce qu'il y a, môme ? l'interpela une femme. Tu veux t'engager dans l'armée pour échapper à tes vieux ?

– Ta gueule, Léane, intervint un de ses compagnons, tu vois bien que c'est un sectard. Qu'est-ce que tu veux, mignon ? On l'a pas vu, ton Bienfaisant, alors fiche-nous la paix.

À mon grand étonnement, l'adolescent arborait un sourire ingénu que rien ne semblait pouvoir effacer. Face à dix soldats avinés et gueulards, j'estimais qu'il s'agissait là soit d'un courage à toute épreuve, soit d'une inconscience totale.

– C'est normal que vous ne l'ayez pas vu, répondit-il avec gentillesse, le Bienfaisant se révèlera à nous lorsque le temps sera venu. Jusque-là, penser à lui nous permet de…

– Oh, il va fermer son clapet, le môme ? le coupa la première femme. On est ici pour boire, pas pour entendre des bigoteries.

– À vrai dire j'avais simplement besoin de…

– T'as besoin de rien du tout ! Tu recules et tu la fermes !

Elle devait être particulièrement éméchée ou sur les nerfs, car elle se dressa de toute sa taille et s'avança vers lui. Un de ses compagnons tenta de la saisir par le bras pour la calmer, mais deux autres se levèrent à leur tour, probablement attirés par l'idée de faire du raffut ou excités par l'idée d'une proie facile.

L'aubergiste n'était pas en vue. Je me crispai dans l'expectative de ce qui allait se produire. L'adolescent ne perdit pas son sourire mais il fit tout de même un pas en arrière. Son expression n'était plus aussi assurée qu'avant, mais il semblait déterminé à délivrer son message.

– Mais si vous vous donniez la peine de m'écouter quelques…

– C'est qu'il cherche les ennuis, le mignon, caqueta un des soldats qui s'était levés. On devrait peut-être lui apprendre à fermer sa bouche quand les adultes le lui demandent ?

– On a promis de pas faire d'esclandre, fit vaguement remarquer un autre, sans pour autant esquisser le moindre geste pour les arrêter.

– Ça ne sera qu'un tout petit esclandre, dit la femme avec un sourire mauvais. Juste le temps de lui apprendre la politesse.

– Ça suffit !

Je ne m'étais même pas rendu compte que je m'étais levé. Toutes les têtes se tournèrent vers moi et je me sentis comme giflé par une violente vague d'hostilité. Un silence indécis plana pendant quelques instants, vite coupé par les soldats qui s'échauffaient visiblement de seconde en seconde.

– Qu'est-ce que tu veux ? Toi aussi, tu te laisses baiser par le gourou de leur secte de pouilleux ?

– Larf, il y a une enfant avec lui…

– Enfant ou pas enfant, on ne va pas se laisser emmerder par le premier venu !

– Il a raison, le môme mérite une correction !

En trois grandes enjambées, je fus aux côtés de l'adolescent. Celui-ci leva les yeux vers moi. Il avait peur, c'était évident, mais il restait néanmoins solidement campé sur ses pieds. Je le saisis par le bras.

– Laissez-nous partir, dis-je avec calme. On ne vous embêtera plus.

– Vous croyez vraiment qu…

– Qu'est-ce qu'il se passe, ici ? s'exclama la voix de l'aubergiste.

À mon grand soulagement, je la vis sortir de sa cuisine. Elle bouillonnait visiblement de fureur. Quelques gardes eurent la bonne grâce de prendre l'air contrit.

– Vous aviez promis de pas faire de bazar et voilà que vous menacez mes clients !

– C'est vos clients qui ont commencé à nous casser les couilles, répliqua la garde revêche, pas contrite du tout, elle. Vous feriez mieux de leur dire de se tirer d'ici vite fait.

L'aubergiste s'apprêta à rétorquer puis se ravisa. Je ne sais si ce fut la vision de Maelys, assise toute seule à sa table, ou celle des trois soldats hargneux toujours debout ; toujours est-il qu'elle resta silencieuse et nous fit signe de filer. Je ne me fis pas prier et, la main toujours fermement serrée sur le bras du jeune garçon, m'éloignai du groupe à reculons, sans quitter la soldate des yeux. D'un geste de la main, je fis signe à Maelys de sortir de l'auberge et je tirai l'adolescent à sa suite. Un immense soulagement m'envahit lorsque la porte se referma sur nous.

– Tu ne devrais pas provoquer une troupe comme ça, dis-je en lâchant le bras de l'adolescent.

Les rares soldats que j'avais rencontrés à Joname n'étaient pas de mauvais bougres mais, si j'avais bien appris une chose, c'est qu'un groupe est toujours plus bête et plus cruel que ses éléments individuels.

Le garçon me dévisagea avec curiosité, sans répondre. Maintenant que je le voyais d'aussi près, je comprenais mieux son attitude dans la taverne. Ses yeux tout ronds comme ceux d'un hibou, ses joues imberbes et son sourire confiant respiraient la candeur. Il devait être sur les routes depuis un moment, car sa masse de cheveux roux aurait bien eu besoin d'être peignée. Son corps disparaissait derrière sa tenue ample, visiblement trop grande pour lui, mais il dépassait tout de même Maelys d'une bonne tête. Je ne lui donnais pas plus de quatorze ans.

– Qu'est-ce que tu faisais tout seul dans cette taverne ? demandai-je malgré moi. Comment t'appelles-tu ?

Sans doute était-ce à cause de ce que je projetais sur lui, mais imaginer cet enfant tout seul sans famille me faisait un pincement au cœur. À cette question, son sourire s'accentua et son visage prit une expression de fierté que je n'avais jamais vue chez quiconque.

– Je m'appelle Opossum et j'enquête pour la liberté.

– Qu'est-ce que…

– Tu t'appelles vraiment Opossum ? me coupa Maelys.

– C'est le nom qu'on m'a donné à la liberté. Maintenant, c'est le mien.

Il se tourna vers moi, l'air un peu plus sérieux.

– Je vous remercie d'être intervenu, mais je ne pense pas que c'était utile. Je suis sûr qu'ils ne m'auraient rien fait.

– Tiens donc, répondis-je. Et qu'est-ce qui te fait dire ça ?

– Ce sont des soldats, ils sont là pour nous protéger ! Bon, certains d'entre eux étaient peut-être un peu agacés, mais on aurait pu s'en sortir en discutant. Je voulais juste leur demander mon chemin.

– Mais tu as parlé de Bienfaisant, fit remarquer Maelys.

– C'est eux qui en ont parlé, et ils ont fait une erreur, alors je me suis simplement contenté de les corriger.

– Ils allaient te frapper, insista-t-elle.

– Mais non, voyons ! s'exclama-t-il en ouvrant des yeux encore plus ronds, comme estomaqué que nous puissions simplement envisager la chose. C'était simplement une manœuvre d'intimidation.

Maelys paraissait incrédule. Je me fis la réflexion que, du haut de ses dix ans, elle connaissait probablement bien plus la vie que cet Opossum. D'ailleurs, sa manière de parler donnait l'impression qu'il venait d'une famille fortunée. Il était étrange que quelqu'un comme lui se fasse recruter par une secte et se retrouve à arpenter les routes.

– Opossum… commençai-je.

– Appelez-moi Opo, s'empressa-t-il de m'interrompre.

– Opo, nous allons devoir reprendre notre route. Tu es sûr que tout ira bien ?

– Bien sûr !

Et, sur ces simples mots, le garçon fit volte-face, ajusta son gros sac et s'éloigna d'un pas vif, non sans nous gratifier d'un salut quasi militaire dont la solennité était un peu gâchée par le grand sourire qui l'accompagnait. Je le suivis du regard jusqu'à ce qu'il disparaisse derrière les arbres. Je me sentais étrangement troublé.

– Il était bizarre, commenta Maelys.

Je haussai les épaules.

– Je suppose qu'on est mal placés pour dire ce genre de choses.

Nous rejoignîmes Lizzie qui nous attendait là où nous l'avions attachée en trépignant d'impatience et reprîmes notre route.

– Qotah ? appela Maelys.

– Oui ?

– Ça ressemble à un cheval… non ?

Je levai la tête et observai le rocher qu'elle me montrait. Et en effet, il me semblait voir les antérieurs dressés d'un étalon dessinés grossièrement dans la roche. Mon rythme cardiaque se serait probablement accéléré si mon cœur avait été en état de marche.

– Est-ce que tu sens quelque chose ?

Maelys ferma les yeux quelques instants, prit une grande inspiration. Quand elle les ouvrit, elle paraissait plus déterminée que jamais.

– Oui, dit-elle simplement. Par là.

Elle indiquait la roche qui longeait la route et dans laquelle plusieurs grottes creusaient comme une souricière. Nous nous y engageâmes prudemment avec Lizzie. Il ne s'agissait que de tunnels dans la falaise, et nous fûmes rapidement de l'autre côté, dans une plaine rocailleuse qui ressemblait, comme Auron l'avait dit, à une cuvette creusée au milieu de la montagne. Il n'y avait aucune présence, aussi laissai-je Maelys guider Lizzie sans m'interposer alors que nous nous enfoncions de plus en plus. Les aléas du terrain faisaient comme des murailles autour de nous. Je me sentais assez mal à l'aise dans cet environnement, comme si nous nous étions volontairement constitués prisonniers.

– Il y a quelque chose, murmura tout à coup Maelys.

J'ouvris grand les yeux, mais rien ne bougeait autour de nous. La plaine était cependant jonchée d'énormes rochers et il aurait été très simple pour quelqu'un de s'approcher de nous sans que nous le voyions.

– Où ? demandai-je.

Elle n'eut pas le temps de répondre : sans aucun signe avant-coureur, deux hommes bondirent de derrière un rocher, juste devant nous. Lizzie poussa un hennissement strident et se cabra brusquement. Pris par surprise, je tombai en arrière, suivi par Maelys qui atterrit violemment sur mon torse. Je n'avais pas besoin de reprendre ma respiration, aussi la poussai-je de côté et sautai sur mes pieds pour faire face à nos deux assaillants.

Je ne pus m'empêcher de tressaillir en les découvrant. Si j'étais un cadavre, ces êtres-là méritaient plus le nom de charogne. Ils n'étaient couverts que d'un pantalon déchiré et d'une chemise ouverte, ce qui me laissait tout loisir d'admirer l'intégralité de leur être : leur peau avait fondu comme de la cire de bougie et était crevassée d'un nombre incalculables d'affreuses balafres ; un bout de boyau pendait de l'une d'entre elles. Celui de droite dardait sur moi une orbite vide en-dessous d'un crâne couvert de plaques de cheveux épars, ce qui attirait toujours moins l'attention que son compère dont les lèvres avaient visiblement été arrachées, figeant son visage en un sourire éternel et plein de dents. Ils avançaient vers nous en râlant des sons inarticulés, comme un cauchemar vivant.

La terreur m'envahit comme un torrent. J'eus un geste de recul, mais mon talon heurta le corps de Maelys, allongée derrière moi. Ravalant mon horreur, je me plantai face à eux, arrachait le bandage accroché à mon cou et hurlai :

– Je suis comme vous !

J'ignore ce que j'avais espéré, car la phrase m'était venue dans la panique, mais ils s'immobilisèrent comme un seul homme. Je profitai de leur hésitation pour saisir le bras de Maelys, la relever et la placer derrière moi, mais les deux monstres avaient perdu toute leur attitude vindicative, ils semblaient simplement perplexe.

– Tu es un non-mort ? demanda le borgne d'une voix étrangement normale en examinant ma blessure avec curiosité.

– Oui ! m'exclamai-je, éperdu. Nous cherchons le village des Non-Morts ! Nous ne vous voulons aucun mal.

– Du calme, reprit mon interlocuteur avec un sourire. Nous essayons simplement de garder les intrus éloignés d'ici. Mais si tu es l'un des nôtres, tu n'es pas un intrus. Et elle, elle en est un aussi ?

Il désigna Maelys d'un geste du menton. Cette dernière s'avança timidement, sans lâcher mon bras cependant. Elle me jeta un regard et, silencieusement, retira ses gants.

Les deux non-morts sursautèrent comme si on les avait piqués, les yeux écarquillés.

– Des mains noires… murmura le borgne. Tu le contrôles ?

– Je suis libre de mes actes, répondis-je prudemment, et leur attention se reporta en partie sur moi. Nous ne vous voulons pas de mal, répétai-je. Nous cherchons simplement de l'aide.

– Je vais vous amener au village, répondit-il gravement. Suivez-moi. Je m'appelle Seraf, et lui, c'est Jihaim. Excusez son silence, il a un peu de mal à en placer une depuis qu'on lui a coupé les lèvres.

Le dénommé Jihaim émit un grondement sépulcral en guise d'affirmation et fit un étrange sourire avec les yeux. Nous prîmes le temps de rattraper Lizzie, qui avait préféré s'éloigner de la zone de combat, et emboitâmes le pas à nos deux étranges guides. L'irréalisme de la situation aurait dû me laisser pantois, mais j'avais déjà vécu tant de choses impossibles… En revanche, Maelys semblait troublée. Elle marchait à moitié derrière moi, comme si elle voulait s'assurer qu'un obstacle la séparait toujours des deux non-morts, et le regard qu'elle dardait sur eux était un mélange de crainte et de défiance. Cette attitude ne lui ressemblait pas, mais ce n'était pas le moment de se poser des questions.

Seraf et Jihaim nous firent passer dans divers petits boyaux de roches pendant un long moment, un labyrinthe dont nul n'aurait pu trouver le chemin par hasard. Nul ne parlait et la tension grandissait en moi. Ils avaient certes paru amicaux en voyant que j'étais des leurs, mais leur regard avait changé du tout au tout en voyant les mains de Maelys. L'accompagnais-je droit dans un piège ? Je serrai les dents et portai inconsciemment la main à ma nuque dure comme du bois. Avions-nous le choix ?

– C'est ici, finit par dire Seraf, rompant un silence qui durait depuis bien trop longtemps.

Nous venions d'émerger dans une étroite vallée aux flancs couverts d'arbres aux feuilles rouges et orange. Nichées au milieu de ce foisonnement de couleurs, une poignée de maisons sortaient de terre, ou directement du rocher pour certaines. L'endroit n'était pas très impressionnant, si on excluait le fait qu'il était peuplé exclusivement de morts-vivants.

– Combien êtes-vous à vivre ici ? demandai-je tandis que nous nous approchions de la première maison.

– Une vingtaine, répondit le non-mort en haussant les épaules. Ça n'a pas changé depuis cent cinquante ans.

– Vous ne sortez jamais d'ici ?

Son visage s'assombrit.

– Non. On ne peut pas.

J'allais en demander davantage quand je pris soudain conscience que, derrière ses balafres et sa peau fondue, son visage était celui d'un tout jeune homme. Un tout jeune homme à l'air très malheureux. Jihaim posa sa main sur son épaule et la discussion s'arrêta là.

Nous arrivâmes dans le village, vide. Il n'y avait qu'une seule rue et une poignée de maisons, assez mal entretenues. Des herbes folles poussaient un peu partout entre les pierres, les toitures s'affaissaient, les clôtures de jardins étaient à moitié effondrées. On aurait dit la version fantôme de Joname.

– Ohé ! appela Seraf. On a de la compagnie, vous autres !

Un mouvement parcourut les alentours. Je réalisai alors que les habitants étaient là depuis notre arrivée, parfaitement immobiles. Au cri de leur compagnon, une vingtaine de personnes s'étaient redressées, un peu mollement, et s'étaient tournées vers nous. Elles commencèrent à affluer dans notre direction sans entrain et, l'espace d'un instant, je me demandai s'il ne s'agissait pas de marionnettes inconscientes. Puis l'une d'entre elles donna un coup de coude à son voisin et nous montra du doigt. Un frisson me parcourut. Que pouvait-on attendre après plus de cent ans passés dans un endroit aussi étroit ?

Le petit groupe d'habitants nous encercla, sans animosité, poussé par une curiosité qui avait quelque chose de désespéré. Le cœur serré, j'aperçus deux enfants. L'un d'entre eux avait la moitié du visage arraché et un bras manquait à l'autre, mais leurs yeux brillaient alors qu'ils nous examinaient à distance, Maelys, Lizzie et moi. De manière générale, tous arboraient des stigmates plus ou moins hideux que nul bandage n'aurait pu couvrir suffisamment pour les faire passer pour vivants, et ils avaient tous une peau molle, pendante, comme fondue. Les regards étaient tournés vers ma blessure.

– Vous êtes comme nous ? demanda une femme au cerveau apparent et à la voix douce.

– Oui, je… commençai-je à répondre.

– La petite est une nécromancienne ! me coupa Seraf en saisissant Maelys par le bras afin que tous voient sa main noire.

Le cri de protestation de Maelys se mêla à la clameur de stupéfaction de la foule. Mon sang ne fit qu'un tour : sans réfléchir, j'arrachai ma petite sœur de la poigne du non-mort et le poussai sur le côté d'un coup d'épaule. Surpris, il tomba en arrière et s'affala au sol. Contrairement à ce que j'avais craint, tout le monde eut un mouvement de recul, comme si j'étais la seule personne dangereuse ici. Seraf me lança un regard interdit et j'eus soudain honte de le toiser de toute ma hauteur.

– Désolé de t'avoir attaqué, dis-je. Mais ne lui fais pas de mal.

– Ce n'était pas mon intention, répondit-il en se relevant lentement.

– A-t-il son libre-arbitre ? demanda un homme en me désignant.

– Oui, fis-je fermement. C'est ma petite sœur et je la protègerai quoi qu'il advienne, de ma propre volonté.

– Personne ne lui veut de mal, mon garçon.

Celle qui venait de parler semblait disposer du respect de la communauté, car tous se tournèrent vers elle pour l'écouter alors qu'elle s'avançait dans le cercle. Son visage n'était qu'un infâme charnier dont le nez et les joues avaient disparu ; seuls ses yeux étaient intacts, clairs et inquisiteurs. Une épaisse crinière blanche bouclée encadrait ses épaules – elle était quasiment la seule de l'assemblée à avoir encore des cheveux. Elle paraissait extrêmement lasse.

– Je suis Wolf, reprit-elle. Qu'est-ce que vous venez faire dans notre village ?

– Nous cherchons de l'aide, répondis-je avec toute l'humilité dont j'étais capable.

– Que pouvons-nous faire pour vous ?

J'hésitai à révéler devant une si grande assemblée un problème que je considérais comme étrangement intime, mais un regard sur les personnes qui m'entouraient me convainquit que je ne choquerais personne en l'évoquant.

– Je suis non-mort depuis peu et je commence à pourrir. Ma sœur ne maîtrise pas très bien ses pouvoirs et nous n'avons personne. Si je disparais, elle sera seule au monde.

J'aurais voulu effacer l'accent de supplication qui perçait dans ma voix, mais je me sentais soudain extrêmement las, terrifié et seul. Si seulement quelqu'un pouvait nous aider, pouvait m'aider, juste cette fois, enfin… Je sentis la petite main de Maelys presser la mienne et je m'efforçai de reprendre contenance. Ce n'était pas le moment de craquer.

– Vous êtes au bon endroit, répondit Wolf sans sourire. Mais tout a un prix. Nous pouvons vous révéler nos connaissances, mais nous exigerons quelque chose de vous en retour.

– Quoi ? demandai-je, éperdu. Qu'est-ce que nous pourrions vous donner ?

– La libération.

La fin de l'éternité

– C'était mon frère adoptif, commença Seraf.

Nous nous étions assis dans une petite prairie fleurie sur laquelle étaient étalées des nappes tissées de couleurs vives. C'était probablement là que les non-morts se réunissaient quand ils devaient faire quelque chose ensemble. Quand j'avais demandé pourquoi nous ne nous installions pas dans une des maisons, on m'avait répondu qu'il y avait un soleil magnifique dehors. J'aurais eu l'impression de participer à un pique-nique champêtre si tous les villageois n'avaient pas eu l'air mortellement sérieux.

Cet endroit me donnait la chair de poule, et ce n'était pas seulement parce que je n'avais pas vu un seul sourire depuis notre arrivée ou à cause de l'aspect sinistre des habitants ; quelque chose flottait dans l'air, quelque chose de terriblement familier, presque alléchant, mais sur lequel je ne parvenais pas à avoir d'emprise. Je supposais que c'étaient tous ces liens tirés par un autre que moi. C'était la première fois que je voyais la magie d'un autre nécromancien à l'œuvre et je m'en retrouvais étrangement perturbée.

Seraf s'était assis en tailleur au milieu de tous ces morts aux corps suppliciés et tous l'écoutaient avec révérence raconter une histoire qu'ils connaissaient de toute évidence déjà par cœur. J'avais le sentiment que le garçon avait une grande importance dans le village. Wolf était également à ses côtés, les mains posées sur les genoux, les yeux fermés, immobile comme une affreuse statue à la chevelure éclatante.

– Il est arrivé il y a bien longtemps, épuisé, affamé, perdu. Nous étions des paysans sans prétention, sans richesse et sans éducation, mais nous n'aurions jamais laissé quelqu'un mourir aux portes de notre village. Mes parents l'ont accueilli, soigné, logé, nourri, et en très peu de temps, il était sur pied. Mais il n'a pas voulu repartir tout de suite. Il a commencé par dire qu'il voulait travailler pour nous rembourser ce qu'il nous devait et il est resté quelques jours de plus, puis quelques mois. Au final, mes parents ont décidé de l'adopter et il s'est installé dans le village avec nous.

« On l'aimait, même s'il n'était pas comme nous. Il avait l'apparence d'un jeune homme mais il paraissait sans âge. Il parlait comme quelqu'un de très éduqué et fortuné et, parfois, il utilisait des mots que nous ne connaissions pas du tout. Il aimait être le plus intelligent du village et, pourtant, il faisait tout pour s'y intégrer. Faire partie de notre communauté avait l'air d'être la chose la plus importante au monde pour lui. Il ne nous parlait jamais de lui ni de son passé. Malgré tout, je le considérais comme mon frère.

« Les années ont passé, certains d'entre nous sont morts – c'est la vie. Pour ma part, j'ai commencé à parler de partir d'ici. J'aimais mon village, mais la présence de mon frère adoptif m'avait fait entrevoir à quel point le monde était grand et j'avais envie de l'explorer. Je lui en parlais souvent, mais ça n'avait pas l'air de lui plaire. Il me disait que tout ce qu'il y avait d'important était ici. Mais ma décision était prise et j'avais hâte de vivre ma nouvelle vie.

« Une nuit, il est entré dans ma chambre sans frapper et il m'a poignardé.

Quelques villageois s'étaient mis à trembler et deux personnes s'enfouirent le visage dans les mains. Je me sentais comme hypnotisée par la voix monocorde de Seraf et l'unique œil qu'il fixait sur moi. Des papillons blancs voletaient autour de lui dans la lumière.

– Il m'a relevé juste après et a pris le contrôle de mon corps. Il s'est servi de moi pour assassiner mes parents. Puis, avec nous trois, il est allé s'occuper de tout le reste du village. Nous n'avons rien pu faire pour lui résister. Ceux qu'il n'aimait pas trop, comme Jihaim par exemple, il les a mutilés. La majorité a été laissé indemne, même s'ils étaient morts. Il nous a tous relevés et nous a forcés à nous réunir ici pour l'écouter. Il nous a expliqué qu'à présent, nous étions sa maison éternelle, que tout devait rester parfaitement en l'état. Il a dit qu'il partait régler certaines affaires mais qu'à son retour, tout devrait être à l'identique. C'était il y a cent cinquante ans et, comme vous pouvez le voir, nous sommes toujours là. Il repasse nous voir à peu près tous les dix ans.

Et il se tut. Je n'avais aucune idée de ce que nous étions censés répondre à cette histoire, mais l'expression sur le visage des villageois aurait brisé le cœur de n'importe qui. Soudain, leur aspect ne semblait plus si atroce : ils étaient bien plus abîmés à l'intérieur. Je n'avais jamais pensé que mon pouvoir pouvait créer ce genre de malheur et j'eus envie de pleurer. Et les nécromanciens vivaient-ils aussi longtemps… ?

Qotah se racla prudemment la gorge.

– Mais comment pourrions-nous vous libérer ?

– Vous le pouvez, répondit Wolf. En fait, ajouta-t-elle en me regardant droit dans les yeux, seule elle le peut.

Je frissonnai sous l'intensité de cet étrange regard, perdu au milieu d'un amas de peau putréfié. Elle n'était d'ailleurs pas la seule à me fixer ; toute l'assemblée avait les yeux rivés sur moi. Beaucoup chuchotaient en me désignant. Je me sentais terriblement mal à l'aise.

– Excusez-moi, fit Qotah avec lenteur, mais je ne comprends pas. N'y a-t-il aucun moyen de tuer un non-mort ? Est-ce que vous resterez conscients même s'il ne reste rien de vous ?

– Non, répondit Seraf. Notre conscience vient de notre âme et l'âme réside dans le crâne, le cerveau plus précisément. Pour supprimer l'âme d'un zombi de son corps, il suffit de détruire sa tête.

Je vis Qotah encaisser cette information et y réfléchir. Impossible de dire s'il était effrayé ou soulagé. C'est dans ce genre de moment que je regrettais de pas être capable de savoir ce qu'il se passait dans sa tête, parfois.

– Mais, reprit-il, dans ce cas-là, est-ce que vous n'auriez pas pu… tous vous libérer vous-mêmes ? C'est probablement un mauvais moment à passer, mais…

– Certains l'ont fait, répondit Seraf d'une voix qui avait encore baissé d'un cran, les yeux baissés. Les plus courageux, les premiers à s'être rendu compte que la vie ainsi allait être insupportable. Mais même si l'âme n'est plus accrochée au corps, elle n'est pas libre pour autant. Quand il est revenu et qu'il a appris qu'il y avait eu des suicides, il est entré dans une rage noire. Avec ses pouvoirs de nécromancien, je ne sais comment, il les a ramenés et il les a torturés. On ne les voyait pas, mais on entendait des cris… Il a dit qu'il pouvait faire ça indéfiniment s'il le voulait. Nous l'avons supplié d'arrêter, nous lui avons promis que nous serions obéissants. Au bout d'un temps, il a fini par accepter de les relâcher, tout en nous promettant que nous subirions bien pire si jamais nous tentions de fuir d'une manière ou d'une autre. Une éternité de vide vaut mieux qu'une éternité de souffrance.

– La seule personne capable de libérer réellement une âme emprisonnée par un nécromancien, enchaîna Wolf comme Seraf se taisait, c'est un autre nécromancien. En échange de quoi, nous vous dirons tout ce que nous savons.

– Mais même si Maelys vous libère, qu'est-ce qui l'empêchera de vous rappeler à nouveau ?

– Une fois que l'âme est partie, elle ne peut plus être rappelée. Nous ne serions plus que des corps.

L'ampleur de la situation me frappa soudain. Libérer des âmes ? Je ne savais même pas ce qu'était une âme. Et ils étaient si nombreux… Qotah me prit doucement la main.

– Tu peux le faire ?

– Je ne sais pas, murmurai-je. Je n'ai jamais fait dans ce sens-là.

– Tu veux bien essayer ?

Je parcourus le cercle du regard et croisai celui de l'un des enfants. Il semblait avoir mon âge, mais il était coincé dans ce corps depuis plus de cent ans. Ses yeux brillaient d'espoir.

Je hochai la tête. J'étais intimidée, effrayée, mais je sentais que c'était la bonne chose à faire.

– Elle accepte, dit Qotah en s'adressant à Seraf et Wolf, au centre du cercle.

Pour la première fois, un sourire éclaira le visage de la doyenne. Un murmure puissant s'éleva des villageois.

– Tayah, peux-tu apporter le Livre ?

Une femme sauta sur ses pieds et partit en courant s'engouffrer dans la plus grande maison. Elle revint en portant un énorme volume à la couverture marron, qu'elle posa devant nous avec révérence.

– Ce livre contient tout notre savoir concernant les non-morts, il nous l'a rapporté pour que nous… prenions soin de nous, nous expliqua Wolf. Il contient presque exclusivement des recettes mises au point par les nécromanciens à travers les âges pour contrôler leurs cadavres, et quelques petites choses que nous avons rajoutées nous-mêmes. Celle pour ralentir le pourrissement est simple à réaliser. Peut-être qu'il y en aura d'autres qui vous intéresseront. Voilà notre paiement.

Qotah prit le gros livre avec prudence et entreprit d'en tourner lentement les pages. J'observais par-dessus son épaule : il y avait beaucoup d'écriture dorée et pleine de boucles, quelques dessins de plantes ou d'animaux. Nous échangeâmes un regard. Ni lui ni moi ne savions lire. Néanmoins, c'était un cadeau trop précieux pour être refusé.

– Merci, dit-il avec sincérité. Nous ne savons pas lire, mais nous trouverons un moyen de le déchiffrer.

– Cette recette vous permettra de ralentir le pourrissement, répondit la dénommée Tayah, mais elle ne saurait le stopper éternellement. Comme vous pouvez le voir, malgré tous nos efforts, il a fini par nous rattraper.

Elle désignait son visage avec un sourire triste. Qotah ne répondit rien, mais j'eus le sentiment qu'il aurait aimé pouvoir la réconforter.

– Est-ce que vous êtes prête ? demanda Wolf.

Je pris une profonde inspiration. Je ne l'étais pas, mais il fallait essayer. Qotah posa sa main sur mon épaule, et sa foi en moi m'emplit de force. Je me levai sur mes jambes vacillantes, retirai mes gants pour exhiber mes mains noires et embrassai l'assemblée du regard.

– Je suis prête.

Le premier à s'avancer fut Jihaim. Il se planta devant moi, tout gauche malgré sa grande taille, et prit timidement mes mains dans les siennes. Son sourire sans lèvres me terrifiait, mais ses yeux étaient emplis d'une douceur ineffable, alors je me concentrai sur eux. Je déployai mon pouvoir, cherchant ce lien qui n'avait pas été tiré par moi. Il était là, je pouvais le sentir, vibrant, étranger, intangible mais, alors que celui que je partageais avec Qotah me semblait aussi évident que mes propres jambes, j'avais du mal à saisir ce lien-là, comme s'il flottait dans une autre réalité. Je compris que c'était son âme qui m'échappait.

– Qui es-tu ? demandai-je tout bas.

Je sentis une immense tristesse émaner de lui à ces mots. Il aurait tant aimé pouvoir me répondre.

Seraf s'approcha de nous et posa sa main sur l'épaule de son ami.

– Jihaim est un peu casse-cou, mais il a un grand cœur. Avant tout ça, c'était le premier à nous embarquer dans toutes les aventures possibles. Il aimait faire des farces aux gens et, même s'il lui arrivait d'être très maladroit, il n'avait jamais comme intention de blesser qui que ce soit. Il rêvait de partir du village et de trouver une femme.

Comme il continuait à parler, je fermai les yeux et je sentis l'âme de Jihaim devenir de plus en plus réelle. Jusqu'à ce que, à un moment, je sois capable de l'accrocher. À cet instant, je vis le lien qui le retenait. Un lien vieux mais solide, un lien qui émettait une vibration qui ne me plaisait pas du tout et pourtant familière. Je sus alors comment le dénouer – à vrai dire, c'était presque aussi simple que lorsque je laissais aller les êtres que je tirais moi-même.

Un instant avant de le libérer, j'ouvris les yeux et croisai son regard. Je sus qu'il avait compris. Une joie infinie illumina ses traits et, pendant une fraction de seconde, je vis le bel homme qu'il était, l'être joyeux et positif qui se cachait derrière. Puis je démêlai le lien et il s'affaissa au sol.

Un silence de mort s'abattit sur l'assemblée. Tous s'étaient figés, emplis d'espoir et de crainte. Seraf s'agenouilla auprès de lui et prit son visage entre ses mains. Les yeux de Jihaim étaient ouverts, vides, et pourtant, on n'y lisait que de la paix.

Seraf releva la tête pour me regarder et je m'aperçus à cet instant que je pleurais.

– Il est parti, dit-il à voix basse.

Le silence était tel que tous l'entendirent. Un puissant frisson parcourut l'assemblée et les villageois se pressèrent dans ma direction, l'air avide. Je sentis Qotah se déplacer pour s'interposer mais, avant qu'ils aient pu avancer plus, Wolf leva les bras et tous se stoppèrent.

– Tout le monde sera libéré, fit-elle d'une voix forte. Ne rendez pas son travail plus difficile qu'il n'est déjà.

Tous reculèrent, penauds. Le petit garçon que j'avais repéré tout à l'heure s'avança avec hésitation et, voyant que personne ne disait rien, vint se placer devant moi.

– Je suis Ulys, dit-il d'une voix pleine d'espoir.

Je passais les heures qui suivirent à libérer les villageois un à un. Tous ceux qui pouvaient parler me racontaient un peu qui ils étaient, certains de leurs amis ajoutant des informations par-ci par-là. Je compris que les non-morts ne pouvaient pas pleurer, car j'étais sûre que beaucoup l'auraient fait s'ils l'avaient pu, quand ils se décrivaient les uns les autres en attendant leur libération – leur mort. Je n'avais jamais rien fait d'aussi éprouvant de toute ma vie. Régulièrement, Qotah m'apportait de l'eau et me prenait la main pour me dire que j'allais y arriver. Et j'y arrivais.

Le soir tomba. Des dizaines de corps avaient été allongés côte à côte dans la prairie, les mains croisées sur le cœur. Il ne restait plus que Seraf et Wolf.

Tous deux échangèrent un regard.

– Ainsi, c'est la fin, souffla la doyenne.

– Merci pour tout ce que tu as fait pour nous, répondit Seraf avec une émotion indicible.

– Merci à toi, Seraf, d'avoir protégé ce village jusqu'au bout. Tu étais le meilleur d'entre nous.

Elle s'avança vers moi. Je n'avais pas besoin qu'on me la décrive ; je l'avais suffisamment bien cernée tout au long de la journée, son âme était claire. Elle glissa ses mains martyrisées dans les miennes et ferma les yeux. Quelques instants plus tard, elle n'était plus.

Il ne restait plus que Seraf. Celui-ci observait les corps de ses compagnons avec une expression indéchiffrable.

– Seraf, fit Qotah, il est encore possible de découvrir le monde.

– J'y ai pensé, répondit lentement le non-mort. Mais… je pense qu'il est temps pour moi de dire adieu. Il y a probablement plein de choses merveilleuses à découvrir, mais je ne prendrai pas le risque d'une nouvelle éternité.

Il se tourna vers moi.

– Maelys. Merci pour tout.

Je pleurais sans retenue. De tristesse, d'émotion, d'épuisement, je ne savais plus. Tout ce que je savais, c'était que je n'avais plus envie de dénouer qui que ce soit, plus jamais.

– Mais tu pourrais venir avec nous, tu pourrais…

– Tu es une bonne personne, Maelys, me coupa-t-il avec un sourire. Ne laisse personne te dire le contraire. Tu as fait du bonheur aujourd'hui avec ta magie, et je suis sûr que tu en feras encore bien davantage. Tu deviendras une légende.

Il s'agenouilla devant moi et courba la nuque.

– Laisse-moi partir comme mes camarades. Accorde-moi ça, Mains Noires.

Je baissai le regard sur mes mains. Comme toujours, on aurait dit que je les avais plongées dans le charbon. Je les avais toujours détestées. Tremblante, je les posai sur le crâne à moitié chauve de Seraf, toujours agenouillé. Il poussa un profond soupir. Et ce fut tout.

Je m'écroulai au sol. Instantanément, Qotah fut près de moi.

– Tu vas te reposer, dit-il avec douceur. Tu l'as bien mérité. Je suis fier de toi.

Il me prit dans ses bras et m'emporta. Je me blottis contre sa poitrine et m'abandonnai à l'inconscience.

***

Pour la première fois depuis de longues semaines, je m'éveillai dans un lit. Je clignai des yeux et poussai un gémissement : mon corps tout entier était perclus de courbatures et chacun de mes membres semblait rempli de plomb. Mon premier réflexe fut de chercher Qotah du regard, mais il n'y avait personne. Je me trouvais dans une pièce fermée, essentiellement nue, éclairée par de nombreux rayons de soleil qui passaient par des fissures dans les murs et le plafond. Une farandole de grains de poussière y dansait.

Je me redressai précautionneusement en grimaçant. Le matelas n'était pas très propre et perdait des plumes mais restait l'endroit le plus confortable que j'avais connu depuis un long moment. J'aurais aimé me recoucher et simplement ne penser à rien, mais l'idée d'être seule me faisait horreur, alors je forçai sur mes jambes douloureuses et m'extirpai clopin-clopant de la pièce.

J'émergeai directement au-dehors, dans la rue principale du village des Non-Morts. Un soleil éclatant de midi illuminait les alentours. J'avais l'impression de sortir d'une très longue convalescence et que des années s'étaient écoulées depuis mon dernier réveil. Un bruit de sabots me fit tourner la tête : Lizzie avançait vers moi, l'air contente de me voir. Mon cœur s'allégea alors que je tâtais le lien qui nous reliait toujours. J'entourai délicatement son encolure de mes bras et la serrai contre moi.

– Maelys, tu es là !

Je sursautai : ce n'était pas la voix de Qotah. Sans que je sache d'où il venait, un jeune garçon bondit devant moi, la tignasse rousse, les yeux ronds et les joues pleines. Je reconnus celui que Qotah avait sauvé à la taverne, le garçon qui disait s'appeler Opo, toujours vêtu de sa cape noire. Il paraissait ravi de me voir.

– Tu es réveillée ! s'exclama-t-il en m'examinant sous toutes les coutures. Qotah va être content, il était inquiet ! Oh, tu dois être fatiguée, désolé ! Je vais t'amener à Qotah, on parlera après. De toute façon il m'a bien dit de ne pas trop te parler et de te mener directement à lui quand je te verrai, donc c'est mieux. Viens, suis-moi ! Ah oui, je peux t'aider à marcher si tu veux, il a dit que tu ne serais probablement pas très bien ! Je peux te soutenir s'il le faut. Non ? D'accord, n'hésite pas à me demander, allez, suis-moi maintenant !

Son débit de parole m'étourdissait. Je ne comprenais rien à rien, mais me sentais trop épuisée pour poser des questions. De toute manière, il m'aurait été compliqué d'en placer une tant Opo semblait décidé à ne jamais se taire.

Il me conduisit dans la maison voisine, la plus grande. À l'intérieur, les fenêtres étaient toutes ouvertes et laissaient entrer un flot de lumière. Le sol était tellement envahi d'herbes folles qui poussaient à travers les pierres et le ciel était tant visible par le plafond troué qu'on avait presque l'impression d'être dehors. Une grosse marmite chauffait sur un feu au milieu de la pièce. Qotah était penché au-dessus, les sourcils froncés. Quand il nous vit entrer, l'expression de son visage s'apaisa et il se précipita vers moi.

– Maelys ! s'exclama-t-il en prenant mon bras pour me soutenir. Comment tu te sens ?

– Pas très bien, marmonnai-je, soulagée malgré tout. Je me sens toute cassée.

– Viens t'asseoir.

Il m'installa sur un tabouret bancal à côté de la marmite. Je vis alors qu'il avait aligné juste à côté plusieurs paniers contenant chacun différentes plantes. Le Livre qu'on nous avait donné était posé au sol, ouvert aux premières pages.

– Je me suis dit que j'allais te laisser dormir tranquillement et que j'allais me pencher sur la préparation de l'élixir, m'expliqua-t-il comme s'il s'excusait de ne pas s'être trouvé à mon chevet.

J'observai les pages ouvertes avec curiosité. Certaines des plantes qui y étaient illustrées se retrouvaient dans les paniers.

– Tayah m'avait dit que c'était elle qui s'occupait des préparations pour le village, poursuivit-il, et que sa maison était pleine d'ingrédients.

– Comment tu fais pour comprendre ce qu'il faut faire ? lui demandai-je.

– Opo a bien voulu m'aider à déchiffrer le livre. Il sait très bien lire.

Ce dernier eut un sourire ravi, apparemment très fier de lui. Qotah s'approcha de nouveau de la marmite et touilla prudemment ce qu'elle contenait à l'aide d'un gros bâton.

– Je crois que j'ai quasiment fini. J'espère que ça va marcher.

– Il n'y a pas de raison ! s'exclama Opo. Je suis sûr que ça va être très réussi !

Je lançai un regard incrédule à Qotah. Celui-ci se tourna vers le garçon.

– Je crois qu'il me faudra encore un peu plus de ces racines-là, dit-il en indiquant un des paniers, pourtant déjà abondamment rempli. Tu penses que tu pourrais aller m'en chercher une dizaine ?

– J'y cours !

Et effectivement, il sortit à toute allure de la maison. Dès qu'il fut hors de vue, Qotah poussa un gros soupir.

– Il m'épuise, marmonna-t-il.

– Qu'est-ce qu'il fait là ? demandai-je.

– Il m'est tombé dessus après que tu te sois endormie. Apparemment, il cherchait le village des Non-Morts lui aussi. Je lui ai expliqué qu'il n'y avait pas de morts-vivants ici et il a commencé à m'expliquer que c'était sa liberté qui l'avait envoyé et qu'ils seraient en colère s'il revenait sans rien. Il avait l'air très, très excité par tout ça, mais je n'ai rien compris à ce qu'il m'a dit. Et comme il sait lire et qu'il a l'air inoffensif, je me suis dit que c'était l'occasion d'en profiter. Je lui ai dit que nous faisions des expériences sur les cadavres et, ne me demande pas pourquoi, ça a eu l'air de l'enthousiasmer. En réalité, je n'ai aucune idée de ce qu'il fait là. En tout cas, il n'arrêtait pas de parler, alors je l'ai envoyé guetter le moment où tu te réveillerais.

– Pourquoi tu le laisses rester ici ? Tu as toujours dit que c'était dangereux !

– Je sais, soupira Qotah, mais je n'arrive pas à le considérer comme une menace. J'ai l'impression qu'il est encore plus perdu que nous.

– Il est bizarre, décrétai-je d'un ton sans réplique.

Qotah haussa les épaules.

– Effectivement, mais c'est plutôt à notre avantage. Il ne sait pas ce que nous sommes et je ne pense pas qu'on ait grand-chose à craindre de lui.

J'eus soudain une vision de tout ce que j'avais fait avant de dormir et frissonnai.

– Et les villageois, ils sont tous…

– Ils n'ont pas bougé, m'apaisa Qotah. Je crois que tu as réussi. Ils sont toujours dans le champ de fleurs.

Je restai silencieuse, confuse. Trop d'émotions opposées se bousculaient en moi pour que je sache réellement ce que je ressentais.

– Qu'est-ce qu'on fait, maintenant ? finis-je par demander.

Qotah ne répondit pas tout de suite, penché sur sa mixture. Au bout d'un moment, il poussa un gros soupir et se tourna vers moi.

– Je ne sais pas. Qu'est-ce que tu voudrais faire ?

– Moi ?

C'était la première fois qu'on me posait la question et je restai interdite. Qu'est-ce que je voulais faire ?

– J'aimerais avoir une maison, dis-je d'une petite voix. Et des amis.

Le visage de Sol apparut dans ma tête et les larmes me montèrent aux yeux.

– Tu en auras, promit Qotah. Pour l'instant, je te propose que nous étudiions un peu ce grimoire pour voir ce qu'il peut nous apporter. Cela dit, nous ne pouvons pas nous permettre de rester trop longtemps ici. Si jamais Luzelle a effectivement parlé de ce village aux exorcistes, ils sont peut-être en chemin en ce moment même. Tu te sens capable de reprendre la route ?

– Peut-être, grimaçai-je en étudiant mes courbatures.

– Je te laisse une nuit de plus pour te reposer et puis nous partirons, d'accord ? Ça nous laisse aussi le temps de réfléchir à où nous pouvons aller.

– Voilà les racines ! s'exclama la voix d'Opo, coupant les réponses qui m'étaient venues.

Le jeune garçon déboula dans la maison comme un chien fou dans un pavillon de chasse. Très fier de lui, il déposa son butin dans le panier correspondant (déjà plein à ras bord) et tourna son grand sourire vers Qotah, en quête d'une nouvelle mission, ou peut-être d'approbation. Je me sentis soudain très agacée. Opo se comportait comme si Qotah était son grand frère.

– Qu'est-ce que tu fais là ? demandai-je avec plus d'agressivité que je n'aurais voulu.

Il porta immédiatement son attention sur moi, sans une once de colère dans le regard.

– Je vous ai dit, j'enquête pour la liberté !

– Mais c'est quoi, ta liberté, à la fin ?

– La Lyberté est un culte en lien avec Ly, Celle-qui-est-la-Mort, expliqua Opo, apparemment ravi de pouvoir en parler. Nous attendons le venue du Bienfaisant, celui qui nous libérera de toutes nos tristesses. Et moi, on m'a donné comme mission de chercher des traces de son passage ! C'est pour ça que je suis venu ici.

– Mais pourquoi ?

– Le Bienfaisant nous libérera de notre deuil, se mit à réciter Opo avec révérence. Grâce à lui, nous ne perdrons plus ni père, ni mère, ni enfant et vivrons tous dans la joie perpétuelle sans la crainte du long sommeil.

Une très curieuse émotion m'envahit alors que je le dévisageai.

– Ton Bienfaisant, demandai-je avec hésitation, c'est un nécromancien ?

– Quelle horreur, non ! s'exclama le jeune garçon en riant. Les nécromanciens relèvent les cadavres pour leur propre intérêt, c'est une magie impure qui doit être exterminée. Non, le Bienfaisant fera en sorte que nul ne connaisse plus la mort pour notre bien à tous !

Je me refermai instantanément. Qotah me glissa un regard inquiet, mais j'étais plus en colère que triste. L'espace d'un instant, j'avais cru qu'enfin existerait l'histoire d'un bon nécromant, mais c'était une illusion, comme toujours. Pourtant, j'avais l'impression d'avoir fait quelque chose de bien la veille pour une fois…

– Et c'est pour ça que je cherchais cet endroit, continuait d'expliquer Opo sans remarquer mon énervement. Un village entier de gens immortels ! Cela ne peut qu'être l'œuvre du Bienfaisant.

J'eus un rire méchant.

– Si c'est ça, ton Bienfaisant, alors c'est bien un nécromancien. Et un horrible nécromancien par-dessus le marché !

Pour la première fois, Opo parut déstabilisé. Il me fixa d'un air interrogateur.

– Pourquoi tu dis ça ?

– Peut-être que les villageois de cet endroit n'avaient pas envie de vivre éternellement ? Peut-être que ton Bienfaisant ne leur a pas demandé leur avis et qu'il a fait tout ça rien que pour lui !

– C'est faux, protesta Opo, visiblement vexé. Pourquoi quiconque voudrait mourir ? Ça n'a pas de sens. Ceux qui apportent la mort sont des mauvaises personnes et ceux qui l'enlèvent sont bons.

– Comme les nécromanciens, donc ? ironisai-je.

– Ah non, ce n'est pas pareil, ils…

– La mixture est bientôt prête, coupa Qotah de sa voix la plus autoritaire. Concentrons-nous dessus pour ne pas la rater, vous voulez bien, tous les deux ?

Le jeune garçon se tut et hocha la tête, mouché pour une fois. Il s'approcha de la marmite, non sans me jeter un rapide coup d'œil plein d'incompréhension. Il avait l'air vraiment blessé, mais je m'en moquais, je bouillonnais de rage contenue. Mes doigts gantés frémirent et je sentis une carcasse de renard se mettre à grogner à quelques centaines de mètres d'ici. J'inspirai profondément et relâchai le fil. Mon frère avait raison. Opo n'était qu'un enfant qui ne comprenait rien à ce qu'il disait et inoffensif. Ce qu'il pensait n'avait aucune importance.

Qotah l'envoya dehors à nouveau, muni d'une gourde pleine du mélange qu'il avait concocté en lui disant qu'il devait trouver un cadavre et le tester dessus. Opo eut plus l'air content de s'éloigner de moi que d'être investi d'une mission cette fois-ci. Il s'éclipsa sans mot dire et nous nous retrouvâmes encore une fois seuls, Qotah et moi. Ce dernier m'évalua du regard et je lui répondis par une moue boudeuse.

– C'est un crétin, assénai-je. Je me fiche de ce qu'il pense.

– Il ne sait pas de quoi il parle. C'est toi qui étais la bonne personne hier.

Je haussai les épaules.

– Tu essayes, alors ? biaisai-je en indiquant la marmite.

Au-delà de l'envie de ne plus parler d'Opo, j'étais impatiente de voir l'effet que la potion allait produire sur Qotah. Son pourrissement m'angoissait chaque jour, et chaque jour je fouillais en moi pour voir si mon pouvoir ne me permettait pas de l'interrompre. Chaque fois sans succès.

Avec lenteur, Qotah prit une grosse louche qui devait servir à remplir des bols, la plongea dans la marmite et examina d'un air perplexe la mixture verte qui la remplissait.

– Est-ce que je suis censé… boire ça ?

Je le fixai bêtement.

– Ben… pourquoi pas ?

– Je ne suis pas sûr que mon corps soit encore capable de consommer des choses. Une fois j'ai bu de l'eau sans faire exprès et… disons que ça n'était pas très agréable.

– Est-ce que tu penses que tu devrais te le faire couler sur la tête ? proposai-je d'une voix hésitante.

Il y réfléchit quelques secondes, leva la louche comme pour se la renverser sur le front. Le ridicule de la situation lui arracha un petit rire.

– Bon, écoute, on verra bien.

Et il avala le mélange cul sec. Une grimace tordit ses traits lorsqu'il déglutit. Et ce fut tout.

– Ça n'a pas fait grand-chose, commentai-je, un peu déçue.

– Je suppose qu'il faut le temps que ça se répande dans mon organisme, répondit-il en regardant son ventre comme s'il venait d'y introduire un dangereux corps étranger. Et on ne saura si ça a marché que dans quelques jours, si la progression de la rigidité s'interrompt. En attendant, on va remplir le plus de gourdes possible avec la préparation pour pouvoir en emmener avec nous. Le

Livre dit qu'il faut en boire au moins une fois par semaine pour un maximum d'efficacité.

– Il y a autre chose dans ce livre ?

– Opo m'a lu le titre de quelques recettes. Comment augmenter la force d'un cadavre, comment l'affaiblir, comment le rendre plus malléable, comment améliorer son empreinte…

– Son empreinte ?

– Aucune idée de ce que c'est. Ce bouquin contient plein d'informations, mais il me fait aussi prendre conscience de tout ce qu'on ignore. Si seulement on pouvait trouver quelqu'un pour nous expliquer tout ça…

– Comme un vieux maître ? demandai-je en songeant aux contes qu'il me racontait quand j'étais petite.

– Exactement, comme un vieux maître.

L'idée me plaisait bien. Ceux qui avaient des vieux maîtres, c'étaient les héros, pas les méchants. Une autre pensée me frappa soudain.

– Seraf a dit que le méchant nécromant les avait tiré il y a cent ans…

– Ah oui, dit lentement Qotah, je l'ai noté aussi.

– Ça veut dire que les nécromanciens ne meurent jamais ? demandai-je, tout à trac.

– Ils meurent forcément, puisqu'ils étaient très nombreux il y a plusieurs siècles, et qu'il n'en existe presque plus aujourd'hui. Mais peut-être qu'ils vivent juste très très longtemps.

Je tentai d'appréhender le concept, mais c'était trop énorme pour moi. Dix ans, c'était déjà avoir vécu longtemps. Comment imaginer une existence encore dix fois plus longue ? Je décidai fermement de ne pas me triturer l'esprit avec ce genre de questions.

Un bruit léger retentit, comme une toiture qui craque, et une ombre me recouvrit. Intriguée, je levai les yeux vers le plafond crevassé. Quelque chose surplombait le trou qui se trouvait directement au-dessus de moi, une silhouette qui masquait la lumière du soleil. Avant que je puisse esquisser le moindre geste, la silhouette se laissa tomber dans l'ouverture, atterrissant à quelques centimètres de moi. Je poussai un cri de surprise. Quelque chose de froid se glissa sur ma gorge et un bras m'entoura comme une étreinte.

– Ranime quoi que ce soit et tu es morte, me souffla une voix à l'oreille.

Qotah avait sauté sur ses pieds, mais il n'eut pas non plus le temps de réagir : quelqu'un d'autre s'était glissé derrière lui et, avec une violence inouïe, abattit une large massue sur le haut de son crâne.

Les chasseurs

– Qotah ! hurla Maelys.

Je heurtai le sol de plein fouet, tête la première. Un craquement écœurant retentit comme mon nez entrait en contact avec la pierre froide. Heureusement pour moi, j'étais incapable de ressentir la moindre douleur. Nullement sonné, je pris appui sur mes mains et me redressai d'un bond pour faire face à mon assaillant.

J'eus le temps d'apercevoir le visage surpris d'un jeune homme à la peau et aux cheveux noirs. Sans réfléchir, je balançai mon poing dans sa figure de toutes mes forces. Il fut projeté en arrière avec un cri de douleur et atterrit durement sur le dos. Éperdu, je fis volte-face et tombai nez-à-nez avec la deuxième ennemie. Elle pressait très calmement un poignard contre la gorge de Maelys, qu'elle tenait étroitement serrée contre elle.

La terreur m'envahit. Je fis un pas en avant, mais le regard de la femme me cloua sur place. Elle n'hésiterait pas, je le sentais.

– Ne bouge plus, m'ordonna-t-elle sans brusquerie mais avec autorité. Je la tuerai.

Puis, comme je m'étais tétanisé, elle ajouta :

– Elios, ça va ?

Un gémissement de douleur étouffé lui répondit. Je détaillai mon ennemie à toute vitesse, à la recherche d'une faille à exploiter. Ses jambes gainées de cuir étaient fléchies, prêtes à l'action. Sa main qui tenait le poignard ne tremblait pas. Au milieu de son visage à la peau noire, ses yeux sombres ne lâchaient pas les miens. Son expression était sereine. Elle savait qu'elle me tenait.

– Tu vas laisser Elios t'attacher les mains, ordonna-t-elle.

Je ne bougeai pas, mais elle exigeait une réponse, aussi hochai-je la tête. Le bruit des cailloux qui roulaient derrière moi m'annonça que l'autre s'était relevé. Il me saisit brutalement les poignets, les ramena dans mon dos et les lia avec une grosse corde. J'eus l'impression qu'il serrait le nœud plus qu'il n'était nécessaire. J'accrochai le regard effrayé de Maelys et tentai de lui transmettre du courage. À en juger par les premiers mots qu'avait prononcés la femme, ils savaient ce qu'elle était et, pourtant, ils ne l'avaient pas tuée tout de suite. Il n'y avait pas de raison qu'ils le fassent une fois que je serais mis hors d'état de nuire. La supprimer aurait été une manière plus simple de m'immobiliser.

– Parfait, approuva la femme. Maintenant, attache-le quelque part.

L'homme me tira en avant, me força à tomber à genoux et noua la corde à une des pierres du mur. Je tirai discrètement sur le lien. Le choix était douteux : l'ouvrage branlant cèderait probablement si je me débattais – mais je me gardais bien de faire le moindre geste brusque.

– Qu'est-ce que vous voulez ? demandai-je.

– Que vous restiez avec nous, répondit la femme. Il est attaché ?

– C'est bon, grommela le dénommé Elios.

Du coin de l'œil, je remarquai avec satisfaction que son visage saignait abondamment. J'avais frappé plus fort que je le pensais.

La femme retira son poignard de la gorge de Maelys, sans la lâcher pour autant.

– Je te laisse respirer, d'accord ? dit-elle en tordant sa tête en arrière pour la forcer à la regarder dans les yeux. Mais, et je ne plaisante pas, à la moindre entourloupe, ni toi ni lui ne vous en sortirez vivants, si je puis dire.

Maelys hocha craintivement la tête et je dus faire appel à toute ma volonté pour ne pas me débattre furieusement avec mes liens.

– Ce n'est pas la procédure, Coriolis, grogna Elios, visiblement mécontent.

– Se faire assommer par sa cible ne fait pas partie de la procédure non plus, rétorqua-t-elle.

Il se renfrogna encore davantage et cracha quelque chose par terre. Je crus voir une dent ricocher sur le sol.

– La procédure est adaptée aux nécromants dans la fleur de l'âge, reprit Coriolis, pas aux enfants. Ne t'inquiète pas, je pense que je suis capable de maîtriser une petite fille.

– Laissez-le partir, gémit Maelys d'une voix tremblante.

– Désolée, petite, répondit sa geôlière sans méchanceté, mais je ne peux pas. Tu t'es dégoté un garde du corps beaucoup trop coriace, je ne voudrais pas qu'il nous pousse à faire des choses que nous pourrions regretter. Envoie le signal, ajouta-t-elle à l'adresse d'Elios.

De mauvaise grâce, ce dernier se saisit d'une petite corne blanche qui pendait à sa ceinture et souffla deux fois dedans. Un bruit aigu creva l'air. Quelques minutes s'écoulèrent, pendant lesquelles Elios tâcha de stopper l'écoulement de son nez en fouillant dans les paniers remplis de plantes et en en plaquant sur son visage. Je ne quittai pas Maelys des yeux une seule seconde et elle s'accrocha à mon regard comme une naufragée à sa bouée. Puis deux hommes et deux femmes entrèrent dans la maison défoncée, tous porteurs d'une arme à l'apparence meurtrière. L'une d'entre eux traînait Opo derrière elle, la main fermement serrée sur son bras, sans tenir compte de son air terrifié.

– Ah !

La femme qui venait de crier n'était nulle autre qu'Oscane. Dès qu'elle m'avait vu, son visage bovin s'était tordu en une expression répugnante qui aurait pu être de la surprise ou du triomphe. Elle franchit la distance qui nous séparait en trois larges enjambées et, d'un geste plein d'une rage contenue, arracha le bandage qui couvrait ma gorge.

– Je le savais ! s'écria-t-elle en fixant le trou qui béait dans ma peau.

– Oscane, recule, intervint un des hommes derrière elle.

– Ça ne risque rien, je l'ai bien attaché, fit Elios d'une voix pleine d'assurance.

Oscane recula néanmoins bien docilement, satisfaite, en me lançant un regard narquois. J'espérais que celui que je lui rendis exprimait bien toute la haine que je ressentais pour elle à cet instant. Toujours immobilisé par la poigne de sa gardienne, Opo cessa de se débattre pour poser sur ma blessure un regard horrifié.

L'homme qui avait interpellé Oscane, un soldat à la carrure imposante et à la chevelure poivre et sel, s'approcha de Maelys et s'accroupit devant elle.

– Alors, c'est elle ? Comment est-ce possible ?

Il prit sa mâchoire entre ses doigt et tourna son visage à gauche et à droite sans aucune douceur, comme on l'aurait fait à un animal pour vérifier sa bonne santé. Je bandai mes muscles, rassemblant toute ma volonté pour m'empêcher de lutter contre mes liens. La dénommée Coriolis avait adopté une attitude relâchée et son poignard pendait au bout de son bras, mais il n'y avait aucun doute sur le fait qu'elle me surveillait très attentivement du coin de l'œil.

– Je ne sais pas, répondit-elle. Je n'avais jamais entendu parler d'un enfant nécromancien. Ça contredit tout ce que nous avons appris jusqu'alors.

– Est-ce que tu veux dire que la légende est…

– Ça ne contredit rien du tout, coupa un autre homme.

Sa voix était horriblement sépulcrale, comme celle d'un vieil homme sur son lit de mort. Contrairement à ses pairs qui étaient tous vêtus d'une armure en cuir légère, il était intégralement enroulé dans une cape noire qui ressemblait étrangement à celle d'Opo. Son visage était de surcroît recouvert d'un étrange masque qui faisait froid dans le dos, représentant une sorte de crâne humain stylisé. Ce devait être celui qui commandait car, à ses mots, tous se tournèrent vers lui et le silence se fit.

– Nous savons qu'un nécromancien peut absorber le pouvoir d'un autre, poursuivit-il. L'une de ces engeances a dû trouver le moyen de transmettre le sien à une enfant, voilà tout.

– Quelle abomination, soupira la femme qui n'avait encore rien dit et qui empêchait Opo de bouger.

– Elle n'a rien fait de mal, grondai-je malgré moi.

Six paires d'yeux me dévisagèrent soudain, exprimant des degrés de perplexité plus ou moins élevés.

– Oh, il est conscient ? demanda le soldat qui avait enfin lâché Maelys et s'était redressé.

– C'est son frère, commenta laconiquement Coriolis.

– Abomination, abomination… Il est de notre devoir de mettre fin à sa non-vie.

Il vint de planter devant moi, dégaina son épée et me toisa de toute sa hauteur.

– Une dernière volonté, mort-vivant ?

– Non ! hurla Maelys en se débattant soudain. Je vous en supplie, ne lui faites rien !

Je craignais que Coriolis ne fasse usage de son poignard pour la réduire au silence, mais elle n'en fit rien. À la place, elle s'avança pour saisir le bras de l'homme d'une main, l'autre toujours fermement serrée sur celui de ma petite sœur.

– Ce n'est pas nécessaire, Elvert, dit-elle calmement.

– C'est notre devoir, Coriolis. Lâche-moi.

Elle ne retira pas sa main. Les deux guerriers s'affrontèrent du regard pendant quelques brefs instants, puis Elvert souffla du nez avec dédain et rengaina son arme.

– La faiblesse des femmes, grommela-t-il.

– Tu veux goûter à ma faiblesse ? rétorqua Coriolis avec, pour la première fois, de la colère dans la voix.

– Cessez, intervint l'homme masqué d'un ton qui ne souffrait aucune discussion. Amenez-moi la nécromancienne.

Ignorant Elvert, Coriolis lâcha Maelys et la poussa devant elle. Plus personne ne la tenait, mais les six formaient un cercle infranchissable autour d'elle. L'homme masqué la dominait de toute sa hauteur. Elle paraissait minuscule face à lui.

– Retire tes gants, ordonna-t-il.

Maelys me chercha éperdument du regard. D'un signe de tête, je lui intimai d'obéir. Ce n'était pas le moment de les contrarier. Avec des gestes tremblants et malhabiles, elle retira ses gants un à un et exhiba ses mains noires aux yeux de tous. Oscane et Elvert eurent un frisson de dégoût et crachèrent par terre.

– Ce noir est la marque de ta malédiction et de ton infamie, fit l'homme masqué. Je devrais te tuer tout de suite, pour le bien du monde, mais nous avons une tâche pour toi. Acceptes-tu de nous aider ?

– Ne… balbutia Maelys en baissant les yeux, ne tuez pas mon frère, s'il vous plaît…

– Il est déjà mort, rétorqua l'homme avec froideur. Nous ne lui ferons rien si tu nous aides. Qu'en dis-tu ?

Je la vis avaler sa salive et hocher la tête, et je me sentis fier de sa force.

– Bien. Nous devons lever la malédiction qui pèse sur une terre, et seul un nécromant en est capable. Nous t'y mènerons et tu accompliras ta tâche. Ensuite, si tu t'es bien comportée, nous te laisserons aller. Mais au moindre signe de rébellion de ta part, nous écrabouillerons la tête de ton frère. Est-ce bien clair ?

– Oui.

Je vis une larme unique couler sur son visage, mais elle leva le menton et l'essuya d'un geste vif.

– Coriolis, poursuivit l'homme. Puisque tu tiens absolument à laisser ce cadavre en vie, tu en auras la garde avec ton frère. J'ose espérer que tu n'hésiteras pas à accomplir ce qui doit être fait dans le cas où notre nécromancienne oublierait notre accord.

– Pas une seule seconde, répliqua la femme.

Elle paraissait contrariée, mais ne dit rien de plus.

– Elvert, Nymphéa, vous vous chargerez de la nécromancienne. Je compte sur vous pour ne pas oublier ce qui se cache derrière ce visage d'enfant.

Le soldat et la femme acquiescèrent. J'examinai cette dernière avec angoisse : le nez crochu, l'œil gris et acéré, les cheveux tirés en une longue queue de cheval blonde, rien en elle n'inspirait la douceur. J'espérais pourtant qu'elle était moins agressive que son comparse et qu'elle serait capable de traiter Maelys avec un minimum d'égards.

– Quant au garçon, reprit l'homme à la voix sépulcrale en regardant enfin Opo qui paraissait complètement dépassé par les événements, il fait partie de la Lyberté, n'est-ce pas ?

– C'est leur tenue officielle, acquiesça Nymphéa en tirant sur la cape d'Opo pour que le cercle blanc qui y était cousu soit bien visible.

– Très bien, on l'emmène aussi. Il pourra peut-être nous donner des informations sur eux. Au pire, il nous servira de monnaie d'échange. Ça enlèvera peut-être à Layra l'envie de nous mettre des bâtons dans les roues.

Nymphéa hocha la tête avec raideur et resserra sa prise sur le bras du jeune garçon.

– Oscane, je te laisse préparer les chevaux. Nous repartons.

La guerrière parut déçue de ne pas hériter d'une mission plus prestigieuse, ce qui n'affecta aucunement l'homme au masque, qui sortit de la maison sans un regard en arrière. Il y eut un instant de flottement, puis Elvert prit Maelys par le bras.

– T'as intérêt à te montrer docile, grogna-t-il.

– Elle est intelligente, fit Nymphéa en l'examinant avec attention. Elle sait ce qu'il se passera si elle se rebelle.

– Elios, dit sèchement Coriolis, va faire quelque chose pour ton visage. Nymphéa, tu peux l'aider ?

Effectivement, la bouche du jeune homme saignait toujours abondamment : on aurait dit qu'il bavait du sang.

– On va s'occuper du frangin maladroit, ironisa la femme. Elvert, suis-moi avec la petite. Ça ira pour le non-mort, Coriolis ?

– Aucun souci. J'arrive tout de suite.

De toute évidence, Elios fulminait, mais il emboîta néanmoins le pas à Elvert et Nymphéa sans mot dire. Opo paraissait complètement sonné et leur emboîta docilement le pas, mais Maelys me lança un regard désespéré alors qu'ils l'entraînaient au-dehors. J'avais envie de hurler, de sauter sur mes pieds, de leur arracher ma petite sœur des mains et de tous les tuer. Je me forçai à lui sourire.

– Ça va aller, murmurai-je.

J'espérais qu'elle pourrait lire sur mes lèvres. Après un dernier regard de détresse, elle disparut de mon champ de vision, me laissant seul avec Coriolis. Cette dernière resta quelques instants immobile, comme indécise. Puis un soupir lui échappa et elle s'accroupit derrière moi pour tester mes liens. Elle entreprit de les resserrer, puis s'attaqua à mes chevilles pour les lier elles aussi. Sa proximité me mettait à la torture ; je mourais d'envie de la frapper, mais je savais qu'elle me surveillait et je n'étais pas du tout sûr d'être capable de la vaincre en combat. Je serrai les dents et me laissai faire, me contentant de l'observer.

Je n'avais jamais vu quelqu'un comme elle ou son frère, avec la peau si sombre. Ses cheveux étaient rassemblés en chignon et sa tenue n'était étudiée que pour le combat mais, malgré ça, malgré la haine que je lui portais en cet instant, je ne pouvais m'empêcher de trouver qu'elle dégageait une sorte de beauté étrange avec ses lèvres pleines, son regard intense qui semblait tout voir et ses mouvements fluides, gracieux, dangereux. Je ne pouvais non plus oublier qu'elle avait pris ma défense lorsque Elvert avait voulu me faire disparaître. Elle était d'ailleurs la seule à l'avoir fait, alors que j'avais complètement défiguré son frère.

– Pourquoi vous faites ça ? demandai-je malgré moi.

La question m'avait échappé. Elle leva la tête de son ouvrage et me contempla un instant, pensive. Je n'arrivais pas à savoir si elle réfléchissait à ma question ou si elle m'examinait. Elle était si proche que je pouvais sentir son odeur de cheval et de cuir.

– Nous sommes les exorcistes, répondit-elle au bout d'un instant en reprenant son ouvrage. Éliminer les nécromanciens, c'est notre devoir.

– Mais pourquoi ? insistai-je. Maelys n'a fait de mal à personne.

– Elle finira par en faire. J'ai croisé plusieurs nécromants dans ma vie, et ils m'ont tous convaincus d'une chose. Un bon nécromant est un nécromant mort. Un bon cadavre également.

– Pourquoi m'avoir défendu, alors ?

Elle resta silencieuse une nouvelle fois, le regard perdu dans le vague.

– Tu avais l'air de tenir sincèrement à elle, finit-elle par dire à mi-voix.

Je n'avais rien à répondre à ça.

– Ils ne vont pas lui faire du mal ?

– Elvert peut être dur, mais Nymphéa n'est pas quelqu'un de cruel. Elle s'assurera que ta sœur est correctement traitée. Tant qu'elle ne fait pas de bêtises.

– Je peux la voir ?

– Nous allons chevaucher. Tu ne verras pas grand-chose.

Je ravalai ma détresse. Se plaindre ou réclamer ne servirait à rien. Il valait mieux profiter de l'étrange loquacité de ma gardienne pour obtenir le maximum d'informations.

– Où allons-nous ?

– À l'est, dans la forêt maudite.

– Que peut faire ma sœur pour vous ?

– Comme son nom l'indique, cette forêt est sous l'emprise d'une malédiction. Nous ne connaissons qu'un seul moyen de la lever, et il faut des mains noires pour le faire.

– Mais qui vous dit qu'elle en sera capable ? Elle ne comprend même pas son propre pouvoir.

– Elle apprendra, répondit Coriolis en haussant les épaules. Elle n'aura pas le choix. Estimez-vous heureux que nous ayons cette malédiction à lever. D'ordinaire, nous ne nous embarrassons pas de prisonniers.

Et qu'est-ce qui me permet de croire que vous ne la tuerez pas une fois qu'elle aura accompli sa tâche ? aurai-je voulu demander, mais je m'en abstins. La réponse était claire : ils la tueraient sans état d'âme. Leur parole ne valait rien face à leur soi-disant devoir.

Elios réapparut sur ces entrefaites, une grosse pâte végétale pressée sur le visage à l'endroit où je l'avais frappé. À présent que je pouvais l'observer calmement, je voyais à quel point il était jeune : il ne devait pas avoir plus de dix-sept ans. En examinant ses blessures, je ne pus m'empêcher de me demander à quoi je ressemblais moi-même. Je me souvenais avec un peu trop d'acuité du bruit qu'avait fait mon nez en touchant le sol, et ma blessure à la gorge béait à l'air libre.

– Elios, dit Coriolis en se redressant, tes liens n'étaient pas correctement fait. Il vaut mieux utiliser un nœud de trappeur dans ces cas-là.

– Ça va, grommela-t-il en lui jetant un regard noir, il ne s'est pas enfui, si ?

– Il ne s'est pas enfui parce que nous avons sa petite sœur en otage, mais sinon tu aurais été bon pour un autre combat. Et comme tu l'as vu, il est très fort.

– C'est qu'un cadavre, rétorqua Elios avec dédain.

Coriolis utilisait un ton très docte, comme celui d'un professeur. Je ne pus m'empêcher de songer aux nombreuses fois où j'avais essayé d'apprendre à Maelys quelque chose qui ne l'intéressait absolument pas.

– Les non-morts ne ressentent ni la douleur ni la fatigue, poursuivit-elle sans se démonter. Ce sont des adversaires redoutables, surtout quand ils ont leur libre-arbitre. Tu vas devoir être plus assidu si tu veux devenir un vrai exorciste.

Il baissa les yeux, l'air soudain dépité.

– Comment on va le transporter ? demanda-t-il avec une humilité nouvelle.

– Ses mains et ses jambes sont attachées. Je le mettrai sur la croupe de mon cheval. Tu galoperas derrière pour surveiller qu'il ne prépare pas d'entourloupes.

Elios acquiesça et, dans le regard qu'il me lança, je fus frappé par le dégoût qu'il ressentait pour moi. Et par la peur aussi. Pour la première fois, des gens savaient ce que j'étais réellement, et le miroir qu'ils me présentaient n'avait rien de flatteur.

Comme ils s'avançaient vers moi pour me redresser, j'eus une pensée pour le Livre qui traînait au sol et que nous avions eu tant de mal à obtenir, et pour la raideur de ma nuque.

– Est-ce que je peux prendre la gourde ? demandai-je à mi-voix.

Elios parut choqué, comme si j'avais été un animal qui aurait pris la parole. Mais c'était Coriolis que je regardais. Si elle avait su faire preuve de pitié une fois, alors… elle observa le livre avec curiosité, puis trempa son index dans la marmite.

– C'est une potion pour ne pas pourrir, ajoutai-je comme une supplication. Ça ne vous sera pas préjudiciable.

Elle finit par hocher la tête et accrocha la gourde à sa ceinture. Puis elle saisit mes poignets et me tira pour me relever. Elle était d'une force étonnante.

– J'ai été très gentille avec toi, dit-elle d'une voix soudain plus froide, plus que tu ne le mérites. J'espère que tu sauras te montrer aussi conciliant. N'oublie pas que la vie de ta sœur ne tient qu'à un fil.

– Et si elle meurt, tu disparaîtras aussi, ajouta Elios avec hargne.

Les deux exorcistes me traînèrent dehors, où sept chevaux attendaient en piaffant, harnachés et prêts pour le départ. J'eus une pensée attristée pour Lizzie, que je n'avais pas revue depuis notre arrivée dans le village. J'espérais qu'elle pourrait continuer son existence malgré tout. J'ignorais complètement comment la distance agirait sur le lien qu'elle partageait avec Maelys. Je songeais également brièvement à Opo, j'espérais qu'il ne serait pas maltraité non plus. Ce gamin ne représentait rien pour moi, mais je ne pouvais m'empêcher de m'inquiéter pour lui. De toute manière, je n'avais pas le temps de me soucier de lui. La seule qui comptait, c'était Maelys.

Je la cherchai frénétiquement du regard. Elle était assise sur la selle d'un des chevaux, installée devant Nymphéa. Ils avaient lié ses mains noires et un sac de toile lui recouvrait intégralement la tête.

Mon cœur se serra. Elle paraissait si petite, si vulnérable, et je ne pouvais rien faire pour la protéger… Je détournai les yeux. J'aurais pleuré de rage si j'en avais encore été capable.

Tous les exorcistes étaient en selle. L'homme encapuchonné ressemblait à une créature des enfers, voûté sur un immense cheval noir qui piaffait et secouait la tête.

– Dépêchez-vous, râla Elvert, bien droit sur un hongre immense, Opo installé sur la selle devant lui, les mains liées. J'aimerais bien arriver à la Grenouillère avant demain matin.

Coriolis et Elios ne prirent pas la peine de lui répondre et me dirigèrent vers les deux seules bêtes sans cavaliers. Chacun saisit une extrémité de mon corps et, avec un grognement d'effort, ils me hissèrent sur la croupe d'un des chevaux, allongé sur le ventre juste derrière la selle. La position aurait été horriblement inconfortable si j'avais encore été capable de ressentir quoi que ce soit. Coriolis se jucha sur la selle, s'assura que je tenais bien en place, et plaça ses bottes dans les étriers.

– On peut y aller, dit-elle. Yah !

Et la troupe s'élança. Le voyage me parut durer une éternité. Les roulements constants des muscles de la bête ne me procuraient aucune douleur, et la seule chose que je pouvais observer était le sol qui défilait en dessous de moi à toute vitesse. J'essayais de réfléchir à une manière de nous sortir de là, mais mes pensées tournaient furieusement en tous sens sur elles-mêmes, et le roulement de tonnerre des sabots m'emplissait l'esprit. Lorsque les chevaux ralentirent enfin, le soir venu, je n'étais pas plus avancé que plusieurs heures plus tôt, et la panique commençait très clairement à m'envahir.

Malgré ma position, je parvins à lever la tête pour essayer de regarder autour de moi. L'obscurité était profonde, mais je parvins à distinguer une petite cabane qui semblait servir de point relais. Elvert l'avait appelée la Grenouillère et il n'était pas difficile de deviner d'où venait ce nom, tant les coassements faisaient un tintamarre qui couvrait tout autre bruit que la nature aurait pu produire.

Les exorcistes descendirent de leurs chevaux et entreprirent de les décharger sans un mot, visiblement habitués. Je fus soulevé sans ménagement, transporté et jeté à terre, le dos contre un poteau auquel Coriolis m'attacha avec des gestes rapides et précis. Elios la regardait faire avec attention, tout en me lançant à intervalle régulier des regards dégoûtés. Je l'ignorai et cherchai à apercevoir Maelys, espérant pouvoir lui adresser un sourire, un mot de réconfort peut-être, m'assurer qu'elle allait bien... J'eus tout juste le temps de voir son petit corps encapuchonné qu'on traînait à l'intérieur de la cabane à la suite d'Opo, hésitant et trébuchant, avant qu'elle ne disparaisse une fois de plus de mon champ de vision. Derrière elle, Elvert me jeta un regard de mépris avant de s'engouffrer à sa suite.

– Non... ne pus-je m'empêcher de gémir.

Elios sursauta et eut un mouvement de recul. Indifférent à ses humeurs, je posai le menton contre mon torse et fermai les yeux, envahi par le désespoir. Si seulement tout pouvait disparaître autour de moi, s'il ne pouvait s'agir que d'un cauchemar... Je n'avais aucune idée de comment nous sortir de là, aucun moyen de savoir s'ils n'étaient pas en train de maltraiter ma petite sœur. Pour la première fois, j'aurais aimé qu'on me laisse mourir.

Il se passa un long moment avant que je me ressaisisse. Quand je relevai la tête, tout le monde avait disparu à l'exception de Coriolis, assise par terre non loin de moi, qui taillait un bâton d'un geste machinal en regardant les alentours. Les sept chevaux étaient attachés à des arbres et restaient parfaitement immobiles. La nuit était plus noire que jamais et le coassement des grenouilles emplissait toujours l'air.

– S'il te plaît, soufflai-je à Coriolis.

Elle tourna lentement la tête vers moi. Noire des pieds à la tête, elle était quasiment invisible dans le paysage sombre. Seule la lame de son couteau reflétait la lueur de la lune par instant et la trahissait.

– S'il te plaît, répétai-je, dis-moi qu'ils n'ont pas fait de mal à ma sœur.

– Elle s'est bien comportée, répondit Coriolis à voix basse. Ils n'ont rien eu besoin de lui faire pour qu'elle obéisse.

Je poussai un soupir de soulagement. Bien sûr, elle devait être terrifiée, mais l'idée qu'elle se fasse brutaliser avec son sac sur la tête sans que je sois là pour la protéger me rendait fou de rage et de douleur.

« Tiens bon, pensai-je avec ferveur, tiens bon et je te libèrerai. »

Un rayon de lune perça les nuages, et je m'aperçus que Coriolis me fixait à présent d'un regard qui n'était plus si méfiant. La nuit semblait avoir émoussé une partie de sa prudence et elle me contemplait avec une certaine mélancolie.

– Ça fait quoi, d'être mort ? demanda-t-elle d'une voix étrangement curieuse, presque compatissante.

Je lui lançai un regard noir.

– Ça fait quoi de martyriser une enfant ? rétorquai-je.

Son visage se referma en un instant et elle se détourna avec brusquerie. Je n'éprouvais rien d'autre que de la colère. Que croyait-elle ? Que nous pouvions discuter tranquillement, comme deux connaissances ? Le fait qu'elle me traitait avec un peu plus d'égards que ses pairs ne faisait pas disparaître sa culpabilité dans le traitement que subissait ma petite sœur.

– Tu ne peux pas comprendre, répondit-elle avec froideur en me tournant le dos. C'est notre devoir de protéger les gens.

– Même si ça implique de faire du mal à une petite fille innocente ? Quel courage vous avez.

– Elle n'est pas innocente. Elle porte le mal en elle.

– C'est complètement absurde, fis-je avec mépris.

– Est-ce que tu sais pourquoi les exorcistes ont été créés ? me demanda-t-elle à voix basse.

– Non.

– Les nécromanciens sont apparus il y a à peu près trois siècles, pour autant que nous le sachions. Avant cette date, aucune trace d'eux. Mais à partir de cet instant, ils ont mis le monde à feu et à sang.

– Ce ne sont que des histoires, rétorquai-je dédaigneusement.

– Ce sont des faits. Des archives très sérieuses en gardent des traces. Un nombre incalculable de traditions datent de cette époque. C'est pour ça que la majorité des cités n'ont pas de cimetières et brûlent leurs morts. C'est pour cela que porter des gants est extrêmement mal vu en société. Et c'est pour cela que nous existons.

– Même si certains nécromanciens se comportaient comme des monstres, ça ne vous donne pas le droit d'assassiner tous ceux qui le sont. Ils ne sont pas tous définis par ça.

– Mais si, ils le sont.

Je fixai sa silhouette avec un mélange de colère et de perplexité. Sa voix avait perdu toute sa hargne. On aurait dit qu'elle cherchait simplement, avec une certaine amertume, à me faire entendre raison.

– Qu'est-ce que tu veux dire ?

– Tu ne sais vraiment rien, hein ? Ta sœur est trop petite pour être consciente de ce que ses pouvoirs signifient et dans quoi ils l'embarquent. Mais nous, nous le savons. Et nous sommes bien décidés à l'empêcher, quel qu'en soit le prix.

– De quoi tu parles ?

– Il existe une légende. Une histoire qui court depuis des années. Elle raconte que les nécromanciens étaient des humains comme les autres à la base – des barons, des fermiers, des artisans – mais que la déesse de la mort, Ly elle-même, est venue leur rendre visite. Qu'elle s'est séparée d'une petite partie de son immense pouvoir, qu'elle l'a fragmenté et qu'elle l'a distribué entre tous ses élus, en plus de leur conférer la jeunesse éternelle. En échange, ils n'avaient qu'une mission : se battre. Il leur fallait s'affronter les uns les autres, arracher le pouvoir de Ly des corps des vaincus et le faire leur. À la fin, il ne resterait plus qu'un être, disposant pleinement du pouvoir de la mort – l'élu de Ly, qui pourrait plier le monde à sa volonté.

Sa voix mourut et la nuit ne fut troublée que par le chant lancinant des grenouilles autour de nous. Je clignai des yeux, essayant d'assimiler ce qu'elle venait de me raconter.

– Ça n'a aucun sens, finis-je par dire. Maelys est une enfant, elle n'a pas trois cents ans. Je l'ai vue naître de mes propres yeux.

– Je suppose qu'un nécromancien a dû trouver le moyen de lui conférer des pouvoirs, répondit Coriolis en haussant les épaules, comme si la question n'avait pas grande importance.

Mais elle ne paraissait plus si sûre d'elle tout à coup. Je pensai alors au moment où les exorcistes nous avaient retrouvés. « Ça contredit tout ce que nous avons appris jusqu'alors », avait dit Coriolis avant d'être coupée par leur chef. Apparemment, ils ne s'attendaient pas à trouver quelqu'un comme Maelys. Je songeai également à cet étrange chef avec son masque.

– Et du coup, vous traquez des enfants, mais vous faites confiance à un type qui ne montre jamais son visage ? dis-je, provocant.

Je l'entendis presque se raidir.

– Le maître des exorcistes masque son visage pour ne pas que nos ennemis puissent l'atteindre dans sa vie privée, répondit-elle sèchement. Quand son heure est venue, il choisit un remplaçant dans le plus grand secret et lui confie son masque afin que nul ne sache de qui il s'agit. C'est ainsi depuis des dizaines d'années.

Je trouvais cette explication bien faible mais me sentis tout à coup trop las pour la provoquer davantage, et le silence tomba à nouveau entre nous. J'avais beau avoir l'habitude de passer des nuits dans la solitude depuis que j'étais mort, cette idée me faisait particulièrement horreur ce soir-là. La vision de Maelys pelotonnée par terre sur le sol froid entre quatre guerriers qui la haïssaient était gravée dans mon esprit, et une angoisse obsédante occupait chaque partie de mon être.

Quelque chose de petit comme un caillou et humide comme une truffe de chien se colla contre mon poignet. Surpris, je me tournai pour regarder de quoi il s'agissait. Une toute petite grenouille avait posé ses pattes sur mon bras et levait ses pupilles noires vers moi pour me regarder dans les yeux. Elle paraissait très mal en point : un morceau d'intestin traînait derrière elle. Sans faire un bruit, elle entoura mon poignet de ses pattes avant visqueuses et me serra de toutes ses maigres forces en une étrange parodie de câlin.

Bouleversé, je me muselai fermement et restai immobile de peur de faire un mouvement qui aurait interpellé Coriolis. Je me contentai d'adresser à la petite grenouille mon sourire le plus rassurant.

– Ma petite sœur est la personne la plus extraordinaire du monde, dis-je à voix haute en faisant mine de m'adresser à ma gardienne. Elle n'a aucun mal en elle et vous ne parviendrez jamais à prouver le contraire.

Coriolis ne répondit rien. La petite grenouille frotta sa tête contre ma peau et, sans prévenir, disparut d'un bond dans l'obscurité, laissant derrière elle des petits bouts de boyaux qui s'étaient détachés. Je me déplaçais très légèrement pour les écraser et les faire disparaître dans l'herbe. Je ne tenais pas à ce que les exorcistes trouvent des morceaux d'animaux morts à proximité de l'endroit où je passais la nuit. Je me sentais légèrement rasséréné. Oui, Maelys était vraiment incroyable. À nous deux, nous aurions trouvé un moyen de nous enfuir avant que ces horribles exorcistes n'aient le temps de lui faire du mal.

Un bruit de bottes nous fit tous les deux relever la tête. Quelqu'un venait de sortir de la cabane. La faible lumière de la lune effleura le visage d'Elios. Aussi invisible que sa sœur dans la nuit, il s'avança vers nous et finit par se planter devant Coriolis, hésitant soudain. Cette dernière ne fit pas mine de se lever et se contenta de le regarder.

– Tu devrais dormir, dit-elle avec calme.

– Nous devons parler, rétorqua-t-il abruptement.

Elle ne devait pas s'attendre à une telle entrée en matière car elle resta interdite quelques instants.

– Tu es sûr que c'est le meilleur endroit pour ça ? finit-elle par dire à mi-voix.

– Ce n'est jamais le bon endroit ! gronda Elios d'une voix néanmoins basse. Il y a toujours quelqu'un, quelque chose…

Je ne pouvais pas voir son visage dans l'obscurité, mais je devinai son regard peser sur moi.

– Mais moi j'ai besoin de te parler ! continua-t-il.

– Parle, alors. Qu'est-ce qu'il se passe ?

– Je ne sais pas par où commencer ! fit-il en donnant un coup de pied à une pierre qui rebondit dans un bruit mat. Je ne t'ai pas vue pendant des années, et maintenant, c'est à peine si tu me parles, si tu me regardes, même ! J'ai l'impression que je suis devenu un étranger pour toi…

Coriolis ne répondit rien, immobile. Elios attendit quelques instants mais, comme le silence persistait, il poussa un cri étouffé qui aurait pu être de la rage ou du désespoir.

– Et puis tu as insisté auprès de Shoms pour qu'il m'accepte chez les exorcistes, et maintenant que j'y suis, tu ne cesses de me reprendre et de critiquer ce que je fais…

– C'est avec les critiques qu'on s'améliore, répondit Coriolis d'une voix si basse qu'elle disparaissait presque dans le coassement des grenouilles.

– Mais tu n'as jamais un mot gentil pour moi, jamais un compliment !

– Peut-être parce que tu ne fais jamais rien de bien !

Elle avait haussé le ton. Elios recula en titubant, comme frappé en plein visage.

– Tu…

– J'ai soutenu ta candidature parce que c'était ton rêve, comme c'était le mien à l'époque, enchaîna Coriolis, implacable. Ça ne veut pas dire que j'approuve ton projet ou que je pense que ça te correspond. C'est un travail dangereux, Elios ! Pas une aventure de conte, pas une chanson. Tu crois que ça me plairait de ramasser tes ossements au prochain adversaire que nous allons affronter ? J'essaye de te protéger !

– Je… je ne suis plus un enfant… balbutia Elios. Je suis plus vieux que tu l'étais quand tu t'es engagée !

– Alors, c'est que je suis peut-être plus faite pour ce travail que toi.

Coriolis s'était soudain levée et faisait maintenant face à son frère de toute sa hauteur. Je distinguais à peine plus que des ombres, mais cela m'était suffisant pour voir qu'Elios se ratatinait face à sa sœur. Ils s'affrontèrent du regard pendant quelques secondes, puis le garçon laissa échapper un soupir.

– Je ne sais pas ce que je t'ai fait pour que tu me traites comme ça, mais je m'en fiche. J'y arriverai.

Puis il fit volte-face et s'enfuit en courant en direction de la cabane. Quelques secondes plus tard, j'entendis la porte claquer. Coriolis se rassit lentement, précautionneusement, comme si elle était soudain devenue une très vieille dame percluse de rhumatismes. Elle tourna sa tête dans ma direction. Peut-être était-ce un effet de mon imagination dû à la lumière pâle de la lune, mais j'aurais juré voir des larmes briller dans ses yeux.

– Les frères et sœurs… on serait prêt à mourir pour eux, hein, non-mort ?

Je ne répondis pas.

Nous chevauchâmes à nouveau toute la journée le lendemain. Je parvins à apercevoir Maelys à de rares reprises sans son sac sur la tête et, même si elle n'avait pas l'air heureuse, au moins ne semblait-elle pas maltraitée. Les exorcistes veillaient à toujours nous garder assez loin l'un de l'autre pour nous empêcher de communiquer et, par conséquent, j'avais Elios et Coriolis comme seule compagnie. Celui qui semblait être le chef et qu'ils appelaient Shoms ne se mêlait à personne, ne parlait pratiquement jamais. Quand à Oscane, elle cherchait parfois à m'approcher, mais elle paraissait craindre le courroux de Coriolis – je la voyais souvent l'observer avec méfiance et respect.

Mes deux gardiens n'avaient rien dit de la dispute qui les avait opposés la veille. Ils ne s'étaient d'ailleurs pas adressé un seul mot. Elios paraissait prendre sa bouderie très à cœur et accomplissait toutes ses tâches avec une sorte de hargne, comme s'il mettait sa sœur au défi de le reprendre. Elle n'en faisait rien, mais je la surpris plusieurs fois en train de l'observer quand il avait le dos tourné, une expression de tristesse sur les traits. Silencieux, conciliant, je surveillais attentivement leur manège sans en avoir l'air. Toute mésentente au sein de mes ennemis présentait pour moi une chance de tirer mon épingle du jeu et de sortir Maelys de là.

Le soir venu, le troupe s'arrêta à nouveau dans un relais. Cette fois, ce fut Elios qui écopa de la tâche de me surveiller pendant la nuit, toujours dehors. Il s'installa face à moi, le visage fermé, raide comme un piquet, et me fixa sans desserrer les dents. Je m'apprêtai à passer une longue nuit quand Elvert émergea du relais et s'approcha de nous. Il souriait en me regardant et un sombre pressentiment m'envahit.

– Tu t'amuses bien, Elios ? dit-il en arrivant à sa hauteur.

– Non, rétorqua Elios d'un ton maussade, peu enclin à laisser le soldat se moquer de lui.

– Il faut dire que tu n'es pas avec la meilleure compagnie qui soit, poursuivit Elvert en me jetant un regard mauvais.

Le jeune garçon haussa les épaules d'un air indifférent, toujours aussi rigide, bien décidé à ne pas rentrer dans cette conversation.

– Pourtant, il doit avoir des choses à raconter, ce cadavre. Il paraît qu'il a essayé de se mêler aux humains. Tu te rends compte ?

Elvert s'approcha de moi avec la lenteur d'un prédateur. Je soutins son regard, refusant de baisser les yeux, et sa bouche prit un pli dur.

– Alors, le cadavre, qu'est-ce que tu nous racontes ?

Je restai silencieux.

– Rien du tout ? Ce n'est pas très gentil. Si tu veux vivre comme un humain, il faut te comporter comme un humain.

Il se délectait de ce qui allait suivre, je le sentais, mais je gardai les lèvres étroitement serrées. Je refusais de lui donner la moindre satisfaction supplémentaire.

– Je crois qu'il faudrait faire quelque chose pour le bien de l'humanité. Nous devrions empêcher les monstres de pouvoir se déguiser en gens normaux. Elios, qu'en penses-tu ?

– Que faites-vous ? demanda Elios, qui paraissait inquiet à présent.

Elvert tira son arme et se pencha vers moi avec un sourire goguenard.

– Ne t'inquiète pas, je ne vais pas le tuer. Juste arranger un peu son joli visage.

Avec un geste presque tendre, il enfonça la pointe de son épée à droite de mon front. Je sentis la lame trancher ma peau sans ressentir aucune forme de douleur, simplement une étrange démangeaison. Puis, avec une lenteur calculée, il fit glisser son arme jusqu'à mon menton en passant entre mes yeux et sur mes lèvres. La lame effilée trancha la chair comme du beurre. Je refusai de ciller, et continuai de fixer ses yeux bleus sans bouger le moindre muscle. Je sentais la peau s'écarter de part et d'autre de la balafre s'allonger.

Une fois sa besogne achevée, Elvert recula d'un pas pour admirer son œuvre. Derrière lui, Elios s'était redressé et semblait hésiter sur la conduite à tenir. Je répondis un regard ouvertement méprisant et provocateur à l'air triomphant du soldat et celui-ci s'assombrit soudain.

– Tu veux faire le malin avec moi ? siffla-t-il. Voyons voir si tu as aussi besoin de ces jolis yeux.

Il fit un pas vers moi.

– ELVERT !

Elios sursauta, l'air infiniment coupable. Elvert se retourna lentement. Coriolis venait vers nous à grands pas, le visage tordu de rage.

– Tu as tellement peur de moi que tu attends que je m'absente pour faire tes horreurs ? rugit-elle en se plantant devant lui. Est-ce que mon petit frère était un adversaire à ta mesure ?

– Je suis désolé d'avoir blessé ton petit protégé, répondit-il d'une voix onctueuse. Je ne pensais pas que tu t'étais autant prise d'affection pour lui.

Coriolis l'ignora et se tourna vers son frère.

– Elios ! Quand on nous confie quelqu'un à garder, ça implique également de le protéger. Tu laisserais tes compagnons violenter tes prisonniers de guerre si tu étais dans l'armée ? RÉPONDS ! hurla-t-elle comme il ne disait rien, le faisant sursauter à nouveau.

– Je… balbutia-t-il. Mais c'est un cadavre ! Ça ne lui a pas fait mal !

Le regard méprisant de sa sœur sembla l'empaler sur place.

– Va-t'en, jeta-t-elle à Elvert. Va t'occuper de ta prisonnière et laisse le mien tranquille.

– Oh, mais je vais m'en occuper, ne t'inquiète pas.

Et, disant cela, il m'adressa un sourire narquois. Je me redressai brusquement, malgré mes entraves, mais Coriolis pointa son arme sur ma gorge et son regard flamboyant sur mon visage.

– Assis ! dit-elle sèchement.

Puis, comme Elvert s'éloignait, elle rajouta à voix plus basse :

– Il ne lui fera rien tant que Shoms les surveille.

Je me rassis de mauvaise grâce. Je vis son regard s'attarder sur ma nouvelle balafre et refusai de me demander de quoi je pouvais avoir l'air. Elle finit par se retourner vers Elios et le contempla sans bienveillance.

– Tu devrais aller te coucher, dit-elle d'un ton sans réplique. Je pense que tu as fait assez de bêtises pour ce soir.

Elios avait l'air profondément défait lorsqu'il tourna les talons et pénétra à son tour dans le relais. L'air toujours furieux, Coriolis s'installa à la place qu'il venait de quitter et entreprit de tailler rageusement son bout de bois. Elle ne prononça plus un seul mot de toute la nuit et je ne fis pas mine de briser le silence. Ma seule source de joie cette nuit-là fut l'écureuil mort qui vint tendrement enlacer mon bras. J'aurais voulu pouvoir le serrer contre mon cœur.

Au matin, Coriolis m'apporta discrètement un gobelet en faisant mine de me détacher, sans un mot. Je l'examinai brièvement et reconnut la mixture que j'avais préparée moi-même au sein du village des Non-Morts. Reconnaissant, je l'avalai d'une traite et allait jusqu'à marmonner un « merci » qu'elle fit mine de ne pas avoir entendu.

– Nous atteindrons la forêt dès ce soir, annonça Shoms à toute la troupe qui s'était réunie avant le départ, toujours aussi sinistre avec sa voix d'outre-tombe. Pour ceux qui n'y sont jamais allés – son regard s'attarda sur Elios et Oscane – sachez que c'est probablement l'endroit le plus dangereux des Royaumes Paysans. Gardez une vigilance de tout instant.

Oscane resserra sa prise sur sa grosse hache d'un air farouche. Elios, lui, parut un peu inquiet, mais il capta le regard de sa sœur posé sur lui et se composa instantanément un visage fermé.

– Surveillez particulièrement la nécromancienne, poursuivit Shoms à l'adresse de Nymphéa et Elvert cette fois. Vous savez ce que ça signifie.

Tous deux hochèrent la tête. Je voyais Maelys, installée sur le cheval de Nymphéa, tourner légèrement la tête sous son sac en papier, comme si elle essayait d'écouter tout ce qui se disait. Mon cœur saignait, mais de ce que j'avais pu voir, elle ne paraissait pas maltraitée.

– À cheval, alors.

Et nous repartîmes. Le trajet fut tout aussi déplaisant que les jours précédents mais, comme la journée avançait, je remarquai du haut de ma position que le paysage changeait autour de nous. Les arbres paraissaient se tordre de plus en plus, se nouer dans des positions difformes, telles d'étranges sculptures, leurs branches effeuillées hérissées tout autour d'eux comme des piquants de hérissons. Les plantes se ratatinaient, toutes racornies, mouchetées de taches noires et marron qui s'étalaient sur elles à la manière de moisissures. La lumière du soleil s'évanouissait lentement, engloutie par une brume qui s'épaississait autour des pattes des chevaux. Au bout de quelques heures, c'était un obscur paysage de mort et de cauchemar qui s'étalait devant mes yeux. Je me demandai, horrifié, ce que Maelys allait bien pouvoir faire pour sauver une terre qui paraissait si malade quand un hurlement strident, bestial, retentit soudain devant nous.

Le cheval de Coriolis pila net et se cabra en poussant un hennissement de terreur. Je fus projeté à bas de sa croupe et heurtai durement le sol. Je me tortillai pour essayer de voir ce qu'il se passait. Une odeur atroce et étouffante m'enveloppa soudain. À force de contorsions, je finis par réussir à me mettre sur les genoux. Une scène horrible se révéla alors à moi.

Un ours immense, colossal, deux fois plus grand qu'un spécimen normal, était dressé sur ses pattes antérieures. D'un noir de charbon, les yeux rouges et malveillant, il hurlait une plainte abominable, aigüe, qu'on n'aurait jamais cru sortie de la gueule d'un ours. Ses poils étaient hérissés tout autour de lui comme les branches des arbres et ses membres souffraient d'une étrange dissymétrie, énormes d'un côté, rachitiques de l'autre. Son corps entier était recouvert de plaies suppurantes qui s'ouvraient jusque sur son museau et grouillaient d'asticots. Il paraissait souffrir le martyre et fixait le cheval où se trouvaient Nymphéa et Maelys d'un regard qui ne laissait nul doute sur ses intentions. Shoms, immobile, brandissait une longue lance, et Oscane, Elvert et Coriolis avaient déjà sauté à terre, dégainé leurs armes respectives et faisaient face à la bête avec un courage que je ne pus m'empêcher de trouver admirable. Toujours perché sur le cheval d'Elvert, Opo était pétrifié de terreur.

– Elios, s'écria Coriolis, surveille le non-mort !

Mais le garçon semblait tétanisé sur sa monture, et j'en profitai pour me redresser. L'ours secouait la tête de gauche à droite, sans qu'on puisse déterminer s'il était déstabilisé par la défense qui s'était mise en place ou s'il luttait simplement contre la douleur qui le terrassait. Tout à coup, il tomba sur ses pattes avant et bondit en direction du cheval de Nymphéa.

Dans un réflexe impressionnant, le bras d'Elvert jaillit, et son épée se retrouva sur le chemin de la bête ; mais nulle arme, aussi aiguisée soit-elle, n'aurait pu stopper la course d'une telle masse. La lame trancha dans le museau de l'ours sans le ralentir le moins du monde. Je poussai un hurlement et me précipitai en avant, mais j'étais bien trop loin. Une fraction de seconde avant la collision, Nymphéa saisit par la taille une Maelys toujours coiffée de son sac qui hurlait à tue-tête et se jeta à bas de sa monture.

Un craquement répugnant retentit quand l'ours géant heurta le cheval, qui fut projeté en l'air comme une poupée de chiffon. Emportée par sa course, la bête le piétina sans pitié puis s'immobilisa, cherchant du regard où étaient passées ses proies. Derrière elle, Nymphéa avait relevé Maelys tant bien que mal et reculait, l'épée au clair, sans quitter l'ours des yeux. Ce dernier fit volte-face et leur fonça à nouveau dessus, hurlant toujours sa plainte démente. Je poussai un rugissement en me débattant avec mes liens comme un forcené dans l'espoir de le distraire, mais il ne m'accorda pas plus d'attention qu'aux mouches qui bourdonnaient furieusement autour de lui. C'est alors que Coriolis bondit en avant et fouetta de ses poignards les pattes arrière de l'ours.

Son arrière-train s'affaissa sous lui et il trébucha, stoppé dans son élan. Sans lui laisser le temps de se redresser, Oscane lui asséna sur l'épaule un coup de hache monstrueux. La lame s'enfonça profondément dans la chair putride et elle dut bondir en arrière pour éviter un coup de patte de la bête, laissant son arme plantée dans son corps. Dans une torsion d'épaule, je me débarrassai du dernier lien qui m'entravait. Incapable de prendre part à la bataille, je me contentai de courir de toutes mes forces en direction de Maelys. Son sac avait fini par glisser de sa tête et elle contemplait avec effarement l'ours affalé à quelques mètres d'elle. Je franchis en quelques pas la distance qui nous séparait et la prit dans mes bras. Nymphéa sursauta en me voyant à leurs côtés et leva son arme dans ma direction.

– Mais tuez ce monstre ! hurlai-je.

Elle eut un instant d'hésitation. Maelys avait enfoui sa tête dans mon cou, du côté où il n'y avait pas ma blessure, et sanglotait éperdument. Je la serrai de toutes mes forces sans quitter des yeux l'ours qui se relevait lentement, à peine gêné par l'énorme hache plantée dans son épaule, une hache qui ressemblait à présent à une machette comparée au gigantisme de la bête. Nymphéa dut finir par se dire que le danger immédiat n'était pas un garçon désarmé serrant sa petite sœur dans ses bras, car elle tourna à nouveau son arme contre la créature, qui me fixait à présent d'un œil mauvais.

Je tournai les talons et m'enfuis à toutes jambes. Un mugissement et un bruit de branches brisées m'indiquèrent que l'ours s'était lancé à ma poursuite. Je courais de toutes mes forces, cherchant l'abri des arbres, espérant qu'ils pourraient le ralentir suffisamment pour me permettre de lui échapper. De puissants bruits de craquements retentissaient derrière moi, le fracas des troncs sur son chemin projetés à terre comme des fétus de paille. J'entendais également les exorcistes crier, mais j'étais incapable de distinguer ce qu'ils disaient.

Je sentis Maelys frémir dans mes bras et notai dans un filet de pensée qu'elle ne pleurait plus, tout en sautant par-dessus un large rocher couvert de mousse. Brutalement, trois arbres s'effondrèrent devant moi, dévoilant le squelette entier d'un fauve immense, tout aussi disproportionné que l'ours, les pattes avant posées sur les troncs qu'il venait de déraciner. Il n'y avait pas la moindre once de chair sur ses os, mais sa mâchoire s'ouvrit tout de même dans un rugissement silencieux. Dans un mouvement étrangement fluide, il se ramassa sur lui-même et bondit loin au-dessus de moi.

Un grand choc retentit dans mon dos et je me retournai. Le fauve avait atterri directement sur l'ours et tentait d'enfoncer ses griffes et ses crocs dans sa peau, empreint d'une fureur sauvage. Le monstre se débattait en criant de sa voix anormalement aiguë, donnant de terribles coups de pattes qui arrachaient des os à son adversaire. Le combat était titanesque, et je voyais les exorcistes encercler les deux géants sans oser s'approcher de peur de prendre un coup perdu. Le fauve avait beau perdre des morceaux entiers, rien ne semblait pouvoir entamer sa férocité ; trois côtes énormes gisaient brisées à terre, mais il attaquait toujours avec autant de hargne. Dans mes bras, Maelys s'était retournée en direction du combat qu'elle observait avec intensité, ses mains noires crispées devant elle.

La gueule du fauve se referma soudain sur la gorge de l'ours. D'un mouvement sec, il renversa sa tête en arrière, emportant avec lui une cascade de chair, sang et pus mêlés. Un gargouillement s'échappa de la gueule de l'ours qui fit un pas en arrière et se remit à dodeliner de la tête. Son regard s'était à nouveau fixé sur moi, ou plutôt – comme je venais de le comprendre – sur Maelys. Celle-ci serra de toutes ses forces mes bras dans ses mains et le fauve donna un violent coup de patte à l'ours : cette fois, la chair fragilisée céda et sa tête s'envola dans les airs. Avec un puissant frisson, son corps vacilla et s'effondra sur lui-même.

Il y eut un instant de flottement, et une lame de poignard venue de nulle part se glissa soudain sous la gorge de Maelys.

– Ne bougez plus, murmura Coriolis qui s'était plaquée dans mon dos pour pouvoir atteindre ma petite sœur. Lâche ton emprise sur cette chose.

Je sentis Maelys se raidir dans mes bras. Le fauve tourna son immense tête dans notre direction et, l'espace d'un instant, je crus qu'elle allait faire une bêtise. Mais elle finit par se détendre et, dans un vacarme épouvantable, le squelette s'écroula sur lui-même.

Tournant la tête autant que je pouvais, j'adressai un regard de dégoût à Coriolis, qu'elle fit mine de ne pas voir – un exploit, car son visage se trouvait à quelques centimètres du mien. Le reste de la troupe s'approcha de nous en prenant bien soin de contourner les carcasses entrelacées des deux géants. Shoms n'était pas descendu de sa monture et Elios marchait en retrait des autres en tirant son cheval derrière lui, la tête baissée. Personne ne lui prêtait attention.

Elvert s'approcha de nous et tendit les bras dans ma direction.

– Rend la nécromancienne, le cadavre, dit-il avec son dédain habituel.

– Non, rétorquai-je.

– Pardon ? fit-il en écarquillant les yeux, pris au dépourvu.

– Le marché était que vous la garderiez en vie jusqu'à l'endroit où vous aurez besoin d'elle, en échange, nous vous suivions bien gentiment. Vous êtes apparemment incapables de la protéger. Je ne la lâcherai plus.

Le soldat me transperça du regard, brûlant de rage. Son épée était toujours dans sa main et son poing se resserra sur la garde.

– Je vais te…

– Rends-la-nous ou nous allons devoir lui faire du mal, intervint Nymphéa d'une voix plus calme.

Elle paraissait moins indignée que son comparse, mais sa sérénité avait quelque chose de beaucoup plus inquiétant et ses yeux avaient l'éclats de l'acier.

– Elle vous a tous sauvés, répondis-je en m'efforçant de parler d'une voix posée. Elle a ramené ce squelette pour combattre ce monstre. Sans elle, nous serions morts à l'heure qu'il est.

– Tu es déjà mort, fit remarquer Shoms avec froideur.

– Utiliser une abomination pour combattre une autre abomination ! s'exclama Elvert avec mépris. Nous ne nous abaisserons jamais à de telles ignominies. Lâche la nécromancienne.

– Il faudra me passer sur le corps.

– Coriolis, appela Shoms calmement.

Je tremblais à présent. Le poignard effilée touchait presque la gorge de Maelys et je sentais sur ma nuque le souffle de la guerrière. Je n'avais absolument aucun moyen de l'empêcher de porter un coup fatal, pas sans nous rendre vulnérables au reste de la troupe. Mais ma petite sœur me serrait de toutes ses forces dans ses bras, et j'étais physiquement incapable de les laisser me l'arracher à nouveau. Une seconde s'écoula, puis deux. Nous étions tous suspendus à la main de Coriolis, qui tardait à accomplir son ouvrage et semblait figée tout à coup. Enfin, au bout d'un temps très court mais qui s'étira comme une éternité, elle poussa un profond soupir qui sonna comme un coup de tonnerre dans mon oreille.

– Il n'y a pas d'issue, murmura-t-elle d'une voix très basse que je fus le seul à entendre. Ne m'oblige pas à lui faire du mal. S'il te plaît, Qotah.

Pour une raison que j'ignorais, l'entendre prononcer mon nom m'ôta tout vestige de combativité. Peut-être était-ce le sentiment d'être enfin considéré comme un homme après avoir été appelé « cadavre » et ignoré pendant des jours. Peut-être était-ce la compassion sincère que j'avais perçue dans ses mots, l'authentique répugnance qu'elle aurait eue à exécuter ses ordres. Toujours est-il qu'un sanglot dénué de larmes m'échappa. Je serrai Maelys dans mes bras le plus fort que je pouvais.

– Je ne veux pas qu'ils te tuent, murmurai-je, la tête dans ses cheveux. Je te sauverai, c'est promis.

Et je la déposai délicatement à terre. Dans le regard qu'elle me lança au moment où Nymphéa lui saisit le bras, il n'y avait aucune colère, aucune déception, nul reproche. Rien que de la tristesse et de la peur. J'enfouis mon visage dans mes mains. J'aurais tant aimé pouvoir pleurer.

Le corps de Coriolis s'écarta du mien, ses bras glissèrent de mes épaules.

– Viens, dit-elle avec une étrange douceur.

Je ne résistai pas quand elle m'éloigna des autres, ni quand elle siffla son cheval qui finit par revenir malgré sa grande agitation. Je ne fis pas un geste quand elle prit une nouvelle corde dans son paquetage pour me lier les mains et les jambes à nouveau. J'avais l'impression d'être mort une deuxième fois.

– Pourquoi ? demandai-je d'un ton malheureux comme elle finissait son ouvrage. Pourquoi est-ce que tu donnes l'impression d'être de mon côté si c'est pour m'infliger des choses pareilles ?

À ces mots, elle se figea. Pour la première fois, elle paraissait bouleversée. Après avoir jeté un regard furtif aux autres exorcistes pour vérifier que personne n'était assez proche pour pouvoir nous entendre, elle se pencha vers moi.

– Je n'ai pas le choix, me murmura-t-elle.

Ses yeux noirs semblaient implorer mon pardon.

– On a toujours le choix, répliquai-je. Personne ne te met de couteau sous la gorge, à toi.

– J'essaye de faire ce qui me semble bien.

– Laisse-nous partir, suppliai-je. Nous ne ferons jamais de mal à personne. Je continuerai de l'éduquer. Elle deviendra quelqu'un de bien. Elle est déjà quelqu'un de bien.

– Nous avons besoin d'elle pour soigner cette forêt. Après, nous la laisserons partir.

– Je sais bien que c'est faux.

Elle garda le silence quelques instants, le regard perdu dans le lointain.

– Je ferai tout pour que ce soit le cas, finit-elle par dire. Je t'en donne ma parole.

Elle allait ajouter quelques choses mais se tut soudain. Du coin de l'œil, j'aperçus Elios qui avançait vers nous, la tête toujours basse. Il semblait incapable de regarder sa sœur dans les yeux. Arrivée à portée de voix, il s'arrêta et balança d'un pied sur l'autre.

– Je…, commença-t-il.

– C'était un terrible ennemi, bien trop terrible pour toi, l'interrompit Coriolis. Tu as eu raison de rester en arrière.

Elios rougit jusqu'aux oreilles et je me surpris à éprouver une curieuse sensation de pitié à l'égard de ma gardienne. De toute évidence, elle voulait de tout son cœur le rassurer, lui dire que ce n'était pas grave. Mais sa remarque maladroite le faisait passer pour un incompétent et il était manifeste que son frère l'avait pris ainsi. Sans rien ajouter, il tourna les talons et s'éloigna à grands pas. Coriolis le regarda s'éloigner, surprise et désabusée.

– Qu'est-ce que j'ai dit ? demanda-t-elle sans parler à personne en particulier.

– Votre relation a l'air compliquée, commentai-je à mi-voix.

Je n'avais qu'une envie, c'était de penser à autre chose l'espace de quelques instants. Me plonger dans la détresse de quelqu'un d'autre me paraissait un excellent exutoire à mes propres problèmes.

– Nous étions très proches quand nous étions jeunes, répondit Coriolis avec tristesse. Mais je suis partie rejoindre les exorcistes à seize ans et nous avons été séparés pendant de longues années. Aujourd'hui, j'ai l'impression d'être une étrangère pour lui.

– Tu n'approuves pas le fait qu'il soit devenu un exorciste lui aussi ?

– Il a toujours été très fragile, très faible… Il est né bien avant terme, et j'ai l'impression que son corps ne s'en est jamais vraiment remis. Et il n'a jamais aimé la bagarre, les conflits. Il n'a rien à faire ici. Je ne sais même pas d'où lui est venue cette folle idée.

– Il a probablement voulu te rejoindre.

Son expression de tristesse s'accentua. Pour une raison inexplicable, je remarquai que je n'éprouvais plus la moindre colère envers elle.

– C'est encore pire, alors. C'est comme si je l'avais abandonné. S'il finit par en mourir, ce sera uniquement parce qu'il a voulu me retrouver. Comment pourrais-je approuver cette folie ?

– Il est sûrement capable de faire ses propres choix et de les assumer lui-même, remarquai-je.

– Sans doute, répondit-elle. Et toi, si dans quelques années, ta sœur décide d'embrasser pleinement ses pouvoirs et de se dévoiler à tous, tu la laisseras faire ?

Je restai muet quelques instants. Quelque part dans le lointain, un animal poussa un hurlement glaçant, me faisant frissonner.

– J'espère qu'elle vivra assez longtemps pour que j'en arrive à me poser cette question, finis-je par répondre.

Coriolis battit des paupières et se détourna.

– Nous devons repartir.

C'était sa voix normale, autoritaire, mais pendant un cours moment j'avais cru voir deux fines larmes perler à ses paupières.

La malédiction

– Tiens, mange ça.

Sans un mot, sans lever les yeux, je pris le bout de pain que me tendait Elvert et le mis dans ma bouche. Il y avait des jours que je ne parlais plus, des jours que je ne regardais plus personne dans les yeux. À quoi bon ? Je ne rencontrais que mépris, colère ou indifférence. J'avais fini par me rendre compte qu'essayer de les ignorer tous était la meilleure des stratégies. Ainsi gardais-je la tête baissée, la bouche close, enfermée en moi-même, là où personne ne pouvait rien contre moi.

Ils se donnaient beaucoup de mal pour m'empêcher de les attaquer avec mon pouvoir, qui semblait les terrifier autant qu'il les révulsait. La menace qu'ils faisaient peser sur Qotah aurait déjà été suffisante en soi, mais ils surveillaient également chacun de mes faits et gestes, chaque ombre qui bougeait dans leur champ de vision, chaque frémissement de mes doigts noirs. Pourtant, je m'étais rapidement rendu compte qu'ils n'étaient pas capables de savoir quand je l'utilisais.

Je l'avais fait timidement d'abord, presque instinctivement : harassée par une journée entière de captivité, attachée et aveuglée par un sac sur ma tête, j'avais machinalement tiré le cadavre d'une souris qui venait de rendre l'âme. La faire trottiner un peu partout dans le campement m'avait procuré une incroyable sensation de liberté et, surtout, personne ne semblait avoir rien remarqué.

Mon pouvoir était ainsi devenu mon refuge. Je passais mes journées à faire gambader des carcasses d'animaux et à m'y abandonner, oubliant du mieux que je pouvais l'inconfort de mon corps physique. Parfois, la colère grondait en moi et je demandais à une bête d'aller crier ma fureur et ma frustration à ma place. Parfois même, j'avais envie d'ordonner aux carcasses de tous les tuer. Mais, la majorité du temps, j'essayais juste de faire taire la peur qui rampait constamment à l'intérieur de moi.

Quand j'eus englouti la dernière bouchée de mon pain, Elvert me tendit une gourde remplie d'eau. J'y bus avec précipitation, avant qu'on ne me la retire. On ne me donnait jamais vraiment assez à manger ou à boire. Le soldat poussa un soupir exaspéré et me l'arracha des mains.

– Ce n'est pas parce que tu vis parmi les charognes d'animaux que tu es obligée de te comporter comme eux. Bois correctement ou tu ne verras plus cette gourde pendant un moment !

Et il me mit une violente taloche sur le haut du crâne. Ça ne faisait pas si mal que ça, mais je sentis la colère monter en moi comme une vague. Inspirant à fond, silencieusement, je m'obligeai à garder le regard vide et fixé sur mes chaussures. Elvert n'aimait pas quand je parlais. Ni quand je le regardais. Ni quand je respirais.

– D'ailleurs, ajouta-t-il avec une satisfaction méchante dans la voix, je vais la garder un moment. Tu n'en as plus besoin, n'est-ce pas ?

La soif me brûlait encore la gorge, mais je tins ma langue. Du coin de l'œil, je vis Opo me jeter un regard, mais je l'ignorai. Il ne pouvait pas m'aider et moi non plus.

– Elvert, intervint Nymphéa qui aiguisait son épée, assise à quelques mètres de nous, laisse-la boire. On se sera donné du mal pour rien si elle meurt de déshydratation avant d'arriver à la source.

Le soldat grogna et me jeta la gourde sur les genoux. Je m'en saisis le plus délicatement que je pus et bus avec plus de parcimonie cette fois. Du coin de l'œil, j'observais Nymphéa qui donnait la touche finale à son polissage et examinait son arme d'un regard critique. Elle était moins dure qu'Elvert avec moi, mais son indifférence à mon égard avait quelque chose de glaçant. Son coéquipier sautait sur chaque occasion de me montrer la haine qu'il me portait ; elle, pour sa part, paraissait me considérer comme un objet ou un outil, quelque chose dépourvu de sentiments ou d'humanité. Sa sollicitude n'avait jamais rien de compatissant, elle était toujours froidement pragmatique. Je n'étais pas sûre de trouver ça moins effrayant que la manière dont Elvert me traitait.

Voilà des jours que nous n'avions plus dormi dans un refuge. Je supposais que la forêt dans laquelle nous nous trouvions échappait à toute forme de civilisation humaine, étant donné le nombre d'horreurs que nous y croisions. Les plantes qui nous entouraient, toutes dans un état de décomposition avancé, ne constituaient pas le pire élément du voyage ; le pire, c'était les animaux.

L'ours que nous avions rencontré n'avait été que le premier. Par la suite, nous avions été attaqués par toute une ribambelle de créatures toutes plus atroces les unes que les autres, toutes démesurées et aussi putrides que des cadavres ; et pourtant, elles étaient toutes bien vivantes. Des écureuils à la fourrure si pelée qu'ils semblaient nus et dont les yeux gonflés débordaient largement hors de leurs orbites un jour ; un troupeau de daims, les tripes grouillant hors de leurs ventres ouverts tels d'ignobles tentacules doués de vie le lendemain. Le dernier en date était un oiseau gigantesque qui perdait des morceaux à chaque battement d'ailes mais qui avait fondu sur moi sans hésitation. Nymphéa l'avait embroché sur son épée avant qu'il puisse m'atteindre. Chacune de ces bêtes semblait n'avoir d'autre objectif que ma mort.

Heureusement, mes gardiens avaient appris de la première attaque que nous avions subie. À présent, ils réagissaient au quart de tour et éliminaient chaque menace sans encombre ou presque. Même si l'ours avait été de loin le pire danger que nous avions eu à affronter, je devais reconnaître leur efficacité au combat. Ils semblaient décidés à ne plus me donner de prétextes à utiliser mon pouvoir.

Les abominations qui nous attaquaient étaient une source de perplexité autant que de terreur pour moi. J'avais essayé d'en prendre le contrôle un nombre incalculable de fois. Même en sachant que c'était impossible, c'était comme si mon pouvoir se tendait naturellement vers elles, comme si, affamée, j'essayais encore et encore de croquer dans une pomme en verre. Je sentais qu'elles étaient vivantes et, pourtant, une ombre familière planait sur elles, une ombre qui m'attirait irrésistiblement.

Le cheval de Shoms s'ébroua non loin. Je vis son maître s'approcher avec des gestes lents et précautionneux et lui parler à l'oreille. Lui aussi me terrifiait. Il ne retirait jamais ni son masque ni sa large cape noire et ne parlait que très rarement, ce qui n'était pas plus mal, car sa voix me faisait frissonner d'angoisse. Quand il s'exprimait, c'était toujours avec froideur et il semblait n'éprouver aucune forme d'émotions. Mais ce n'était pas son attitude ou son apparence qui m'effrayait le plus. Le pire, c'était cette sorte de brume spectrale que je sentais confusément flotter autour de lui, quelque chose d'intangible sur quoi je n'arrivais pas à mettre de mot mais qui l'enveloppait et le dissimulait aussi étroitement que sa cape. Je la ressentais en permanence et, quand je m'y attardais trop longuement, quand je tendais ma magie vers lui, une sueur froide me coulait dans le dos. De tous les exorcistes, il était celui que j'essayais d'ignorer le plus.

Tout à coup, Elvert se redressa avec brusquerie.

– Depuis combien de temps sont-ils partis ? demanda-t-il d'un ton excédé.

– Quelques heures, répondit Nymphéa sans lever les yeux de sa lame. Ils ne devraient pas tarder.

– On ne devrait pas confier de missions d'exploration à des bleus, surtout dans un endroit pareil.

– Oscane est une vraie guerrière, je ne m'inquiète pas pour elle. Quant à Elios…

– Il ne serait pas capable d'abattre un lapin qui aurait les pattes attachées, coupa Elvert avec un reniflement profondément dédaigneux. Ce garçon n'a vraiment rien à faire ici, il…

– Elvert, interrompit Shoms.

Il n'avait pas haussé la voix et son ton n'avait rien de vindicatif. Pourtant, le soldat se tut instantanément. Shoms tourna son masque vers lui.

– As-tu quelque chose à redire quant à la présence d'Elios parmi nous ?

La mâchoire carrée d'Elvert se crispa, son visage se durcit. Il soutint l'étrange regard de son chef mais sa voix se radoucit.

– Non, bien sûr. Mais je m'inquiète pour sa sécurité.

– Ce garçon a fait ses choix. Laisse-le s'en inquiéter lui-même. Et Coriolis…

– Parlons-en, de Coriolis, justement ! s'exclama Elvert en s'enflammant de nouveau. Elle s'est amourachée du cadavre et ça ne choque personne !

Il cracha par terre.

– Que tu confondes amour et compassion ne m'étonne pas de toi, Elvert, répliqua froidement Shoms.

– Mais elle…

– J'ai vu le petit cadeau que tu as laissé à notre prisonnier. Coriolis s'est peut-être laissée attendrir, mais toi, tu laisses la haine te consumer. N'oublie pas que nous agissons par devoir. Torturer nos ennemis ne fait pas partie de nos attributions.

Un frisson glacé vrilla mon dos comme un éclair et Elvert pâlit.

– Je ne fais que… J'ai toujours été…

– Un excellent élément et un homme droit et efficace, acheva Shoms à sa place. Tout comme Coriolis. J'apprécierais que tu te concentres un peu plus sur ta mission, et un peu moins sur celle des autres.

Elvert sortit son arme et, pendant une seconde, je crus qu'il allait l'attaquer. Mais, au contraire, il mit un genou à terre, posa l'épée au sol et courba l'échine.

– Je ne vis que pour servir les exorcistes, vous le savez, dit-il avec humilité. Pardonnez-moi.

– C'est fait, répondit Shoms avec indifférence. Va.

Le soldat se releva et s'éloigna dans la forêt. J'espérais de toute mon âme qu'il y croiserait un monstre trop fort pour lui. Qu'avait-il fait subir à Qotah, de quoi parlaient-ils ? Il avait l'air d'aller bien quand je le visitais le soir avec mes petits cadavres. Bien sûr, je ne pouvais pas le voir, mais…

Oscane et Elios revinrent sur ces entrefaites, un peu ébouriffés mais indemnes par ailleurs. Ils allèrent immédiatement se placer face à leur chef.

– Au rapport ! clama Oscane en claquant ses talons sur le sol recouvert de feuilles moisies.

– Je t'écoute, répondit Shoms en tournant son masque vers elle.

– Nous avons déterminé l'endroit où se trouvait le centre de la corruption. Nous avons tracé un cercle à l'intérieur duquel la malédiction s'empire significativement. Il n'est pas très étendu.

– Excellent, fit Shoms dans un souffle.

– Nous avons vu beaucoup de créatures, ajouta Elios, beaucoup plus empressé que la guerrière. Et nous avons également cru voir quelques plantes se comporter agressivement.

– Oui, je m'en doutais.

Shoms resta un instant silencieux. Il était impossible de deviner ce qu'il pensait avec son masque et sa voix dénuée d'émotions, mais la brume répugnante qui flottait autour de lui frémissait comme s'il était agité.

– Ce sera un rude combat, sans aucun doute, reprit-il d'une voix plus lointaine. Que tout le monde se prépare avec soin. J'apprécierais que personne ne perde la vie là-bas, mais c'est une éventualité que nous ne pouvons pas écarter.

Je vis Elios blêmir et serrer les lèvres, comme pour enfermer à l'intérieur de lui le cri de terreur qu'il aurait aimé pousser. Nymphéa hocha la tête d'un air grave et Oscane conserva sa posture rigide sans bouger d'un pouce. Pour ma part, je me sentais malade de peur. Où nous emmenaient-ils ? Et que devrais-je y faire ? Est-ce qu'ils nous laisseraient vraiment partir après ça ? Je songeai aux bras de Qotah qui m'avaient serrée si fort contre lui lors de l'attaque de l'ours, à la douleur qu'il avait ressentie à me reposer au sol et à cette chose qu'Elvert lui avait faite. La colère vint se mêler à ma terreur et à ma tristesse. S'ils essayaient de lui faire du mal, tous les morts de cette horrible forêt se relèveraient pour les traquer jusqu'au bout du monde. J'en fis le serment au fond de mon cœur.

Le reste de la soirée et de la nuit se déroula sans rien de bien notable. Je dormis mal, hantée par des rêves envahis de monstres abominables qui se jetaient sur Qotah et moi pour nous déchiqueter tandis qu'Elvert et Nymphéa nous emprisonnaient les bras pour nous empêcher de bouger. Au matin, je me sentais aussi fatiguée que si je n'avais pas du tout dormi.

Comme d'habitude, on me donna un repas frugal et, comme d'habitude, on me mit un sac sur la tête sans même que je puisse voir Qotah, avant de me hisser sur le cheval de Nymphéa. Plongée dans le noir, je trouvai le cadavre d'un écureuil et le tirai discrètement. Il nous suivrait dans les arbres et m'informerait de ce qu'il se passait.

Alors que je forçai la carcasse vide à se mouvoir, je songeai fugacement à Lizzie et sentis des larmes me picoter des yeux. Voilà plusieurs jours que j'avais perdu toute sensation de notre lien. J'espérais, sans trop y croire, que c'était simplement à cause de la distance et qu'elle pouvait continuer à exister malgré tout.

Plusieurs heures s'écoulèrent, à peine troublées par quelques attaques de monstres qui furent instantanément repoussés. Les chevaux marchaient au pas et les exorcistes paraissaient tendus au maximum. Plus nous avancions, plus je me sentais oppressée, sans vraiment savoir par quoi. C'était comme si l'air devenait de plus en plus épais, humide, lourd. Je commençais à respirer avec difficulté et mon lien avec l'écureuil se faisait parfois ténu, comme s'il clignotait à la frontière de ma conscience. Terrifiée, je tâtais le lien qui me reliait à Qotah, mais celui-ci restait toujours aussi puissant.

– C'est là, annonça finalement Oscane alors que les chevaux s'arrêtaient. Par ici, la corruption est de plus en plus prononcée.

Personne ne lui répondit car, à cet instant, un hurlement strident et inhumain déchira l'air. Mes cheveux se dressèrent sur ma tête. Je ne pouvais pas vraiment voir ce que mon écureuil voyait mais, d'une certaine manière, je sentais confusément ce qu'il se passait autour de lui. Et les signaux que je recevais m'indiquaient clairement que nous étions encerclés par une quantité terrifiante de monstres.

Un choc sourd et un bruit humide interrompirent le hurlement.

– AVANCEZ ! hurla Shoms.

La monture de Nymphéa fit un bond et se précipita en avant. Autour de moi se mêlaient un tonnerre de roulis de sabots, de lames qui tranchaient dans la chair putréfiée, de gargouillis immondes et de cris sauvages. Je poussai un hurlement incontrôlable, incapable de comprendre ce qu'il se passait. Mon lien avec l'écureuil s'était rompu. Soudain, le sac sur ma tête fut arraché.

Une terre de désolation s'étendit alors devant mes yeux. Secouée par le galop effréné du cheval de Nymphéa, je vis que la terre elle-même s'était creusée, ratatinée. D'immenses flaques de boue noire s'étalaient aux côtés de rochers aux arêtes déchiquetées. Les arbres se tordaient en tous sens avec lenteur, les branches tendues devant eux comme pour attraper ce qui passait à leur portée. Le sol était envahi de bêtes grouillantes d'une taille anormale, des vers blancs grotesques qui se tortillaient dans la boue, des araignées couvertes de pustules poilues, des mille-pattes gros comme le bras avec de larges gueules remplies de dents. La puanteur était insoutenable. Une puissante nausée me secoua et je m'agrippai des deux bras à l'encolure du cheval. Plutôt mourir que de tomber sur ce sol-là.

Autour de nous, les exorcistes criaient, juraient, s'interpellaient. Une horde d'animaux en tout genre nous pourchassaient en une folle cavalcade, tous plus putrides les uns que les autres, et mes geôliers leur tenaient tête sans ralentir l'allure, tranchant dès que l'une des créatures s'approchait trop près. Je ne parvenais pas à distinguer qui était qui dans la cohue générale. Je crus voir Qotah assis derrière Coriolis mais, sur un cri de sa maîtresse, le cheval de Nymphéa accéléra encore et nous fûmes emportées en avant.

– Suivez le fleuve ! entendis-je crier Shoms derrière nous.

Nous virâmes à droite et j'aperçus un fleuve dont les eaux noires et vertes charriaient paresseusement des monceaux de cadavres. Je tentai, presque par réflexe, d'en tirer quelques-uns, mais la sensation d'oppression s'était faite beaucoup plus intense et mon pouvoir était comme bloqué par un mur invisible dressé autour de moi. Ma nausée devenait de plus en plus violente.

– PAR ICI ! hurla quelqu'un.

Tout tourbillonnait autour de moi. La pression se faisait insupportable, pressant mes tempes et mes mains comme dans un étau. Je gémis de douleur et fermai les yeux. Quand je les rouvris, un barrage se dressait dans le fleuve droit devant nous, un mur composé de créatures au corps torturé, coincées les unes contre les autres, fusionnées en un immonde amas de chair. L'eau filtrait faiblement à travers les trous dans le barrage et était directement aspirée par un gigantesque tourbillon qui occupait toute la largeur du fleuve. Quelque chose se trouvait tout au fond, au centre du tourbillon, une petite forme noire que je ne parvenais pas à identifier.

– Il est là-dedans ! s'exclama Nymphéa en tirant sur les rênes de sa monture.

À cet instant, un immense oiseau couvert de mousse et de lianes qui lui faisaient comme des tentacules fondit sur nous depuis le ciel. Incapable de réagir, je me contentai de le regarder stupidement, mais Nymphéa fut plus rapide : dans un mouvement infiniment fluide, elle leva son épée et la pointa sur la bête.

Emportée par sa vitesse, celle-ci s'empala dessus et nous heurta de plein fouet. La jument poussa un hennissement strident et je fus projetée au sol. Sonnée, je clignai des yeux, essayant de reprendre contenance, de lutter contre cette horrible sensation d'oppression qui ne voulait pas me lâcher. Je sentis quelque chose de visqueux se presser contre ma joue : un ver tendait son ventre blanchâtre vers moi, et tentait de me grimper dessus. Je poussai un hurlement de terreur absolu et lui donnai un coup de pied qui ne fit que s'enfoncer dans sa chair molle. Mon pouvoir s'étirait en tous sens de manière spasmodique, cherchant désespérément un cadavre à tirer, quelque chose pour me protéger, mais rien n'y faisait.

Subitement, des bras m'agrippèrent et me soulevèrent de terre. Mon cœur bondit dans ma poitrine et, du fond du brouillard où je me trouvais, je scrutai les traits de mon sauveur, persuadée que c'était Qotah une fois de plus. Mais ce fut le visage d'Elios que je vis, sale, les yeux écarquillés de terreur mais les bras fermement serrés autour de moi m'arrachant à l'étreinte des immondices qui grouillaient au sol.

– Il faut que tu arrêtes ce qui est dans le tourbillon ! hurla-t-il à mon oreille.

– Je ne peux pas ! gémis-je, terrassée par la nausée.

À cet instant, un loup au museau complètement décomposé bondit sur nous. Elios poussa un cri et pivota sur lui-même pour offrir son dos à la créature et me protéger. Je me crispai dans l'attente du choc qui ne vint jamais : Nymphéa s'était redressée et, malgré son bras gauche qui se tordait en un angle bizarre, avait intercepté le loup avant qu'il ne nous atteigne.

– ALLEZ-Y ! beugla-t-elle en plongeant sa lame dans les entrailles fumantes de la bête.

Elios n'hésita que quelques secondes et se mit à courir à toute vitesse en direction du mur. Derrière son épaule, j'eus pour la première fois un aperçu du champ de bataille : tous se battaient de toutes leurs forces contre des hordes de créatures. Oscane faisait tournoyer sa hache avec des rugissements guerriers, Elvert avait rejoint Nymphéa pour lutter à ses côtés et Shoms maintenait les monstres à distance à l'aide de sa longue pique, toujours monté sur son cheval. Aucun signe d'Opo. Je cherchai désespérément Qotah du regard et je finis par l'apercevoir à quelques dizaines de mètres de nous, libéré de ses liens et criant quelque chose à l'oreille de Coriolis, ses poignards brandis devant elle. Puis Elios m'emporta plus loin et je les perdis de vue derrière les arbres.

Le fleuve s'étala soudain devant nous, exhalant une abominable odeur de putréfaction qui nous prit subitement à la gorge, les eaux noires et visqueuses comme du sang. Elios s'immobilisa, les deux pieds à peine immergés. Il contempla le large tourbillon qui creusait les flots avec une lenteur étrange, l'air indécis. Je le sentais trembler de tous ses membres. Puis, avec une grande inspiration, il s'avança dans le fleuve.

Un cri m'échappa quand le liquide atteignit mes pieds et mes cuisses. Je m'étais attendue à une sensation glacée, mais ce n'était pas le cas : l'eau était chaude, gluante. La sensation était répugnante et je me débattis avec fureur, refusant d'être entraînée plus profondément dans ce marasme. Mais Elios ne me lâchait pas. Ses dents s'entrechoquaient de terreur, et pourtant, il avançait inexorablement vers le tourbillon, s'enfonçant de plus en plus profondément dans le fleuve. L'horrible sensation d'oppression me saisit alors avec une puissance redoublée et je renonçai à lutter, au bord de la nausée et de l'inconscience.

– Non… gémis-je. Arrête…

Quelque chose nous percuta soudain avec violence. Elios trébucha, à moitié immergé, et je me sentis glisser de ses mains.

– Non ! hurlai-je, avant de plonger toute entière dans les eaux putrides.

La noirceur moite du fleuve se referma sur moi. Horrifiée, repoussant de toute mes forces le terrible mal-être qui m'emprisonnait, je battis brutalement des bras et des jambes, espérant toucher quelque chose de solide, quelque chose qui pourrait me ramener à la surface…

À nouveau, des bras m'attrapèrent, des bras plus forts, plus solides que ceux d'Elios, et m'arrachèrent à l'étreinte du fleuve. Hoquetant et ahanant, je vomis sur mon sauveur tout ce que j'avais avalé. Ma vision était floue mais je parvins à distinguer le visage de Qotah qui plongeait son regard dans l'eau, les bras complètement immergés : quelques secondes plus tard, sa main surgit à la surface, le poing fermement serré sur le col d'Elios qui pendait au bout de son bras, inconscient.

– Qotah… murmurai-je dans un hoquet.

– Ça va aller ! cria-t-il pour couvrir le bruit des flots en tirant Elios à lui.

– Sors-nous de là, suppliai-je d'une petite voix.

– Il faut arrêter tout ça, Maelys, ou nous allons tous mourir !

– Non ! Non !

– Je te tiens, n'aie pas peur ! Tout va bien se passer.

J'aurais voulu lui hurler que c'était faux, que le fleuve allait tous nous engloutir, que les bêtes allaient nous dévorer, que la pression qui pesait sur mon crâne allait bientôt finir par le briser ; mais sa voix était si pleine de tendresse, si rassurante, que je me contentai de me blottir contre son torse en m'abandonnant à lui. Si je devais mourir, autant que ce fût à ses côtés.

– ELIOS ! hurla une voix derrière nous.

– Attrape-le ! cria Qotah en tirant le corps inconscient du jeune garçon de côté.

Du coin de l'œil, j'aperçus Coriolis qui bravait les immondes eaux noires pour se saisir de son frère et le hisser sur son dos. Je la vis se retourner, les poignards brandis, et transpercer une gigantesque chauve-souris qui l'avait suivie en poussant des cris furieux. Puis Qotah saisit ma main et la serra fort.

– Retiens ta respiration ! fit-il.

J'eus à peine le temps d'emplir mes poumons que déjà il plongeait sous les flots. Je serrai étroitement les paupières et les lèvres, essayant de toutes mes forces de ne pas penser à l'endroit où je me trouvais, essayant de visualiser le temple de Swen et la petite remise noire où nous nous blottissions, essayant de visualiser le visage de Sol dans la roulotte sombre mais chaleureuse… puis, brusquement, nous fûmes aspirés par quelque chose de puissant et inébranlable. Je sentis Qotah battre des pieds de toutes ses forces pour échapper à son attraction et nous finîmes par émerger à l'air libre. En plein milieu du tourbillon.

J'inspirai à fond en haletant. Je sentais Qotah lutter de toutes ses forces pour me maintenir la tête hors de l'eau. La sienne était toujours immergée et j'eus un instant de panique avant de me souvenir qu'il n'avait pas besoin de respirer. L'attraction du tourbillon était irrésistible et semblait beaucoup plus rapide maintenant que nous étions à l'intérieur. La vue brouillée, j'aperçus la forme noirâtre qui reposait sur le fond du fleuve, immobile et minuscule au milieu de ce gigantesque torrent. Je plissai des yeux pour tenter de voir ce dont il s'agissait et eus un hoquet d'horreur et de surprise mêlée : c'étaient des mains noires. Des mains noires tendues vers le ciel, accrochées à un squelette complètement dépourvu de chair.

Avant que je puisse en voir davantage, Qotah plongea à nouveau. Chacun de ses mouvements nous propulsait en avant, un peu plus près du cadavre, ce cadavre qui était la source de toute cette malédiction, ce cadavre qui avait jadis été un nécromancien.

Lorsque nous émergeâmes, le fleuve grondait autour de nous comme un énorme animal en colère. Nous n'étions qu'à quelques mètres des deux mains noires mais Qotah avait beau lutter, se démener encore et toujours, le courant était trop fort. Je levai la tête : le tourbillon s'élevait de tous côtés autour de nous, cachant complètement la forêt alentour. Nous étions tout au fond du fleuve, dans l'œil du cyclone. Seul un bout de ciel bleu colorait les environs envahis par les abominables eaux noires.

Soudain, je sentis Qotah me soulever à bout de bras, me porter au-dessus de l'eau. Ébahie, je baissai les yeux vers lui. Le visage crispé, il luttait de toutes ses forces pour ne pas se laisser emporter par l'implacable tourbillon.

– Je vais te lancer, Maelys, hurla-t-il et je l'entendis à peine au milieu du boucan terrible qui s'élevait autour de nous. Tu me fais confiance ?

– Mais qu'est-ce que je dois faire ? demandai-je, complètement paniquée.

– Tu le sauras, comme avec les villageois ! Moi, j'ai confiance !

Blême, je hochai la tête. La douleur devenait insupportable et je n'avais plus qu'une envie : que tout s'arrête. Je sentis ses muscles se bander et, soudain, je volais dans les airs. Le torrent grondait tout autour de moi, tout tournoyait… et tout à coup, j'atterris sur une surface dure.

Tremblante, je poussai sur mes bras épuisés pour me mettre à quatre pattes. Le squelette était à quelques centimètres de moi, allongé sur le dos, ses orbites vide fixant le ciel qui paraissait si loin, tout là-haut, au-dessus du cyclone, ses mains de chair noires grotesquement plantées sur les deux os de ses avant-bras. Sans réfléchir, sans savoir ce que je faisais, je pris ces mains dans les miennes.

L'horrible sensation d'oppression s'évanouit tout d'un coup. J'eus l'impression qu'un marteau avait enfin cessé de cogner sur mon crâne, malgré le grondement de l'eau qui tournait inlassablement autour de moi. Fermant les yeux, je m'immergeai dans ma magie qui s'épanchait à flots autour de moi, enfin libérée.

Je sentais des cadavres partout, qui dérivaient dans l'eau, qui pourrissaient sur la terre ferme, qui formaient le mur qui se dressait dans le fleuve. J'aurais pu les tirer, mais je n'en éprouvai pas le besoin. Il y avait aussi les créatures, les animaux dénaturés, monstrueux, ni vraiment morts ni vraiment vivants : pour la première fois, j'identifiais clairement l'aura qui pesait sur eux. Une aura sombre, lourde qui les imprégnait de toutes parts et leur faisait vivre un martyre, une aura dont ils cherchaient la source et qu'ils désespéraient de détruire pour retrouver la paix. Une aura qui ressemblait étrangement à ma magie.

Elle émanait du corps du nécromancien. Je percevais, aussi clairement que si je l'avais vue de mes yeux, sa magie qui se déversait autour de ses mains, sans barrières ni retenue, et qui contaminait tout ce qui vivait et mourait alentour. Tout à coup, ce que je devais faire me parut aussi évident et naturel que de respirer : c'était comme si je l'avais toujours su, comme si j'étais née pour cet instant. La magie qui débordait du cadavre se pressait contre mes mains, avide, impatiente, et la laisser entrer n'était pas plus compliqué qu'ouvrir les bras à une amie. Sans efforts, j'aspirai le pouvoir du nécromancien mort à l'intérieur de mon corps et le fis mien.

Un silence absolu envahit le monde, comme si on l'avait subitement mis sur pause. Et soudain, tout se déroula en même temps. En un éclair, je vis les mains noires du cadavres tomber en poussière, ne laissant derrière elle que des os blancs ; je vis le tourbillon ralentir, s'immobiliser et commencer à s'affaisser ; je vis le mur s'écrouler avec lenteur, loin au-dessus de moi ; et je vis la main de Qotah surgir des eaux noires pour saisir mon bras.

Dans un rugissement assourdissant, le mur s'effondra dans le fleuve, et une vague gigantesque s'éleva, dressée entre le tourbillon et le ciel, presque gracieuse. Puis elle s'abattit sur nous et le fleuve tout entier nous engloutit.

Nous les aimerons toujours

J'avais l'impression que des années entières s'étaient écoulées lorsque je hissai finalement Maelys sur une rive, l'extirpant à l'immonde fleuve qui nous avait emportés dans ses flots tumultueux en compagnie de monceaux de cadavres. Fébrile, je l'allongeai sur le sol moussu et posai mon oreille sur sa poitrine. Le léger battement de son cœur rebondit contre mon oreille. Envahi par le soulagement, je lui tapotai délicatement la joue. Elle toussa, cracha un peu d'eau et entrouvrit les yeux.

– Qotah, gémit-elle d'une voix faible.

– C'est fini, répondis-je avec douceur. Tout est fini.

Elle referma les yeux et un frisson la parcourut. Je pris alors conscience qu'elle était complètement trempée, que ses pieds étaient nus, que sa petite robe était sale, déchirée de partout et imbibée d'eau, et que ses gants avaient disparu. Mon cœur se serra de la voir si pitoyable, elle que j'avais toujours tout fait pour garder dans de bonnes conditions malgré notre pauvreté. Si je ne trouvais pas très vite quelque chose pour la réchauffer, elle risquait de tomber malade, ou pire.

Je me redressai et regardai autour de moi en me mordant les lèvres. Le fleuve nous avait emportés loin du tourbillon et de la zone corrompue. Ici, la forêt paraissait incroyablement normale. C'était un enchantement pour les yeux de voir tressaillir de simples arbres parés de leurs couleurs d'automne, de fouler une mousse dénuée d'insectes géants et d'entendre le doux chant des oiseaux. Même le fleuve avait perdu en partie sa couleur répugnante, comme s'il se purifiait petit à petit. Une idée me frappa soudain, comme je voyais passer devant moi des cadavres d'animaux, entraînés plus loin par le courant : peut-être n'étions-nous pas si loin du tourbillon… peut-être Maelys avait-elle simplement réussi à retirer la malédiction ?

J'étais encore perdu dans mes pensées quand un buisson bruissa soudain derrière moi. Je fis volte-face, prêt à me battre contre ce qui émergerait des fourrés, les poings brandis devant moi. J'étais prêt à affronter toute menace, mais quand la silhouette émergea du couvert des arbres, ce ne fut ni un exorciste ni un animal qui apparut devant moi, mais une très vieille femme qui avançait à petits pas précautionneux sur le tapis de feuilles. Éberlué, je la regardai se frayer un chemin dans notre direction entre de larges fougères, repoussant les branches et enjambant les racines. Son visage était si ridé que ses yeux semblaient disparaître sous les plis de sa peau, mais j'étais persuadé que son regard était tourné vers le corps de Maelys, allongé sur le sol. Je me baissai pour la prendre dans mes bras et attendit que l'étrangère soit à portée de voix, nullement rassuré par son apparence fragile. J'avais vu suffisamment d'horreurs dans cette forêt pour savoir à quoi m'en tenir.

– Bonjour, dit-elle d'une voix éraillée mais très douce, une fois arrivée à ma hauteur.

– Bonjour, répondis-je avec plus de circonspection.

– Elle a l'air d'avoir froid, poursuivit-elle en désignant Maelys d'un doigt tremblant. Suis-moi, j'ai un feu et des vêtements chauds.

Je ne bougeai pas. La dernière fois que j'avais suivi un étrange inconnu dans une forêt, j'en avais perdu la vie. Mais ma défiance, loin de la vexer ou de l'interpeller, se contenta de la faire pouffer de rire.

– Un grand garçon fort comme toi n'a tout de même pas peur d'une vieille chose comme moi ?

– Rien ne me dit que vous êtes digne de confiance, rétorquai-je à voix basse.

– Ah, c'est vrai, répondit-elle avec un sourire, nullement décontenancée. Vous avez dû en voir, des choses, dans cette horrible forêt, n'est-ce pas ? Mais tout s'est arrêté grâce à elle. J'aimerais la remercier comme je peux.

– Pourquoi pensez-vous que…

Sans un mot, elle désigna les mains noires nues de ma petite sœur, et ma consternation à l'idée d'avoir oublié quelque chose d'aussi important dut se voir sur mon visage, car son sourire s'élargit.

– Tu ne passes pas inaperçu non plus, mon garçon.

Je me souvins alors que les exorcistes avaient arraché le bandage qui masquait la blessure béante à ma gorge, ainsi que de l'horrible balafre qui scindait mon visage en deux.

– Ne t'inquiète pas, ajouta-t-elle, sans rire cette fois. Je veux simplement vous remercier.

– Qui êtes-vous ?

– Je m'appelle Nelyce.

Ce n'était pas vraiment une réponse à ma question, mais je finis par hocher la tête. Ma méfiance ne pouvait réchauffer Maelys ni la protéger lorsque les exorcistes se remettraient à notre recherche – car ils le feraient, je n'en doutais pas une seconde. J'eus une pensée fugace pour Coriolis : avait-elle échappé aux griffes du fleuve ? La dernière image que j'avais d'elle, c'était son visage débordant d'inquiétude alors que je déposais son frère inconscient dans ses bras au milieu du fleuve hurlant. J'aurais dû me moquer de son sort, espérer même qu'elle ait péri en même temps que le reste de sa bande… mais c'était elle qui m'avait détaché alors que les créatures nous assaillaient de toute part, elle qui m'avait laissé courir à la poursuite de Maelys et d'Elios, elle qui m'avait protégé alors que je me jetais dans le fleuve pour les rattraper. D'une certaine manière, je ne parvenais plus à la considérer comme une ennemie. Nous nous étions tous les deux battus coude à coude pour protéger ce que nous avions de plus cher au monde.

J'emboîtai le pas à la vieille dame et me calquai sur son allure infiniment lente en serrant le corps gelé de Maelys contre moi. Je détestais être un cadavre si froid, sans aucune chaleur humaine à lui apporter. Nelyce nous mena à une petite cabane cachée entre les arbres, tout près de l'endroit où nous avions émergé du fleuve. C'était comme si ce dernier nous avait volontairement déposés aux portes de sa maison.

Des vêtements séchaient sur une large souche d'arbre et une petite chèvre noire qui ressemblait énormément à Bouli paissait devant l'entrée. La mélancolie m'envahit soudain et j'effleurai la tête de l'animal d'une caressa hésitante. Elle poussa un petit bêlement de protestation et secoua la tête. Je ne pus m'empêcher de sourire.

Nelyce ouvrit la porte et m'invita à entrer. Je jetai un coup d'œil soupçonneux à l'intérieur, mais il ne s'agissait que d'une petite pièce de vie normale, propre, chaude, bien rangée et envahie d'une lumière douce qui provenait d'un âtre crépitant. Abandonnant ma méfiance, je pénétrai dans la cabane et elle referma la porte derrière moi.

Un épais tapis de fourrure blanche à l'aspect moelleux s'étalait devant la cheminée. J'y allongeai précautionneusement Maelys, sans aucune pensée pour le bel ouvrage que je recouvrais d'eau et de boue. Ses paupières papillonnèrent et elle ouvrit lentement les yeux.

– On est où ? souffla-t-elle.

– En sécurité, répondis-je.

Je ne pouvais pas en être sûr, mais l'inquiéter n'aurait servi à rien.

– Comment tu te sens ?

– J'ai froid mais…

Elle écarquilla soudain les yeux d'horreur.

– Qotah ! Ton visage ! Qu'est-ce que…

– Ce n'est pas grave, dis-je précipitamment. Ça ne fait pas mal. Comment tu te sens, toi ?

– C'est Elvert qui t'a fait ça, murmura-t-elle.

– Ça n'a pas d'importance, insistai-je. Ils sont loin, maintenant.

Je ne voulais pas y accorder d'importance et, surtout, je ne voulais pas qu'elle le fasse. Je préférais ne pas y penser du tout. Mais je vis son petit visage s'assombrir et, pour la première fois de ma vie, de la haine flamboyer dans les yeux clairs de ma petite sœur. Ses doigts noirs se crispèrent. Quelque chose dans son expression me fit peur et je m'empressai de détourner son attention.

– Tu as mal quelque part ? demandai-je.

– Non, répondit-elle en se détendant un peu. Je me sens bien.

Elle me fixait toujours d'un air choqué, mais la chaleur du feu semblait la revigorer. Elle était bien moins mal en point que ce que j'avais pensé. Déjà, elle se redressait sur son séant en frottant vigoureusement ses bras humides et en regardant autour d'elle avec intérêt.

– C'est quoi, ici ? demanda-t-elle.

– C'est chez moi, répondit Nelyce derrière moi.

Maelys sursauta violemment et se rapprocha instinctivement de moi. La colère me prit à mon tour en songeant à la peur que les exorcistes avaient inoculée en elle. Avant toute cette histoire, jamais elle n'aurait cherché ma protection face à une inconnue.

La vieille dame s'approcha d'elle, s'agenouilla pour se mettre à sa hauteur et prit doucement les mains de ma petite sœur dans les siennes. Elle les pressa contre son front. Maelys lui jeta un regard intrigué mais ne tenta pas de se soustraire à son étreinte, jugeant probablement qu'elle ne craignait rien d'une personne aussi âgée.

– Merci, Mains noires, souffla Nelyce. Merci pour tout.

– De quoi ? fit Maelys, interloquée.

– Tu as sauvé mon bien-aimé, Shelezaros. Demande-moi ce que tu veux, tu l'auras.

– Je ne le connais pas, dit Maelys en toute sincérité.

La vieille femme écarta son visage des mains noires de ma sœur et lui sourit, de ce même sourire malicieux qu'elle m'avait adressé au bord du fleuve.

– C'est le nom du nécromancien dont tu as pris la magie.

Maelys la dévisagea avec des yeux ronds. Elle eut un petit rire.

– Je veux bien te raconter ce que tu veux, mais avant, mets ces vêtements. Tu vas attraper la mort si tu restes dans ces habits mouillés, pardonne-moi l'expression. Ils vont être un peu trop grands pour toi, mais ce sera tout de même mieux que ce que tu portes maintenant.

Effectivement, un pantalon et une tunique propres pendaient sur son bras. Nous nous retournâmes pudiquement quelques instants, le temps que Maelys se change, puis Nelyce nous invita à nous installer sur des petits tabourets qui entouraient l'âtre. Le plaisir que j'éprouvais à voir Maelys dans des habits en bon état le disputait à l'envie que j'avais d'entendre ce que notre hôtesse avait à nous dire.

– Comment t'appelles-tu, jeune nécromancienne ? demanda-t-elle sitôt que nous fûmes installés.

– Maelys.

– C'est un nom très approprié, sourit Nelyce. Ta mère avait de grands projets pour toi.

– Qu'est-ce que vous voulez dire ? demandai-je précipitamment.

– Dans le langage des Nadrans, « *mae* » signifie « maître » et « *ly* » fait référence à la mort. Vous devez savoir que c'est le nom de la déesse des morts dans certaines contrées. Ton nom, petite, signifie littéralement « maîtresse de la mort ».

Je restai coi pendant de longues secondes, mes pensées tourbillonnant dans mon crâne comme un essaim de guêpes affolées.

– Mais Maman n'avait pas… Elle ne pouvait pas savoir…

Je balbutiais, incapable d'ordonner mes réflexions. Nelyce se tourna vers moi et m'examina avec intérêt.

– Tu es donc son frère ? me demanda-t-elle.

– Oui. En tout cas, nous avons la même mère.

La vieille dame me contempla un instant avec dans le regard quelque chose qui aurait pu être de la compassion.

– Installez-vous confortablement, tous les deux, finit-elle par dire avec douceur. J'ai beaucoup de choses à vous raconter.

Maelys ramena ses jambes contre sa poitrine et enserra ses genoux de ses bras, une position qu'elle prenait depuis toute petite quand je lui racontais des histoires. Pourtant, son expression était sans commune mesure avec l'impatience joyeuse qu'elle affichait normalement à ces moments-là : elle était incroyablement attentive. Quelque chose avait changé en elle.

– J'ai rencontré Shelezaros il y a bien des années, raconta Nelyce. Nous sommes tombés amoureux l'un de l'autre et il m'a très vite avoué qu'il était un nécromancien. J'ai été horrifiée au début, bien sûr, mais il semblait différent de tout ce qu'on racontait sur eux et, au final, j'ai décidé de l'épouser. Nous avons vécu ensemble, ici même, avant qu'il ne s'éteigne.

– Comment est-il mort ? demandai-je.

Elle resta silencieuse pendant quelques secondes et je crus avoir manqué de tact.

– Savez-vous d'où viennent les nécromanciens ? finit-elle par demander.

– J'ai entendu parler d'une légende, répondis-je avec circonspection en glissant un regard en coin à Maelys. Selon laquelle Ly elle-même serait descendue sur terre pour conférer son pouvoir à des humains, il y a plusieurs siècles. Mais elle ne tient pas debout.

– C'est pourtant la vérité, répliqua Nelyce avec douceur.

– Mais Maelys…

– J'y viens. Shelezaros m'a raconté tout le fil de sa longue existence. Jadis, c'était un simple fermier sans prétention. Et puis, un jour, sans qu'il sache pourquoi, il a été choisi. Une femme étrange est venue à lui et lui a donné ses pouvoirs. Elle l'a également prévenu qu'en les acceptant, il se retrouverait pris dans une guerre qui ne prendrait peut-être fin que dans plusieurs siècles, mais dont le vainqueur serait le représentant de la Mort sur terre.

Elle marqua une pause, perdue dans ses souvenirs, et j'en profitai pour jeter un coup d'œil à Maelys. Elle n'avait pas bougé, mais ses yeux étaient devenus immenses et ses lèvres s'entrouvraient comme si elle buvait avidement les paroles de la vieille femme.

– Ses pouvoirs étaient très faibles, à l'époque, reprit Nelyce. À peine pouvait-il contrôler deux cadavres en même temps. Mais, obéissant, il est parti en chasse de ses confrères et, après en avoir vaincu un, puis deux, puis quatre, il s'est rendu compte que sa magie devenait bien plus puissante. C'est alors qu'il a compris quelque chose : le but de cette guerre, ce n'était pas de tuer tous les autres nécromanciens, mais simplement de réunir tout le pouvoir de la Mort, fragmenté entre plusieurs centaines d'hommes, en une seule personne.

« Il a continué le combat deux siècles durant. Le nombre de nécromanciens vivants s'amenuisant, il devenait de plus en plus compliqué d'en dénicher. Et il a commencé à se lasser de tout cela. Quand nous nous sommes rencontrés, il aspirait à tout arrêter, à se cacher de ses confrères et à vivre avec moi pour toujours. Nous voulions des enfants, mais les nécromanciens sont infertiles. Il ne me l'a jamais vraiment dit, mais je savais qu'il prévoyait de me ramener une fois que je serai morte pour que nous puissions passer l'éternité ensemble. Mais nous avons alors découvert quelque chose qu'il ignorait : il n'avait pas le droit d'abandonner la lutte. En acceptant le pouvoir de Ly, il s'était engagé à se battre jusqu'à la fin. Nous avons vécu dix années heureuses dans cette maison. Et puis, en l'espace de quelques mois, il est tombé malade et il est mort.

Un frisson glacé me parcourut l'échine. Toujours immobile sur son tabouret, Maelys serrait ses mains noires contre ses mollets.

– Comme le voulait la tradition de ma famille, je l'ai immergé dans le fleuve en pensant qu'il avait enfin trouvé la paix qu'il cherchait depuis si longtemps. Mais j'avais oublié qu'il était porteur de la magie de Ly et qu'elle ne pouvait disparaître comme cela. Sans nécromancien pour la faire sienne et la contenir, elle a commencé à déborder de son corps, à se propager dans la forêt, à corrompre tout ce qu'elle touchait, morts comme vivants. Je venais tous les jours me recueillir à l'endroit où son corps reposait jusqu'à ce que… Eh bien, vous avez vu ce que sa magie avait fait aux animaux qui vivaient là-bas. Pourtant, ils ne m'ont jamais attaquée. Je suppose qu'une part de Shelezaros existait toujours dans sa magie.

« Une seule chose pouvait sauver la forêt et son corps de cette malédiction : un autre nécromancien en quête de sa portion de magie. Je savais que l'un d'entre eux finirait par venir, mais je ne m'attendais pas à ce que ce soit une si jeune fille.

Et elle inclina sa vieille tête en direction de Maelys en signe de respect. Cette dernière la fixa d'un regard dépourvu d'émotions.

– Je ne suis pas venue pour récupérer sa magie, répondit-elle. On m'y a forcée.

– C'est ton destin qui t'y a poussée, répondit Nelyce avec sérénité. D'une manière ou d'une autre, tu aurais été attirée par cet endroit.

– Ça me faisait très mal à la tête. J'avais envie de partir, pas d'y aller.

– Ce doit être parce que tu es jeune. Ton corps n'est pas assez fort pour supporter une telle décharge de magie. Mais maintenant que tu as fait tien le pouvoir de Shelezaros, tu te sens mieux, n'est-ce pas ?

Sans un mot, Maelys hocha la tête. Je devais reconnaître que la vieille femme avait raison. Je m'étais attendu à ce qu'il lui faille plusieurs jours pour se remettre d'une expérience aussi éprouvante, mais elle paraissait en pleine forme, les joues roses et les yeux brillants.

– Mais, intervins-je, ça n'a pas de sens. D'après cette histoire, les nécromanciens ont été tous créés en même temps, au moment où Ly est descendue sur terre. J'ai vu Maelys naître de mes propres yeux.

– Je ne vois qu'une seule explication à un tel phénomène, répondit Nelyce sans se démonter mais en me dévisageant d'un regard soudain pénétrant. Ta mère avait-elle des mains noires, mon garçon ?

La question me prit complètement au dépourvu tant elle était absurde. Maman, une nécromancienne ? C'était d'un ridicule absolu.

– Elle avait les mains brûlées, répondis-je. Elle m'a raconté qu'on lui avait fait ça pendant la guerre.

– Ah, la brûlure, commenta la vieille femme. Habile et très courageux. Shelezaros n'a jamais pu s'y résoudre, mais il y avait pensé.

– Ma mère n'était pas une nécromancienne, grondai-je.

– Voilà ma théorie, mon garçon, poursuivit-elle en ignorant la colère qui perçait dans ma voix. Quand un nécromancien abandonne la lutte, réellement, définitivement, au plus profond de son cœur, sa magie trouve un moyen de s'extirper de lui pour poursuivre la quête de Ly. Pour un homme, c'est la mort, tout simplement. Mais dans le cas d'une femme, la magie force le corps à enfanter un successeur dans lequel elle peut se transférer, un combattant frais qui hériterait de la mission de Ly et qui pourrait reprendre le flambeau, sans la lassitude d'avoir trop vécu.

Un profond silence suivit ces paroles. Maelys écarquillait les yeux en fixant la vieille femme comme si elle n'avait jamais vu quoi que ce soit ayant son pareil. Dans ma tête s'entrechoquaient tous les arguments possibles et imaginables pour réfuter cette grossière théorie, car c'était absurde, bien sûr, impossible… mais ils finissaient tous par s'écrouler d'eux-mêmes. Et, comme mon esprit commençait à accepter l'éventualité que ce soit vrai, les conséquences de cette vérité s'imposaient lentement à moi dans toute leur horreur.

– Mais vous avez dit que les nécromanciens étaient infertiles… murmurai-je.

– Ta mère n'était probablement pas ta vraie mère, répondit Nelyce d'une voix où perçait toute la compassion qu'elle éprouvait pour moi. Mais je ne doute pas qu'elle t'aimait comme son propre fils.

– Alors, ma maman était une nécromancienne ? demanda Maelys à mi-voix.

– C'est le plus probable, fit Nelyce en hochant la tête. Elle t'a transmis tous ses pouvoirs et s'en est allée.

Je comprenais que ce qui était une terrible nouvelle pour moi s'avérait être une bénédiction pour Maelys. Mais, pour la première fois de ma vie, j'étais trop enfoncé dans mon propre malheur pour songer à ses émotions.

Je me redressai avec brusquerie et sortis de la pièce en claquant la porte plus fort qu'il n'était nécessaire. J'entendis vaguement Maelys se lever de son tabouret et la vieille femme dire « non, laisse-le partir », mais j'étais déjà loin. J'avançai à grands pas dans la forêt qui avait retrouvé son état normal grâce à ma petite sœur, indifférent au chant des oiseaux et aux écureuils qui fuyaient tout autour de moi. Je n'avais pas envie de m'arrêter, comme si la vérité me poursuivait et ne pouvait pas m'atteindre tant que je resterais en mouvement.

Très vite, je me retrouvai sur les berges du fleuve. Son épuration était presque complète : ses eaux étaient redevenues bleues, presque limpides, et même s'il charriait toujours quelques troncs d'arbres tordus et un certain nombre de cadavres, il semblait que le flot d'horreurs s'était tari. Une forme sombre qui bougeait faiblement dans les vagues attira cependant mon attention et je plissai les yeux pour mieux distinguer ce dont il s'agissait. Avec un hoquet de surprise horrifiée, je reconnus Coriolis. Le corps presque intégralement immergé dans l'eau, elle ne luttait plus qu'à peine pour maintenir sa tête à l'air libre, emportée par un courant qui avait pourtant significativement faibli.

Sans réfléchir, je me jetai dans le torrent et nageai de toutes mes forces dans sa direction. Je n'avais jamais été un bon nageur, et l'expérience était devenue très étrange depuis ma mort. N'ayant pas besoin de respirer, je pouvais plonger indéfiniment, mais le réflexe d'inspirer, que j'avais perdu à l'air libre, me reprenais lorsque j'étais sous l'eau, et je devais lutter pour m'en empêcher.

Je rejoignis Coriolis en quelques instants et passai mon bras autour de sa taille. Elle se débattit faiblement mais je l'ignorai et la tirai jusque sur la berge. Crachant et hoquetant, elle s'effondra sur le sol, privée de toute force. Je me penchai sur elle pour m'assurer qu'elle arrivait à respirer quand sa main s'accrocha au col de ma tunique avec une vigueur incroyable.

– Elios, gémit-elle.

– Je ne sais pas où il est, répondis-je en essayant doucement de décrocher ses doigts.

– Il est… Il… dans l'eau…

– Quoi ?

– Il a coulé ! hoqueta-t-elle en puisant visiblement dans ses dernières forces. Sauve-le… je t'en supplie…

Interloqué, je vis sa main perdre toute force et retomber sur sa poitrine trempée. Mais l'heure n'était plus à la réflexion. Abandonnant Coriolis sur la berge, je plongeai à nouveau dans les profondeurs du fleuve.

Cette fois, je nageai jusqu'au fond, les yeux grands ouverts, cherchant désespérément la forme d'un corps humain malgré ma vision troublée. Des poissons fuyaient à mon approche et d'innombrables algues s'accrochaient à moi comme autant de mains visqueuses.

Fébrile, je décrivis un cercle au fond du fleuve, guettant, espérant… jusqu'au moment où je le vis.

Il reposait sur les galets qui tapissaient le fond du cours d'eau, ses vêtements en lambeaux flottant autour de lui comme des spectres aqueux. D'un coup de pied vigoureux, je me propulsai dans sa direction. Mes doigts se refermèrent sur son poignet et je soulevai son corps, étonnamment léger dans l'eau. Ses yeux étaient clos, aucune bulle ne s'échappait de sa bouche entrouverte. Craignant le pire, mais décidé à lutter tant que c'était possible, je le tirai à moi et nous emmenai à la surface.

Je tractai son corps inerte jusqu'à la terre ferme, non loin de Coriolis. Celle-ci, nous voyant arriver, essaya de ramper vers nous, mais elle était encore faible et elle s'affala presque immédiatement au sol. Je n'avais pas le temps de m'occuper de la sœur : allongeant Elios sur le dos, j'inspirai à fond en ignorant de mon mieux la sensation désagréable que cela me procurait et posai ma bouche sur la sienne pour lui insuffler un maximum d'air. Il n'eut aucune réaction. Éperdu, je pressai sa poitrine de mes deux mains, dans l'espoir de lui faire recracher l'eau qu'il avait avalée. Je n'avais aucune idée de ce que je devais faire, mais je ne pouvais me résigner à laisser Elios mourir sous les yeux de sa sœur. Hélas, malgré tous mes efforts, sa poitrine restait désespérément immobile, vide de tout souffle.

– Je suis désolé, finis-je par murmurer en me détournant.

Coriolis poussa un gémissement de profond désespoir et s'accrocha au poignet d'Elios pour se traîner jusqu'à lui. Sanglotant et ahanant sous l'effort, elle rampa jusqu'à sa poitrine et posa sa tête au niveau de son cœur.

– Non, non, non, répétait-elle sans cesse, comme si ses mots avaient pu par miracle faire repartir le cœur de son frère.

Je me détournai, anéanti. Il était probablement déjà mort au moment où je l'avais aperçu au fond du fleuve. Une part de moi avait envie d'aller immédiatement chercher Maelys pour qu'elle libère Coriolis de l'horrible douleur qu'elle éprouvait en cet instant, mais je savais qu'elle ne l'accepterait pas.

Pendant un long moment, on n'entendit plus que les pleurs hachés de Coriolis par-dessus le murmure du fleuve qui continuait à charrier un tronc d'arbre ou un cadavre de temps à autre. C'est alors qu'un éclat de voix retentit soudain de derrière les arbres.

– Avance, crétin !

Je reconnus immédiatement Elvert. Les sens en alerte, je cherchai à déterminer l'endroit d'où le bruit venait pour pouvoir fuir dans la direction opposée. Mais il était trop tard. Déjà, l'exorciste émergeait du couvert des arbres, traînant derrière lui un Opo en piteux état. Je n'avais nul endroit où me cacher. Je songeai à sauter dans le fleuve, mais j'avais peur de me faire emporter par le courant et de ne pas réussir à retrouver le chemin de la cabane de Nelyce. Et si ce fou furieux dénichait Maelys en mon absence ?

– Dépêche-toi ! beugla à nouveau Elvert à l'adresse d'Opo qui trébuchait sans cesse, visiblement très mal en point. Nous n'avons pas le temps de…

Sa phrase s'interrompit au moment où ses yeux se posèrent sur moi et sur Coriolis qui pleurait toujours sur son frère. Son visage prit une expression mauvaise.

– Tiens tiens…

Je jetai des regards frénétiques sur le sol à la recherche d'une arme et finis par m'emparer d'un bâton brisé, arraché au fleuve. Elvert s'esclaffa.

– Tu penses me tenir tête avec ton misérable bout de bois, le cadavre ? Je vais t'apprendre comment se bat un vrai humain.

Et, repoussant Opo en arrière comme s'il s'était agi d'un sac de pommes de terre, il dégaina sa longue épée.

– Coriolis ! appela-t-il. Attrape-le !

Mais sa consœur resta sourde à son appel, le visage résolument tourné vers le cadavre de son frère, dont elle caressait à présent la joue avec un abandon total. Le sourire satisfait d'Elvert se tordit en une grimace de rage.

– Très bien, traîtresse. Je vais le faire moi-même.

Et il se précipita dans ma direction. Pris de court, je fis un pas en arrière et levai mon bâton pour protéger ma tête. Ce réflexe sauva ce qu'il me restait de vie : l'épée d'Elvert s'abattit violemment sur mon arme improvisée et la brisa en deux morceaux, mais l'impact avait été suffisamment atténué et la pointe de la lame mordit simplement mon épaule au lieu de me fracasser le crâne. Je titubai sous la force du choc et ne pus que contempler, impuissant, l'épée qui fondait à nouveau sur moi…

– Argh !

Elvert trébucha en arrière et son arme me manqua de peu. Estomaqué, je compris que Coriolis s'était détachée de son marasme le temps de se retourner et de fouetter de ses jambes l'arrière des genoux de son camarade. Furieux, Elvert reprit rapidement son équilibre et la surplomba de toute sa hauteur.

– Tu n'es qu'une putain à cadavres ! hurla-t-il. Va rejoindre ton frère !

Il lui balança un violent coup de pied dans le ventre, puis un autre. Sous la force du choc, les poignards de Coriolis s'envolèrent et retombèrent sur le sol. Avant qu'il ne puisse en donner un troisième, je bondis en avant et heurtai son dos de toutes mes forces. Nous nous écroulâmes tous les deux au sol. Il poussa un hurlement de rage, la main toujours serrée sur son épée, et me donna un coup d'épaule qui me repoussa sans mal en arrière.

– Qotah ! cria soudain une petite voix.

J'eus le temps d'apercevoir Maelys au loin et son visage horrifié, avant de reculer précipitamment pour éviter à nouveau la lame qui mordit cette fois profondément dans mon pied. Elvert paraissait exulter.

– Je vais te découper en morceaux, cadavre, me cria-t-il, le regard fou. Après ça, je m'occuperai de ton abomination de sœur. Disparais !

Un cadavre humain trempé rampa hors du fleuve et essaya d'attraper la cheville d'Elvert d'une main malhabile. Il la trancha sans aucun mal et partit d'un puissant éclat de rire.

– C'est tout ce que tu sais faire ?

Un autre s'approcha de lui et se retrouva décapité sans mal. Le regard fixé sur moi, Elvert semblait prendre beaucoup de plaisir à contrer les attaques maladroites de ma petite sœur.

– Et maintenant… commença-t-il.

Il s'interrompit net et se retourna lentement. Opo se trouvait à côté de lui, l'air horrifié, ses mains ensanglantées pendant de part et d'autre de son corps. Comme Elvert se détournait, l'air incrédule, je constatai qu'un des poignards de Coriolis était enfoncé dans le dos du soldat.

– Ce n'est pas… balbutia-t-il.

Il porta vaguement la main à son dos, peut-être pour essayer de retirer le poignard ou pour le tâter et s'assurer qu'il était bien réel. Puis, sans prévenir, ses yeux se révulsèrent et il tomba en avant.

Le destin

À l'instant où je vis le corps d'Elvert tomber, je me précipitai en avant, relâchant mon contrôle sur les rares cadavres que j'avais réussi à extirper du fleuve, et me jetai dans les bras de Qotah qui s'était relevé avec lenteur. Il me serra très fort contre lui avant de me relâcher et de se pencher pour prendre le pouls du soldat.

Opo était planté comme un poteau à côté du corps qu'il avait poignardé, l'air hébété, la main rouge de sang.

– Je… balbutia-t-il en voyant que je le dévisageais. Je ne voulais…

– Il est mort, l'interrompit Qotah en se relevant.

Opo sursauta et entoura sa poitrine avec ses bras, comme pour se protéger de la réalité.

– Il allait… il voulait…

Qotah posa sa main sur son épaule et le garçon s'interrompit aussi sûrement que si on lui avait bâillonné la bouche.

– Tu as fait ce qu'il fallait, lui dit mon frère avec douceur. Tu nous as sauvés.

La bouche entrouverte, les yeux écarquillés, Opo fixait Qotah comme si de l'eau pure coulait de sa bouche. Puis, à ma grande surprise, il se tourna vers moi et me lança un regard plein de supplication. Je fis un pas en arrière, prise au dépourvu par ses grands yeux bleus qui demandaient pardon.

– Euh… oui, Qotah a raison, improvisai-je. Cet homme, il allait le faire partir, et tu l'en as empêché. Merci beaucoup.

À ces mots, un torrent de larmes inonda son visage rebondi, comme si mes paroles avaient rompu la dernière digue qui les maintenait contenues. Horriblement gênée, je jetai des regards tout autour de moi dans l'espoir de trouver quelque chose qui pourrait me sortir de cette situation.

Mon regard tomba sur Coriolis, prostrée au sol, le visage tordu de souffrance. Une de ses mains était crispée sur son ventre, l'autre se tendait en direction d'Elios. Je compris tout de suite qu'il était mort. J'aurais dû me réjouir, mais il m'était impossible d'éprouver la moindre satisfaction en regardant le visage baigné de larmes de Coriolis.

Il me serait si facile de… Je rassemblai mon pouvoir, résignée à ramener un ennemi pour faire une bonne action. La main de Qotah se posa alors sur mon épaule, ferme et autoritaire.

– Ne fais pas ça, murmura-t-il.

– Mais je peux le ramener, et elle…

– Ce sera à Coriolis d'en décider. Mais je pense qu'Elios ne le voudrait pas.

Je ne comprenais pas. Pourquoi ne voudrait-elle pas que son frère soit vivant au lieu de mort ? Ça n'avait pas de sens.

– Rentrons à la cabane, reprit Qotah, il faut que je m'occupe de Coriolis. Elle doit être gravement blessée.

– Quoi ? m'exclamai-je indignée. Mais c'est une…

– Elle m'a sauvé la vie, Maelys, me coupa Qotah de sa voix la plus ferme. Et je crois qu'elle ne peut rien faire contre nous actuellement.

– Je… D'accord, allons-y.

Il m'adressa un regard qui était un remerciement et, prenant l'exorciste dans ses bras, il prit le chemin de la cabane. Opo et moi lui emboîtâmes mécaniquement le pas. Nelyce nous attendait, à mi-chemin entre la forêt et la berge du fleuve où s'était déroulée la bataille. Ses vieilles jambes n'avaient pas réussi à la porter suffisamment vite pour me suivre lorsque nous étions sorties de chez elle après avoir entendu les cris.

– Mes enfants, fit-elle d'une voix chevrotante quand nous arrivâmes à ses côtés. Venez, suivez-moi. Quelle horreur, vraiment, de vous faire subir ça, quelle terrible personne !

Et elle nous mena chez elle de son petit pas lent. Une fois à l'intérieur de la cabane, Qotah allongea Coriolis sur le tapis près du feu et, penché sur elle, entreprit d'examiner son corps à la recherche de blessures. La jalousie m'aiguillonnait comme une piqûre de guêpe. J'aurais voulu qu'il s'occupe de moi en priorité – n'avais-je pas vécu une expérience terriblement éprouvante, moi aussi ?

Nelyce se rendit également au chevet de l'exorciste, les bras chargés de linges et de plantes, nous laissant seuls, Opo et moi, debout au milieu de la pièce. Je pris alors conscience que le jeune garçon me fixait d'un air impressionné.

– Alors, tu es une nécromancienne ? souffla-t-il, les yeux écarquillés.

– Oui, marmonnai-je.

– Je… je suis désolée pour ce que j'ai dit sur les nécromanciens, l'autre jour. Toi, tu n'es pas comme ça.

– Oh, répondis-je, prise au dépourvu. Non, ce n'est pas grave. Certaines personnes sont vraiment horribles, alors je suppose qu'il y a des nécromanciens qui le sont aussi.

– Oui…

Le regard d'Opo s'assombrit. Je compris qu'il revivait le calvaire que nous avions subi aux mains des exorcistes.

– Comment tu es devenue nécromancienne ? demanda-t-il au bout d'un moment.

– C'est ma maman qu'il me l'a transmis, répondis-je fièrement en repensant à ce qu'avait dit Nelyce.

– Wahou… la mienne m'a juste transmis ses cheveux roux.

– C'est joli.

– Je sais pas… En tout cas, ça lui allait drôlement bien à elle.

– Elle est morte ?

– Oui. Avec mon papa. J'aimerais vraiment les revoir.

– Tu pourrais.

Opo me fixa de ses grands yeux bleus, sans surprise mais plutôt comme s'il réfléchissait intensément.

– C'est ce que la Lyberté m'a promis. Qu'une fois que nous aurons trouvé le Bienfaisant, il me rendrait mes parents. J'étais vraiment heureux. J'ai fait tout ce qu'on me demandait pour les aider à le trouver mais, pour l'instant, je n'ai pas réussi.

– Tu m'as trouvée, moi.

– C'est vrai que tu es une sorte de Bienfaisante, fit Opo en hochant la tête. Tu penses que tu pourrais les ramener ?

– Je pourrais essayer. Tu sais où ils sont ?

– Leurs corps ont été brûlés, mais j'ai gardé leurs cendres.

J'écarquillais les yeux.

– Mais pourquoi ?

– C'est comme ça qu'on fait, en ville. Pour que les nécromanciens ne puissent pas ranimer des cadavres, on brûle tous les gens qui meurent. C'est une tradition très ancienne.

Je me souvins alors de l'impression que m'avait laissée Elunart, une ville pleine de gens et pourtant étrangement silencieuse pour ma magie. Cela s'expliquait à présent.

– Mais comment les ramener s'ils n'ont pas de corps ?

– Je ne sais pas, soupira Opo. Mais on m'a toujours dit que le Bienfaisant en était capable, que la mort n'avait pas de limite pour lui.

Je réfléchis quelques instants. Durant notre périple, j'avais à plusieurs reprises entendu parler de l'âme. Peut-être étais-je effectivement capable d'interagir avec elle ?

– Où sont les cendres ? demandai-je, un peu fébrile.

– À Caffith, dans ma chambre.

– C'est loin…

Devant le feu, Qotah se redressa soudain et vint nous rejoindre, le visage sinistre.

– Alors ? demandai-je un peu à contrecœur.

– Elle s'en sortira, répondit-il sombrement, mais elle ne va pas bien.

Je brûlais d'envie de lui dire que moi non plus, je n'allais pas bien et que j'avais plus besoin de lui qu'elle, mais je me rendis compte que c'était faux : jamais de ma vie je ne m'étais sentie aussi bien, pleine d'énergie, confiante en moi. Ça n'empêchait pas la jalousie de me brûler et je lui jetai un regard appuyé et maussade qu'il ignora complètement.

– Et toi, Opo, comment te sens-tu ?

– Beaucoup mieux maintenant, répondit timidement le jeune garçon, apparemment impressionné. Merci de m'avoir sauvé.

– C'est toi qui nous as sauvés.

Le visage d'Opo s'illumina de fierté. Qotah se tourna de nouveau vers moi.

– Il faut qu'on parle, Maelys, dit-il gravement.

– De quoi ?

– De ce que nous avons appris.

Je gardais un silence prudent. Je n'avais pas vraiment eu le temps de beaucoup réfléchir à ce que nous avait raconté Nelyce, mais j'avais vu l'effet que ses paroles avaient eu sur Qotah. J'observai son visage plein de terre et affreusement balafré, sa gorge à moitié arrachée béant à l'air libre, son air hanté, et je sus que je ne voulais rien moins sur cette terre que le rendre plus mal qu'il n'était déjà.

– Si ce que nous a dit Nelyce est vrai… il y a plusieurs choses qu'il nous faut éclaircir. Comment te sens-tu, déjà ?

– Vraiment bien, répondis-je en toute franchise.

– Est-ce que tu as l'impression que tes pouvoirs sont plus puissants ?

– Oui.

Et c'était vrai. Tirer des cadavres m'avait toujours semblé aussi simple que de lever les bras, mais à présent, j'avais l'impression de pouvoir ramener une armée de géants sans fatiguer le moins du monde.

– J'ai réfléchi, reprit-il avec lenteur, et… je pense que maman était une nécromancienne.

– Vraiment ? demandai-je un peu trop vite.

– Quand elle est tombée enceinte de toi… elle n'avait pas vu d'homme. Et même si elle était heureuse au début, à la fin elle me demandait pardon sans cesse. Elle savait ce qu'il allait se passer.

J'ignorais qu'il y avait besoin d'un homme pour faire un enfant, mais je m'abstins de poser la moindre question. J'étais trop heureuse qu'il valide l'hypothèse, trop heureuse de me dire que ma mère avait été une grande nécromancienne et qu'elle m'avait transmis tous ses pouvoirs. J'avais le sentiment qu'elle vivait encore un peu en moi, et cela me procurait un réconfort indicible, de savoir que nous partagions enfin quelque chose.

Qotah semblait lutter pour conserver un visage impassible. Je m'empressai de changer de sujet de conversation :

– Est-ce que tu crois que je devrais attaquer d'autres nécromanciens ?

– Non ! s'exclama-t-il d'une voix féroce.

– Mais la dame, Nelyce, elle a dit que ceux qui ne le faisaient pas tombaient malades…

– Tu n'as jamais été malade en onze ans d'existence et tu n'as jamais participé à cette guerre stupide, que je sache !

– Mon Shelezaros a mis plus de dix ans à mourir de ce mal, intervint Nelyce d'une voix douce.

Je me tournai vers la vieille dame. Penchée sur Coriolis, elle essayait de lui donner à boire malgré ses lèvres étroitement serrées, mais ses yeux étaient fixés sur moi, pleins de compassion.

– Je crains bien que la maladie ne finisse effectivement par vous toucher si vous continuez à fuir. Peut-être aussi que la magie de la mort considère que vous étiez trop jeune jusqu'alors pour prendre part au combat. Mais à présent que vous avez absorbé le pouvoir d'un de vos confrères, votre combat a déjà commencé, et votre destin est scellé.

– Je refuse ! s'exclama Qotah.

Il était furieux, je le voyais bien, mais ce n'était pas la colère qui le faisait trembler de la sorte. Quant à moi, j'aurais dû me sentir terrifiée ou désespérée mais ce n'était pas le cas : quelque chose s'était allumé en moi en entendant les dernières paroles de Nelyce, un feu féroce qui embrasait chaque partie de mon corps. C'était la vérité.

– Si, dis-je à voix basse. Elle a raison.

Qotah se tourna brusquement vers moi, incrédule.

– Qu'est-ce que tu racontes ? Tu n'es pas définie par cette stupide magie, Maelys, tu…

– C'est ce que je suis, et c'est ce que je dois faire, l'interrompis-je.

Je soutins son regard, refusant de perdre pied. Tout ce qu'il entreprenait n'avait d'autre but que mon bien-être, je le savais, mais je prenais conscience pour la première fois que même mon grand frère pouvait se tromper à mon sujet.

– De toute façon, repris-je avec véhémence, si je ne prends pas part à cette guerre, alors qu'est-ce que je vais devenir ? Une proie pour eux, pour le reste de ma vie ? Même en imaginant que je ne meure pas dans quelques années, à quoi bon ? Je ne veux pas fuir ! Je veux les combattre !

– Et dans ce cas, en quoi seras-tu différente d'eux ?

Je tressaillis. C'était Coriolis qui avait prononcé ces derniers mots, d'une voix si faible qu'elle en était presque inaudible. Les paupières enfin descellées, les yeux rouges et enfoncés dans leurs orbites, elle braquait sur moi un regard pénétrant. Prise de court, je restai coite, incapable de savoir quoi répondre.

– Pendant tout le temps que vous avez passé en captivité, reprit-elle de sa voix toujours altérée, ton frère n'a pas arrêté de me répéter que ce que nous faisions était mal et inutile, que tu n'avais rien à voir avec les autres nécromanciens et que jamais tu ne t'abaisserais au même niveau qu'eux. Avait-il tort ?

– Mais je… balbutiai-je, à la fois outrée et déstabilisée. Ce n'est pas pareil ! Je ne ferai pas de mal aux gens !

– Tu leur feras du mal à eux, si tu dois les tuer pour récupérer leur pouvoir.

– Mais sinon, c'est eux qui m'attaqueront !

– Et peux-tu être sûre que dans ta guerre, tu ne mettras jamais aucun innocent en danger, que jamais personne n'aura à pâtir de ta folle croisade ? Ta croisade égoïste, car tu le feras pour toi et pour personne d'autre…

– C'est faux ! s'exclama soudain Opo, faisant sursauter tout le monde. Maelys fait du bien pour les gens ! Elle a libéré la forêt de la malédiction ! Elle fera revenir mes parents ! Elle est la Bienfaisante, et vous ne pouvez pas la comparer à tous ces horribles nécromanciens !

Je dévisageai Opo avec stupéfaction, le cœur débordant de gratitude. Ses joues rondes étaient crispées de colère et il fusillait Coriolis du regard avec ses yeux bleus d'ahuri.

– Si elle peut récupérer toute cette magie pour faire le bien, ajouta-t-il avec véhémence, alors il n'y aura plus jamais de mauvais nécromanciens.

– Mais les gens détenteurs de cette magie sont-ils seulement capables de faire le bien ? demanda Coriolis d'une voix lasse sans se démonter. Comment le pourraient-ils avec le pouvoir de la Mort et un destin qui les pousse à s'entretuer ?

– Je n'ai jamais demandé à avoir ça, répondis-je d'une petite voix.

Tout le feu ardent de la vérité s'était envolé loin de moi, ne me laissant qu'une étouffante boule au fond de la gorge.

– Eux, ils l'ont accepté, ajoutai-je, mais moi, je n'ai pas eu le choix alors… je devrais les laisser me tuer ?

Cette fois, Coriolis ne répondit pas tout de suite. Elle paraissait tellement malheureuse, allongée sur son tapis avec ses vêtements crottés et ses yeux bouffis, que je sentis mon cœur se serrer malgré moi.

– Je ne dis pas ce que tu dois faire, finit-elle par répondre à mi-voix. Mais si tu te lances dans cette voie, prends garde à ne pas devenir ce que tu combats. Et sache que les exorcistes essaieront de t'arrêter.

– Les exorcistes essayaient déjà de l'arrêter alors qu'elle n'avait rien fait, intervint Qotah avec sécheresse.

Il voulut ajouter quelque chose, mais elle haussa les épaules et se retourna pour nous présenter son dos. Je compris que tout cela ne la concernait plus, que son avertissement était parfaitement désintéressé. Je m'en sentis plus ébranlée que si elle m'avait hurlé dessus.

Qotah s'avança vers moi et me prit la main.

– Je désapprouve complètement cette idée, Maelys. De toute façon, comment ferions-nous ? Nous ne savons ni combien de nécromanciens il reste ni où ils sont.

– Shelezaros avait une liste des nécromanciens toujours vivants, intervint Nelyce. Il avait accompli beaucoup pour être sûr de sa validité. Si vous voulez, je peux vous la donner telle qu'elle était il y a dix ans.

– Dites-nous, réclamai-je fébrilement.

– À l'heure de sa mort et pour autant que nous le sachions, il restait Octorinambus le Fou, Gaïanella, Saeli, San Ner et Shelezaros lui-même.

Le visage de Qotah se ferma.

– Ma mère se faisait parfois appeler Saeli, dit-il à voix basse, comme s'il aurait préféré ne jamais avoir à prononcer ces mots.

– C'est bien elle, alors ! m'exclamai-je avec ferveur, trop excitée pour prendre ses émotions en compte.

– Au moins, nous en avons la confirmation, répondit Nelyce avec douceur.

– Et San Ner, fis-je en fronçant les sourcils, j'en ai déjà entendu parler. C'était dans une histoire de Luzelle, et il était mort.

– Si ce que vous dites est vrai, reprit Nelyce, ça signifie qu'il ne reste plus que trois nécromanciens vivants. Dont Maelys, qui a hérité des pouvoirs de Sacli.

– Trois ! s'exclama Qotah, médusé. Ce n'est pas possible !

– Cela fait des siècles qu'ils s'écharpent entre eux et que les humains brûlent ceux qui restent. Les exorcistes ont dû en attraper beaucoup aussi.

Je sentais l'excitation s'emparer chaque seconde davantage de moi.

– S'il n'en reste que deux, alors ce sera facile, il suffira de…

– Maelys, m'interrompit Qotah, les nécromanciens survivants ont plusieurs siècles d'existence, ils ont eu largement le temps de s'approprier leurs pouvoirs et de se construire une armée. Comment comptes-tu les battre ?

– Je suis forte ! Je me ferai une armée !

– Nous pouvons aller voir la Lyberté, dit Opo avec un grand sourire. Je suis sûr que Maelys est la Bienfaisante, alors ils l'aideront !

Je vis Qotah lever les yeux au ciel, profondément exaspéré par la candeur du jeune garçon, mais mon imagination s'enflammait déjà. Une secte qui me vénérerait ? Qui viendrait me demander de l'aide pour ramener leurs morts ? Je pourrais rendre tout le monde heureux et utiliser mes pouvoirs librement… Mon visage se fendit d'un large sourire et je l'offris à Opo, dont les joues se couvrirent de rouge.

– Nous devons faire ça ! Je suis sûre qu'ils sont très gentils.

Qotah fit une grimace éloquente et ouvrit la bouche pour protester, mais je ne l'écoutais déjà plus. Il pouvait dire ce qu'il voulait, au fond de moi, je savais que c'était ça le droit chemin, le seul qui me conviendrait.

J'allais éliminer les derniers nécromanciens, aspirer leur pouvoir pour qu'ils ne fassent plus jamais de mal à quiconque et je deviendrais la reine de la Mort, la Bienfaisante, vénérée et aimée de tous. C'était ma destinée. Et je ne laisserais rien se mettre en travers de ma route.

Les blessures invisibles

– C'est vraiment bizarre.

– Arrête de parler. Je ne voudrais pas te crever un œil.

Je me tus immédiatement. La mise en garde était d'autant plus impactante que la personne qui venait de la prononcer, Coriolis, brandissait une aiguille à quelques millimètres de ma paupière gauche.

– Bon, j'y vais. Essaie de rester parfaitement immobile.

Elle enfonça l'aiguille dans la peau de mon front, d'un geste sec et précis. Une fois de plus, je ne ressentis aucune douleur mais simplement cette étrange démangeaison à laquelle j'avais fini par m'habituer. Pour m'éviter de loucher sur les mains de Coriolis et leur macabre ouvrage, je fixai mon regard sur son visage. Les sourcils froncés, elle concentrait toute son attention sur l'aiguille et le fil qu'elle tenait de son autre main. Je remarquai qu'elle tirait la langue dans sa concentration et dus m'empêcher de sourire. Un tel tic ne lui ressemblait pas du tout.

Avec des gestes vifs, elle entreprit de recoudre la large balafre qui traversait mon visage. En attendant qu'elle ait fini, très très prudemment, je tâtais la blessure qui béait autrefois sur ma gorge. Les chairs s'étaient avérées trop déchiquetées pour qu'il soit possible de les recoudre proprement, mais Coriolis s'y était malgré tout attelée avec détermination et le résultat était beaucoup moins répugnant qu'avant. Nelyce m'avait charitablement donné une vieille écharpe bleue qui sentait la poussière et la moisissure mais qui permettait de dissimuler la blessure ainsi rafistolée. Il ne restait plus que cette horrible estafilade qui me séparait le visage en deux. J'avais refusé catégoriquement de me regarder dans un miroir tant que la plaie ne serait pas refermée, trop angoissé à l'idée de ce que j'allais y trouver. Me savoir défiguré était déjà bien assez dur à supporter.

– Et voilà, c'est fini !

Coriolis se recula pour admirer son ouvrage avec une satisfaction évidente. Je levai timidement la main pour tâter mon nez et ma bouche. Les lèvres de la plaie avaient bien été refermées mais l'incision était malgré tout bosselée. Ce fut avec beaucoup d'inquiétude que je pris le miroir que Coriolis me tendait pour m'observer dedans.

Mon double me rendit mon regard et je dus fournir un effort pour m'empêcher d'avoir un mouvement de recul. Je n'avais jamais accordé beaucoup d'importance à mon apparence, mais c'était un choc de voir mon visage aussi abîmé. Les bords de la balafre refermée étaient tout boursouflés, et le fil noir utilisé pour la recoudre ressortait vivement sur le blanc de ma peau. En plus de ça, trois minuscules plaies s'ouvraient sur ma joue, mon menton et ma tempe, des blessures qui auraient été insignifiantes si mon corps avait été capable de les soigner. Pour ne rien arranger, mon nez cassé par Elios était tordu d'une étrange façon.

Je devais avoir l'air sombre, car Coriolis posa sa main sur mon bras.

– C'est mieux qu'avant, crois-moi. Et le principal, c'est que tu puisses passer pour un vivant.

– Tu penses que les gens se laisseront prendre ?

– Il y a beaucoup de blessés dans les villes ou les campagnes. Invente-toi une histoire de guerre ou de sauvetage héroïque, quelque chose qui te mettra en valeur. Ça t'aidera peut-être à séduire quelques paysannes.

Je ne pus m'empêcher de sourire, et je sentis le mouvement de ma peau tendre les fils.

– Je ne suis pas sûr que les femmes apprécient les non-morts de manière générale.

– Tu serais surpris par ce que les femmes aiment parfois.

– Je n'en doute pas. Merci, Coriolis.

Elle haussa les épaules, l'air de dire que ce n'était rien. J'étais heureux de la voir debout, souriante et capable d'humour. Ces derniers jours, il aurait été malaisé de dire qui était le plus non-mort entre elle et moi. Mais elle semblait avoir repris un peu du poil de la bête. Je savais qu'Elios était toujours là, quelque part – je le voyais au fond de ses yeux lorsqu'elle regardait dans le vide – mais je prenais bien soin de ne jamais parler de quoi que ce soit qui pourrait le lui rappeler. Pourtant, cette fois, j'avais besoin d'une information importante.

– J'ai une question à te poser.

– Dis-moi.

– C'est à propos des exorcistes.

Elle resta silencieuse, mais je la sentis se refermer, comme un animal qui aurait commencé à se tapir dans l'ombre en prévision d'un danger imminent.

– Vous aviez besoin de Maelys pour faire disparaître la corruption de la forêt, poursuivis-je prudemment, et je comprends pourquoi maintenant, puisque seul un nécromancien peut agir sur la magie d'un autre. Mais qu'auriez-vous fait d'elle après ? Vous ne pouviez pas la tuer puisque cela reviendrait à créer une autre corruption, et je doute que vous comptiez la laisser partir. De manière générale, vous ne pouvez pas tuer les nécromanciens que vous chassez. Donc, qu'en faites-vous ?

Je m'attendais à ce qu'elle refuse de répondre, aussi ne fus-je pas surpris lorsqu'elle se détourna sans un mot pour regarder par la fenêtre de la cabane. Elle observa pendant quelques instants Maelys et Opo qui jouaient avec des cadavres dehors – l'un d'entre eux paraissait être un nécromancien maléfique et Opo brandissait une sorte de grand bâton devant lui.

– Shoms a un moyen de gérer les nécromanciens, finit-elle par répondre sans me regarder.

– Lequel ?

– Je l'ignore, seul le chef des exorcistes le connaît. Quand nous capturons un nécromancien, en temps normal, nous l'amenons à notre quartier général, à Caffith. Là, Shoms le confie à sa garde personnelle et il disparaît. On ne les voit jamais plus. J'ai toujours supposé qu'il s'agissait d'une magie secrète qui permettait de confiner les pouvoirs d'un nécromancien.

– Vous faites beaucoup confiance à quelqu'un qui ne vous montre pas son visage et qui ne vous dit pas ce qu'il fait de vos captures, fis-je remarquer, un peu contrarié.

– Shoms nous est parfaitement loyal, répondit calmement Coriolis. Il n'a qu'un seul objectif, c'est d'éradiquer les nécromanciens de ce monde, j'en suis persuadée. Je me moque de ses méthodes, tant qu'elles fonctionnent.

– Alors, tu vas les retrouver ?

Un grand silence suivit ma question. Je savais que je n'aurais pas dû la poser, mais c'était plus fort que moi. Je m'étais pris d'une étrange affection pour elle et j'avais envie qu'elle me dise que non, que tout ça était derrière elle à présent, qu'elle ne cautionnait plus les agissements des exorcistes. J'avais envie qu'elle soit de notre côté, même si je me doutais que cela ne serait probablement jamais le cas.

– Je ne suis pas sûre d'avoir le cœur à ça pour l'instant, finit-elle par dire à voix basse.

Ce fut à mon tour de poser une main sur son épaule. Je n'avais rien d'autre à lui offrir comme réconfort, et je me maudissais d'avoir égoïstement amené le sujet sur le tapis.

– Tu sais, dis-je avec hésitation, je n'approuve pas les idioties de Maelys et d'Opo selon lesquelles ma sœur doit devenir la Bienfaisante et éradiquer les nécromanciens mais… et si elle le faisait ? Ne serait-ce pas une manière de terminer votre travail ?

– Si elle reste bonne et pure, peut-être que oui. Mais tu sais ce que j'en pense ; sa magie finira par la corrompre. Elle a déjà commencé.

– C'est faux ! protestai-je en retirant ma main de son épaule.

– Tu es son frère et aveuglé par ton affection. Comment pourrais-tu t'en rendre compte ?

– C'est toi qui ne vois que ce que tu veux voir ! Maelys est une petite fille, elle a des rêves de grandeur et elle veut être acceptée. Est-ce que c'est si terrible de sa part ?

– Je n'ai pas envie de me disputer avec toi, fit Coriolis avec lassitude. Si tu n'es pas capable d'entendre une réponse à tes questions, alors n'en pose pas.

Je serrai les dents pour m'empêcher de répondre. Comme on pouvait s'y attendre, ce point restait très sensible entre nous deux, malgré les nombreuses discussions que nous avions eues à ce sujet.

– Nelyce ne va pas tarder à nous appeler pour le dîner, reprit-elle en s'éloignant de la fenêtre. Tu devrais aller chercher les enfants.

Et elle s'éclipsa dans la pièce d'à côté. Je gardai le regard fixé sur la porte qu'elle venait de claquer, à la fois triste et agacé, et finis par me saisir du petit miroir pour jeter un nouveau regard à mon visage. Avec un profond soupir, je le reposai et sortis à mon tour.

Dehors, l'air sentait la chair pourrie et la moisissure. J'eus un moment de pure terreur : debout devant six squelettes qui le menaçaient de leurs doigts osseux, Opo agitait l'épée d'Elvert beaucoup trop grande pour lui en poussant des cris de guerre de sa voix flûtée.

– Arrière, monstres ! Vous n'aurez jamais la Bienfaisante !

Derrière lui, Maelys riait en remuant ses mains noires et je compris alors avec soulagement qu'elle contrôlait tous les squelettes et qu'il ne s'agissait que des ennemis imaginaires de leur jeu. Dans un mouvement d'une extrême maladresse, Opo se jeta en avant et donna de grands coups malhabiles aux squelettes qui s'écroulèrent tous, même ceux qu'il n'avait pas touchés. Essuyant la sueur qui coulait sur son front, il se retourna vers Maelys.

– Où est-il ? demanda-t-il fébrilement. Où est le nécromancien ?

– Là-bas ! s'exclama-t-elle en montrant du doigt un homme à moitié putréfié et couvert de haillons.

Opo eut un tressaillement en voyant son nouvel adversaire, pas aussi habitué que sa comparse à voir des cadavres en décomposition. Mais il resserra sa poigne sur son épée et partit bravement à l'assaut du présumé nécromancien qu'il vainquit en un coup.

– Nous avons réussi ! Nous avons battu tous les nécromanciens !

– On a gagné !

Et ils entamèrent une sorte de danse de la joie au milieu de tous les cadavres. J'observai cet étrange spectacle avec attendrissement. J'avais rarement vu Maelys jouer avec des enfants de son âge, et c'étaient souvent des garnements qui la faisaient tourner en bourrique. Opo avait beau être plus âgé qu'elle et un peu bizarre, c'était un bon garçon qui acceptait sa différence, et je n'imaginais pas meilleure amitié pour elle. Et puis, elle devait rayonner de pouvoir librement se servir de sa magie pour nourrir leur imagination. Son regard finit par croiser le mien et elle m'adressa un sourire radieux.

– Qotah ! Viens voir ce qu'on a trouvé !

Je m'approchai de leur zone de jeu et remarquai, posé à côté du faux nécromancien, un gros sac en toile qui paraissait rempli d'objets.

– C'est notre trésor, m'expliqua fièrement Maelys.

– Je peux admirer ? demandai-je avec amusement.

– Oui !

Je me penchai pour ouvrir le sac et me figeai sur place. Une cascade d'or se déversa sur mes genoux, accompagnée de divers objets et de…

– Le grimoire ! m'exclamai-je en m'en saisissant.

– C'est tout ce qu'on a trouvé dans les affaires d'Elvert, dit Opo. Quand le mur s'est écroulé dans le fleuve, on a tous été séparés. Il a récupéré tout ce qu'il pouvait dans les affaires des exorcistes avant de s'enfuir en m'emportant avec lui.

Je n'avais jamais vu autant de richesses de toute ma vie – ou de ma mort. J'étais persuadé que n'importe lequel des objets valait bien plus que tout ce qu'on pouvait trouver à Joname. Je tâtai le gros livre avec précaution ; il paraissait intact.

– Avec tout ça, murmurai-je, nous pourrions…

– À table ! retentit la voix chevrotante de Nelyce.

Je m'arrachai à mes rêveries et refermai le sac d'un geste brusque.

– Je vais me charger du trésor, d'accord ?

– D'accord, acquiesça docilement Opo.

– Non, c'est le nôtre ! protesta Maelys en fronçant les sourcils.

– Dans ce cas, je serai le trésorier de la Bienfaisance, improvisai-je. Je m'assurerai que ses trésors de guerre soient bien protégés.

– Dans ce cas, ça va, sourit-elle.

– Allez, venez, il faut avoir le ventre bien plein pour chasser des nécromanciens.

Nous nous retrouvâmes attablés avec Nelyce et Coriolis devant la cabane. L'intérieur n'était pas assez grand pour accueillir confortablement autant de monde, et l'air était doux, aussi prenions-nous nos repas dehors – même si, pour ma part, je me contentais de les regarder manger. J'étais inquiet à l'idée qu'une surcharge d'invités ne fatigue grandement la pauvre Nelyce qui n'avait rien demandé mais, au contraire, notre compagnie semblait la revigorer et elle mettait un point d'honneur à nous nourrir au mieux.

– Je vous ai fait le lapin que Qotah a ramené ce matin ! claironna-t-elle en nous présentant un grand plat de viande.

– Merci, Qotah, merci, Nelyce, dit poliment Opo tandis que Maelys se jetait voracement sur la nourriture.

J'eus une grimace coupable en songeant à la mauvaise éducation que je lui avais donnée, et j'entendis Coriolis pouffer à côté de moi. Content qu'elle ait décidé de ne pas donner suite à notre dispute, je profitai de ce que tout le monde fut concentré sur son assiette pour poser le sac sur mes genoux.

– Regardez ce qu'Opo et Maelys ont trouvé.

Et j'exhibai le sac avec une certaine appréhension à l'encontre de Coriolis. Elle fronça les sourcils, et Nelyce siffla d'admiration.

– Beau butin, commenta la vieille dame qui mâchonnait son lapin avec les dents qui lui restaient. Mon Shelezaros en avait un aussi, mais il n'était pas aussi fourni que ça. Ça n'a jamais vraiment été un collectionneur.

– Où est-ce que vous avez trouvé ça ? demanda Coriolis.

– Elvert l'a emmené avec lui en quittant les lieux.

– C'est le sac que nous avons trouvé au village des Non-Morts. Très certainement le butin du nécromancien qui vivait là-bas. Il doit être très puissant, car il y a des artefacts rares là-dedans. Enfin, je n'ai pas vraiment eu l'occasion de fouiller dedans, c'était Shoms qui le gardait. Tiens, ça, par exemple, je ne l'avais jamais remarqué.

C'était du grimoire qu'elle parlait. Très vite, elle se mit à le feuilleter d'un air fasciné.

– Je me demande où nous avons bien pu trouver ça, commenta-t-elle, plongée dans sa lecture.

– Ce livre était à Maelys et moi, fis-je remarquer.

– Vraiment ? s'étonna-t-elle en levant la tête. Comment l'avez-vous eu ?

– Ce sont les habitants du village des Non-Morts qui lui en ont fait cadeau pour la remercier de son aide.

– C'est incroyable… Les exorcistes seraient prêts à payer très cher pour connaître les informations qu'il contient sur les non-morts.

– Oui, mais c'est à nous, intervint sèchement Maelys.

– Nous allons pouvoir refaire la potion, dis-je en espérant apaiser ma petite sœur. Il ne m'en restait plus.

Et j'adressai un regard de remerciement muet à Coriolis qui fit semblant de ne rien voir. Qui sait dans quel état aurait été mon corps si elle ne m'avait pas permis de continuer à prendre cette potion pendant notre captivité ? Je revoyais souvent flotter devant mes yeux les visages des Non-Morts, tous fondus comme de la cire, et frissonnai à l'idée de leur ressembler un jour.

– Si vous voulez, intervint Nelyce, je peux vous apporter le butin de mon Shelezaros. Il en était très fier, mais ça ne lui sera plus très utile à présent.

– Oh, oui, s'il vous plaît, répondit immédiatement Maelys, les yeux brillants.

La vieille dame sortit de table et revint au bout de quelques instants avec un panier rempli de pierres précieuses et d'objets que j'aurais été incapable d'identifier. Coriolis siffla d'admiration en plongeant son bras dedans.

– Il y a moins de choses mais c'est tout de même… Ça, par exemple ! Je n'en avais pas vu depuis des années !

– Qu'est-ce que c'est ? demanda Opo.

– C'est un associateur, expliqua Coriolis en examinant une petite statuette blanche. Ça permet à un nécromancien de voir, entendre et ressentir les mêmes choses que le non-mort auquel appartient la statuette. Elle est fabriquée avec des parties du corps du non-mort pour les lier l'un à l'autre. Celui-ci est assez grossier, il n'est constitué que d'os. Je suppose qu'il fonctionnait avec un squelette.

– Effectivement, acquiesça Nelyce, Shelezaros avait une belle armée de squelettes. Ils sont tous dans la fosse commune derrière la maison si ça vous intéresse. Quand nous nous sommes installés ensemble, je lui ai fait promettre de ne pas les réveiller à moins que nous n'ayons besoin de nous défendre. Ils me dégoûtaient trop.

– Je peux avoir l'associateur ? demanda Maelys d'une voix vibrante d'excitation, toute rancœur oubliée.

Coriolis eut un moment d'hésitation et me jeta un regard en coin.

– Je ne sais pas si…

– S'il te plaît !

Je haussai les épaules et Coriolis abdiqua. Elle tendit l'objet à Maelys qui s'en saisit avidement.

– Comment on en fabrique ? demandai-je.

– Je n'en ai aucune idée, avoua Coriolis. C'est un arcane connu de quelques rares nécromanciens, probablement inventé par l'un d'entre eux et volé par ceux qui l'ont vaincu.

– Peut-être que c'est expliqué dans le livre ? suggéra Opo.

– Je vais voir ça, dit Coriolis en reprenant sa lecture. Alors… potion pour ralentir la putréfaction… potion pour augmenter la force d'un cadavre… mélange pour améliorer la perception du nécromancien… mélange pour permettre à un cadavre mâle de…

Elle se tut net et jeta un regard gêné dans ma direction. C'était dur à dire avec sa peau noire, mais j'aurais juré qu'elle avait rougi.

– Aucun intérêt, marmonna-t-elle. Bref… Ah ! Confection d'un associateur ! C'est ici !

– Alors ? demanda Maelys en serrant la statuette d'os entre ses mains.

– C'est assez complexe, fit Coriolis d'un air absent, plongée dans sa lecture. Il faut prélever des échantillons organiques du cadavre cible… Le livre indique que plus il y en a de différents, mieux c'est…

Concevoir la statuette avec une certaine logique... l'imprégner... Ça a l'air très long à faire.

– Oh, laissa tomber Maelys sans cacher sa déception.

– Finis ton assiette, lui intimai-je.

En fait, plus personne ne mangeait vraiment, excepté Nelyce qui finissait paisiblement son plat, peu émue par nos trouvailles. J'hésitais à dire ce que j'avais prévu d'annoncer, mais il n'y aurait pas de bons moments, aussi me raclai-je la gorge pour attirer l'attention de tout le monde.

– Nous allons partir, déclarai-je gravement.

– Comment ça ? demanda Opo en ouvrant ses yeux tout ronds.

– Maelys et moi, nous allons quitter cet endroit. Il est temps de reprendre notre route.

Un grand silence suivit cette déclaration.

– Mais pour aller où ? demanda timidement Opo au bout d'un moment.

– Nous pensions nous rendre à Caffith, répondis-je avec un regard en coin pour Maelys qui continuait de jouer avec l'associateur, apparemment trop concentrée pour croiser le regard du jeune garçon.

– C'est là que se trouve le quartier général de la Lyberté ! s'exclama-t-il.

– Et celui des exorcistes, ajouta Coriolis plus sombrement.

– C'est une très grande ville, mon garçon, fit Nelyce d'un ton réprobateur. Ce n'est pas l'endroit idéal pour une nécromancienne.

– Et pourquoi vouloir aller là-bas ? reprit Coriolis en me fixant avec étonnement. Avec tout l'or que vous venez de récupérer, vous pouvez aller vous installer n'importe où.

– Je pense que c'est là-bas que nous trouverons ce que nous cherchons, biaisai-je en sachant pertinemment que je ne parviendrais pas à la tromper.

Et effectivement, elle me jeta un regard accusateur.

– Vous voulez partir en chasse…

– J'ai beaucoup réfléchi, l'interrompis-je.

Et c'était vrai. J'avais eu de trop nombreuses nuits pour penser depuis que nous nous étions réfugiés chez Nelyce. Trop occupé la journée à soigner Coriolis, à passer du temps avec Maelys et à chasser pour nourrir tout ce petit monde, j'avais employé ce temps de solitude pour songer sérieusement à l'avenir. Et, contre toute attente, les arguments de Maelys avaient fini par m'atteindre : si jamais cette histoire de maladie était réelle – et elle avait de fortes chances de l'être –, je ne pouvais laisser ma petite sœur dépérir à cause d'une magie qu'elle n'avait pas choisie.

Quelque chose d'autre m'avait également poussé à prendre cette décision : chaque blessure qui creusait ma chair me rappelait que, si mon âme avait été rappelée en ce monde pour une durée indéterminée, mon corps, lui, ne faisait que dépérir depuis que Maelys m'avait ramené à la vie. J'avais peur du jour où il tomberait en morceaux, peur de n'être un jour plus capable de la protéger.

J'avais peur de ne plus avoir envie de vivre.

Et si jamais ce jour arrivait, je voulais la laisser dans un monde où elle ne compterait plus aucun ennemi, où elle pourrait vivre paisiblement entourée d'amis sans avoir besoin de son grand frère comme protecteur.

Tout cela, je l'avais tourné et retourné dans ma tête des centaines, des milliers de fois, et ma décision, même si ce qu'elle impliquait m'effrayait, me paraissait malgré tout être la seule possible. Mais comment l'expliquer à Coriolis ?

– Nous ne pouvons pas fuir éternellement, me contentai-je de répondre.

– Et donc, vous décidez de vous battre ? rétorqua-t-elle avec froideur.

– Quelle autre solution avons-nous ?

Elle resta silencieuse, mais son mutisme en disait long et je détournai le regard, peu désireux de subir sa désapprobation. Comment espérer qu'elle soutienne notre décision ? Quelle folle idée m'avait pris de m'attacher à une personne aussi différente de nous ?

Comme prévu, Opo, lui, paraissait beaucoup plus enthousiaste.

– Je vous présenterai à la Lyberté ! s'écria-t-il, surexcité. Ils vont être ravis de voir Maelys !

Cette dernière sourit, mais je remarquai que son regard restait fixé sur Coriolis. Lorsque nous avions parlé de ce que nous allions faire tous les deux, elle s'était montrée très réticente à l'idée de livrer nos plans à l'exorciste, et je savais que sa réaction n'avait fait qu'attiser l'animosité qu'éprouvait ma petite sœur pour elle. J'espérais malgré tout qu'elle garderait sa langue dans sa poche et ne lancerait pas de discussion stérile.

– Quand comptez-vous partir ? demanda Nelyce.

– Demain matin.

– Il vous faudra des provisions. Je vous préparerai des sacs.

– Merci beaucoup, Nelyce, répondis-je, sincèrement touché.

– C'est moi qui vous remercie, sourit la vieille dame. Si un jour vous réussissez votre quête, n'hésitez pas à repasser me voir. Enfin, je ne vais pas tarder à mourir, mais ce ne sera pas un problème pour vous.

Et elle fit un clin d'œil à Maelys, qui lui adressa un sourire radieux. Je trouvais pour ma part ses propos un peu dérangeants, mais je supposai qu'elle avait vécu de longues années dans la certitude qu'elle se ferait ramener par son mari.

Je lançai un dernier coup d'œil à Coriolis au moment de sortir de table : toujours assise sur son petit tabouret, son assiette à moitié pleine devant elle, elle paraissait perdue dans de profondes réflexions, les sourcils froncés, l'air torturé. J'aurais aimé pouvoir la réconforter, mais je savais que je n'aurais fait qu'empirer les choses, aussi me retirai-je sans mot dire et emboîtai le pas à Maelys.

Elle mourait d'envie de tester l'associateur d'âmes. Sans attendre, elle se précipita vers l'arrière de la maison, là où se trouvait la fosse à squelettes selon les dires de notre hôtesse. Sur le chemin, une tombe installée à l'ombre d'un saule pleureur attira mon regard : une unique fleur y avait été déposée. Je savais, pour l'avoir creusée moi-même, qu'il s'agissait de la sépulture d'Elios. Mon cœur se serra en imaginant Coriolis se tenir ici, seule, sa petite fleur dans la main.

– Tu viens, Qotah ? m'appela Maelys, déjà au niveau de la fosse.

Je la rejoignis sans rechigner. L'associateur fermement serré dans sa main, elle s'était plantée devant l'amas d'os et fronçait les sourcils comme si elle essayait d'intercepter un son infime. Je l'observai en silence, le cœur empli d'un amour inconditionnel. J'avais craint que notre enlèvement par les exorcistes et les derniers événements que nous avions vécus ne soient trop durs à supporter pour elle, mais ils paraissaient au contraire l'avoir renforcée, et j'éprouvais une fierté folle pour cette petite fille qui restait debout envers et contre tout. Comment pourrais-je la laisser se faire chasser, tomber malade, dépérir ? Elle méritait tout l'or du monde, toutes les années que la vie voudrait bien lui donner.

– Ah, c'est lui ! s'écria-t-elle soudain.

Quelque chose bougea au fond de la fosse, et des os se mirent à ramper les uns vers les autres pour se réassembler. Un squelette s'éleva bientôt au milieu de ses congénères et entreprit d'escalader les bords de la fosse pour s'en extirper. Il se planta finalement devant moi, les bras ballants, la mâchoire stupidement ouverte.

– Alors, ça fait quelque chose ? demandai-je.

– Je crois que oui… marmonna Maelys. Essaie de faire quelque chose avec tes mains pour voir ?

Un peu pris de court, je levai trois doigts devant moi.

– Trois ! s'exclama Maelys

Je me tournai vers elle : elle avait les yeux étroitement fermés et arborait un immense sourire.

– Et là, tu me regardes ! Je te vois !

– C'est grâce à lui ? interrogeai-je en désignant le squelette qui me fixait de ses yeux vides, toujours immobile.

– Oui ! Je vois tout ce qu'il voit.

– Mais il n'a pas d'yeux, fis-je remarquer avec perplexité.

– Ça marche quand même.

Je renonçai à creuser la question, persuadé que les subtilités de cette magie me dépassaient. Maelys paraissait aux anges. Nous passâmes des heures à jouer avec son squelette, qu'elle avait nommé Skelly pour l'occasion. Je lui lançais une pomme de pin et il l'attrapait sans mal, tandis que Maelys, assise non loin, les yeux fermés, riait en faisait de légers gestes de ses doigts noirs. Puis, elle releva une dizaine d'autres squelettes, les répartit en deux équipes et entreprit de les faire jouer à balle-savate, le sport que pratiquaient les habitants de Joname pendant les beaux jours. Si leur coordination laissait à désirer au début, ils se mirent vite à attraper et à se lancer la pomme de pin comme s'ils avaient tous été des entités propres. Je m'étais reculé pour observer leurs mouvements, impressionné par leur précision. Si Maelys était capable de faire jouer une douzaine de squelettes à balle-savate en même temps, qu'est-ce qui l'empêcherait de les mener à la bataille ?

Au bout d'un moment, elle finit par les renvoyer s'allonger dans la fosse et rouvrit les yeux. Une fine goutte de sueur perlait sur son front, mais son sourire était plus immense que jamais. Elle lâcha l'associateur et je constatai qu'il avait laissé des marques profondes dans la paume de sa main, tant elle l'avait serré fort.

– Alors, c'était comment ? me demanda-t-elle.

– Très impressionnant, répondis-je avec sincérité en allant m'asseoir à côté d'elle.

– Je n'en avais jamais contrôlé autant pendant aussi longtemps. C'est plus facile que ce que je pensais.

Le nécromancien dont elle avait aspiré la magie récemment ne devait pas y être pour rien, mais je me gardai de le lui faire remarquer, tant elle paraissait fière d'elle.

– Moi aussi, je devrais faire comme le mari de madame Nelyce et avoir mes propres cadavres, ajouta-t-elle, les yeux brillants.

– C'est une idée, mais tu ne pourras pas les emporter à Caffith, lui fis-je remarquer, assez peu emballé à l'idée de voyager en compagnie d'une horde de charognes.

– On y va vraiment, alors ?

– Oui, la décision est prise.

– C'est agréable de savoir où on va, pour une fois.

Je lui souris malgré mes inquiétudes. Je n'étais absolument pas sûr d'avoir pris la bonne décision, mais cela, je ne pouvais pas le nier : avoir un objectif, aussi douteux soit-il, était infiniment moins angoissant que de fuir ou errer sans but.

– Qu'est-ce qu'on va faire, alors ?

– On va se renseigner sur la secte d'Opo, répondis-je. On enquêtera pour savoir s'ils recherchent vraiment le Bienfaisant, si on peut leur faire confiance. Et j'ai quelque idée de l'endroit où nous pourrons trouver un nécromancien… Mais il faudra faire attention et être très discrets.

– D'accord, fit-elle en hochant la tête, subitement plus sérieuse. Est-ce que madame Nelyce va venir avec nous ?

– Non, tu l'as entendue, elle va rester ici et elle espère qu'on repassera la voir.

– Dommage, je l'aime bien.

– Moi aussi, avouai-je. Mais peut-être que Coriolis viendra avec nous, elle.

Comme je l'avais prévu, l'expression de Maelys s'assombrit instantanément.

– J'ai pas envie, grommela-t-elle.

– Je comprends, fis-je pour l'apaiser. Mais elle n'a plus rien, alors elle voudra peut-être nous accompagner à Caffith pour rentrer chez elle.

– Et si elle raconte tout aux exorcistes ?

Je restai muet. Évidemment, c'était une possibilité non négligeable, que j'avais essayé d'occulter plus ou moins consciemment. Étais-je vraiment prêt à mettre en danger Maelys à ce point ?

Cette dernière m'observait avec une expression bizarre à présent, toute colère envolée. Elle paraissait plutôt étonnée, méfiante.

– Qu'est-ce qui t'arrive, Qotah ? Ça ne te ressemble pas. T'es amoureux d'elle ou quoi ?

– Absolument pas, protestai-je. Elle est simplement…

Ma phrase mourut au bout de mes lèvres. Qu'était-elle ? Percluse de chagrin mais forte, dangereuse mais fascinante. Et tellement belle. Je songeai à nouveau à la question de Maelys et, soudain, me retrouvai incapable de savoir quoi dire. M'étais-je vraiment fourré dans un pétrin pareil ?

Maelys attendait ma réponse. Je secouai la tête et clignai plusieurs fois des yeux pour remettre de l'ordre dans mes idées. Cela faisait longtemps que je ne m'étais pas senti aussi troublé.

– Non, tu as raison, ce n'est pas une bonne idée. De toute façon, elle ne voudra probablement pas venir avec nous.

Maelys me fixait toujours avec suspicion, mais je détournai le regard.

– Tu as fait tes bagages ? demandai-je pour donner le change.

– J'ai presque fini. On prendra le chariot de Shelezaros ?

– Si Nelyce veut bien nous le prêter. Par contre, je vais laisser le sac de trésors ici. On ne prendra qu'un peu d'or et le livre. Ça ne sert à rien de voyager avec autant d'argent, on risque d'attirer les voleurs.

– Je prends ça aussi, ajouta-t-elle en me montrant la statuette en os.

– Si tu veux, mais on ne pourra pas emmener Skelly, lui rappelai-je.

– Oh, s'il te plaît !

– C'est hors de question. À Caffith, il faudra que rien ne te désigne comme nécromancienne. D'ailleurs, il faudra faire quelque chose pour tes mains.

– On pourrait fabriquer d'autres gants, proposa-t-elle.

Je remarquai qu'elle n'était pas très enthousiaste à cette idée. Depuis que nous avions rencontré les exorcistes, nous n'avions côtoyé que des gens qui connaissaient son identité. Elle n'avait pas eu besoin de se couvrir les mains pour la première fois depuis des années, et heureusement, car Shoms lui avait pris ses gants. Je supposais que l'idée de reprendre nos cachotteries n'avait rien de très engageant pour elle.

– C'est risqué, répondis-je en réfléchissant. Peut-être qu'il est interdit de porter des gants à Caffith ? On y réfléchira sur le chemin.

Elle acquiesça et nous retournâmes vers la cabane. Le soir, alors que tout le monde était couché et que je m'apprêtais à partir à la chasse, Coriolis vint me trouver.

Je sentis mon cœur amorphe frémir à son approche. La discussion que j'avais eue avec Maelys plus tôt dans la journée me revint soudain en tête, et j'eus le plus grand mal à la regarder dans les yeux sans ciller.

– Vous partez ? me demanda-t-elle d'une voix étrangement brusque.

– Demain matin, oui.

Elle se mordit les lèvres et se mit à fixer un point derrière moi, apparemment gênée.

– J'aimerais venir avec vous, dit-elle à voix basse.

– Vraiment ? fis-je, stupéfait mais heureux.

– Oui. Il n'y a rien pour moi ici.

– Tu…

– Je sais que tu ne me fais pas confiance, m'interrompit-elle, et c'est tout à fait normal. Mais je te donne ma parole : je ne vous livrerai pas aux exorcistes.

Je la dévisageai. Elle me regardait à nouveau dans les yeux à présent qu'elle m'avait annoncé ce qu'elle était venue me dire, mal à l'aise mais déterminée.

– Pourquoi ? demandai-je.

– Je vous ai beaucoup observés ces derniers jours, avoua-t-elle. Et je dois me ranger à ton avis pour certains points. Tu es… tu es quelqu'un de foncièrement bon, même si tu es un non-mort. Je ne peux pas croire que ta petite sœur mérite ce que nous faisons subir aux nécromanciens.

J'écarquillai les yeux. J'avais soudain envie de la prendre dans mes bras, mais je me retins et me contentai de lui adresser un sourire hésitant.

– Merci, dis-je. Je ferai tout pour que nous méritions ta confiance.

– Je dois tout de même te prévenir, ajouta-t-elle. Si jamais Maelys fait quelque chose qui va à l'encontre de mes principes, qui me laisserait penser que j'ai eu tort… Je n'hésiterai pas à la stopper moi-même.

Je tressaillis et plongeai mon regard dans le sien. Ses yeux noirs avaient des reflets d'acier. Je voyais ce qu'il lui coûtait de me dire ce genre de chose.

– Merci pour ton honnêteté. Tu n'auras pas à le faire, je te le promets.

Elle hocha la tête et s'éclipsa pour rejoindre sa couchette, me laissant seul dans la nuit avec mes pensées.

Trahison

Une pluie torrentielle créait comme un rideau mouvant tout autour du chariot, qui avançait sur la route avec force cahots et éclaboussures. Installée tout au fond de l'armature en toile, je me blottissais contre ma couverture en claquant des dents, priant pour que le soleil revienne.

– Tiens, me dit Coriolis, assise à côté de moi, en me tendant son manteau.

Je lui jetai un regard hargneux et ignorai sa main tendue. Elle soupira.

– Je sais que tu ne m'aimes pas, mais ça n'est pas une raison pour tomber malade. Et ça donnerait du souci à ton frère.

Je ne pus m'empêcher de glisser un coup d'œil du côté de l'avant du chariot : assis sur le banc du conducteur sans rien pour le protéger, Qotah menait la mule malgré le vent et la pluie, les cheveux plaqués sur son crâne par l'eau qui lui dégoulinait sur la nuque. J'eus un élan de remords et, sans regarder Coriolis ni la remercier, je me saisis du manteau et l'enfilai.

Peu désireuse de discuter avec l'exorciste, je me tournai vers Opo. Emmitouflé lui aussi dans ses minces couvertures, il taillait un bout de bois à l'aide d'un petit couteau, l'air concentré.

– Qu'est-ce que tu fais ? lui demandai-je en essayant de contenir mes claquements de dents.

Il leva les yeux vers moi et rougit. J'avais remarqué qu'il rougissait vraiment très souvent, comme si ses joues rondes attendaient le moindre prétexte pour retrouver leur couleur naturelle. Ça le faisait ressembler à une tomate bien juteuse.

– Je fabrique quelque chose, dit-il.

– C'est quoi ?

– Quelque chose. Tu verras bien.

Je croisai les bras, contrariée. Opo était d'ordinaire impossible à faire taire et s'empressait toujours de me satisfaire : pourquoi m'ignorait-il au moment où j'avais vraiment besoin de lui ?

Je surpris le regard de Coriolis posé sur moi et me renfrognai davantage. Voilà trois semaines que nous voyagions tous les quatre dans ce petit chariot. Je m'appliquais autant que possible à l'ignorer et, d'ordinaire, Qotah était là pour servir de tampon entre nous. J'aurais aimé qu'elle mette autant d'application à m'éviter que je le faisais, mais je sentais qu'elle m'observait et cela me mettait mal à l'aise.

– Maelys, dit-elle soudain d'une voix étrangement douce, je m'excuse de ce que nous t'avons fait subir.

Je tressaillis et lui jetai un regard noir.

– Je m'en fiche, rétorquai-je.

– Je comprends, acquiesça-t-elle sans perdre son calme, mais je me suis rendu compte que je ne te l'avais jamais dit. Alors voilà. Je regrette ce que tu as dû vivre. J'espère que tu sauras me pardonner un jour.

Je la dévisageai, déstabilisée, oubliant même de me montrer désagréable. Pourquoi faisait-elle ça ?

– Vous vouliez me tuer, lui rappelai-je, interloquée qu'elle puisse penser obtenir mon pardon après ça.

Elle ne répondit rien et tourna les yeux vers le dos de Qotah, apparemment perdue dans ses pensées. Irritée, je m'enfonçai à mon tour dans un silence boudeur. J'avais moins froid grâce au manteau, même s'il m'en coûtait de l'admettre, mais mon ventre se tordait de faim. Les vivres se faisaient de plus en plus rares. À présent que nous avions quitté la forêt, Qotah peinait à trouver suffisamment de nourriture pour satisfaire trois personnes, même avec toute la nuit devant lui.

Pour m'occuper, je déployai machinalement mon pouvoir autour de moi à la recherche d'une carcasse avec laquelle jouer, comme Opo s'occupait les mains avec son bout de bois. D'ordinaire, je ne trouvais que des insectes, des petits animaux, parfois des squelettes de loups enfoncés trop profondément pour que je puisse les extirper de la terre. Mais, cette fois, ce fut comme si des centaines de petites flammes s'allumaient soudain dans ma tête et je retins une exclamation de surprise. Il y avait des tas de morts, juste à côté. Des morts humains.

Sans un regard pour Coriolis et Opo, je sautai sur mes pieds et allai rejoindre Qotah dehors sur le banc de cocher. À peine étais-je sortie de la toile protectrice du chariot que la pluie me gifla violemment le visage. Tremblante, je me collai au dos de mon frère qui me lança un regard surpris. Il était toujours aussi froid, mais sa simple présence était un réconfort qui valait n'importe quelle chaleur.

– Tu ne devrais pas sortir, dit-il d'une voix assez forte pour couvrir les rugissements du vent, tu vas tomber malade.

– Il y a plein de morts ici.

Il fronça les sourcils et embrassa les environs du regard. Il était difficile de voir où nous nous trouvions exactement avec le rideau mouvant que formait la pluie. Pour ma part, je ne distinguais que la route qui défilait sous les roues, et les quelques arbres qui la bordaient. Mais j'avais d'autres moyens de percevoir mon environnement.

– Par-là, repris-je en indiquant la droite. Pas loin.

– Nous n'avons pas vraiment le temps de…

La mule pila soudain net avec un braiment de protestation. Je sursautai violemment. Un homme se trouvait debout au milieu de la route, enfoncé dans une cape noire qui le recouvrait totalement. Terrifiée, je tendis mon pouvoir vers lui, mais ne ressentis rien. Ce n'était pas Shoms.

D'un geste ample, il retira sa grosse capuche et révéla son visage, celui d'un homme d'âge avancé, bien nourri, auquel des joues épaisses et un triple menton conféraient un air bonhomme. Plissant les yeux sous l'assaut de la pluie, il leva une main pour caresser la mule.

– Vous ne devriez pas voyager par ce temps, cria-t-il pour que sa voix nous parvienne.

À côté de moi, Qotah s'était raidi et je te vis tâtonner machinalement sa gorge pour vérifier que son écharpe était bien en place. Nous n'avions pas croisé grand monde depuis notre départ, mais ce geste était devenu un réflexe pour lui. De mon côté, je fourrai vivement mes mains dans mes poches.

– Nous sommes encore loin de notre destination, répondit Qotah d'une voix égale.

– Venez donc chez moi, je vous offre le gîte et le couvert. Ça me fera de la compagnie le temps que l'averse passe.

Mon ventre gargouilla bruyamment à l'idée d'un vrai repas. L'homme avait l'air gentil. Pourquoi ne pas le suivre ? Pourtant, Qotah le dévisageait du regard que je connaissais par cœur, celui qui signifiait « on ne te connaît pas, on ne peut pas te faire confiance, laisse-nous tranquilles ». Aussi, avant qu'il puisse répondre quoi que ce soit, je pressai doucement son bras pour attirer son attention.

– On n'a plus rien à manger, murmurai-je.

Je le vis hausser les sourcils et un éclat honteux passa dans son regard. Je ne sais pas s'il se sentait mal de ne pas réussir à nous nourrir suffisamment ou juste coupable de ne pas avoir besoin de manger, lui. Dans les deux cas, c'était ridicule et ça ne remplirait pas nos ventres affamés.

– Où habitez-vous ? demanda-t-il à l'homme après un instant d'hésitation.

– Juste à côté. Je vous ai entendus passer depuis mon jardin.

– Vous vivez seul ?

– Oui, répondit l'homme d'un air un peu amusé. Je suis seul, et vieux par-dessus le marché. Aucun danger pour vous. Et je m'appelle Terri.

Qotah était visiblement tiraillé, mais il finit par hocher la tête et par claquer les rênes pour remettre la mule en marche. Terri saisit le harnais de l'animal et le guida jusqu'à un petit sentier qui quittait la route. Je sentais que nous nous rapprochions des cadavres humains, et l'enthousiasme me saisit. Peut-être allais-je pouvoir m'amuser un peu ? Ça et un bon repas, je n'en demandais pas plus.

La voix de Coriolis s'éleva derrière nous, tandis que nous remontions docilement le sentier, le visage toujours fouetté par le vent et la pluie.

– Où va-t-on ? demanda-t-elle d'un ton circonspect en essayant de distinguer Terri qui nous menait tranquillement.

– Nous avons été invités, répondit brièvement Qotah. Il a de la nourriture.

– Il est digne de confiance ? chuchota-t-elle.

– Je ne sais pas. Maelys, tu m'as dit qu'il y avait des morts dans le coin. Reste vigilante. Nous aurons peut-être besoin de toi.

– D'accord ! fis-je avec enthousiasme, ravie que mon frère compte sur moi pour nous protéger.

Effectivement, la maison de Terri n'était pas loin, et nous atteignîmes en quelques minutes une petite bâtisse coquette entourée d'une clôture. On ne voyait pas très bien la route d'ici, mais on devait probablement entendre les chariots passer. La flamme des morts se faisait de plus en plus intense et je tentai d'en déterminer précisément la provenance. Quelque part derrière la maison, à cent mètres tout au plus. Pourquoi y en avait-il autant ?

Terri nous fit entrer dans son jardin, caressa la mule une dernière fois et nous fit signe de descendre le rejoindre. Nous nous exécutâmes tous les quatre, Opo ayant été mis au courant de la situation par Coriolis.

– Vous pouvez installer votre mule dans l'écurie, dit Terri, le visage dégoulinant. Je n'ai plus de bêtes en ce moment, elle sera à l'aise.

– Tu veux bien t'en charger, Opo ? demanda Qotah, toujours sur ses gardes.

– Bien sûr ! Allez, viens ma belle, on va se mettre au chaud. C'est terrible, toute cette eau ! Mais ce serait bien de pouvoir la récupérer pour la boire, pas vrai ? Peut-être que…

Le bavardage incessant d'Opo s'évanouit dans le hurlement du vent. Terri nous ouvrit la porte de sa maison et nous nous y engouffrâmes avec soulagement.

– Installez-vous près du feu, dit-il avec un sourire. Je vais préparer le repas.

Qotah, Coriolis et moi nous avançâmes dans le salon avec précaution, à la fois par prudence mais également par peur de souiller le tapis qui recouvrait le sol. Le feu qui brûlait dans l'âtre diffusait une lumière chaleureuse sur les murs en bois. Tout paraissait pratique, confortable, accueillant. Je m'installai dans un fauteuil avec un soupir de contentement. Qotah et Coriolis, eux, restèrent debout.

Opo nous rejoignit rapidement et Terri nous installa tous autour d'une large table qui sentait le sapin.

– Je suis désolé, dit-il, je n'ai pas l'habitude de cuisiner pour autant de personnes. C'est un simple ragoût, mais j'espère que vous le trouverez nourrissant.

– Ça a l'air délicieux, répondit Opo avec un sourire rayonnant.

– Est-ce que vous savez à quelle distance de Caffith nous nous trouvons ? demanda Qotah pendant que Terri posait une large marmite sur la table.

– Si vous partez tôt demain matin, vous pourrez y être avant midi.

L'odeur qui s'échappait de la marmite me mit tellement l'eau à la bouche que je dus faire attention à ne pas saliver sur mon assiette. Il nous servit tous généreusement à l'aide d'une louche en bois et je vis Qotah hésiter lorsqu'il lui réclama son assiette, avant de s'exécuter néanmoins. Mon cœur se serra en le voyant tremper sa cuillère dans l'appétissant ragoût avec l'air de quelqu'un qui ne savait pas trop ce qu'il devait faire. Je décidai de prendre les choses en main avant qu'il ne puisse la porter à sa bouche.

– Monsieur Terri, vous faites quoi ici ? demandai-je d'une voix bien forte.

L'homme avala la bouchée qu'il venait d'enfourner et se tourna vers moi avec un sourire bonhomme.

– Eh bien, petite, tu ne manges pas ?

Je m'empressai de mettre un morceau du ragoût dans ma bouche, de peur qu'il se vexe et me le retire. C'était divinement bon et je frissonnai de plaisir. Du coin de l'œil, je vis Qotah reposer sa cuillère et Coriolis se servir discrètement dans son assiette.

– Pour répondre à ta question, reprit-il sans paraître avoir rien remarqué, je m'occupe de mon potager et je fabrique des meubles pour les gens des villages alentour.

– Vous êtes menuisier ? demandai-je la bouche pleine.

– On peut dire ça, oui.

– Ma maman était menuisière, intervint Opo, ravi de pouvoir participer à la conversation. Elle faisait des lits incroyables ! Tout le monde préférait dormir dans ses lits que dans ceux des concurrents.

– Eh bien, ta maman pourrait peut-être bien m'aider, fit Terri. Mon couchage n'est plus très adapté à mes vieux os.

Je glissai un regard en coin à Opo, à la fois triste pour lui et curieuse de voir sa réaction. Contrairement à ce que je pensais, il ne se démonta pas et se contenta de rendre son sourire à notre hôte.

– Ce ne sera pas possible tout de suite, monsieur, parce qu'elle est morte.

– Oh, dit Terri avec une tristesse sincère dans les yeux. Je suis désolé, mon garçon.

– Ce n'est pas grave. Grâce à la Bienfaisante, je la reverrai un jour.

Il rayonnait et je sentis une douce chaleur se répandre en moi. Terri, lui, s'assombrit brusquement.

– Tu fais partie de la secte ? demanda-t-il.

– La Lyberté, corrigea gentiment Opo. J'enquête pour eux !

– Vous aussi ? fit Terri, à la cantonade cette fois-ci.

Coriolis, toujours en train de piocher dans l'assiette de Qotah, se figea comme une enfant prise en faute et secoua la tête.

– Nous l'avons trouvé sur le chemin, expliqua-t-elle.

– À vrai dire, intervint Qotah, ma sœur et moi avions l'intention de nous engager dans la Ly…

– Vous avez fini de manger ? l'interrompit sèchement Terri.

Médusée, je dévisageai notre hôte qui s'était brusquement levé de sa chaise et nous fusillait du regard, toute bienveillance envolée. Qotah fut probablement aussi surpris que moi de ce revirement, mais il parvint à rester parfaitement impassible et soutint le regard de l'homme.

– Presque, répondit-il calmement. Mais si notre présence n'est plus requise, nous partons.

– Elle n'est plus requise, acquiesça Terri. Finissez vos assiettes et quittez ma maison.

Coriolis avait porté la main à sa ceinture, où je savais qu'étaient rangés les poignards grâce auxquels elle m'avait maintenue captive à maintes reprises. Opo, lui, était simplement bouche bée.

– Mais… balbutia-t-il.

– Lève-toi, Opo, le coupa Qotah d'un ton sans réplique en se redressant, on s'en va.

– Mais pourquoi vous n'aimez pas la Lyberté ? geignit Opo sans tenir compte de l'avertissement de mon frère. Ce sont de bonnes personnes, ils font tout ce qu'ils peuvent pour que le deuil n'existe plus !

– Petit, rétorqua Terri, tout existe pour une raison y compris le deuil. Ta Lyberté ne fera aucun bien à ce monde.

– Elle me permettra au moins de revoir mes parents !

Cette réponse parut troubler notre hôte, qui hésita quelques instants. Il finit par pousser un soupir, le visage vidé de sa colère.

– Pardonne-moi, mon garçon. J'ai eu de mauvais contacts avec les gens de ton organisation, mais vous n'avez apparemment rien à voir avec eux. Finissez vos assiettes, vous pourrez coucher ici ce soir.

– Nous ferions peut-être mieux de… commença Qotah, mais Terri l'interrompit d'un geste.

– Pardonnez mon coup de sang, répéta-t-il. Je ne saurais que vous déconseiller de vous impliquer dans la Lyberté, mais chacun est maître de ses choix. En attendant, il pleut dehors, et vous avez deux enfants qui ont besoin d'une bonne nuit de sommeil.

L'instant me parut opportun pour bâiller ostensiblement. Terri m'adressa un clin d'œil complice et claqua dans ses mains.

– Allez, au lit ! Je vous ai préparé des couchages dans le salon, près du feu.

– Merci beaucoup, dit Qotah en repoussant son assiette à moitié remplie. Nous partirons demain à l'aube pour ne pas plus vous déranger.

Terri acquiesça et, après nous avoir souhaité une bonne nuit, disparut dans la pièce d'à-côté – probablement sa chambre. Quatre vieilles couvertures en laine avaient effectivement été étalées près de l'âtre. Opo fit la grimace en comprenant que nous n'aurions pas de vrais couchages. Pour ma part, j'étais ravie : l'épais tapis serait probablement plus confortable que le bois dur du chariot, ou même que les vieilles paillasses dans lesquelles nous avions dormi pendant des années, à Joname. Une vague de nostalgie me saisit soudain, et mes yeux se mirent à picoter. J'aurais voulu réclamer un câlin de réconfort à Qotah, mais il y avait Opo et Coriolis. Je ne voulais pas qu'ils me voient me comporter comme un bébé.

Je m'enroulai dans la couverture qui grattait et mordillai mes ongles en essayant très fort de ne pas pleurer. Pour me changer les idées, j'étendis mon pouvoir autour de moi. La quantité de morts humains autour de nous me frappa de nouveau. Ils étaient tout proches. Soudain, ma fatigue s'envola, remplacée par un besoin impérieux d'aller explorer les environs. Je mourais d'envie de tester mes nouvelles connaissances et ma nouvelle force sur des humains.

J'attendis patiemment que Qotah vienne me border et m'embrasser le front.

– Je ferai le guet, me murmura-t-il. Dors sans crainte.

– Je n'ai pas peur, répondis-je d'une voix faussement endormie.

Et c'était vrai. Entre mon pouvoir et mon frère pour me protéger, je me sentais invincible, intouchable. Il me sourit et son visage ravagé par les blessures me parut plus beau que jamais. Puis il s'éclipsa.

Le feu était presque mort, à présent. Seules quelques braises rougeoyantes éclairaient encore la pièce d'une faible lueur orange. Prudemment, je jetai un coup d'œil à la couchette de Coriolis : elle n'avait pas l'air de s'y trouver. Je ne l'avais pas vue partir, mais je supposai qu'elle devait être allée aux toilettes, ou peut-être s'entraîner avec ses horribles dagues. Dans tous les cas, son absence m'arrangeait. Je repoussai ma couverture et m'approchai à quatre pattes de là où Opo était allongé, déjà profondément endormi.

– Opo ! appelai-je à voix basse.

– Hein, quoi, qu'est-ce qui se passe ? balbutia-t-il, réveillé en sursaut.

Il s'empêtrait dans ses couvertures en essayant de se dégager et je dus lui faire signe de se taire.

– Je vais aller m'entraîner, expliquai-je toujours en chuchotant. J'ai besoin que tu viennes avec moi.

– T'entraîner à quoi ? demanda-t-il en parlant enfin doucement, les yeux encore embués de sommeil.

– À tirer des gens.

– Ah ! J'arrive.

Nous nous faufilâmes jusqu'à la porte d'entrée en regardant tout autour de nous. Je ne savais pas exactement où Qotah montait la garde et j'avais peur de tomber sur lui, installé dans un coin d'ombre. Mais personne ne nous arrêta et nous sortîmes sans encombre dans le jardin.

L'averse torrentielle n'était heureusement plus qu'une fine bruine. Alors que je faisais signe à Opo de se diriger vers l'arrière de la maison, la voix de Qotah s'éleva à quelques mètres de nous, me faisant sursauter.

– Tu ne dors pas ?

Je fis volte-face, prête à me faire gronder ; mais ce n'était pas à moi qu'il parlait. Debout devant l'écurie où avait été installée notre mule, il ne regardait pas dans notre direction, et c'était tant mieux, car il n'aurait pas pu nous manquer, malgré la faible luminosité de la lune. J'indiquai frénétiquement à Opo de se baisser et nous nous précipitâmes derrière un massif de fleurs.

– Je voulais te tenir un peu compagnie, répondit la voix de Coriolis. Ça ne doit pas être facile de passer toutes ses nuits seul.

J'étais persuadée qu'il allait la rabrouer, mais il ne répondit rien. Quelques secondes s'écoulèrent et, le silence s'éternisant, je commençai à envisager de reprendre discrètement notre avancée quand la voix de Coriolis s'éleva à nouveau.

– Je sais que je te l'ai déjà demandé et tu n'es toujours pas obligé de répondre mais… qu'est-ce que ça fait d'être mort ?

– Pourquoi tu tiens à ce point à le savoir ? répondit Qotah d'une voix si basse que je n'étais pas sûre d'avoir vraiment bien entendu.

– J'ai chassé des dizaines de non-morts dans ma vie. Pour moi, ça n'a jamais été des humains, simplement des choses, des monstres même. Mais tu n'es ni un monstre ni une chose. Alors, j'aimerais comprendre. Qu'est-ce que tu es ? Qu'est-ce que ça fait ?

– Parfois, répondit lentement Qotah, j'ai l'impression de ne pas exister.

J'écarquillai les yeux à ces mots, le cœur soudain saisi d'une terrible douleur.

– Mais tu es là, pourtant, répondit Coriolis avec douceur et, pour la première fois, j'eus envie de la serrer dans mes bras, car c'était exactement ce que j'aurais voulu lui répondre.

– Regarde mon corps. Chaque jour, une nouvelle blessure vient s'ajouter à la précédente, sans parler du cadeau que m'a fait Elvert. Je sais qu'un jour, je n'aurai même plus forme humaine. Je le sais parce que je l'ai vu. Je ne me laisserai pas en arriver là.

– Mais, et Maelys ?

– Je serai là tant qu'elle aura besoin de protection. Mais si nous réussissons, si nous arrivons à vaincre tous les nécromanciens et si elle devient la Bienfaisante toute puissante… alors elle n'aura plus besoin de moi.

– Elle aura toujours besoin de toi.

Les larmes coulaient à flots sur mes joues. J'aurais voulu hurler que Coriolis avait raison, que jamais je ne pourrais être heureuse sans lui, qu'il n'avait pas le droit de dire ça. Mais, au contraire, je serrai les dents sur ma main pour étouffer le bruit de mes sanglots. À côté de moi, j'entendis un bruit de feuillages, et Opo posa une main maladroite entre mes omoplates.

– Tu ne comprends pas, reprenait Qotah de manière un peu plus virulente. On ne peut pas exister de la sorte éternellement. La déchéance du corps est une chose, mais j'ai l'impression de ne plus être humain. Je mens à tous ceux que je croise, car je sais que, sinon, ils me trouveraient répugnant. Et ils ont raison. Je le suis.

– Je ne te trouve pas répugnant, fit Coriolis à mi-voix.

Je jetai un coup d'œil hors de ma cachette, le visage toujours baigné de larmes. Ils étaient tous les deux face à face, comme pour un combat. Pourtant, lorsque Coriolis tendit la main vers mon frère, ce fut pour caresser sa joue avec une douceur infinie. Je vis Qotah frissonner sous sa caresse et saisir délicatement son poignet.

– Je suis mort… dit-il avec une profonde tristesse.

– Ça m'est égal.

Ils se fixèrent pendant quelques instants, immobiles, seuls au monde. Puis, d'un geste hésitant, presque timide, Qotah se pencha sur Coriolis et l'embrassa.

Je sentis une grande colère monter en moi, une colère qui, mêlée à mon immense tristesse, me plongea dans un état de fureur tel que je n'en avais jamais connu. J'avais besoin d'expulser toutes ces émotions sur-le-champ.

– Viens, murmurai-je à Opo entre mes dents serrées.

Nous nous glissâmes hors du massif de fleurs et courûmes sans bruit jusqu'à l'arrière de la maison. Nulle voix ne nous interpella. En même temps, songeai-je avec amertume, ils devaient être trop occupés pour remarquer quoi que ce soit. Quel guet efficace !

– Maelys, dit Opo d'une voix essoufflée sitôt que nous fûmes cachés par la maison, je suis désolé de ce que nous avons entendu, je suis sûr que ton frère ne voulait pas…

Je le fis taire d'un geste agacé et essuyai rageusement mes larmes. Je ne voulais pas y penser et encore moins en parler.

– Viens, dis-je sèchement, les cadavres sont par-là.

Opo m'emboîta docilement le pas. Une haute haie bordait l'arrière du jardin, empêchant d'apercevoir quoi que ce soit derrière. Nous nous mîmes en quête d'un trou suffisamment gros dans le feuillage pour pouvoir passer et finîmes par en trouver un et y passer, après l'avoir légèrement agrandi. Je commençai à frissonner à cause de la pluie, mais il était hors de question de faire demi-tour. À présent que Qotah m'avait trahie de la sorte, je n'avais aucun scrupule à enfreindre ses règles.

Je rampai à travers la haie, suivie d'Opo qui, plus grand que moi, peinait à glisser son corps entre les branchages. Une fois de l'autre côté, je me redressai et plissai des yeux pour essayer de distinguer quelque chose. Une lanterne était posée sur un muret non loin de moi, seule source de lumière à présent que la maison était masquée par l'imposante haie. J'attendis qu'Opo me rejoigne et je m'avançai au milieu de ce qui s'avéra être d'étroites allées de pierres envahies d'herbes folles. De larges ombres s'élevaient à intervalles réguliers le long du chemin que je suivais et je m'approchai de l'une d'entre elles avec curiosité, la lanterne levée devant mon visage.

C'était une immense pierre plate plantée dans le sol, recouverte de gravures si finement taillées que je n'en distinguai la nature qu'après avoir quasiment collé mon nez sur la roche : des lettres.

– Rodeau est né pendant l'automne du Grand Banditisme, de Navo et Milla, lut Opo à voix haute en se tordant le cou pour atteindre les phrases les plus hautes. Il aidait son père à la ferme, sa mère à la boulangerie. Une fois adulte, il s'engagea chez un forgeron.

Il s'interrompit dans sa lecture et courba la nuque pour se pencher sur les toutes dernières phrases, serrées au pied de la pierre.

– Il meurt de la variole au printemps de la Comète bleue. Il laisse derrière lui sa femme et ses deux enfants. Sa vie aura été marquée par sa bienveillance, sa droiture et sa loyauté à l'égard des siens. Que son corps soit le tombeau de son âme, et qu'elle y demeure à jamais.

– C'est une pierre tombale, murmurai-je comme l'évidence me frappait.

Et en effet, je sentais la présence d'un squelette juste sous nos pieds, probablement ce fameux Rodeau.

– Nous sommes dans un cimetière, murmura Opo.

– Je pensais que les cimetières étaient interdits près des grandes villes ?

– Je le pensais aussi…

Nous reprîmes notre déambulation parmi les allées. Opo avançait à présent avec prudence, comme s'il avait été mal à l'aise de se trouver là, étonnamment silencieux pour une fois. Pour ma part, je ne voyais pas de problème. J'étendais mon pouvoir au maximum autour de moi à la recherche d'un corps encore frais qui pourrait convenir à mes desseins.

– Par là, finis-je par dire.

Nous nous retrouvâmes à nouveau devant une de ces gigantesques pierres tombales. L'homme qui s'y trouvait enterré avait dû mourir il y a peu, je le sentais. Très excitée, je braquai la lanterne sur le texte gravé un peu moins serré, comme s'il y avait moins eu à dire de ce mort-là.

– Lis-moi tout, dis-je.

Opo s'exécuta. L'homme s'appelait Sovit et avait eu une vie des plus banales, malgré un rapide passage dans l'armée qui s'était soldé par un fiasco.

– Il meurt d'une infection à l'automne du Grand Soleil, acheva Opo. Il laisse derrière lui sa mère et son frère. Sa vie aura été marquée par son refus de se battre, sa force et son humilité. Que son corps soit le tombeau de son âme, et qu'elle y demeure à jamais. Eh bien, ils avaient moins de choses gentilles à dire sur lui que sur Rodeau.

– C'est quoi « le Grand Soleil » et « la Comète bleue » ? demandai-je, intriguée.

– C'est comme ça qu'on distingue les saisons. On prend l'événement le plus marquant qui s'est déroulé entre le printemps et l'hiver et on les nomme ainsi. Sinon, un printemps n'est rien d'autre qu'un printemps et c'est impossible de les différencier. Moi par exemple, je suis né en été de la Comète bleue. Apparemment, il y a une comète qui est passée dans le ciel à cette époque. En ce moment, on est en automne du Grand Soleil.

– Je me demande quand je suis née.

– Pendant le Soleil noir, je crois.

Ça me plaisait, mais je n'étais pas venue pour en apprendre plus sur les saisons.

– Ça veut dire qu'il est mort récemment, dis-je avec une excitation grandissante. Peut-être que j'arriverai à le faire parler, lui.

– Comme Qotah ? demanda Opo, les yeux ronds.

– Exactement, oui !

– Dans ce cas, on devrait peut-être le sortir de là avant. Ça ne doit pas être très agréable de se réveiller dans la terre, même si on est un non-mort.

Je ne pus qu'approuver la sagesse de ces propos et nous revînmes rapidement avec une pelle récupérée dans une allée proche. Opo entreprit de creuser tandis que je m'imprégnais de toutes les informations que je venais d'apprendre sur Sovit. Comme au village des Non-Morts, je m'efforçai de m'imprégner de son être pour crocheter son âme et pouvoir le tirer dans son intégralité, et pas seulement son corps.

– Pouah ! s'exclama Opo au bout d'un moment. Ça pue !

Effectivement, une odeur lourde et poisseuse commençait à s'élever du carré de terre qu'il retournait. On commençait à distinguer le haut d'un crâne qui émergeait du sol, dans une sorte d'étrange parodie d'accouchement. Mais j'allais lui redonner la vie, songeai-je avec excitation, alors c'était un peu la même chose.

Rapidement, tout le corps fut déterré. J'avais dû finir moi-même, car Opo s'était reculé avec une main sur la bouche, le teint verdâtre. Moi, l'odeur ne me dérangeait pas. Je finis par poser ma pelle et m'agenouillai pour prendre les mains de Sovit dans les miennes. Elles étaient molles, froides et maculées de terre. Je fermai les yeux et cherchai de toutes mes forces à sentir son âme, puis je le tirai.

Le cadavre ouvrit instantanément les yeux, sans prévenir, et poussa un hoquet en crispant ses mains sur les miennes. Un cri de surprise m'échappa. J'essayais de me dégager mais sa poigne était solide.

– Qu'est-ce que… qu'est-ce qu'il se passe ? balbutia-t-il. J'étais dans mon lit et… Où sommes-nous ?

Il se redressa sur son séant et jeta des regards éperdus tout autour de lui. Il n'avait plus de cheveux et une horrible blessure violette sur laquelle grouillaient des vers traversait son torse. Lorsqu'il s'en aperçut, il poussa un hurlement d'effroi et essaya de s'en débarrasser avec des gestes compulsifs, lâchant ma main par la même occasion. Je reculai, intimidée par son comportement et sa force, mais bien décidée à l'aider à se calmer.

– Monsieur Sovit, appelai-je de ma voix la plus apaisante. Monsieur, calmez-vous, tout va bien.

– Tout va bien ? répéta-t-il, les yeux exorbités. Tout va bien ?

– Vous étiez mort, mais ce n'est plus le cas à présent. Vous voulez bien me parler ?

– Mort ? Mort ? Qu'est-ce que ça signifie ?

Ses yeux fous tombèrent en arrêt sur mes mains noires exposées à l'air libre. Subitement, ses membres s'immobilisèrent et il me fixa droit dans les yeux.

– C'est toi ? C'est toi qui m'as fait ça ?

– Oui, répondis-je avec un sourire.

Ses doigts se crispèrent à nouveau, comme des serres de rapace douées de leur propre volonté. Son visage s'assombrit soudain, sa terreur et son incompréhension refluant dans le même temps. Tout à coup, son regard n'était plus que noirceur.

– Je vais te tuer, souffla-t-il.

Avant que j'aie le temps de faire quoi que ce soit, il bondit sur ses pieds et se jeta en avant, droit sur moi. Je tombai en arrière avec un cri de terreur suraigu alors que ses doigts crochus me rataient de peu. Il se releva plus rapidement que moi et se saisit de la pelle que j'avais posée non loin de là. Sans hésiter, il m'assena sur le crâne un coup d'une violence inouïe.

Je m'effondrai au sol, complètement sonnée, la vue partagée entre d'étranges étoiles et l'obscurité la plus profonde. Je serais probablement tombée dans l'inconscience si une atroce douleur ne s'était pas mise à scier mes poignets. Je poussai un hurlement de souffrance.

– Je vais couper tes sales mains noires ! beuglait Sovit en abattant le tranchant de la pelle sur mes poignets. Je vais les couper et te tuer !

– Non ! hurla la voix d'Opo.

Les chocs sur mon bras s'arrêtèrent, mais je sentais le sang couler à flots le long de mes doigts. Un gémissement de douleur s'échappait de mes lèvres de manière continue. Dans un effort surhumain, j'essayai de distinguer ce qu'il se passait devant moi, à travers le brouillard d'inconscience et de souffrance qui me maintenait aveugle. Deux silhouettes étaient aux prises l'une avec l'autre, mais tout était si flou…

Un rugissement de rage retentit soudain, suivi du bruit métallique et mouillé d'une pelle qui s'écrasait sur quelque chose de mou, encore et encore. Des bras me saisirent, me secouèrent.

– Maelys ! appela la voix lointaine de Coriolis. Maelys ! Tu m'entends ?

Je ne pus qu'émettre un geignement pitoyable.

– Elle est gravement blessée ! Opo, il me faut un bandage, quelque chose !

Un bruit de déchirure. Les mains chaudes de Coriolis qui glissaient sur mes bras, effleuraient ma peau… et soudain la douleur, une douleur atroce. On était en train de serrer quelque chose sur ma blessure.

– Je suis désolée, Maelys, répétait Coriolis, je suis désolée, mais tu vas te vider de ton sang si je ne… Regarde-moi, pense à Qotah, ça va aller, ça va aller.

Le bruit humide et métallique retentissait toujours. Je perdis connaissance.

La famille

– Qotah, ça suffit, il est parti, laisse-le…

J'ignorai la voix d'Opo et donnai un coup supplémentaire sur le crâne de l'homme qui avait attaqué ma sœur. Elle s'abattit dans une éclaboussure de chair putréfiée. Sa tête n'était déjà plus qu'un tas de boue sanglante, mais je le frappai encore. Et encore.

– Qotah, s'il te plaît… Maelys a besoin d'aide.

C'étaient les seuls mots qui auraient pu m'arracher à ma rage aveugle. Je jetai la pelle de côté avec un dernier regard de haine sur le corps désormais informe et me détournai. Je me précipitai vers Maelys. Un regard sur l'état de ses bras me donna envie de pleurer : le sang coulait à flots des profondes entailles que les coups de pelle y avaient creusées. Il avait vraiment eu l'intention de lui couper les mains.

– Les artères ont été sectionnées, m'expliqua Coriolis en parlant très vite. Si on ne fait rien, elle va se vider de son sang. Serre ça sur son autre poignet de toutes tes forces.

Je saisis la bande de tissu déchiré qu'elle me tendait et m'exécutai en essayant de ne pas songer à la douleur que je lui infligeais. Opo courait dans tous les sens devant nous comme une poule affolée, incapable de savoir quoi faire pour se rendre utile. Une part de moi remarqua que sa belle tunique avait été réduite en lambeaux et je compris d'où venaient les bandages que nous utilisions pour essayer de sauver Maelys.

– Elle respire toujours, ajouta Coriolis, l'oreille posée sur la poitrine de ma petite sœur. Mais elle a besoin de soins urgents.

– Nous devrions… commençai-je.

– Qu'est-ce qu'il se passe ici ? m'interrompit la voix de Terri.

Il venait d'apparaître au détour d'une pierre et contemplait le tableau d'un air atterré. Son regard glissa du corps de Maelys à celui, martyrisé, du cadavre au milieu de toute la terre retournée. L'expression de son visage se fit soudain terrible.

– Partez, fit-il. Immédiatement.

– Elle est blessée ! m'exclamai-je. Elle a besoin d'aide.

– Ça n'est pas mon affaire. Quittez les lieux tout de suite.

Je remarquai alors qu'il tenait dans sa main une courte pique, le genre d'arme que les villageois gardaient chez eux pour se défendre d'éventuelles attaques de loups ou de bandits. Il allait se battre pour nous éjecter de chez lui. Je me redressai en serrant les poings, le cœur débordant d'angoisse et de rage, prêt à engager le combat contre lui. Je sentis alors la main de Coriolis se refermer sur la mienne.

– Non, dit-elle calmement. Ne fais pas ça, Qotah.

Ma fureur reflua et je fis un pas en arrière. Terri me fixait avec une hargne qui déformait son visage rond et bienveillant. Coriolis avait raison. C'était nous qui étions en tort.

– Nous devons aller à Caffith, reprit-elle. C'est le seul moyen.

Sans un mot, je me baissai pour prendre ma petite sœur dans mes bras et m'éloignai à grands pas en direction de la haie. J'empruntai l'énorme trou que nous avions creusé avec Coriolis dans notre hâte de rejoindre Opo et Maelys, alertés par leurs cris, et me dirigeai tout droit vers notre chariot, toujours garé dans le jardin. Je posai délicatement Maelys sur le sol, le temps de saisir le baluchon dans lequel se trouvait le grimoire et une partie de l'or volé aux exorcistes. J'y ajoutai des piles de linge, le calai sur mon épaule et repris Maelys dans mes bras. Entre-temps, Opo et Coriolis nous avaient rejoints et me regardaient faire sans comprendre. Le visage d'Opo n'était qu'un masque d'horreur ; Coriolis, elle, paraissait déterminée. Terri n'était plus visible nulle part.

– Je vais à Caffith, annonçai-je. Seul.

– Non ! s'exclama Opo. On vient avec toi.

– Je peux courir sans m'arrêter, pas vous. Retrouvez-moi là-bas avec le chariot.

Le jeune garçon était blême mais il acquiesça sans protester davantage. Coriolis hocha également la tête en s'installant sur le banc du conducteur.

– Va chercher la mule, Opo, ordonna-t-elle. Fais attention, ajouta-t-elle à mon intention. Il est impossible qu'un guérisseur soigne ses blessures sans voir ses mains.

– Je ferai attention.

Et je pris mes jambes à mon cou le long de la route. La nuit était complètement tombée à présent, mais la pluie avait cessé. J'essayai d'enrouler maladroitement Maelys dans le linge que j'avais récupéré, sans ralentir ma course. Son front était luisant de sueur et elle poussait à intervalle régulier des petits gémissements qui me fendaient le cœur. Je me sentais plus faible que d'habitude, mais je me forçai à ne pas y songer. Si elle mourait, je m'éteindrais de toute façon avec elle.

Je perdis le compte des heures pendant ma course folle. J'avais l'impression de m'essouffler petit à petit, mais je savais que c'était dû à l'affaiblissement de Maelys. Je ne distinguais rien d'autre que la route qui défilait sous mes pieds. De temps en temps, j'apercevais l'ombre d'un bâtiment sur le bord de la route, mais je n'en distinguais jamais assez pour pouvoir l'identifier précisément. Je ne croisai personne.

Au bout de ce qui me parut une éternité, les larges murailles de Caffith se découpèrent dans le ciel nocturne devant moi. La route menait directement à une grande porte largement ouverte, encadrée par deux torches qui projetaient une lumière mouvante sur les pierres. Un unique garde vêtu d'une armure légère surveillait les alentours, assis sur un petit tabouret. Je vérifiai que les mains de Maelys étaient bien masquées par le tissu et m'avançai dans la lumière.

– Qui va là ? demanda le garde d'un air las en se relevant.

– Ma sœur est blessée, expliquai-je en tentant vainement de gommer la panique qui perçait dans ma voix. Laissez-nous passer, je vous en prie !

– Par Jan, mon garçon, fit le garde, elle a l'air mal en point ! Laisse-moi appeler le guérisseur de la garde, il…

– Non ! m'exclamai-je plus fort que je ne l'aurais voulu. Non, merci, mais j'en connais un très bon dans la ville. Je vais la lui confier.

– Comme tu veux, mais dépêche-toi, me conseilla le garde en me faisant signe de passer rapidement.

– Merci beaucoup ! Est-ce que vous pouvez m'indiquer où se trouve la caravanerie ?

– C'est le deuxième bâtiment à droite après la muraille. Tu ne peux pas te tromper, c'est celui qui pue le cheval.

Je le remerciai à nouveau et filai sans demander mon reste. Tout à ma panique, je n'avais pas pris le temps de me demander si mon unique idée ne risquait pas de complètement échouer. Et s'il ne se trouvait pas en ville ? La période de l'année correspondait, mais tant de choses pouvaient les avoir fait repartir… Et s'il refusait de la soigner ? Dans ce cas, songeai-je avec détermination, je ne lui laisserais pas le choix.

Je n'eus aucun mal à trouver la caravanerie, qui sentait effectivement très fort. Je tambourinai à la porte jusqu'à ce qu'une femme aux yeux ensommeillés vienne m'ouvrir.

– Qu'est-ce que c'est ? marmonna-t-elle en louchant sur ma blessure au visage.

– S'il vous plaît ! m'exclamai-je. Est-ce que la caravane de Calva est en ville ?

– Ils sont repartis il y a quelques jours, répondit-elle en se grattant la tête, manifestement agacée qu'on vienne la déranger à une heure pareille pour des questions aussi triviales.

Je sentis mon cœur mort tomber dans ma poitrine. Ce n'était pas possible.

– Et leur guérisseur, demandai-je en désespoir de cause, il est parti avec eux ?

– Sol ? Non, il est resté en ville, cette fois. Ça n'a pas plu à sa mère, mais…

– Où loge-t-il ? la coupai-je brusquement.

– Dans la maison au toit rouge à deux rues d'ici, répondit-elle en me lançant un regard noir, visiblement vexée. Mais il doit être en train de dormir, à cette heure-là. Comme je l'étais aussi, d'ailleurs.

– Merci mille fois !

Au moment où je fis volte-face, elle parut enfin remarquer que je tenais une enfant en piteux état dans mes bras et son expression se fit déconfite.

– Vous avez besoin d'aide ? Je veux dire…

Mais j'étais déjà parti. Je remontai les rues à toute allure, refusant de prêter l'oreille à la fatigue qui commençait à me tarauder. Une maison au toit rouge, une maison au toit rouge… je finis par apercevoir une coquette petite bâtisse de pierres blanches coiffée de tuiles cramoisies, nichée au milieu d'un jardin soigneusement entretenu. Sans tergiverser, je me précipitai sur la porte et y cognai de toutes mes forces.

Pendant quelques instants, seul le silence de la nuit me répondit. Puis une lumière s'alluma derrière les fenêtres, la porte s'entrouvrit et Sol apparut dans l'ouverture, l'air plus malade et fatigué que jamais. Ses yeux mangés de cernes s'écarquillèrent en me voyant.

– Qotah ? C'est toi ? Par mes ancêtres, que t'est-il arrivé au…

– Sol, je t'en prie, j'ai besoin de toi ! Maelys est blessée !

Il n'hésita pas une seule seconde.

– Entrez, dit-il en s'effaçant pour nous libérer le passage.

Je m'engouffrai dans la maison sans attendre. Il me mena immédiatement dans une petite pièce apparemment dédiée à son activité médicale : des coffres en bois s'alignaient contre le mur, débordant de plantes en tout genre ; d'épaisses piles de linges s'empilaient sur une table à côté d'une large bassine, et différents outils d'aspect parfois inquiétant étaient suspendus au mur. Au centre, une paillasse en piteux état faisait office de brancard pour les malades. J'y installai Maelys sans protester et en refusant de m'émouvoir des taches de sang séché qui la maculaient.

Sol m'écarta d'un geste autoritaire et posa sa main aux longs doigts maigres sur le front de ma petite sœur.

– Que s'est-il passé ? demanda-t-il sans me regarder.

– Un homme l'a attaquée avec une pelle, je crois qu'il essayait de lui couper les mains…

Avant que je puisse ajouter quoi que ce soit, Sol retira les couches de tissus qui entouraient les poignets de Maelys, dévoilant ses mains noires. Il y eut un instant de silence. Puis Sol leva vers moi un regard sombre.

– Je le savais, dit-il simplement.

– Comment…

– On en parlera après. Apporte-moi le flacon vert qui est là-bas.

Je n'avais pas le temps de ressentir du soulagement. Je me précipitai vers l'endroit qu'il m'indiquait, une armoire remplie de bocaux en tout genre, et lui rapportai ce qu'il avait demandé. Il déboucha le flacon et versa la mixture sur les plaies.

– Aide-moi à étaler ça dans ses blessures.

J'obtempérai docilement à tous ses ordres pendant ce qui me parut une éternité. Au bout d'un moment, il prit doucement la main de Maelys dans la sienne et tâta prudemment son pouls.

– Elle va s'en sortir.

Je crus défaillir de soulagement. Bouleversé, je me penchai pour embrasser le front de ma petite sœur. J'avais une fois de plus failli à mon devoir de grand frère, mais je ne laisserais plus jamais rien lui arriver. Jamais.

Sol me dévisagea gravement.

– Je crois que nous devrions parler, fit-il.

– Merci, Sol, répondis-je avec toute la sincérité dont j'étais capable. C'est la deuxième fois que tu lui sauves la vie.

– C'est mon travail. Mais en paiement, je te le demande, Qotah… Qui êtes-vous réellement ?

Je contemplai ma petite sœur, à présent endormie, les bandages sur ses poignets noirs, ses mèches blondes crasseuses de ne pas avoir été lavées depuis des semaines, son visage qui me rappelait tant celui de ma mère…

– C'est Maelys, ma petite sœur, répondis-je à mi-voix.

– Et ta petite sœur est une nécromancienne.

Je levai les yeux vers lui. Il paraissait sérieux mais pas en colère. Il voulait simplement savoir.

– Depuis quand le sais-tu ? demandai-je.

– Depuis le tout premier jour. Tu penses vraiment que j'aurais soigné ses blessures sans examiner tout son corps ? J'ai retiré ses gants cette nuit-là et j'ai vu… ce qu'il y avait à voir.

– Pourtant, tu l'as soignée.

– Je te l'ai dit. J'ai horreur des traditions, des préjugés. Ta sœur ne m'avait rien fait et elle était blessée. Je n'allais pas la laisser mourir à cause de la couleur de ses mains.

Je restai muet, empli d'une nouvelle forme de respect pour le frêle garçon.

– En plus, ajouta-t-il avec le fantôme d'un sourire sur ses lèvres, elle m'a pratiquement proposé de ressusciter mon père quand nous étions à Elunart.

– Elle est comme ça, Maelys, acquiesçai-je. Elle aime aider les gens.

– Je m'en suis bien rendu compte, oui. Je n'ai jamais regretté de l'avoir sauvée.

– J'ai de l'or en remerciement, si tu veux…

– Ça ne m'intéresse pas, coupa-t-il. Tout ce que je veux savoir c'est : qui êtes-vous ? D'où venez-vous ?

Il avait largement mérité de savoir. J'entrepris de lui raconter l'histoire de Maelys, depuis le jour où je l'avais vue relever notre mère décédée. Il m'écouta avec attention, jusqu'au moment où je racontai l'attaque de la meute de Saebor. À l'instant où je mentionnai la manière dont le loup-garou m'avait tué, il écarquilla les yeux et fit un pas en arrière, l'air choqué.

– Attends, tu veux dire que… tu es mort ?

– Je pensais que tu le savais, répondis-je, déconcerté par sa réaction.

– Par mes ancêtres, non ! Mais tu es… tu es…

– Maelys m'a ramené.

Le regard qu'il m'adressa n'avait rien de réjouissant. Je ne savais qu'y distinguer exactement : de la peur, du dégoût ? Un peu des deux probablement. Je fis de mon mieux pour passer outre.

– Tu veux t'asseoir ? demandai-je alors qu'il se retenait à la table derrière lui pour compenser le fait que ses jambes s'étaient soudain mises à vaciller.

– Ça va aller, marmonna-t-il. C'est juste que… je ne m'y attendais pas. Je ne savais même pas que c'était possible.

– C'est la raison pour laquelle j'ai refusé que tu t'occupes de mes blessures à l'époque.

Une lueur de compréhension s'alluma dans les yeux de Sol, et un vague sourire se dessina sur ses lèvres

– C'était donc pour ça, cette décision stupide…

Il finit par prendre une profonde inspiration.

– Désolé, dit-il en lâchant la table. Je savais que Maelys était une nécromancienne, mais découvrir que son frère est en fait un non-mort, ça…

Je m'efforçai de ne pas me sentir blessé. Après tout, pouvais-je vraiment lui en vouloir ?

– Continue ton histoire.

Je repris le cours de mon récit. Quand j'eus fini, il poussa un profond soupir, celui d'un homme infiniment las.

– J'avais entendu parler de ces légendes, mais je ne leur avais jamais accordé aucun crédit, murmura-t-il. Tu veux donc dire que…

– Nous devons trouver les deux derniers nécromanciens et les tuer, pour que Maelys absorbe leur pouvoir, achevai-je. Si nous ne le faisons pas, l'un d'entre eux deviendra le maître de la mort et je pense que le monde n'a aucune envie de laisser autant de pouvoir à des gens comme eux.

– Je veux bien te croire, fit Sol à mi-voix.

– Est-ce que tu nous aiderais ? Je sais que c'est un peu fou, mais…

Je n'achevai pas ma phrase, conscient que j'en demandais beaucoup. Le regard de Sol s'était fait vague, comme si ses pensées s'étaient envolées ailleurs.

– Quand Maelys m'a proposé de reparler à mon père, finit-il par dire d'une voix lointaine, j'ai d'abord eu peur, puis je me suis senti très heureux. Je me suis rendu compte que oui, je donnerais n'importe quoi pour lui parler une dernière fois, et peu m'importait que ce soit grâce à une magie taboue. Et puis, vous avez disparu. J'avais l'impression d'avoir raté ma chance, que plus jamais elle ne se représenterait. Tu n'imagines pas comme je me suis senti déprimé à cette idée.

Il paraissait aux prises avec lui-même, en proie à un tourment dont je ne pouvais le tirer.

– Je pense que Maelys pourrait faire beaucoup de bien à ce monde, reprit-il finalement. Je ne peux pas me battre, mais si je peux être utile pour autre chose, vous pouvez compter sur moi.

***

Je restai toute la nuit au chevet de Maelys, simplement heureux de voir son souffle soulever sa poitrine. La pâle lueur de l'aube traversait à peine les carreaux de la fenêtre lorsque ses paupières s'ouvrirent enfin. Elle posa son regard sur moi et ses yeux s'emplirent de larmes.

– Qotah, gémit-elle, je... je suis désolée...

– Chut, l'interrompis-je en caressant sa joue, ce n'est rien, ne t'inquiète pas. Tu es vivante, c'est la seule chose qui compte.

– Mais je t'ai désobéi et il... il a essayé de me tuer ! Je voulais simplement l'aider...

– Parfois, répondis-je avec douceur, les gens veulent des choses qui nous dépassent. Je ne t'en veux pas.

– J'aurais dû le laisser partir tout de suite, mais il m'a attaquée par surprise et après il m'a frappée et...

Je la serrai contre moi dans l'espoir de l'apaiser. Au fond de moi, malgré toute la haine que je portais à l'individu qui avait tenté de la mutiler, j'espérais que cette expérience lui servirait de leçon. Il était plus que temps qu'elle comprenne que tout le monde ne voulait pas être ressuscité.

– J'ai une surprise pour toi, dis-je avec un sourire en me reculant.

– Quelle surprise ? demanda-t-elle, les yeux encore baignés de larmes.

– Quelque chose qui va te faire très plaisir.

Comme si nous avions répété avant, Sol entra dans la pièce à ce moment-là. Voir les yeux de Maelys s'arrondir de stupeur et ses joues rosir si joliment était un enchantement au regard de la peur que j'avais éprouvée la nuit dernière.

– Bonjour, Maelys, fit Sol avec un sourire.

– Sol ! s'exclama-t-elle en se redressant sur le brancard malgré ses blessures.

– Comment te sens-tu ?

– C'est toi qui m'as soignée ?

– Tu vas finir par devenir ma patiente la plus fidèle si tu continues comme ça.

Maelys se mordit les lèvres et baissa soudain les yeux sur ses poignets bandés. Sa paume et ses doigts noirs tranchaient sur la blancheur immaculée du pansement. Elle se tourna à nouveau vers Sol, visiblement angoissée.

– Je… Tu… balbutia-t-elle.

– Il va falloir rajouter une petite règle si vous vous installez chez moi, la coupa Sol d'un ton joyeux. Pas de cadavres dans mon salon, d'accord ?

Le sourire baigné de larmes que Maelys adressa au guérisseur était si lumineux qu'il en éclipsait la lumière du jour. Je ne l'avais jamais vue aussi heureuse de ma vie.

– Sol, intervins-je, nous avons deux amis qui sont en route pour nous rejoindre. Est-ce qu'il est possible de les intercepter à la porte pour leur dire que nous sommes chez toi ?

– Qui sont ces amis ? demanda Sol en fronçant les sourcils.

– L'exorciste et le gamin de la Lyberté dont je t'ai parlé hier. Ils nous ont beaucoup aidés.

– Je ne voudrais pas avoir l'air de remettre tes décisions en question mais… tu penses vraiment que c'est une bonne idée de dire à une exorciste où vous vous cachez ?

Je ne répondis pas tout de suite. Bien sûr, je me posais encore la question. Et si Coriolis n'était pas vraiment de notre côté ? Si elle faisait semblant pour mieux nous vendre à ses collègues au moment où nous serions le plus vulnérables ? Je me rendis compte que je caressai distraitement mes lèvres en réfléchissant. Le baiser que nous avions échangé la veille était l'une des choses les plus douces et merveilleuses que j'avais vécues. J'avais besoin de croire qu'il était sincère.

– Elle est de notre côté, répondis-je fermement.

– Bon, eh bien, si tu es sûr de toi, donne-moi leur description. J'irai dire aux gardes de la porte est de me les envoyer s'ils les aperçoivent.

– Merci beaucoup. Maelys, je peux te laisser quelques heures ? J'ai quelque chose à faire.

– Tu me laisses toute seule ? demanda-t-elle, alarmée.

– Pas toute seule, Sol restera avec toi.

Comme prévu, cela lui fit ravaler ses protestations. Le concerné me jeta un regard surpris.

– Que peux-tu bien avoir à faire à Caffith ?

– Un vieil ami à aller saluer. Tu pourrais m'indiquer où se trouve le temple de Ly dans cette ville ?

– Il y en a plusieurs, mais le temple principal n'est pas très loin d'ici.

Il m'expliqua le chemin à suivre et je tentai de tout enregistrer avec précision. Mon objectif était déjà purement égoïste, il valait mieux que j'évite en plus de me perdre dans les rues d'une ville inconnue.

– Fais attention, ajouta Sol à la fin de ses indications. Il y a beaucoup de règles ici qui ont été instaurées pour contrer les nécromanciens. C'était il y a plusieurs siècles, mais certaines d'entre elles sont encore en vigueur, et même si la majorité des gens n'en comprennent pas vraiment l'utilité, il est quand même mal vu de ne pas s'y plier.

– Comme par exemple ? demandai-je.

– Par exemple, il est déconseillé de porter des gants. Saluer quelqu'un se fait en montrant sa paume nue. Refuser serait considéré comme un immense affront.

– Il faut faire quelque chose pour les mains de Maelys, dans ce cas.

– Pour le moment, il vaut mieux qu'elle ne sorte pas d'ici.

– Mais je voulais voir Caffith ! protesta Maelys.

– Attends un peu, d'accord ? Je vais reposer tes bandages pour qu'ils couvrent l'intégralité de tes mains. Tu n'auras qu'à dire que tu t'es brûlée en t'occupant de l'âtre. Vu que tu es une enfant, ça devrait passer. Mais évite de croiser trop de gens, d'accord ?

Elle hocha la tête, mais sa moue déçue valait tous les discours.

– Reste ici, insistai-je en faisant les gros yeux. Profites-en pour poser des questions à Sol sur la cité. Je ne serai pas long et, avec un peu de chance, Opo et Coriolis seront là quand je reviendrai. Nous pourrons commencer à discuter de notre plan de bataille.

– D'accord, Qotah, marmonna Maelys.

Je n'étais pas vraiment convaincu, mais Sol m'adressa un regard rassurant qui voulait dire « ne t'inquiète pas, je m'occupe d'elle ». Je me demandai s'ils allaient profiter de n'être que tous les deux pour tenter d'appeler le père de Sol. Mais ce n'étaient pas mes affaires.

Après plusieurs dernières recommandations angoissées, je finis par réussir à m'arracher à contrecœur à l'étreinte de Maelys et sortis dans la rue. Je jetai un dernier regard inquiet derrière moi. Ce que je faisais n'était pas prudent, mais j'en avais besoin.

Fouillant dans ma mémoire pour en extraire les instructions de Sol sur le chemin à suivre, je progressai à travers les rues à pas lents. De ce que je voyais, Caffith n'était pas si différente d'Elunart, à l'exception notable que les pierres étaient plus rouges et les jardins plus rares. Il était encore très tôt, mais de nombreuses personnes emplissaient déjà les rues de leur présence et de leurs cris. Il me paraissait très étrange d'évoluer seul au milieu de tout ce monde, comme si je m'étais trouvé au milieu du rêve de quelqu'un d'autre. Comment réagiraient-ils s'ils savaient qu'un cadavre marchait tranquillement au milieu d'eux tous ? Ce serait probablement la panique. On me lyncherait sans pitié.

Pour me distraire de ces sombres idées, mes pensées s'envolèrent vers Coriolis. Je n'avais pas eu le temps de consommer ma surprise et mon bonheur, trop occupé à être furieux et inquiet pour Maelys, mais à présent que ma sœur était tirée d'affaire et que le calme était revenu, je sentais mon cœur devenir chaque seconde plus léger dans ma poitrine. Je souris en me repassant les événements dans ma tête, toutes ces images et ces sensations chacune plus belle que l'autre. Sa main sur ma joue, son regard déterminé, féroce presque, ses lèvres et sa langue… Elle avait caressé ma peau froide, embrassé ma bouche morte, s'était pressée contre ma poitrine immobile… et elle n'avait pas été dégoûtée. C'était si beau, si magnifique que je me le répétais plusieurs fois. Caffith paraissait soudain incroyablement colorée et lumineuse.

Tout entier concentré sur ces pensées hautement réjouissantes, je me rendis compte un peu tard que j'avais avancé sans trop me soucier de ce qu'il se passait autour de moi. Je tournai la tête à droite et à gauche, alarmé, mais finis par apercevoir ce que je cherchais. Un immense temple noir se dressait au bout de la rue, au milieu d'une place élégante remplie de monde. Comme je m'approchais, je constatai que le temple ressemblait d'une certaine manière à celui dans lequel nous avions grandi à Joname. Les sculptures se ressemblaient, l'architecture également. La vraie différence entre les deux édifices, c'était que ce temple-là était immense, monumental : les statues avaient la hauteur d'un homme, et les tours se dressaient vers le ciel avec arrogance. Je restai quelques instants devant le bâtiment, décontenancé devant tant de grandeur, presque intimidé.

Je finis par y pénétrer malgré tout, avec la prudence de celui qui sait qu'il n'est pas à sa place ici. L'intérieur était sombre mais tout aussi majestueux que l'extérieur ; les murs étaient recouverts de blocs de marbre sur lesquels étaient taillées des scènes d'une précision incroyable. Un lacis de dorures parcourait le sol comme des chemins brillants, se séparant pour s'enrouler autour des colonnes qui maintenaient la charpente. Un silence respectueux régnait, malgré la foule qui se trouvait là. Certains s'adressaient à voix basse à d'imposantes statues de Ly en ébène ou en basalte, d'autres discutaient avec ce qui ressemblait à des prêtres de Ly. Je me dirigeai vers l'un d'entre eux, qui semblait libre.

– Bonjour, euh…

Je m'interrompis net, embarrassé. Comment s'adressait-on à un prêtre de la mort ? J'avais vécu la moitié de ma vie avec l'un d'entre eux, mais Swen s'était toujours plus apparenté à un hôte qu'à un prêtre à mes yeux, et je ne l'avais jamais appelé autrement que par son prénom.

– Bonjour, cher enfant, répondit le prêtre avec un sourire bienveillant.

Il leva sa main pour me présenter sa paume et je m'empressai de faire de même. Au moins, il paraissait avenant. Je décidai de tenter ma chance sans plus tarder.

– J'aimerais parler au prêtre Sahel, dis-je du ton le plus respectueux que je pus. Savez-vous s'il se trouve ici ?

L'homme eut l'air légèrement embêté.

– Le grand prêtre Sahel est bien ici, répondit-il avec lenteur en me jaugeant du regard, mais il est très occupé. Ne pouvez-vous pas vous satisfaire de moi pour votre requête, quelle qu'elle soit ?

– Je suis navré, mais j'ai vraiment besoin de parler au grand prêtre Sahel, insistai-je en corrigeant son titre pour éviter qu'il ne prenne mon erreur pour de l'insolence. Vous pouvez lui demander, il me connaît.

– Très bien, céda le prêtre, suivez-moi.

Il m'entraîna à travers les statues et les colonnes, jusqu'à une trappe richement ornée qui découpait un carré doré sur le sol. Il s'y engouffra et je lui emboîtai le pas, descendant les degrés avec précautions. Nous nous retrouvâmes dans une large crypte uniquement éclairée par des torches disposées à intervalles réguliers le long des murs. Il n'y avait personne ici.

– Qui dois-je annoncer ? me demanda poliment le prêtre.

– Qotah, de Joname, répondis-je, non sans anxiété.

– Ah, vous avez dû le rencontrer pendant ses voyages, sourit le prêtre.

J'acquiesçai sans mot dire, et il s'approcha d'une pièce hermétiquement fermée par une large porte de pierre. Il l'ouvrit et nous fûmes éblouis par une puissante lueur de flammes, qui crépitaient bruyamment. Une dizaine de corps étaient alignés contre le mur de droite, assis en tailleur, les mains posées sur les genoux comme dans une étrange parodie d'attente. Au milieu de la pièce, contenu dans un âtre de forme cubique, brûlait le plus grand feu que j'aie jamais vu.

Sahel se trouvait là, accroupi près de l'un des cadavres, la main posée sur son front. Il ne se retourna pas à notre entrée, et le prêtre qui m'accompagnait toussota d'un air gêné.

– Grand prêtre Sahel, il y a ici un garçon qui dit vouloir vous rencontrer. Il s'appelle Qotah…

À ces mots, Sahel sursauta et se retourna brusquement vers nous. Ses yeux s'écarquillèrent en se posant sur moi. Le prêtre eut soudain l'air inquiet.

– Tout va bien, Grand Prêtre ?

– Tout va très bien, Idris, répondit Sahel d'une voix cassante en reprenant rapidement contenance. Vous avez bien fait de me l'amener. Vous pouvez nous laisser.

L'homme s'inclina et se retira. Nous restâmes seuls, Sahel et moi, dans un face à face silencieux. Il avait beaucoup vieilli. Ses cheveux et sa barbe étaient blancs à présent, et de profondes rides creusaient des sillons dans la chair de son visage. Il était richement vêtu d'une cape de soie noire et couvert de bijoux discrets mais dont l'éclat brillait à la lueur du feu – rien à voir avec les tuniques de voyage en cuir qu'il portait à l'époque où il venait nous rendre visite, à ma mère et moi. De la sueur dégoulinait sur son front, due à l'intense chaleur qui régnait dans la pièce.

Je n'aurais su dire quels sentiments exacts je ressentais en sa présence. Son existence était bien trop liée à mon enfance dans mon esprit, et voir son visage, aussi vieilli fût-il, éveillait en moi le spectre douloureux de la nostalgie. Une part de moi ne pouvait s'empêcher d'éprouver de la rancœur à son encontre. Il nous avait ramassés puis jetés aussi rapidement que possible. Mais je savais aussi que nous n'aurions jamais survécu s'il n'était pas passé sur la route ce jour-là.

Le vieil homme se racla la gorge avec hésitation. D'aussi loin que je me souvienne, je l'avais toujours vu enjoué, sûr de lui. Sa gêne était un élément nouveau pour moi et ne fit que durcir mes sentiments à son égard.

– Eh bien, bonjour, Qotah, finit-il par dire en essayant de sourire. Je ne m'attendais pas à te trouver ici. Qu'est-ce que tu as grandi ! Mais qu'est-il arrivé à ton visage ? Tu…

– Est-ce que vous saviez qui était Maman ? le coupai-je sans aménité.

Il s'interrompit net et m'adressa un regard que je ne sus interpréter, un mélange de peur et de colère.

– Oui, finit-il par dire à voix basse. Je le savais.

– Racontez-moi tout.

Il y eut un nouveau moment de silence, puis il poussa un profond soupir.

– Si tu le souhaites. Mais ne répète jamais rien de ce que je te dirai, à personne.

– Je veux simplement connaître l'histoire de ma mère.

– Très bien. Saeli et moi nous sommes rencontrés il y a maintenant quarante ans. J'étais un jeune prêtre de la mort et j'officiais à Caffith dans un temple mineur. J'avais été envoyé par le grand prêtre pour enquêter sur un cimetière illégal à l'extérieur de la ville. Cela arrivait souvent à l'époque. En arrivant là-bas, je suis tombé directement sur elle. Elle a commencé par vouloir me tuer, mais j'ai supplié pour ma vie, et elle a fini par admettre que je pourrais lui être utile. Je l'ai aidée à introduire un de ses non-morts dans mon temple et à le nommer responsable du crématorium. Ainsi, au lieu de brûler les morts, il les faisait discrètement sortir pour grossir son armée.

Grâce à ça et pendant longtemps, Saeli a été l'une des nécromanciennes les plus redoutées de son époque. Je l'ai vue vaincre nombre de ses pairs et échapper aux exorcistes un nombre incalculable de fois. Pour ma part, elle me fascinait et nous avons fini par dépasser notre relation de domination pour devenir de véritables amis. Elle était si forte et si belle…

Sa voix s'éteignit et son regard se perdit dans le vide alors qu'il s'égarait dans ses souvenirs. Je n'étais pas vraiment sûr de vouloir connaître les détails de sa relation avec ma mère, mais je me fis violence pour ne pas l'interrompre. Je voulais entendre tout ce qu'il avait à me raconter.

– Au fil des ans, reprit-il au bout d'un moment, elle a commencé à se lasser. Je voyais bien que son grand âge commençait à lui peser. Elle me disait souvent que tous ceux qu'elle avait aimés étaient morts ou voués à disparaître. Je lui disais qu'elle pourrait toujours me garder avec elle si elle le souhaitait, mais elle me répondait qu'elle ne souhaitait pas vivre entourée de non-morts. Ce qu'elle voulait, j'ai fini par le comprendre, c'était retrouver la famille qu'elle avait connue quand elle était jeune, des siècles plus tôt. Sa mère, ses frères et leur travail à la ferme. Elle se languissait de cette existence, et elle a commencé à délaisser complètement le combat contre les autres nécromanciens. Finalement, elle a fini par abandonner son armée et par s'installer dans cette petite cabane à côté de Joname.

« J'étais très déçu, je ne te le cache pas. J'espérais assister de mon vivant à son avènement en tant que maîtresse de la Mort. Mais plus que tout, j'étais touché par sa dépression. Elle m'avait permis de monter dans la hiérarchie, ici à Caffith, mais je prenais régulièrement une ou deux saisons pour pouvoir voyager et lui rendre visite. Et je la voyais dépérir.

Un jour, pendant mon voyage, j'ai trouvé un nouveau-né abandonné. Sa mère était décédée pendant l'accouchement, et le père ne voulait pas s'en charger. Alors, je l'ai recueilli et je l'ai confié à Saeli. Cet enfant, c'était toi, comme je pense que tu l'as déjà compris.

Je restai muet et immobile, interdisant à mon visage d'exprimer la moindre émotion. Il me scruta quelques instants mais, devant mon absence de réaction, finit par reprendre son récit.

– Je n'avais jamais vu Saeli aussi heureuse. Elle t'a tout de suite considéré comme son fils et a juré qu'elle ne ferait désormais plus rien d'autre que s'occuper de toi. Et, effectivement, elle n'a plus jamais quitté sa cabane. Chaque fois que je passais dans le coin, vous étiez là tous les deux, toi toujours plus grand, et elle toujours plus épanouie. J'étais là quand elle a plongé ses mains dans le feu pour faire disparaître leur couleur. Je crois bien que du jour où tu es entré dans sa vie, elle n'a plus jamais utilisé sa magie.

– Et ma petite sœur ? demandai-je à mi-voix.

Le visage de Sahel s'affaissa quelque peu.

– Mon garçon, dit-il d'une voix qui s'était faite faible et chevrotante, dévoilant l'ampleur de sa culpabilité. Il faut me comprendre. Je ne pensais même pas qu'il était possible pour une nécromancienne d'avoir un enfant. Quand je vous ai trouvés ce jour-là… je n'ai pas su quoi faire. Je me suis simplement dit qu'il vous fallait un endroit sûr pour grandir en paix.

– Et évidemment, vous ne pouviez pas vous en charger vous-même.

– Je n'ai jamais demandé à m'occuper des enfants de Saeli ! s'exclama le prêtre, soudain sur la défensive. C'était certes mon amie, mais tout de même… J'ai fait tout ce que je pouvais pour vous, Qotah, tu ne peux pas me reprocher de ne pas avoir fait plus. Swen ne s'est-il pas bien occupé de vous ?

– Si, il l'a fait. Comme vous l'auriez vu si vous étiez repassé par Joname au cours de ces dix dernières années.

– Ne sois pas ingrat, mon garçon. Sans moi, ta sœur et toi seriez morts à peine quelques jours après sa naissance. J'ai fait ce que je devais, je ne vous dois plus rien.

Son visage était dur à présent, toute trace de malaise envolé. Je compris qu'il avait redouté ce moment, qu'il avait repassé dans sa tête toutes les choses qu'il me dirait si jamais je venais le confronter. Insister n'aurait servi à rien. Il avait raison sur un point : il ne nous devait rien.

– Merci pour ce récit, dis-je en tournant les talons.

– Attends, Qotah ! appela-t-il. Ta petite sœur… comment se porte-t-elle ?

Je ne me retournai pas pour répondre.

– Il vaudrait mieux que vous ne le sachiez jamais, répondis-je en claquant la porte du crématorium derrière moi.

Je me retrouvai seul dans la crypte sombre, tremblant de colère. Je montai quatre à quatre les marches qui menaient à la trappe et sortis du temple en coup de vent. Une fois dehors, je m'appuyai contre une colonne et levai les yeux au ciel dans l'espoir de trouver l'apaisement dans la douce course des nuages.

Pourquoi me sentais-je aussi furieux ? Sahel n'était pas un membre de notre famille, il n'avait effectivement aucune raison de nous aider plus qu'il ne l'avait fait. Mais constater toute la richesse de son temple, son statut de grand prêtre, le respect qu'on lui témoignait… ne faisait que me rappeler les deux paillasses miteuses dans lesquelles nous avions dormi pendant des années, les jours de famine où Maelys pleurait de faim, la sensation que j'avais eue, oh, si souvent, d'être seul au monde pour m'occuper de nous. Comment aurait été notre vie si Sahel avait décidé de nous prendre sous son aile, de nous élever ici, à Caffith ? Nous aurions mangé à notre faim, dormi dans de vrais lits, appris à lire, peut-être… Maelys aurait côtoyé tant de gens qu'elle n'aurait peut-être pas ressenti le besoin de jouer avec son pouvoir. Elle n'aurait jamais ressenti le besoin de fuguer, nous n'aurions jamais rencontré de loup-garou sanguinaire et je ne serais pas mort.

Je donnai un coup de pied rageur à la colonne, qui ne bougea pas d'un pouce. Penser à tout ceci était ridicule. Notre histoire était ainsi, et rien ne pourrait la changer. Mais la rancœur persistait en moi, l'incompréhension également. Quand j'étais petit, j'aimais beaucoup le vieux prêtre et j'avais eu la faiblesse de croire que mon affection était réciproque. Et puis, il devait beaucoup aimer Maman pour prendre la peine de quitter le confort de Caffith pour crapahuter sur les routes aussi souvent, il aurait pu faire ça pour elle…

Maman… Je me mordis la lèvre et serrai les poings. Pouvais-je vraiment encore la nommer ainsi ? Je n'étais qu'un orphelin trouvé sur le bord de la route. J'avais vécu toute mon existence dans un mensonge. Maelys n'était même pas vraiment ma sœur. La douleur que cela me procurait dépassait tout ce que j'avais imaginé. J'avais eu mal lorsque Nelyce nous avait exposé sa théorie sur notre famille, mais c'était une tout autre forme de souffrance que d'en avoir la confirmation. Je caressai amèrement la balafre qui courait sur ma figure. On m'avait pris ma vie, mon visage et maintenant ma famille. Que me restait-il ?

Mes pieds m'emmenèrent d'eux-mêmes à travers les rues que je traversai comme le fantôme que j'aurais dû être. La matinée touchait à sa fin, et Caffith devenait de plus en plus animée, emplie d'odeurs et de cris. Je croisai des vieillards, des chariots en tous sens, des vendeurs qui hurlaient les mérites de leurs produits par-dessus le bruit de la foule, des enfants… Une petite fille attira mon regard malgré moi, blonde et vêtue d'une robe blanche, comme Maelys autrefois. Sa ressemblance avec ma petite sœur s'arrêtait là, mais je sentis mon cœur se serrer en la voyant suivre sa mère en babillant des paroles compréhensibles d'elles seules, un gâteau au miel fermement serré dans sa main. Maelys avait été aussi petite, aussi bavarde, aussi insouciante…

Je secouai la tête avec colère. Qu'est-ce que je racontais ? Ma mère avait été ma mère, peu importait que je sois sorti de son ventre ou pas. Et rien ne pourrait jamais m'empêcher d'être le grand frère de Maelys. Je l'avais élevée, protégée, aimée pendant dix ans… Que valait le lien du sang par rapport à ce lien-là ?

Un peu rasséréné, je repris le chemin de la maison de Sol avec plus de vivacité. J'avais besoin de revoir le visage de Maelys. Il me semblait que tout ce qui me faisait du mal disparaîtrait dès la seconde où je pourrais la serrer contre mon cœur.

Alors que je tournai à l'angle d'une ruelle, une voix s'éleva derrière moi.

– … comme je te dis, il y a un nécromancien devant la ville !

Je m'arrêtai net et cherchai du regard qui avait dit ça. Je m'étais enfoncé dans la ville, et les environs étaient quasiment déserts. Deux femmes seules discutaient à voix basse non loin de moi, de l'autre côté de l'angle que je venais de prendre. Elles portaient toutes les deux la cape noire au rond blanc qui les désignait comme membres de la Lyberté. J'étais passée devant elles sans même les remarquer, et il me semblait qu'elles ne m'avaient pas vu non plus, trop absorbées par leur discussion. Je me plaquai contre le mur et tendis l'oreille.

– Mais qu'est-ce qu'il fait là ?

– Il doit chasser ses semblables. J'ai entendu dire qu'il en avait capturé un.

– Ce n'est pas possible !

– Et tu veux savoir le plus incroyable ? C'est une petite fille !

J'eus l'impression que le monde s'écroulait autour de moi.

– Ça n'existe pas, les nécromanciens petites filles, fit la deuxième femme d'un air sceptique.

– Je le pensais aussi, mais elle a bien les mains noires ! Le chef de la Lyberté m'a envoyée en reconnaissance pour voir s'il pouvait s'agir du Bienfaisant. Tu n'as qu'à venir avec moi pour voir ça.

– Très bien, je te suis !

Tout tournoyait autour de moi, comme si le ciel et les bâtiments étaient devenus liquides. Ce n'était pas possible. J'étais parti depuis moins de deux heures ! Comment un nécromancien aurait-il pu trouver Maelys et l'enlever ? Comment la Lyberté pouvait-elle être au courant ? À moins que quelqu'un ne nous ait trahis… Était-ce Opo ? Je n'imaginais pas le jeune garçon capable de trahison, mais il était tant attaché à sa secte, et nous le connaissions finalement si peu…

Tourmenté par toutes ces questions, je suivis discrètement les deux femmes qui avançaient d'un bon pas. Elles nous menèrent jusqu'à la porte que nous avions empruntée la veille, à présent gardées par deux femmes et un homme en armure. Je constatai que, si le flot de voyageurs passait sans trop de problèmes, ils faisaient tous le signe de la main dont m'avait parlé Opo, celui qui dévoilait leur paume nue. J'aurais dû m'estimer heureux que le garde de la veille n'ait pas été trop à cheval sur les règles, mais à quoi bon à présent, si Maelys avait été capturée ? Je présentai machinalement ma paume à une des sentinelles et on me laissa passer sans broncher.

Entre-temps, les deux femmes que je filais s'étaient écartées de la grand-route et longeaient les murailles. Il n'y avait plus de bâtiments ou de gens derrière lesquels me cacher, aussi ralentis-je le pas pour les laisser prendre de l'avance à travers les fourrés. La végétation était à peine assez dense pour me camoufler si jamais elles se retournaient, mais que pouvais-je y faire ? Il était hors de question que je les perde.

Elles avançaient de toute manière d'un pas déterminé et ne s'embarrassaient pas de coups d'œil en arrière, ce qui arrangeait bien mes affaires. Je continuai de les suivre à bonne distance, jusqu'à ce que la porte et la grande route aient complètement disparu. À présent, nous étions seuls tous les trois le long des murailles, au milieu des arbres qui se faisaient de plus en plus nombreux. Je devais lutter pour ne pas les perdre de vue tout en restant silencieux.

Elles finirent par s'immobiliser. Nous étions au milieu d'une véritable forêt à présent, même si l'épaisse muraille s'élevait toujours sur ma droite, bien visible à travers le feuillage. Sans signe avant-coureur, elles se retournèrent toutes les deux de concert et dirigèrent leur regard directement sur moi. Je restai cloué sur place, pris au piège. Elles m'adressèrent un large sourire.

– Bonjour, Qotah, dirent-elles en chœur. Tu es bien curieux. Il vaut mieux ne pas croire tout ce qu'on entend.

Un léger bruissement de feuilles retentit non loin et, soudain, six paires de mains se refermèrent sur moi, m'immobilisant sans effort. Derrière les deux femmes, un homme venait d'apparaître, tout sourire dans ses vêtements richement brodés, des bagues brillant aux doigts de ses mains noires.

– Et maintenant, dit-il d'une voix douce, nous allons tranquillement attendre ta petite sœur tous ensemble.

Qui garde les gardiens ?

– … et c'est à ce moment-là que je me suis réveillée ici, conclus-je.

Sol me dévisagea de ses yeux fatigués, l'air incrédule. Peut-être était-ce parce que je ne l'avais pas vu depuis longtemps, mais j'avais l'impression que ses cernes violets avaient doublé de volume depuis la dernière fois. Ses cheveux blonds avaient également poussé et commençaient à boucler à leur extrémité. Il était également plus pâle que jamais. Était-il malade ?

Après être revenu de la porte est où il était allé informer les gardes qu'il fallait envoyer à la caravanerie toute personne correspondant au signalement d'Opo et de Coriolis, le jeune garçon s'était installé à mes côtés, et j'avais entrepris de lui narrer toutes nos aventures, du début à la fin. C'était agréable de pouvoir me confier à quelqu'un qui n'était pas Qotah, et je m'étais surprise à lui livrer des choses que je comptais garder enfouies tout au fond de moi – ma tristesse de ne jamais avoir connu ma mère, ma joie de découvrir qu'elle était comme moi, ma terreur de perdre Qotah, ma jalousie vis-à-vis de Coriolis… Sol n'avait pas dit pas grand-chose, mais je sentais qu'il avait écouté avec attention, et c'était exactement ce dont j'avais besoin.

– Vous avez vécu des choses terribles, dit-il à mi-voix. Je savais que tu étais une nécromancienne, mais je n'aurais jamais imaginé… tout ça.

– J'ai eu un peu peur, mais Qotah était avec moi, alors ça allait.

– Tu es vraiment très courageuse, Maelys.

Je rougis de plaisir et baissai le regard. J'avais essayé d'être parfaitement honnête à propos de tout ce que j'avais raconté, mais je n'avais pas pu m'empêcher d'arranger quelques pans de mon histoire pour apparaître sous un meilleur jour. J'éprouvais un peu de remords à cette idée, mais le regard impressionné de Sol posé sur moi valait bien ces quelques petits mensonges.

– Et vous, questionnai-je, qu'est-ce que vous avez fait après qu'on soit partis avec Qotah ?

– Pas grand-chose d'extraordinaire par rapport à vous. Ma mère n'était pas très contente que vous soyez partis comme ça, mais ça ne nous a pas empêchés de repartir. Et Luzelle était triste de ne pas avoir pu vous dire au revoir.

– Est-ce qu'elle est à Caffith ? demandai-je avec espoir.

– Non, elle nous a quittés à Elunart. Elle est allée voir les exorcistes pour leur vendre son histoire de village des Non-Morts, accompagnée d'Oscane. C'est sans doute à ce moment-là qu'ils sont partis à votre poursuite. Mais je pense que Luzelle n'a jamais rien soupçonné.

– Oscane est une horrible dame, grondai-je.

Sol acquiesça diplomatiquement.

– Les gens ne font pas beaucoup d'efforts pour voir au-delà de leurs croyances, soupira-t-il. N'oublie pas ça. Ce n'est pas ce que tu es qui compte à leurs yeux, mais ce qu'ils pensent que tu es.

– Je l'avais bien compris, murmurai-je.

Un silence s'installa entre nous. Je finis par le trouver inconfortable et cherchai une question à poser pour le rompre.

– Pourquoi tu n'es pas reparti avec la caravane ?

– Oh… dit-il d'un ton pensif. Je n'avais jamais vraiment eu envie de passer ma vie à faire ce travail. Alors, cette fois-là, j'ai dit à ma mère de partir sans moi. Et puis…

Il s'interrompit, visiblement un peu gêné. J'attendis avec impatience la suite de la phrase qui ne vint pas.

– Et puis quoi ? finis-je par demander, impatiente.

– C'est stupide, marmonna-t-il. Mais je me disais... Si jamais je te recroisais un jour, eh bien... j'aurais aimé avoir les cendres de mon père sous la main.

– Oh !

Je souris bêtement. Il avait pensé à moi ! Il s'était souvenu de ma question, il l'avait comprise. Mais une angoisse soudaine me saisit. Étais-je capable d'entrer en communication avec des cendres ? De faire quoi que ce soit avec des cendres, d'ailleurs ?

– Je ne sais pas si je... balbutiai-je. Enfin je... je n'ai jamais essayé de faire ça.

– Ce n'est pas grave, ne t'inquiète pas. C'était juste une idée comme ça. Peut-être un jour.

Malgré ses paroles rassurantes, il paraissait déçu. Mon cœur se serra et je réfléchis frénétiquement. Peut-être que je pouvais quand même essayer ? Mais si je n'y arrivais pas, il serait encore plus triste...

– Le grimoire ! m'exclamai-je soudain, saisie d'une illumination.

– De quoi ? demanda-t-il, intrigué.

– Tu sais lire, toi ?

– Oui, mon père m'a appris quand j'étais jeune.

– Est-ce que Qotah a apporté un sac avec lui ?

– Il est juste ici.

Il indiquait un petit sac trempé et plein de boue, posé contre le mur. Je sautai à bas de ma couche et me précipitai dessus pour fouiller dedans avec enthousiasme. Il y avait du linge sale, des pièces d'or et... le gros livre. Je l'extirpai du sac en grimaçant de douleur, car tirer sur l'imposant volume exerçait une traction non négligeable sur mes poignets blessés. J'allai ensuite le déposer sur la table, face à un Sol intrigué.

– Manuel à l'usage des nécromanciens, lut-il en se penchant sur la couverture. Où avez-vous trouvé ça ?

– Dans le village des Non-Morts dont je t'ai parlé ! Ils nous l'ont offert pour me remercier de les avoir aidés.

– Tu veux que je le lise ?

– Peut-être qu'il y a des instructions sur comment ressusciter des cendres ?

Sol ouvrit l'imposant volume dont il parcourut les pages avec curiosité.

– Il n'y a pas de table des matières, commenta-t-il en fronçant les sourcils. On dirait que ce sont des choses qui ont été rajoutées au fur et à mesure par différentes personnes. Il va être compliqué de trouver exactement ce que l'on cherche.

– Lis des passages au hasard, proposai-je avec une avidité non dissimulée.

Il tourna rapidement les pages et s'arrêta sur un chapitre au milieu du livre.

– « Comment maîtriser un non-mort tout en le laissant libre de ses actes », lut-il.

– On peut faire ça ? soufflai-je, impressionnée.

– Apparemment. Mais ça ne me paraît pas très sympathique pour le non-mort.

Sa voix restait douce, mais son ton s'était fait réprobateur. Je sursautai comme s'il m'avait piquée.

– Je ne voulais pas le faire ! protestai-je. Je suis juste curieuse.

– Je n'en doute pas, dit-il d'une voix égale.

Un peu honteuse, je tournai la page à sa place pour faire disparaître le chapitre de sa vue. Celui d'après comportait une illustration extrêmement détaillée exposant un homme devant lequel se prosternait une dizaine de non-morts.

– « Comment induire à ses non-morts un sentiment d'adoration ? » Je crois que nous ne sommes pas tombés sur les meilleurs chapitres, commenta Sol.

– Non, dis-je, mortifiée. Avance beaucoup.

Il s'exécuta et entreprit de tourner les pages beaucoup plus rapidement, s'arrêtant juste une fois de temps en temps pour examiner une illustration ou un titre. J'étais incapable de lire quoi que ce soit, bien entendu, mais je n'étais pas sûre d'aimer beaucoup des dessins qui se trouvaient dans le grimoire. La domination des nécromanciens sur les non-morts était un peu trop prononcée à mon goût.

– Ah, je crois que je suis arrivé à une section intéressante, finit par dire Sol. « Rappeler l'âme d'un non-mort mutilé »… « Renvoyer une âme en urgence »… Ah ! « Rappeler une âme à partir de cendres ».

Son attention se porta soudain tout entière sur les larges lettres rondes encrées dans le papier.

– « Il s'agit d'une prouesse qui n'a à ce jour jamais été accomplie par aucun nécromancien. », lut-il d'une voix devenue fébrile. « Rappeler une âme à partir de ses cendres nécessite non seulement une grande puissance de la magie de Ly, mais également une très forte empreinte spirituelle, l'empreinte corporelle étant réduite à son état le plus strict. »

– Qu'est-ce que c'est que ça, une empreinte ?

– Aucune idée, mais ça doit être important, ce n'est pas la première fois que je vois ce mot écrit.

– Essaie de voir si tu le trouves quelque part.

Sol s'exécuta, et je me tortillai de plaisir sur mon tabouret, incapable de rester en place. Je n'aurais pas pu imaginer une situation plus agréable : Sol et moi en tête-à-tête en train de déchiffrer un livre parlant de nécromancie. Cette occupation écartait efficacement de mon esprit la douleur de mes poignets martyrisés, mais aussi la culpabilité que je ressentais à la suite de ma mésaventure dans le cimetière.

J'étais persuadée que Qotah m'en voulait de lui avoir désobéi et, pire que tout, je m'en voulais de ce que j'avais fait. Malgré la violente attaque que j'avais subie, j'avais l'impression d'être celle qui était en tort, comme si j'avais fait quelque chose de mal.

– Je crois que j'ai trouvé ! s'exclama Sol, de plus en plus excité. « L'empreinte est l'emprise potentielle que peut avoir le nécromancien sur l'âme d'un individu ou d'une créature vivante. Sa vivacité dépend de deux choses : l'empreinte corporelle, qui correspond à ce qu'il reste du corps de la créature, et l'empreinte spirituelle, qui correspond à la connaissance qu'a le nécromancien de sa cible. Plus la cible est une créature complexe, plus le niveau d'empreinte spirituelle requis est élevé pour rappeler son âme. Ainsi, rappeler des insectes ou des animaux très simples ne présente pas de difficulté, mais récupérer parfaitement l'âme d'un humain nécessite pour le nécromancien une connaissance poussée de la personne qu'il cherche à ramener. Le niveau de puissance de la magie de Ly entre également en ligne de compte. »

– Oh, murmurai-je. C'est pour ça que j'ai réussi si facilement à ramener Qotah alors que je n'y étais jamais arrivée avant. Et je comprends aussi pourquoi j'avais besoin d'entendre l'histoire des gens au village des Non-Morts.

– En tout cas, ça a l'air d'être un élément très important de la nécromancie, commenta Sol. Tous les chapitres expliquant comment gérer l'âme ou les non-morts parlaient d'empreinte.

– Est-ce que tu pourrais… me montrer les cendres de ton père ? risquai-je d'une voix hésitante.

J'avais le sentiment qu'il s'agissait là d'une demande intrusive et je m'attendais à moitié à ce qu'il refuse, mais il hocha la tête et me fit signe de le suivre. Il m'emmena dans une nouvelle pièce qui se révéla être sa chambre. Je regardai partout autour de moi avec curiosité, très impressionnée de me retrouver dans un endroit aussi intime. Le lit en bois massif était impeccable, au contraire de la table de chevet qui croulait sous une énorme pile de livres, tout comme l'immense bibliothèque qui recouvrait la majorité du mur d'en face.

Sol ouvrit son armoire, qui s'avéra beaucoup moins bien rangée. Il fouilla pendant un instant au milieu des chaussettes et des tuniques et finit par en sortir une vieille urne en cuivre qu'il posa devant moi et ouvrit avec des gestes précautionneux. Comme on pouvait s'y attendre, elle était remplie de cendres grises. Je tendis une main timide en avant et, voyant qu'il ne m'arrêtait pas, plongeai les doigts dans les cendres de son père. Le contact était étrangement doux.

– Comment s'appelait ton père ? demandai-je à voix basse.

– Gordon, répondit Sol sur le même ton.

On aurait dit que nous étions en plein milieu d'une cérémonie religieuse. Je fermai les yeux et tentai de considérer le petit tas gris comme un cadavre, un être qui avait été autrefois vivant, qui avait autrefois possédé un corps qui contenait son âme. Je m'y essayai de mon mieux, mais rien n'y fit : les cendres restaient silencieuses. J'aurais aussi bien pu tenir un caillou entre mes mains. Dépitée, je rouvris les yeux et adressai un regard d'excuses à Sol en secouant la tête. Il fit de son mieux pour ne pas montrer sa déception, mais je sentis qu'elle était intense.

– C'était à prévoir, dit-il en affichant un sourire forcé. Tu ne sais presque rien de lui, alors son empreinte est trop faible pour que tu puisses le saisir.

– Il faut que tu me dises comment il était…

Un bruit sourd m'interrompit. Quelqu'un frappait à la porte. Sol se hâta de refermer l'urne et de la ranger dans son armoire, avant de retourner dans le vestibule. Je baissai le regard sur mes mains : elles étaient recouvertes d'une fine pellicule grise. Mal à l'aise à l'idée d'avoir retiré un peu du père de Sol de son urne, je les fourrai dans mes poches et partis à sa suite.

– Bonjour. On nous a dit de nous rendre ici.

C'était la voix de Coriolis. Abandonnant toute prudence, je déboulai dans l'entrée. Elle se découpait dans l'encadrement de la porte d'entrée et regardait Sol qui paraissait plus pâle et frêle que jamais en face d'elle. Elle me vit à l'instant où je mis le pied dans la pièce et son visage exprima un soulagement qui me surprit. Qu'est-ce que ça pouvait bien lui faire, que je vive ou que je meure ?

– Est-ce que vous pouvez me dire qui vous… commença Sol.

– Maelys ! hurla Opo qui venait soudain d'apparaître derrière Coriolis.

Sans se préoccuper le moins du monde de Sol qui barrait l'entrée, il se faufila sous son bras et se précipita sur moi pour m'enlacer en riant de soulagement. Le souffle coupé, je répondis néanmoins à son éclat de rire tant il était contagieux.

– J'ai cru qu'il t'avait coupé les mains ! s'exclama-t-il après m'avoir lâchée et examinée sous toutes les coutures.

– Moi aussi, mais regarde !

Et j'exhibai fièrement mes poignets recouverts de bandages. Opo poussa un sifflement impressionné, mais Sol et Coriolis sursautèrent en cœur.

– Maelys ! s'exclama Coriolis d'un ton sévère tandis que Sol me saisissait le bras sans douceur pour le placer dans mon dos.

– Fermez la porte, ordonna-t-il à l'exorciste qui s'exécuta. Maelys, tu devrais faire attention avec tes…

– C'est vous qui l'avez soignée, monsieur ? le coupa Opo qui le dévisageait avec ses yeux ronds.

– Oui, c'est moi.

– Où est Qotah ? demanda Coriolis d'un air inquiet qui m'horripila.

– Il ne va pas tarder à revenir, répondit Sol. Il avait quelque chose à faire.

– Je vois. Merci beaucoup pour tout ce que tu as fait.

Je n'entendis pas la réponse de Sol, car, tout à coup, une sorte d'ombre noire émergea à l'orée de ma conscience, quelque chose d'horriblement familier, quelque chose qui venait droit vers nous. Je fronçai les sourcils pour essayer de mieux le saisir, mais le phénomène semblait m'échapper, comme une fumée que j'aurais tenté de saisir entre mes doigts. Pourtant, j'eus soudain la conviction que je savais ce dont il s'agissait.

– Je crois qu'il y a un non-mort qui arrive par ici, murmurai-je.

– Qu'est-ce que tu as dit ? demanda brusquement Coriolis.

– Dehors. Il y a un non-mort.

Ce fut alors que, comme en réponse, on frappa de nouveau à la porte. Sol et Coriolis échangèrent un regard alarmé. Voyant que le jeune homme ne réagissait pas, l'exorciste décida de prendre les choses en main.

– Opo, Maelys, murmura-t-elle en nous poussant en avant. Allez vous cacher et ne vous montrez surtout pas, d'accord ?

Je voulus protester, mais Opo me tira en avant et je finis par le suivre. Je secouai la tête lorsqu'il me montra la chambre de Sol, tout au fond de la maison, et préférai m'accroupir sous la table du salon. Nous étions peut-être moins bien cachés mais au moins, d'ici, nous pourrions entendre ce qu'il se passait. Opo pinça les lèvres avec désapprobation mais finit par venir se coller à moi en tirant la nappe pour qu'elle tombe devant nous.

Nous entendîmes la porte s'ouvrir et la voix de Coriolis s'élever.

– Bonjour.

– Bonjour, madame, répondit une voix de femme d'une extrême politesse. Je suis venue chercher Maelys.

Je sentis mes cheveux se dresser sur ma tête.

– Je ne sais pas de quoi vous parlez, répondit Coriolis sans se démonter.

– Ne me mentez pas. Nous tenons Qotah et si Maelys ne vient pas immédiatement avec moi, il risque de perdre bien plus qu'il n'a déjà perdu.

Une horreur sans nom s'empara de moi. J'enfonçai mon poing dans ma bouche pour m'empêcher de hurler. À côté de moi, Opo tremblait tellement que je pouvais sentir les vibrations qu'il produisait se répercuter sur la table.

– Qui êtes-vous ? demanda Coriolis d'une voix soudain beaucoup plus menaçante.

– Je crois que vous savez qui nous sommes.

– Maelys n'est pas ici. Elle est partie il y a quelques heures.

– Mais elle va revenir, n'est-ce pas ? demanda la femme non-mort d'un ton doucereux. Si vous la revoyez, dites-lui que nous l'attendons au puits de Jan avant le coucher du soleil. Si elle ne s'y rend pas, elle risque de ne pas apprécier ce que nous ferons à son frère.

Un gémissement pitoyable s'échappa de mes lèvres, semblable au glapissement d'un chiot. Je n'entendis pas la réponse de Coriolis mais la porte d'entrée claqua plus violemment qu'il n'était nécessaire. J'essayai fiévreusement de saisir le lien qui me reliait à Qotah pour comprendre ce qu'il lui était arrivé, où il se trouvait mais, comme d'habitude, je ne pouvais que sentir qu'il existait toujours. Impossible d'en savoir plus.

La nappe se souleva et le visage de Coriolis apparut devant nous, le regard hanté. Pour la première fois, je puisai une forme de réconfort à la savoir proche de Qotah : elle seule pouvait toucher du doigt les affres de la terreur dans lesquelles je me trouvais actuellement.

– Vous avez entendu ? dit-elle d'une voix blanche.

– C'est pas possible, gémis-je.

– Est-ce que tu sais si c'est vrai ?

– Non ! Je ne sais rien de ce que Qotah fait quand il n'est pas avec moi.

– Il doit bien y avoir un moyen, intervint Sol qui venait de nous rejoindre.

Je supposai qu'il avait préféré laisser Coriolis gérer la situation elle-même et qu'il était lui aussi parti se cacher. Il avait l'air ébranlé, mais ses yeux brillaient de détermination.

– Regardons encore dans ce livre, ajouta-t-il. Peut-être qu'il existe quelque chose qui te permettrait de voir où il est.

– Un associateur ! s'exclama soudain Coriolis.

– Mais nous n'en avons pas, fis-je en sentant mes yeux se remplir de larmes.

Je me sentais perdue, seule au monde. C'était bien pire que lorsque les exorcistes nous avaient séparés ; au moins, je savais où il se trouvait et comment il était traité. N'avoir aucune information, c'était comme si on m'avait retiré un organe vital.

Une main me tapota timidement l'épaule. Opo était à son tour sorti de sous la table et me tendait un petit objet. Je m'en saisis machinalement. Sitôt que mes mains se furent posées dessus, une voix lointaine se mit à résonner faiblement dans ma tête, comme l'écho d'un ancien souvenir. Saisie, j'examinai ce que j'avais pris. C'était une petite statuette en bois anthropomorphe, vêtue de minuscules habits à la texture étrange. L'évidence me frappa de plein fouet.

– Je voulais te faire la surprise, m'expliqua Opo, l'air anxieux.

– C'est un associateur ! m'écriai-je.

– Je l'ai fait dans le chariot avec les cheveux de Qotah. J'ai suivi les instructions du livre, mais je ne sais pas s'il va fonctionner.

Je fermai les yeux et me concentrai de toutes mes forces sur les bruits lointains qui résonnaient dans mon crâne. Il s'agissait d'une voix masculine que je ne connaissais pas, aimable mais mielleuse.

– J'espère que Maelys va recevoir mon message à temps, disait-elle.

– Elle ne viendra pas.

Je m'étouffai de surprise et perdis le contact. C'était la voix de Qotah !

– Qu'est-ce qui se passe ? demanda Coriolis en s'accroupissant à mes côtés. Qu'est-ce que tu vois ?

– Je ne vois rien, mais j'entends ! Taisez-vous.

Tout le monde se tut et se figea. À nouveau, la douce voix d'homme retentit dans ma tête.

– ... sinon, tu disparaîtras. Et je pense qu'elle ne veut vraiment pas que tu disparaisses.

– Achevez-moi tout de suite. Elle ne risquera pas sa vie pour me sauver. Je suis déjà mort.

– Oh, je pense qu'elle le fera. Après tout, tu es son frère adoré, la personne qu'elle aime le plus au monde. Et ce n'est encore qu'une enfant, ne l'oublions pas.

Il y eut un silence.

– Tu te demandes comment je sais tout ça, n'est-ce pas ? Ne t'inquiète pas, je vais te le dire ! Nous avons un peu de temps à tuer, et cela fait si longtemps que je n'ai eu d'autres interlocuteurs que mes propres non-morts. Ils sont charmants, mais j'ai trop souvent l'impression de me parler à moi-même. Oh, bien sûr, j'avais toute une famille jadis, mais certains se sont octroyé le droit de les enlever à moi, alors...

– C'est vous, souffla Qotah avec dégoût. C'est vous qui avez fait le village des Non-Morts.

– Je suis ravi de voir que tu t'en souviens ! Eh bien, figure-toi que j'ai bien senti qu'ils me quittaient un à un, mes chers amis. Alors je suis allé voir ce qu'il s'était passé, car il était évident que jamais ma famille ne m'aurait abandonné de son plein gré de la sorte. Et c'est là que j'ai compris qu'un nécromancien était passé par là. Quelle sorte de monstre devait-il être pour achever un village tout entier, ça, je ne pouvais que le deviner...

– Vous êtes fou.

– Vouloir un peu d'amour dans ce monde, est-ce être fou ? Toujours est-il que je suis parti en quête de ce nécromancien. Il fallait que quelqu'un l'arrête, comprends-tu ? Pour le bien de l'humanité. Ma quête m'a mené dans la forêt de Joyelle, et là, qu'ai-je trouvé ? Une gentille vieille dame qui a bien voulu répondre à toutes mes questions. Oh, bien sûr, elle était si vieille, elle a trépassé, mais, sitôt qu'elle a été ranimée, elle s'est montrée empressée de me dire tout ce que je voulais savoir. J'ai toujours su m'y prendre avec les non-morts, vois-tu. Ils ont toujours très envie de me satisfaire. En rencontrer un qui n'a pas ce souhait est, je dois bien l'avouer… tout bonnement fascinant.

– Ordure…

– Tu peux m'appeler Octorinambus, si tu tiens absolument à me nommer ! Alors, maintenant que je t'ai tout raconté, de quoi allons-nous bien pouvoir parler ? Tiens, je t'ai raconté le massacre de Tholas ? C'était il y a deux cents ans et…

Je secouai la tête pour faire sortir cette voix honnie de mes oreilles et jetai un regard horrifié aux trois autres qui me fixaient sans oser bouger le moindre muscle.

– Il a Qotah ! m'exclamai-je, la lèvre tremblante. Cet Octorinambus l'a attrapé ! Il a tué Nelyce et maintenant il va le tuer !

– Calme-toi, Maelys, me dit Sol en posant sa main sur mon épaule. On va réfléchir, d'accord ? On va trouver un moyen de le sauver.

Je hochai la tête en reniflant. Coriolis s'était redressée et faisait les cent pas autour de la pièce, le regard perdu dans le vide, les lèvres serrées.

– Le puits de Jan, marmonnait-elle. C'est suffisamment loin de la ville pour que la garde n'entende rien s'il y a du grabuge. Je suppose qu'il a dû remplir l'endroit de centaines de non-morts pour nous cueillir si jamais nous tentons quoi que ce soit.

– Je pourrais peut-être l'attaquer avec des non-morts, moi aussi ? suggérai-je en combattant mes larmes, consciente que pleurer n'aiderait pas Qotah.

– Des non-morts qui viendraient d'où ? Il n'y a pas de cimetière à Caffith ! Et de toute façon, tu perdrais en combat frontal. Cet Octorinambus a des siècles d'expérience.

– Toi qui faisais partie des exorcistes, intervint Sol, vous n'avez jamais eu affaire à lui ?

– Pas quand j'étais là, non. Nous avons vaincu San Ner, Locuthorier et Manziana, mais je n'ai jamais entendu parler d'Octorinambus. Il fait probablement partie de ceux qui se sont faits discrets ces dernières décennies.

– Donc, si je résume, reprit Sol, nous ne pouvons pas l'avoir par surprise, et Maelys ne peut espérer le vaincre par la force. Qu'est-ce qu'il nous reste ?

– Excusez-moi, intervint Opo.

Je pris soudain conscience qu'il essayait de parler depuis un moment. Nous nous tournâmes tous vers lui. Il paraissait mal à l'aise, mais ses yeux tournés vers moi débordaient de confiance.

– Je sais où nous pourrions trouver des cadavres pour Maelys.

– Comment pourrais-tu savoir ça ? demanda Sol.

– Je fais partie de la Lyberté et… Bon, c'est normalement un secret, mais étant donné les circonstances…

– Opo ! m'exclamai-je. Qotah va mourir si tu ne dis rien.

– La Lyberté cache des cadavres dans les catacombes, laissa abruptement tomber Opo.

– Pardon ? fit Coriolis, incrédule. C'est strictement interdit ! Si les gardes de la ville ou les exorcistes l'apprenaient…

– Nous attendons l'arrivée du Bienfaisant depuis des années pour qu'il ressuscite nos proches, la coupa Opo, les joues plus rouges que jamais. Notre cheffe Layra se débrouille pour récupérer discrètement les cadavres des familles de certains de nos membres. Je le sais parce que j'ai été affecté à leur préparation pendant quelque temps.

– Leur… préparation ? répétai-je.

– Les laver, les habiller, les préparer pour quand ils pourront revivre. Certains sont là depuis un moment mais la majorité est en bon état. Ils sont prêts pour reprendre leur vie d'avant.

– Nous devons y aller ! m'exclamai-je. Avec des gens de notre côté, nous aurons beaucoup plus de chance de gagner contre cet horrible Octorinambus !

– Je peux vous montrer le chemin, proposa Opo. Mais il ne faudra pas dire que c'est moi qui vous y ai amenés.

– Allons-y, alors !

Je tournai un regard provocateur vers Sol et Coriolis qui n'avaient encore rien dit. Le guérisseur paraissait dépassé par les événements, contrairement à l'exorciste qui finit par hocher la tête, l'air déterminé.

– Je n'ai pas de meilleure idée pour le moment. Allons voir ces catacombes.

***

– C'est ici, chuchota Opo.

Je me penchai en avant pour mieux distinguer la porte qu'il nous désignait, perdue dans les ombres. Opo nous avait faits descendre sous terre par une large trappe en fer camouflée dans l'arrière-cour d'une petite maison. Nous nous étions retrouvés dans les rues caverneuses de ce qui ressemblait à une seconde ville, cachée sous terre. La constitution des parois alternait entre la pierre taillée et la simple roche brute. On aurait dit que des architectes avaient rajouté des murs au petit bonheur la chance dans une grotte immense qui possédait déjà son propre réseau de galeries. Le résultat de tout ça était un enchevêtrement de couloirs sans fin, remplis d'ombre et de courants d'air froids. La lampe que tenait Opo était la seule chose qui produisait de la lumière et elle s'avérait bien insuffisante pour éclairer tous les recoins des catacombes. Nous avions marché pendant un court instant sans doute, mais il m'avait paru durer une éternité. Il n'y avait pas âme qui vive, aucun son autre que celui du claquement de nos pas sur la pierre.

La porte qui se dressait devant nous paraissait capable d'arrêter un troupeau d'étalons en pleine course : énorme et massive, elle avait l'air aussi vieille que le reste du décor. D'étranges dessins jaunes couraient sur son bois, formant des arabesques qui n'avaient rien de joli mais qui ne semblaient pas être là par hasard.

– Les gens de la Lyberté cachent vraiment des cadavres ici ? murmura Sol, incrédule.

– Peu de gens osent venir dans les catacombes, répondit Opo. Et quand ils rencontrent une porte fermée, ils se contentent de faire demi-tour. Une bande de voleurs a essayé de forcer l'entrée une fois, mais ils n'ont pas réussi.

– C'est de la folie furieuse, grommela Coriolis entre ses dents. Les règles ne sont pas là pour être contournées ! Imagine si un nécromancien avait appris l'existence de cette réserve ?

– Layra a créé une protection pour empêcher les nécromanciens de percevoir ce qu'il y a de l'autre côté.

Effectivement, je ne sentais absolument rien. Quelques insectes morts par-ci par-là, mais pas d'humains. C'était donc ça, ces étranges dessins ?

– Comment est-ce qu'on rentre ? demanda rapidement Sol pour éviter que Coriolis ne rétorque quelque chose.

– J'ai la clé. Espérons qu'il n'y aura personne de l'autre côté…

Soudain hésitant, Opo s'approcha de la porte d'un pas mal assuré. Il fouilla un instant à l'intérieur de sa cape noire et en ressortit une grosse clé en métal d'apparence très ancienne. Sa main tremblait quand il l'inséra dans la serrure. Un atroce grincement résonna entre les parois de pierre et la porte pivota sur ses gonds.

Immédiatement, je fus submergée de sensations. Des cadavres, des cadavres partout ! Ils étaient des centaines. Déstabilisée, je poussai un petit cri de surprise. C'est alors que je remarquai qu'il y avait quelqu'un de l'autre côté de la porte.

L'homme nous dévisagea avec des yeux ronds sous sa capuche noire.

– Qu'est-ce que…

Il n'eut pas le temps de finir sa phrase : vive comme l'éclair, Coriolis avait bondi en avant et s'était abattue sur lui. Une de ses mains se glissa sur la bouche du malheureux, tandis que l'autre tordait son bras droit dans un angle inconfortable. Un cri étouffé de douleur échappa à l'homme qui écarquillait à présent les yeux de terreur.

– Ne lui fais pas de mal ! s'écria Opo.

– Tais-toi, répondit sèchement Coriolis. On ne sait pas s'il n'y a pas d'autres personnes encore.

Opo plaqua les mains devant sa bouche, l'air horrifié. Pour ma part, je détaillai le nouveau lieu avec curiosité.

La porte s'était ouverte sur une large salle emplie de lumière dont le toit s'incurvait en voûte au-dessus d'épais piliers de pierre. Une série de torches s'alignaient contre le mur à intervalle régulier, entourant des dizaines d'alcôves obscures qui s'ouvraient dans le mur. Au centre de la pièce, des tables en bois avaient été dressées, chacune d'entre elles supportant un cadavre allongé sur le dos et recouvert d'un drap blanc. Tout au fond, à l'opposé de nous, un escalier descendait dans d'insondables ténèbres. Une odeur étrange planait dans l'air.

Il n'y avait personne d'autre en vue. Nous pénétrâmes prudemment dans la salle, Coriolis traînant avec elle l'homme bâillonné qui ne montrait aucune velléité de résistance.

– Comment faites-vous pour amener tous ces cadavres ici ? demanda-t-elle en regardant tout autour d'elle, stupéfaite.

– Je crois que Layra a des contacts dans les crématoriums des temples de Ly, répondit Opo.

– Si ça se savait…

– Tiens, Coriolis, intervint Sol en lui tendant de longs rubans de tissu qu'il venait de trouver dans une caisse, utilise ça.

Pendant que l'exorciste bâillonnait et ligotait proprement son prisonnier, je m'approchai d'une des alcôves. De près, je pouvais voir qu'elle était en réalité remplie de caisses de bois rectangulaires empilés les uns sur les autres. Je pouvais sentir les morts qui se trouvaient à l'intérieur.

– C'est là qu'on stocke les gens, expliqua Opo qui m'avait suivie. Les tables sont pour la préparation.

– Je sais, je les sens, répondis-je.

– Oh, pardon. Tu vas les relever ?

Je ne répondis pas et m'éloignai lentement de la paroi pour m'approcher du mur du fond. Il y avait quelque chose… quelque chose qui me perturbait. Passé le premier choc de ressentir la présence de tant de cadavres d'un seul coup, je m'étais rendu compte qu'ils n'étaient pas le seul élément que la porte gardait caché. Tout au fond, là-bas, il y avait une ombre. Une ombre qui résonnait comme un grondement lointain dans mon esprit. Qui m'appelait.

Je me retrouvai en haut des escaliers. Il était impossible de distinguer quoi que ce soit au-delà des premières marches tant l'obscurité était profonde en bas. Je n'avais jamais aimé le noir, mais l'appel était plus fort que ma peur.

– Comment allons-nous faire pour sortir tous ces corps d'ici sans être vus ? demanda Sol qui m'avait rejointe en compagnie des deux autres.

– Il y a peut-être une sortie des catacombes qui mène à l'extérieur de la ville, suggéra Coriolis qui traînait à présent son prisonnier derrière elle, ligoté comme un saucisson.

– C'est sûr et certain, acquiesça Opo. Les catacombes s'étendent plus loin que les murailles de Caffith. Mais je ne connais que cet endroit.

– Maelys ? demanda Sol. Qu'est-ce que tu en penses ? Tu peux ranimer tous ces cadavres ?

Je ne répondis pas tout de suite, le regard toujours fixé sur l'escalier englouti par les ténèbres.

– Il y a quelque chose en bas, dis-je à voix basse.

– Nous n'avons pas le temps d'explorer, me morigéna Coriolis en resserrant sa poigne sur l'homme qui s'était soudain mis à s'agiter. Relève tous ces… gens et cherchons une sortie.

– Je crois que c'est un très, très gros cadavre.

Un silence pesant accueillit mes paroles. On n'entendait plus que les gémissements étouffés du prisonnier qui se débattait vainement entre les mains de Coriolis.

– Tu veux dire… un animal ? demanda cette dernière, surprise. Comme le fauve que tu avais ramené dans la forêt maudite ?

– Non. Plus gros.

– Je ne suis jamais allé par là-bas, murmura Opo. On nous disait que nous n'avions pas le droit de nous en approcher.

Comme tout le monde se taisait à nouveau, je me saisis de la lampe qu'il tenait entre ses mains molles et il me la laissa sans résister. Je brandis la lumière devant moi et, sans un mot, commençai à descendre les marches.

– Maelys ! s'exclama Coriolis en essayant de parler à voix basse malgré tout. Nous n'avons pas le temps. Pense à Qotah !

– Je pense qu'il peut nous aider.

À présent, l'homme ligoté secouait frénétiquement la tête. Agacée, Coriolis retira le bandeau qui le bâillonnait.

– Si vous voulez nous dire ce qui se trouve là-dessous, c'est le moment, dit-elle d'une voix cinglante.

– Ne... ne la laissez pas y aller ! balbutia l'homme d'une voix étouffée. C'est la chambre de l'Antique !

– Qu'est-ce que c'est que ça, l'Antique ? demanda Sol.

– Ne la laissez pas descendre !

Mais j'avais déjà bien progressé, et leurs voix s'étaient faites faibles au-dessus de moi tandis que je m'enfonçai dans l'obscurité. J'entendis des bruits précipités alors que quelqu'un m'emboîtait le pas, mais je ne me retournai pas.

L'escalier n'était en réalité pas si profond que je l'avais cru au premier abord, car, bientôt, le sol s'aplatit sous mes pieds. Je clignai des yeux pour m'habituer aux ténèbres et compris rapidement que je me trouvais au bord d'une large fosse. Intriguée, je tendis la lampe à bout de bras devant moi pour éclairer le précipice.

La lumière se répandit dans le trou, révélant ce qui s'y trouvait. Au fond du gouffre, enroulée sur elle-même comme un monstrueux tas de corde, se trouvait la plus gigantesque créature que j'aie jamais vue. D'innombrables cornes d'ivoire émergeaient de sa peau marron et squameuse, pâles copies des deux épaisses défenses qui débordaient de sa bouche fermée. Son immense tête recouverte d'épines reposait au milieu de ses anneaux et ses yeux étaient clos.

Elle était morte, j'en avais la certitude. Je sentais sa présence non pas comme celle d'un simple cadavre, mais plutôt d'une entité tout entière, si gigantesque qu'elle en éclipsait tout le reste. Subjuguée, je posai la lampe au sol et m'accroupis pour me tenir au plus près de la créature. J'avais l'impression de baigner dans son incroyable essence, comme s'il s'était agi d'un océan sombre et rassurant dans lequel j'aurais été au chaud, protégée. Comme dans le ventre d'une mère.

Des pas résonnèrent derrière moi, suivis d'une exclamation de surprise.

– Qu'est-ce que c'est que ça ? fit Sol d'une voix faible, le souffle apparemment coupé.

– C'est immense, murmura Opo.

– Vous ne devez pas approcher l'Antique, gémissait le prisonnier. Elle ne doit pas y toucher. Nous le conservons pour le Bienfaisant, le Bienfaisant seulement…

– Maelys, me souffla Coriolis à voix basse, tu es sûre que…

Je ne l'écoutais plus – je n'écoutais plus personne. Lentement, je défis les bandages qui enserraient mes mains et mes poignets, dévoilant mes mains noires qui se fondirent dans l'ombre de la caverne. Prenant une profonde inspiration, je crispai les doigts et tendis toute la puissance de ma magie, toute la force que m'avait donnée ma mère et que j'avais prise à Shelezaros, là-bas, vers la créature.

Au fond du gouffre, le Léviathan ouvrit les yeux.

Les antiques

Un océan de feu embrasait le ciel, colorant d'un orange profond la large clairière et les murailles, dont on apercevait le sommet au loin. Au milieu de ce spectaculaire tableau, le soleil achevait sa course vers l'horizon. Je le contemplai tristement, essayant de graver en moi la beauté de ce moment. Essayant de ne pas penser qu'il s'agissait de mes derniers instants.

Une des femmes qui m'avaient attiré en dehors de la ville vint tirer sur mes liens pour s'assurer de leur solidité. Vérification parfaitement inutile : ligoté comme je l'étais, j'aurais été incapable de bouger le moindre muscle. On m'avait cloué à un arbre, les bras et les jambes écartés, comme un papillon dans un herbier. Octorinambus n'était de toute évidence pas du genre à prendre des risques. Satisfaite de son inspection, elle tourna les talons et revint s'asseoir aux côtés d'Octorinambus, au bord du puits de Jan.

Une merveille de construction que ce puits. Si je n'avais pas été dans une situation si précaire, j'aurais apprécié le spectacle qu'il offrait. À dire vrai, il était à un simple puits ce qu'un tigre est à un chaton : la forme était semblable, mais son appellation ne rendait pas justice à ses proportions monumentales. Parfaitement circulaire, il était assez large pour que cent personnes en fassent le tour en se tenant par la main. Aucun parapet ne masquait à la vue sa vertigineuse profondeur. Pourtant, Octorinambus s'était installé sur son rebord, les jambes pendant dans le vide comme un enfant assis sur un pont.

Voyant que je l'observais, le nécromancien m'adressa un sourire peiné.

– On dirait que ta petite sœur ne t'aime pas tant que ça, en fin de compte, commenta-t-il.

Je ne répondis rien ; j'avais vite appris que c'était la meilleure manière de traiter avec lui. Mon silence l'agaçait.

– Tu es sûr que tu ne veux rien dire ? Ce sont peut-être tes derniers mots.

Confronté à mon mutisme, il finit par secouer la tête avec le sourire d'un adulte pour un enfant buté. Il se tourna à son tour vers le soleil.

– Tu as raison. Peut-être que ta petite Maelys essaie désespérément d'élaborer une stratégie de dernier recours pour te sortir de là. Quand le soleil sera sur le point de se coucher, elle abdiquera et viendra nous trouver.

Je m'efforçai de conserver un visage stoïque, mais il avait tapé juste : j'espérai de toutes mes forces qu'il avait tort, que Sol aurait le bon sens d'empêcher Maelys de voler à mon secours. Ma non-vie allait s'achever ici. Je l'avais accepté. Je priai à présent les deux dieux pour que ma dernière vision de cette existence ne soit pas cet immonde nécromancien refermant ses griffes sur ma petite sœur.

Car il était impensable qu'elle puisse faire quoi que ce soit pour moi. J'avais eu toute la journée pour repérer les défenses qu'Octorinambus avait mises en place. Des dizaines de non-morts, tous armés, patrouillaient autour de la clairière, certains cachés dans des arbres avec leurs arbalètes, d'autres simplement postés en faction à la lisière du bois. Et évidemment, il y avait tous ceux que je ne pouvais pas voir. Au milieu de tout ça, le nécromancien buvait tranquillement un verre rempli d'un liquide ocre, entouré par ce qui devait être sa garde personnelle, huit non-morts que rien ne désignait extérieurement comme tels, vêtus comme pour une soirée mondaine. Octorinambus lui-même portait des habits extravagants où le velours le disputait aux dorures. Le reflet de la lumière du soir sur ses innombrables bijoux m'éblouissait chaque fois que je le regardais.

Je tournai à nouveau mon regard vers le ciel : une bien faible portion de soleil y subsistait. Encore quelques minutes et mon calvaire prendrait fin. Je fermai les yeux, m'autorisant enfin à penser à tout ce que je laissais derrière moi. Mes pensées s'envolèrent d'abord vers Coriolis. Nous avions été arrachés l'un à l'autre juste après ce merveilleux baiser, et mon cœur se serra en songeant que jamais je ne pourrais la serrer dans mes bras, lui délivrer ces mots qui me brûlaient depuis notre si courte étreinte. J'espérais qu'elle accepterait de prendre Maelys sous son aile : qui mieux qu'elle pourrait la protéger ? Et Maelys…

Un grondement monta soudain du puits de Jan. Octorinambus haussa les sourcils et se pencha en avant pour en contempler les profondeurs.

– Je me suis toujours demandé ce qu'il y avait là au fond, commenta-t-il. Savais-tu que le puits était autrefois l'endroit où les gens venaient faire leurs offrandes à Jan ? Le fond doit regorger de richesses. Quand j'en aurai fini avec toute cette histoire, je chercherai peut-être un moyen de l'explorer…

À nouveau, le puits exhala un grondement, beaucoup plus puissant cette fois-ci. C'était comme si la terre elle-même venait de sortir de son sommeil. J'eus l'impression de sentir l'arbre qui me soutenait vibrer sous mon corps.

Cette fois, Octorinambus se redressa, imité par sa garde personnelle qui vint former un cercle autour de lui.

– Qu'est-ce que… commença-t-il.

Le puits de Jan explosa. Ses rebords furent violemment éjectés de côté et d'énormes blocs de pierre furent projetés alentour. Du gouffre ainsi élargi émergea alors une tête abominable, le crâne d'un serpent aux proportions gigantesques, surmonté de deux énormes défenses pointées vers le ciel. La créature s'éleva, s'éleva encore du haut de son cou interminable. Et puis, le serpent baissa son regard sur nous. Rien n'aurait pu être aussi spectaculaire que sa gigantesque tête se découpant sur le soleil couchant et ses yeux en fente braqués sur nous. Rien n'aurait pu être plus terrifiant non plus.

C'est alors que je vis, minuscule entre les massives épines blanches qui couronnaient la bête, la forme d'un petit corps qui s'agrippait à ses écailles. Un petit corps auréolé d'une masse de cheveux blonds. Maelys.

– Non ! hurlai-je.

Mais nul n'entendit mon cri : le chaos s'était abattu sur la clairière. Octorinambus avait fui à toutes jambes, tandis que, à l'inverse, des dizaines de non-morts émergeaient du couvert des arbres pour converger vers le puits détruit et les personnes qui en étaient sorties, vers la tête de l'immense serpent qui nous contemplait, immobile. Une marée d'hommes et de femmes avait envahi la clairière lorsque, soudainement, la bête frappa.

D'un ample mouvement qui parut se dérouler au ralenti, elle projeta sa tête en avant, la gueule largement ouverte. Ses défenses balayèrent les non-morts comme s'il s'était agi de fétus de paille, et sa gueule se referma sur l'un d'entre eux qui disparut derrière une large rangée de dents. Un craquement horrible retentit et la créature dressa la tête à nouveau, cherchant du regard sa nouvelle proie, tandis que les non-morts qui n'avaient pas été broyés se relevaient et repartaient mécaniquement à l'assaut de leur gigantesque adversaire dans un silence absolu qui rendait la scène plus irréelle encore.

Le regard du serpent s'arrêta sur un point à la lisière de la clairière : toujours accompagné de sa garde triée sur le volet, Octorinambus courait sans regarder derrière lui. Les yeux de la créature s'étrécirent et, à nouveau, son cou parut se distendre alors qu'elle se jetait sur le petit groupe.

Les huit non-morts firent instantanément demi-tour pour protéger leur maître de leur corps. L'impact fit trembler la clairière. La majorité des non-morts disparut dans la gueule du serpent, d'autres furent écrasés ou empalés. Cependant, ils avaient accompli leur objectif : Octorinambus n'avait pas été touché. Le serpent avait de plus enfoncé profondément ses défenses dans le sol et s'escrimait à essayer de les retirer, secouant violemment la tête de gauche à droite mais en vain. Profitant de l'occasion, le reste de l'armée d'Octorinambus convergea vers lui, bondissant sur ses écailles pour escalader son cou. Sur le haut de son crâne, accroché à ses cornes, Maelys luttait pour garder son équilibre.

– Non, non, non ! hurlais-je sans discontinuer, me débattant avec des liens que je savais bien trop serrés pour que je puisse m'en défaire.

Une main se posa soudain sur mon bras. Je tournai des yeux pleins de haine vers le nouveau venu et mon regard s'arrêta sur Coriolis. Je m'immobilisai net, stupéfait.

– Ne bouge pas, je vais te détacher !

D'un rapide coup de poignard, elle trancha mes liens et retira les clous de mes mains et mes pieds sans même esquisser une grimace de dégoût. Je ne pris pas la peine de m'attarder sur les nouveaux stigmates que ces traitements avaient laissés dans ma chair : seule comptait Maelys. Je me précipitai dans la direction de la tête du serpent, toujours coincé, aux côtés de Coriolis.

– Est-ce qu'elle contrôle cette chose ? demandai-je en pleine course.

– Je ne sais pas, répondit Coriolis. Au début, on le pensait mais, maintenant, on dirait qu'elle en perd le contrôle ! Attention !

Des non-morts convergeaient vers nous, bloquant l'accès à la créature. Sans ralentir sa course, Coriolis dégaina ses poignards et se jeta sur eux. Elle enfonça sa première lame dans le crâne de l'un d'entre eux, en projeta un deuxième à terre. Ses armes volaient autour d'elle, insaisissables, tranchant une chair qui ne saignait pas. Le non-mort qu'elle avait poignardé au visage s'écroula au sol mais les autres se relevèrent immédiatement, faisant fi des morceaux qu'il leur manquait. Frappant à nouveau, elle me poussa en avant.

– Vas-y ! hurla-t-elle. Je les retiens !

Je ne me le fis pas dire deux fois et repris ma course en direction du serpent. À présent que je me trouvais assez près de lui pour le toucher, je me rendais compte que j'avais nettement sous-estimé sa taille : son corps se dressait devant moi tel un mur infranchissable puant le lézard et le renfermé. Je refusai de me laisser impressionner et, imitant les non-morts qui grimpaient tout autour de moi comme des insectes sur le tronc d'un arbre, je m'accrochai à une large écaille et entamai mon ascension.

Les brusques mouvements de reptation rendaient l'escalade horriblement difficile. Je vis de nombreux non-morts tomber tout autour de moi mais je m'accrochai, encore et encore, refusant de me laisser jeter à terre. Bientôt, je fus sur son dos recouvert d'épines aussi grandes que moi et je me dressai sur mes jambes malhabiles pour courir en direction de sa nuque, le regard fixé sur la tunique de Maelys qui faisait comme une tache bleue au milieu de cet océan d'écailles brunes. À deux reprises, je poussai dans le vide un non-mort qui se mettait en travers de mon chemin.

À l'instant où j'allais commencer l'ascension de sa nuque, le serpent réussit enfin à se dégager du sol. J'enroulai aussi vite que possible mes bras autour d'une énorme corne alors que la créature s'ébrouait pour se libérer de tous ces humains qui grouillaient sur elle. Puis elle se redressa et j'eus l'impression d'être emporté dans le ciel qui tourbillonnait tout autour de moi alors que le vent sifflait à mes oreilles.

Je n'avais pas le temps d'avoir peur. Lâchant précautionneusement ma prise, je grimpai à nouveau sur les écailles de plus en plus resserrées, sans prêter attention au sol qui s'éloignait de moi à toute vitesse. Je posai ma main sur une des deux cornes qui couronnaient la bête et, soudain, Maelys fut à mes côtés, les bras et le corps étroitement serrés sur une épine comme si elle avait voulu fusionner avec, les yeux fermés. Je me précipitai sur elle et l'entourai de mes propres bras.

Elle se mit à hurler et à ruer, mais je saisis ses deux mains et nous plaquai contre la corne du monstre.

– C'est moi ! m'exclamai-je.

Elle ouvrit les yeux et je vis clairement des larmes de joie y perler.

– Qotah ! Tu es vivant !

– Pas exactement, mais oui ! Est-ce que tu peux contrôler ce monstre ?

– J'y arrivais au début mais j'ai perdu le lien, gémit-elle. Je n'arrive pas à ne pas tomber et à le contrôler en même temps.

– Je te tiens, ne t'inquiète pas !

Un violent soubresaut nous agita comme le serpent se jetait une nouvelle fois en avant. J'écrasai Maelys entre la corne et mon corps pour être sûr qu'elle ne pouvait être éjectée. Je la vis poser ses mains à plat sur le crâne de la bête et prendre une grande inspiration.

Le monde cessa tout à coup de bouger autour de nous. Le serpent s'immobilisa dans le ciel, stoppé en plein milieu de son attaque, et se redressa de tout son long.

– Il faut trouver Octorinambus ! criai-je. Il s'est enfui !

– Dis-moi où il est.

Je me forçai à me pencher en avant pour regarder en bas. Repoussant les assauts du vertige, je fouillai la forêt du regard à la recherche du nécromancien. Des centaines de petits non-morts grouillaient toujours en bas, prenant d'assaut le corps à présent docile de notre monture. Je devais me dépêcher, sinon…

Soudain, le scintillement doré d'un bijou sur lequel se reflétaient les dernières lueurs du jour perça d'entre les arbres.

– Là-bas ! m'exclamai-je en montrant l'endroit du doigt.

Avec une brusquerie inattendue au vu de sa précédente immobilité, le serpent se jeta en avant. Je vis le sol se rapprocher de nous à toute allure alors que mes organes sans vie semblaient remonter dans ma gorge sous l'effet de la vitesse. Le petit corps brillant d'Octorinambus apparut alors d'entre les arbres, de plus en plus gros, de plus en plus détaillé, et je pus voir son visage se déformer de terreur alors que la colère de Maelys fondait sur lui sous la forme de la plus gigantesque créature que le monde aie jamais portée.

Voyant que le choc était imminent, je me pressai plus fort que jamais contre Maelys et fermai les yeux. Le nez du serpent s'écrasa à terre. J'entendis le son de plusieurs arbres qui s'effondraient sous la violence de l'impact. Un long frisson parcourut le corps de la bête, son cou s'affaissa lentement au sol et je nous sentis soudain comme aspirés en arrière. J'ouvris les yeux et baissai le regard sur Maelys. Elle était évanouie. La tête du serpent glissait de plus en plus vite et je compris alors que, sans Maelys pour le maintenir en vie, le reste de son corps l'attirait au fond du puits. Sans hésiter, je me saisis de ma petite sœur et me jetai dans le vide.

Je heurtai violemment le sol après une chute moins longue que je me l'étais imaginé, mais suffisamment brutale pour entendre les os de mes jambes craquer. J'ignorais s'ils avaient été brisés : tout ce qui m'importait, c'était que je pouvais encore marcher. Je levai les yeux vers le gigantesque serpent qui était attiré loin de nous. Sa mâchoire glissa dans le puits, puis le bout de son nez et, soudain, il avait disparu.

Je pivotai sur moi-même pour examiner les alentours, prêt à me battre. Mais il n'y avait plus âme qui vive. Tous les non-morts étaient tombés au sol. Je m'approchai de l'un d'eux avec précaution et le poussai légèrement du bout du pied. Ce n'était plus qu'un simple cadavre.

Une seule chose bougeait dans ce paysage de désolation, au milieu des corps inertes et des éclats de pierre éparpillés : Coriolis, qui courait dans notre direction, un peu échevelée mais apparemment en bon état.

– Comment va-t-elle ? demanda-t-elle d'une voix essoufflée dès qu'elle fut à mes côtés.

J'étais heureux que ce soit la première chose qu'elle demande. Je posai délicatement Maelys au sol et plaquai mon oreille sur sa poitrine. Son rythme cardiaque était stable, mesuré. Elle était simplement épuisée.

– Bien, je crois.

– J'ai eu tellement peur quand je vous ai vus tomber de là-haut…

Je pris doucement sa main dans la mienne et elle s'interrompit en plein milieu de sa phrase pour me rendre mon regard.

– Merci, dis-je.

– C'est Maelys qu'il faut remercier.

– Merci de l'avoir accompagnée. Et de l'avoir laissée se battre.

– Je n'allais pas laisser cet odieux nécromancien t'enlever à nous, rétorqua Coriolis avec un sourire fatigué. Et puis, anéantir les mauvais nécromanciens, c'est mon travail.

– Seulement les mauvais, maintenant ? demandai-je pour la taquiner.

– Il faut croire que oui.

Je lui rendis son sourire avant de me rendre compte du côté irréel de la situation. Ce n'était certainement pas le moment de lui faire les yeux doux.

– Où est Octorinambus ? demanda Coriolis en regardant tout autour d'elle.

– Il ne doit pas rester grand-chose de lui…

Je me penchai sur Maelys pour la secouer avec douceur. Ses paupières papillonnèrent et elle reprit lentement conscience, ouvrant des yeux hagards et épuisés.

– Ça va ? demandai-je.

– Pas trop, gémit-elle avec une grimace.

– On va t'amener à Octorinambus. Ne bouge pas.

Je la pris une nouvelle fois dans mes bras et avançai vers l'endroit où l'impact avait eu lieu, suivi par Coriolis qui m'avait emboîté le pas en silence. Je le trouvai facilement : un éventail d'arbres arrachés encerclait une sorte de cratère moussu, le sol s'étant enfoncé sous la force du choc. Au milieu de cet étrange cercle gisaient les restes sanglants d'un corps écrasé, recouvert de bijoux brillants. Ainsi que deux mains noires.

Je m'accroupis et déposai Maelys auprès des mains d'Octorinambus, posées au sol comme deux affreuses araignées. Sans un mot, elle les prit entre les siennes et aspira le pouvoir du nécromancien, le pouvoir qui avait créé le village des Non-Morts. Je la sentis frissonner alors qu'il se mélangeait au sien propre.

– Partons, à présent, murmura Coriolis. Si jamais quelqu'un a aperçu l'Antique depuis les murailles de la ville, toute la garde va rappliquer ici.

J'acquiesçai et nous quittâmes le champ de bataille.

***

– Et à ce moment-là, il a levé la tête vers moi et j'ai senti qu'il voulait sortir d'ici ! Alors je suis montée sur sa tête et je lui ai dit que nous allions trouver une sortie.

– Je suis venue avec elle pour lui prêter main-forte et j'ai dit à Sol et Opo de sortir immédiatement et de nous attendre ici.

Maelys et Coriolis échangèrent un regard complice, à mon grand étonnement. Leur aventure dans les catacombes avait apparemment calmé la rancœur qu'éprouvait ma petite sœur pour l'exorciste, car je la sentais beaucoup plus cordiale à son encontre depuis qu'elle s'était réveillée dans la maison de Sol.

– Mais comment est-ce que vous avez réussi à me trouver en étant sous terre ? demandai-je.

– Avec l'associateur qu'a fabriqué Opo, j'arrivais à sentir dans quelle direction tu te trouvais à peu près, reprit fièrement Maelys. J'ai dit au serpent d'aller par là et on a eu de la chance parce qu'au moment où je sentais que tu étais au-dessus de nous, il y avait un grand trou dans le plafond, alors on y est juste allés.

– Les autorités de Caffith ne se remettront pas de sitôt de ce que vous avez fait au puits de Jan, grimaça Sol.

– J'aurais voulu venir, grommela Opo pour la dixième fois au moins.

– Tu nous as été très utile, répondit Coriolis. Tu nous as menés à l'Antique. Sans lui, jamais nous n'aurions pu sauver Qotah.

Il avait l'air soudain très content de lui et j'adressai un discret sourire à Coriolis.

– On est montés dans le trou, reprit Maelys, c'était vraiment très haut ! Et quand on est arrivés en haut, il y avait cet Octorinambus et des milliers de non-morts ! Coriolis est descendue pour te chercher et j'ai dit au serpent d'attaquer, mais j'ai failli tomber et j'ai perdu le contrôle. C'était le cadavre le plus difficile que j'aie eu à ranimer…

– Je ne pensais même pas que c'était possible, renchérit Coriolis. Apparemment, la Lyberté conservait le corps de cette créature mystique pour l'offrir à leur Bienfaisant en gage de leur dévotion. Ce sont des fous.

– Hé ! protesta Opo.

– Est-ce que tu imagines ce qui se serait produit si cet Antique était tombé entre les mains d'un nécromancien comme Octorinambus ? La ville de Caffith aurait été rasée…

– Je croyais qu'il existait plusieurs Antiques ? demandai-je en me remémorant les paroles de l'histoire que Luzelle m'avait chantée la première fois que je l'avais rencontrée.

– Il y en a quatre, mais ils sont perdus depuis des temps immémoriaux, bien avant l'avènement des nécromanciens. Je pensais même qu'il s'agissait d'un simple conte. Que l'un d'entre eux se trouve sous Caffith même…

– C'est Maelys qui l'a ranimé, fit remarquer Opo avec un sourire ingénu. Encore une preuve qu'elle est la Bienfaisante. C'était pour elle que nous gardions le serpent !

Sol leva ostensiblement les yeux au ciel et Coriolis s'abstint de répondre. Pour ma part, je ne voyais que ma petite sœur, auréolée de joie et de fierté. Quel mal cela faisait-il que ces deux enfants croient à cette histoire de Bienfaisant ? N'avions-nous pas rencontré plus d'un mythe vivant depuis que nous étions partis de Joname ?

Tandis qu'Opo expliquait à qui voulait l'entendre que la Lyberté était au courant de leur plan mais les avait laissés faire à dessein, mon regard s'égara sur mes mains et mon sourire s'effaça soudain. Sol avait recousu les trous que les clous y avaient creusé, mais la cicatrice était tout de même bien visible. En me regardant dans le miroir, quelques heures plus tôt, j'avais eu l'impression de voir un vieux vêtement maintes fois raccommodé. Je ne pouvais m'empêcher de me demander dans quel état je serais quand tout serait fini. J'avais déjà l'impression d'être un monstre.

J'éprouvai soudain un intense besoin de solitude. Profitant que tout le monde était concentré sur le discours d'Opo, je m'éclipsai dans la pièce d'à côté. Il s'agissait d'un débarras que Sol avait gentiment accepté de réaménager en chambre de fortune pour Maelys et Opo. Le jeune garçon avait un couchage à la Lyberté, mais je comprenais qu'il soit réticent à l'idée d'y retourner après avoir trahi un de leurs plus grands secrets. Quant à Coriolis… Je supposai qu'elle devait dormir quelque part dans le salon.

Je regardai autour de moi avec un sourire amer. Tout le bazar que contenait le débarras avait été poussé contre les murs de manière à pouvoir y installer tant bien que mal deux petites couchettes. Comme toujours, Maelys devait se serrer parmi les encombrants pour ne pas prendre trop de place. Toute son existence, elle n'avait jamais eu de vraie maison à elle. La tristesse m'envahit à cette idée. Elle méritait mieux.

La porte du débarras s'ouvrit pour laisser passer Coriolis, qui s'y engouffra avec une légère hésitation.

– Je peux entrer ? demanda-t-elle.

Je hochai la tête, soudain anxieux. Nous n'avions eu aucune occasion de nous retrouver seuls tous les deux depuis le baiser que nous avions échangé chez Terri. J'eus presque l'impression de sentir le fantôme de mon cœur tambouriner dans ma poitrine.

– Tu te caches dans des placards ? demanda Coriolis avec un sourire en refermant la porte derrière elle.

– Je ne suis pas sûr que Sol apprécierait que je traîne dans sa chambre, répondis-je en ponctuant mes paroles d'un haussement d'épaules faussement décontracté.

– Comment te sens-tu ? Tu n'avais pas l'air bien en partant.

Ma réponse se bloqua dans ma gorge et je détournai les yeux, honteux. Pour la première fois de ma vie, j'aurais voulu être beau. Ou tout du moins avoir un corps en bonne santé, fonctionnel. Mais je n'étais plus qu'un cadavre qui partait en charpie. Comment aurais-je pu oser la toucher, elle qui était si pleine de vie, si merveilleusement humaine ?

Sa main brûlante se posa sur mon bras et je relevai la tête malgré moi. Elle me fixait de ce regard plein de compassion qui faisait chavirer mon cœur.

– Ce sont tes mains, c'est ça ? demanda-t-elle avec douceur.

– Mes mains et le reste de mon corps, murmurai-je.

Elle ne répondit rien mais saisit délicatement mon poignet entre ses doigts, le porta à ses lèvres et embrassa ma paume à l'emplacement de ma cicatrice avec une douceur infinie. Puis elle fit de même avec mon autre main. Je restai immobile à la dévorer du regard, tétanisé de la tête aux pieds, incapable de savoir comment réagir.

– Tu es beau, chuchota-t-elle en pressant mes mains dans les siennes.

– C'est faux, fis-je d'une voix étranglée.

– Pour moi, c'est vrai.

– Je suis un cadavre. Tu mérites mieux que ça.

– Peut-être, mais c'est toi que je veux.

– Tu as passé ta vie à chasser les choses comme moi. Qu'est-ce que je pourrais bien t'apporter ?

Son regard me transperça. Les mots étaient sortis plus violemment que je ne l'avais prévu, mais je devais poser la question. J'avais besoin de comprendre, d'être rassuré.

– Je suis peut-être folle, admit-elle à voix basse. Je ne me l'explique pas vraiment moi-même. Mais c'est ce que je ressens. Pas toi ?

Son regard s'était soudain fait hésitant et ses doigts s'écartaient des miens. Toute hésitation envolée, je la rattrapai et la serrai contre mon corps glacé. Elle était si chaude…

Cette fois-ci, nul cri ne vint interrompre notre étreinte.

***

Nous émergeâmes du débarras un long moment après. Je me sentais si heureux que je devais me retenir d'afficher un sourire béat, ce qui aurait été de très mauvais goût étant donné ce que je m'apprêtais à leur dire à tous. En arrivant dans le salon, je tombai sur une scène qui finit par m'arracher ce sourire que j'avais tenté de contenir. Tous trois assis autour d'un gros livre ouvert au milieu d'eux, Sol et Opo expliquaient à Maelys les bases de la lecture.

– Et là, disait Sol, c'est le symbole qui se prononce « mé ». Est-ce que tu peux le retrouver ailleurs ?

– Euh… marmonna Maelys en parcourant la page du regard. Là ! s'exclama-t-elle soudain avec une fierté évidente.

– Bien joué. D'ailleurs, ce mot est constitué de symboles que nous avons déjà vus. Est-ce que tu peux essayer de le lire ?

– Mé… médo, ah non pardon, médi… je ne me souviens plus de ce que signifie celui-là.

– « Ca », dit Opo.

– Ah oui, c'est vrai. Donc médica… médicament !

– Bravo !

La porte du débarras se referma sur Coriolis et les trois têtes se levèrent dans notre direction. Le sourire de Maelys laissa place à une moue boudeuse, mais je m'étais attendu à la trouver beaucoup plus en colère que cela et m'en trouvai agréablement surpris.

– Tu apprends à lire ? demandai-je.

– Oui ! Je connais déjà plein de symboles ! Je pourrais presque lire le livre en entier !

– Peut-être pas déjà, intervint Sol, amusé, mais c'est vrai qu'elle progresse vite. Si nous continuons comme ça, elle sera vite capable de déchiffrer de petits textes.

Maelys m'adressa un sourire rayonnant qui déclencha en moi un chagrin inattendu. Je n'avais pu m'empêcher de me dire que Sol ferait un très bon grand frère de substitution le jour où je ne serais plus là.

– Tu vas pouvoir lire ce gros grimoire toi-même, me forçai-je à dire en souriant.

– Oui ! Je vais apprendre plein de choses.

– Tu voulais nous dire quelque chose, Qotah ? interrogea Sol.

Toujours aussi perspicace. Je hochai la tête et allai m'asseoir avec eux, suivi par Coriolis qui s'installa en face de moi.

– À vrai dire, commençai-je, ce que je veux dire concerne les nécromanciens et Maelys, donc aucun d'entre vous n'a l'obligation de rester…

– Bien sûr que je reste ! s'indigna immédiatement Opo en se redressant sur sa chaise.

– Je crois que je suis déjà trop impliqué pour faire marche arrière, ajouta Sol avec un sourire incertain.

Coriolis se contenta de hocher la tête. Elle m'avait bien fait comprendre qu'elle était prête à beaucoup pour nous aider, Maelys et moi, mais ce que je m'apprêtais à dire n'allait probablement pas lui plaire.

– Si Nelyce avait raison, repris-je, il ne reste plus qu'un seul nécromancien.

– On l'a bien eu, cet Octorinambus ! commenta Opo d'un air réjoui.

– Je suppose qu'aucun d'entre vous n'a de piste ? demandai-je.

Tous secouèrent la tête.

– Je chassais assez peu les nécromanciens avant de vous rencontrer, ironisa Sol.

– Je cherchais celui du village des Non-Morts mais, finalement, c'est lui qui nous a trouvés, renchérit Opo.

– Tous les nécromanciens que j'ai rencontrés sont morts, ou presque, fit Coriolis.

Maelys se contenta de me fixer en silence. Elle savait déjà ce que j'allais dire.

– J'ai ma petite idée sur l'identité du dernier nécromancien, dis-je avec lenteur. Une vague piste. Mais je ne suis pas sûr que ça va vous plaire.

– Qu'est-ce que tu veux dire ? demanda Sol en fronçant les sourcils.

Coriolis s'était figée sur sa chaise. Elle avait compris.

– Je pense qu'il s'agit du chef des exorcistes, Shoms, laissai-je tomber.

– On en a déjà parlé, commença Coriolis avec agacement, et...

– Ce que tu ne sais pas, coupai-je, c'est ce que Maelys ressentait en sa présence. Elle ne t'en a jamais parlé, n'est-ce pas ?

– Non.

– Est-ce que tu peux leur décrire ce que tu m'as décrit ?

– Il y a une ombre autour de lui, dit Maelys. Quelque chose de vraiment bizarre. Je savais toujours quand il était à côté de moi, même quand j'avais les yeux fermés, parce que j'arrivais à la sentir. Mais je ne sais pas ce que c'était.

– Elle arrivait à le sentir avec sa magie, répétai-je. Tu comprends ce que ça signifie ?

Coriolis écarquillait à présent les yeux.

– Mais est-ce que ça ne pouvait pas être un effet de ton imagination ? demanda-t-elle à Maelys. Tu avais peur, nous étions au milieu d'une forêt hantée par la nécromancie...

– Non, rétorqua Maelys d'un ton cinglant, je suis sûre de moi.

– Est-ce que tu sentais Octorinambus de la même manière ? insista Coriolis.

Maelys prit le temps de réfléchir quelques instants. Cette question-là, je ne l'avais pas posée.

– Non, finit-elle par admettre. Mais il y avait beaucoup de cadavres autour de lui, et l'Antique… Je n'ai pas trop réussi à savoir ce que je sentais de lui.

– Quoi qu'il en soit, intervins-je alors que Coriolis ouvrait à nouveau la bouche pour répondre, qu'il soit un nécromancien ou non, il a quelque chose en rapport avec la nécromancie, tu es obligée de l'admettre.

– Bien sûr qu'il y a un rapport, puisqu'il les chasse ! Peut-être qu'à force de les côtoyer, leur magie a déteint sur lui ou que sais-je…

– Je ne te sens pas comme ça, fit remarquer Maelys.

– Je n'ai passé que sept ans parmi les exorcistes, répliqua Coriolis. Shoms y est depuis bien plus longtemps. Et puis c'est lui qui se charge d'exécuter tous les nécromanciens pour que leur magie ne se répande pas sur le monde. Peut-être qu'il utilise un rituel particulier qui le force à s'imprégner de tout ça. C'est d'ailleurs probablement pour ça que le chef des exorcistes n'enlève jamais son masque et sa cape.

– Ou parce qu'il a les mains noires, fis-je remarquer. Reconnais-le, pour un nécromancien, le statut de chef des exorcistes serait une opportunité incroyable, non ? Il lui suffirait de vous faire chasser ses semblables et d'aspirer la magie de ceux que vous lui amenez…

– Tu te trompes, fit Coriolis. Comme je l'ai dit, j'ai passé sept ans avec Shoms, je le connais. Ce n'est pas un homme exempt de défauts, mais ce n'est pas un nécromancien. Je le sais.

– Comment peux-tu faire à ce point confiance à un homme qui ne t'a jamais montré son visage ?

– Excusez-moi, intervint Sol d'une voix paisible qui me fit prendre conscience que nous avions élevé les nôtres. Il me semble que cette discussion ne mène à rien. Qu'est-ce que tu proposes, Qotah ?

– D'aller enquêter chez les exorcistes, répondis-je plus calmement. De toute façon, même si Shoms n'est pas un nécromancien, il faudra bien que Maelys récupère un jour la magie des nécromanciens que vous avez capturés. Ce sera toujours l'occasion d'apprendre ce qu'il en a fait.

Les yeux de Coriolis se mirent soudain à lancer des éclairs.

– Parce que l'objectif n'est plus de tuer tous les nécromanciens pour que Maelys soit en sécurité ? siffla-t-elle. Il faut maintenant qu'elle devienne maîtresse de la mort ?

Je compris alors que je venais de commettre une grave erreur.

Loyauté

Je l'avais toujours su au fond de moi. Comment avais-je pu me fourvoyer à ce point ? Bien sûr, la mort d'Elios m'avait déstabilisée. Une part de moi avait besoin d'aimer, je le savais. Mais reporter cet amour sur un non-mort ? Elvert avait eu raison dès le début. Il avait vu les graines de la déviance qui germaient en moi.

Qotah me fixait depuis l'autre côté de la table, la colère ayant laissé place à une expression déconfite sur son visage. Et quel visage ! Abîmé, martyrisé, couvert de cicatrices qui n'en étaient pas vraiment, le nez tordu... Pourtant, je ne voyais que ses doux yeux noirs.

Je détournai le regard pour ne pas me laisser désorienter.

– J'ai accepté de vous aider parce que je considère que Maelys n'est effectivement pas une menace pour le monde. Mais là, ça va trop loin.

– Écoute, Coriolis... commença Qotah.

– Ne comptez pas sur moi pour faire du mal à Shoms ! le coupai-je abruptement. Surtout pour des bêtises pareilles !

– Mais s'il s'agissait vraiment d'un nécromancien ?

– Alors, ce serait un nécromancien qui cherche à faire le bien, comme vous ! Pourquoi Maelys mériterait plus de vivre que lui ?

– Parce qu'elle n'a jamais eu le choix, lança Qotah d'un ton cinglant, à nouveau piqué au vif.

– Tu es donc prêt à tout pour qu'elle aspire le pouvoir qu'il lui manque ?

– Je suis prêt à tout pour qu'elle vive ! s'écria-t-il en se levant à son tour.

Nous étions à présent tous les deux debout, face à face. Envolée la complicité et la tendre étreinte que nous avions partagée à peine quelques minutes auparavant. La colère grésillait entre nous comme un nuage chargé d'électricité. Du coin de l'œil, je constatai qu'Opo, Sol et Maelys nous dévisageaient, bouche bée.

Je fus la première à rompre notre duel de regard, rongée par la fureur et la tristesse qui se disputaient en moi comme deux loups furieux.

– J'ai été folle de croire que nous pourrions être d'accord, laissai-je tomber.

– Ça n'a rien à voir avec nous ! s'agaça Qotah.

– Je soutiens qu'il faut annihiler les nécromanciens pour le bien de l'humanité et vous, vous travaillez activement à créer l'ultime nécromancienne. Je n'ai rien à faire avec vous.

– On n'est pas obligés d'en arriver là, me tança Qotah d'une voix plus calme, l'air soudain inquiet.

Il devait craindre que je ne m'enfuie. Son angoisse me calma légèrement.

– Je ne vois pas ce que nous pouvons faire d'autre, rétorquai-je d'une voix sèche malgré tout.

– Écoute-moi. Je propose simplement de mener une enquête sur Shoms, pas de l'assassiner. Si tu as raison, nous découvrirons qu'il n'a rien de suspect et nous pourrons passer à autre chose.

– Et si j'ai tort ?

– Il sera toujours temps de reconsidérer la question, répondit prudemment Qotah. De définir ses motivations réelles. S'il n'a à cœur que le bien de l'humanité, comme toi, nous pourrons trouver un arrangement.

– J'en doute.

Néanmoins, ma colère disparaissait d'elle-même. Je n'avais jamais aimé les conflits. Ma virulence venait seulement de ma déception. De cette terrible prise de conscience que nous ne pourrions jamais être d'accord.

Sol profita de l'accalmie pour prendre la parole de sa voix cassée et apaisante :

– Discutons calmement, d'accord ? Au-delà de l'aspect suspect de ce Shoms, je pense qu'enquêter chez les exorcistes peut être un excellent moyen de dénicher le dernier nécromancien. S'il y a une organisation qui doit savoir où il se trouve, c'est bien eux.

– Qu'est-ce que vous proposez, alors ? demandai-je d'un ton las. Que je me rende chez les exorcistes et que je trahisse tous mes anciens camarades en leur volant leurs informations ?

– Techniquement, fit remarquer Sol, ce ne serait pas les trahir puisque tu fais ça dans le but de tuer un nécromancien.

– Oui, pour le compte d'une autre.

Mais son argument avait fait mouche. Après tout, qu'importait la raison tant que le travail était fait ? J'étais sûre que Shoms n'était pas un nécromancien, mais comment le leur faire entendre ? Et puis, Sol avait raison. Pour trouver un nécromancien, rien ne valait les archives des exorcistes.

Qotah me fixait toujours, les lèvres serrées. Apparemment, il n'osait rien rajouter de peur de réveiller notre querelle. Je poussai un profond soupir.

– Vous avez tort, lâchai-je en rendant à Qotah son regard. Mais si la seule manière de vous faire entendre raison est de se rendre chez les exorcistes, alors j'irai.

– Merci beaucoup, Coriolis, dit Qotah avec sincérité, l'air soulagé.

– Je n'ai pas fini. Tu avais raison au moins sur un point : la magie des nécromanciens que nous avons capturés doit se trouver quelque part. Je veux que vous me promettiez de ne pas chercher à mettre la main dessus.

– Mais…

– Je vous aide à trouver le dernier nécromancien. Une fois qu'il sera mort, plus personne n'essaiera de chasser Maelys. Elle sera en sécurité. En échange, je vous demande de ne pas essayer de faire d'elle la maîtresse de la Mort. Elle n'a pas besoin de ça et l'humanité non plus.

– Mais, et l'histoire de la malédiction ? demanda Qotah. Si elle ne cherche pas à réunir la magie, elle tombera malade…

– Nelyce disait que les nécromanciens étaient forcés de se battre entre eux. Rien ne nous dit que cette obligation s'applique à la simple recherche de la magie.

– Rien ne dit le contraire non plus.

– C'est à prendre ou à laisser.

Qotah paraissait tourmenté. J'avais conscience de lui proposer un dilemme ardu : la potentielle sécurité de sa petite sœur était dans la balance. Mais je refusais de céder plus de terrain que je ne l'avais déjà fait.

Il finit par courber l'échine.

– C'est d'accord, dit-il. Mais tu dois savoir que si nous appliquons ta règle et que Maelys tombe malade, rien ne m'empêchera de me rendre chez les exorcistes pour aller chercher cette magie manquante.

– Je le sais.

– Alors, faisons comme ça.

Nous scellâmes notre accord d'un regard. Je ne pus m'empêcher de remarquer que Maelys et Opo paraissaient déçus. Tous deux étaient des enfants, c'était bien naturel : la première rêvait de devenir maîtresse de la mort sans savoir ce que cela impliquait, le second rêvait de la vénérer. J'étais cependant plus surprise de l'expression de tristesse qui avait brièvement envahi les traits de Sol. Je ne le connaissais pas, mais il me faisait l'effet d'un garçon droit, avec la tête sur les épaules. Quel intérêt avait-il à ce que Maelys mène sa quête à bien ?

Qotah se rassit sur sa chaise, l'air soudain très las. Mon regard s'attarda sur les grossières coutures qui traversaient la paume de ses mains. Il paraissait si fragile, tout à coup. Si abîmé.

– Comment nous y prendrons-nous ? demanda-t-il.

– Je vais retourner là-bas, annonçai-je. Je suis la personne la mieux placée pour mener cette enquête.

– Tu ne peux pas y aller seule.

– Et pourquoi pas ? Les exorcistes sont mes compagnons. Ils n'ont aucune raison de me faire du mal.

Le regard de Qotah exprimait douloureusement sa frustration. Il aurait voulu pouvoir m'accompagner. Mais j'étais la seule à pouvoir accomplir ce qui devait être fait.

Seule à pouvoir trahir mes camarades.

***

La Necroch se dressait devant moi, haute et sombre dans le ciel bleu. Je n'avais jamais vraiment compris pourquoi la milice des exorcistes avait été installée dans une tour. Monter et descendre des kilomètres d'escaliers tous les jours avait exaspéré plus d'une nouvelle recrue. Certains soutenaient que les premiers exorcistes avaient voulu s'assurer de la forme physique de leurs guerriers en les contraignant à des exercices même lorsqu'ils n'étaient pas en mission, mais la vérité était que l'organisation avait été créée il y a plus de trois siècles et que nul ne se souvenait de quoi que ce soit d'aussi lointain.

L'appréhension me tordait l'estomac alors que mes enjambées m'approchaient inéluctablement de l'entrée de la tour. Il y avait la question de l'accueil qu'on me réserverait, évidemment. Si Shoms et le reste de la troupe avaient survécu, ils devaient être rentrés depuis bien longtemps déjà. On me demanderait où j'étais passée pendant tout ce temps, forcément. Et malgré tout ce que je pouvais me donner comme excuse, je m'apprêtais à les trahir. Impossible dans ces conditions d'envisager mon retour avec sérénité.

Mais, à la vérité, ce qui me pesait le plus, c'était la peur de retrouver ces lieux familiers vides de la présence de mon frère.

Je finis malgré tout par me retrouver plantée au pied de la tour. Je pris une profonde inspiration et décidai de ne pas repousser l'épreuve plus longtemps : saisissant la lourde poignée de métal, je cognai quatre fois sur la porte, comme il était d'usage pour annoncer le retour d'un des nôtres.

Un court moment s'écoula et la porte finit par pivoter sur ses gonds, dévoilant le visage peu amène de Conny. Sitôt qu'elle me vit, cependant, son expression maussade laissa place à un sourire incrédule.

– Coriolis ? fit-elle en ouvrant la porte en grand. C'est bien toi ?

– Bonjour, Conny, me contentai-je de répondre.

– Ils ont dit que tu étais sûrement morte !

– Comme tu le vois, je m'en suis sortie.

– Je savais que personne ne pouvait vaincre mon exorciste préférée !

Son visage s'assombrit soudain à nouveau.

– Elios ? demanda-t-elle d'une voix plus basse.

Je m'étais préparée à cette question et me contentai de secouer la tête sans rien dire. Je n'avais pas envie que ma voix trahisse la douleur qui me dévorait encore quotidiennement quand je pensais à lui. Conny posa une main solennelle sur mon épaule.

– Je suis sûre qu'il est mort en brave, déclara-t-elle.

– C'est le cas.

– Viens, suis-moi. Shoms sera heureux de savoir que tu en as réchappé.

Je franchis le seuil à sa suite et la porte de la Necroch se referma sur moi. Nous empruntâmes immédiatement l'escalier en colimaçon qui semblait s'étendre à l'infini, passant sans nous arrêter devant la pièce où Conny s'usait les yeux sur les documents que nous avions collectés en attendant que quelqu'un frappe à la porte. La tour se composait de dix pièces, chacune aménagée en son centre à un étage différent. Contrairement à certains donjons de noblesse où la hiérarchisation des pouvoirs se faisait en fonction de la hauteur de la tour, ici, Shoms logeait au premier étage tandis que nous, guerriers, dormions dans des dortoirs au sommet de l'édifice. Je n'eus donc pas à grimper beaucoup pour atteindre son bureau.

Conny s'arrêta devant la pièce.

– Je ne viens pas avec toi, m'expliqua-t-elle d'un ton d'excuse. C'est le branle-bas de combat ici, et on m'a donné une montagne de paperasse à déchiffrer. Enfin, au moins, je ne suis pas la seule à devoir m'user les yeux sur des papelards cette fois, tout le monde a été réquisitionné. Tu verras quand tu croiseras Lubo. Il va t'assommer de plaintes.

– Rien n'a changé, à ce que je vois, souris-je, assaillie de nostalgie.

– Shoms t'expliquera tout ça bien mieux que moi. Contente de te revoir, ma grande.

Et sur un dernier salut, elle dévala les marches avec l'aisance de quelqu'un qui y passait ses journées. Pour la deuxième fois de la journée, je toquai quatre fois à la porte et entrai.

Le bureau de Shoms m'avait toujours fascinée. J'avais plus souvent été sur les routes qu'à la Necroch ces dernières années, et me rendre dans cette pièce continuait de m'émerveiller, comme si je la redécouvrais chaque fois. Les étagères qui recouvraient les murs croulaient sous les objets que nous avions ramenés de nos campagnes, tous plus étranges et mystérieux les uns que les autres. Un large tapis rouge recouvrait la quasi-totalité du sol, et les murs étaient davantage constitués de fenêtres que de pierres, ce qui octroyait une vue splendide sur la vallée dans laquelle était niché le Necroch, et sur Caffith dans le lointain. Une porte hermétiquement close verrouillait l'accès aux appartements privés de Shoms. De mémoire, je n'avais jamais entendu personne se vanter d'y avoir eu accès. Au centre de la pièce circulaire était dressé un large bureau également rond recouvert de cartes et de parchemins à moitié déroulés. Comme à son habitude, le chef des exorcistes était penché dessus.

En m'entendant entrer, Shoms leva son masque vers moi. Il était impossible de deviner l'expression de son visage, mais je devinai sa surprise à son corps qui se raidissait soudain.

– Coriolis, m'accueillit-il de sa voix sépulcrale. Tu es vivante.

– Je suis de retour, dis-je simplement.

– As-tu des nouvelles d'Elios et Elvert ?

– Ils sont morts tous les deux.

– Je m'en doutais. Sache avant toute chose qu'Oscane, Nymphéa et moi-même avons réussi à rentrer sans plus de dommages.

Un grand poids s'envola de mon cœur. Il était déjà assez difficile d'avoir perdu mon frère et d'avoir participé à la mort d'un de mes compagnons. Savoir que le reste de la troupe s'en était sorti était un énorme soulagement.

– Viens t'asseoir, dit-il avec sollicitude. Tu as dû traverser bien des épreuves.

Je hochai la tête en m'exécutant. Comment aurait-il pu imaginer que la plus grande des épreuves se trouvait devant moi ?

– Raconte-moi tout, exigea-t-il.

Je lui livrai l'histoire que j'avais soigneusement mise au point, un conte dans lequel Elios, Elvert et moi nous étions retrouvés aux prises avec un esprit maléfique après avoir été emportés par le fleuve et qu'il avait eu raison d'eux. Je ne donnai aucun détail à mon histoire, me contentant d'en exposer les conséquences. Je savais qu'une seule chose l'intéressait.

– ... j'ai réussi à revenir jusqu'ici, mais je n'ai pas retrouvé la petite nécromancienne, conclus-je. Est-ce que vous l'avez eue ?

– Non, elle s'est enfuie. Mais nous avons été témoins de sa faiblesse. Elle ne devrait pas nous poser de problème.

– Que faisons-nous, à présent ? demandai-je en pensant à Conny.

– Nous sommes en train d'étudier les archives pour déterminer d'où pourrait venir cette enfant. D'après ce que nous savons, la malédiction que nous avons affrontée dans la forêt provenait du corps de Shelezaros. Il ne devrait donc rester que trois nécromanciens dont la magie pourrait encore poser problème : Saeli, Octorinambus le Fou et Gaïanella. Soit cette enfant a volé le pouvoir de l'un d'entre eux, soit les règles du jeu ont été modifiées, mais je penche plutôt pour la première solution.

Je me gardai bien d'ajouter quoi que ce soit.

– Nous avons reçu la visite d'une ménestrelle d'histoire il y a peu, continua-t-il. Elle disait connaître cette Maelys et savoir d'où elle venait. J'ai dépêché des exorcistes au village qu'elle nous a indiqué. Ils trouveront peut-être la réponse au mystère qui l'entoure. Pour Octorinambus, nous savons que le village des Non-Morts était de son fait. Si les informations sur son arrogance sont exactes, il ne laissera pas leur disparition impunie. Peut-être réussira-t-il même à attraper la petite nécromancienne avant nous. Cela nous mettrait face à un formidable adversaire, mais j'ai confiance en notre capacité à l'emporter. Quant à Gaïanella, cela fait des siècles que nul n'a plus entendu parler d'elle. Il sera toujours temps d'enquêter quand il ne restera plus qu'elle. Peut-être a-t-elle déjà été vaincue. Pour l'instant, nous devons nous concentrer sur la petite fille.

Un élan de tristesse m'envahit à ces derniers mots.

– Est-ce que nous ne pourrions pas simplement la laisser partir ? demandai-je d'une voix où perçaient des accents de supplication. C'est ce que nous lui avions promis, et nous ne sommes pas sûrs qu'elle représente une menace…

– Coriolis.

Shoms n'avait pas élevé la voix, mais quelque chose dans le ton qu'il avait employé me convainquit de me taire. Laissant sa table et ses parchemins, il s'approcha de moi avec sa lenteur habituelle. J'avais toujours supposé que, sous son masque et sa cape, le chef des exorcistes était un homme vieillissant. Pourtant, quand il se battait, nul au sein de la troupe ne pouvait espérer égaler sa vigueur.

Une fois arrivé à ma hauteur, il prit mes mains dans les siennes gantées ; un geste qui n'avait rien de tendre, au contraire.

– Tu as le cœur bon, Coriolis, dit-il en baissant son masque sur moi. Je l'ai toujours su et c'est pourquoi je t'ai toujours considérée comme la meilleure des nôtres.

– Je…

– Certains de nos camarades oublient trop souvent pourquoi ils se battent, me coupa-t-il, implacable. Ce n'est pas ton cas. Ta compassion fait de toi une guerrière plus efficace que n'importe qui d'autre, car tu n'oublies jamais que nous agissons ainsi pour préserver les plus faibles. Même si, parfois, cela peut t'amener à faire des erreurs de jugement.

Je courbai l'échine sous le reproche masqué. Les paroles de Shoms apaisaient néanmoins une grande douleur tapie au fond de moi. Quoi qu'il arrivât, j'agirais en fonction de ma conscience.

– Coriolis, reprit Shoms, l'heure approche. Notre mission s'achèvera bientôt, et le moment sera bientôt venu pour moi de quitter les exorcistes.

– Non ! Vous ne pouvez pas…

– Je le peux et je l'espère. Mais même une fois que les nécromanciens auront disparu de la surface de la terre, les exorcistes doivent perdurer. Ils sont la pire engeance que l'humanité n'ait jamais affrontée, mais ils ne sont pas la seule. Il restera encore bien des loups-garous et des chimères après que le dernier d'entre eux se sera éteint. Le monde aura encore besoin d'exorcistes.

Je gardai le silence. Ses doigts pressés sur mes mains avaient quelque chose d'impérieux.

– Et j'espère, acheva-t-il d'une voix plus grave et plus sépulcrale que jamais, qu'une fois que j'aurai disparu, les exorcistes pourront compter sur toi pour les mener sur le chemin de la droiture.

J'écarquillai les yeux en levant le regard vers lui. Son masque était aussi impénétrable que d'habitude.

– Moi ? Mais je ne peux pas… Je ne suis pas digne.

– Jamais les exorcistes ne pourraient rêver meilleure cheffe que toi.

Je ne peux pas mener une troupe que j'ai déjà trahie, aurais-je voulu dire. Je ne peux pas regarder mes camarades dans les yeux alors que mon cœur frissonne pour un non-mort.

Devinant mon trouble, Shoms pressa mes mains avec une douceur que je ne l'avais jamais vu employer.

– Je comprends ton étonnement et ton angoisse. Penses-y simplement.

Cet homme ne pouvait pas être un nécromancien, c'était impossible. Les paroles de Qotah avaient instillé un léger doute en moi, mais j'en avais honte à présent. Si seulement je pouvais avoir une preuve à lui présenter…

Lorsque Shoms retira ses mains des miennes, mes doigts se crispèrent et accrochèrent comme par mégarde le tissu de ses gants. Ceux-ci glissèrent très légèrement avant que Shoms ne les rattrape d'un geste vif et ne les remette en place.

– Tu devrais aller te reposer à présent, dit-il du ton beaucoup plus formel qui était le sien habituellement. Nous reparlerons de tout ça plus tard.

Je hochai la tête, les lèvres serrées, et fis demi-tour pour sortir de la pièce aussi rapidement que possible. Je m'attendais à moitié à ce qu'il me rappelle, mais rien n'interrompit mon départ et, bientôt, la porte du bureau claqua derrière moi, me laissant seule dans les escaliers en colimaçon. Les jambes soudain flageolantes, je m'adossai contre la pierre en inspirant à fond. Car malgré la rapidité avec laquelle Shoms avait remis ses gants en place, j'avais vu ce qu'ils cachaient l'espace d'une demi-seconde. Ses mains n'étaient pas noires.

Elles étaient putréfiées.

L'illusion

Cela faisait plusieurs jours que Coriolis était partie pour la tour des exorcistes et autant de temps que je n'avais pas eu le droit de mettre les pieds dehors. Accoudée à la fenêtre du salon de Sol, j'observai le jardin baigné de soleil avec mélancolie. Bien sûr, il y avait des tonnes de choses à faire : Opo imaginait toujours plein de jeux extraordinaires, et Sol prenait tous les jours le temps de m'enseigner la lecture. J'avais même pu commencer à lire certains livres de sa bibliothèque, très lentement, certes, mais avec un sentiment de satisfaction intense. Je me rendais cependant compte que j'avais passé quasiment toute mon existence au-dehors, et être privée de sortie me paraissait être une punition bien cruelle pour une faute qui n'était pas de mon fait.

Mais Qotah s'était montré intransigeant, et Sol l'avait approuvé : il serait bien trop dangereux que je me promène au vu et au su de tous, même avec des gants. Alors, je restais cloîtrée à l'intérieur, les yeux fixés sur les gens qui se promenaient dans la rue, contrite de ne pas pouvoir explorer cette fabuleuse nouvelle ville.

L'enfermement était d'autant plus pénible que Qotah se consumait d'angoisse pour Coriolis et envahissait toute la maison de sa morosité. J'avais fini par accepter le fait que l'exorciste et lui partageaient une relation forte, mais je n'étais pas sûre d'apprécier cette version de mon frère pour autant. Heureusement, il essayait la plupart du temps de faire bonne figure. Je lui avais proposé de se joindre à nous pour les leçons de lecture, mais il avait refusé, à ma grande surprise. Aussi loin que je me souvienne, il avait toujours voulu savoir lire.

J'entendis qu'Opo entrait dans le salon sans pour autant que cela m'arrache à mes sombres pensées. Il s'installa à la fenêtre à côté de moi, silencieux pour une fois. Au bout d'un moment, étonnée par son mutisme inhabituel, je me tournai vers lui pour le dévisager. Je ne pus m'empêcher de remarquer qu'il avait maigri. Ses joues étaient moins rondes qu'avant et des cernes commençaient à creuser ses yeux bleus. Nous avions fêté peu de temps auparavant le quatorzième été depuis sa naissance. Il me parut grand, tout à coup.

– Maelys… finit-il par dire d'une voix hésitante.

Je fronçai les sourcils. Le ton qu'il employait lui ressemblait encore moins que le silence. Que lui arrivait-il ?

– Est-ce que tu penses que tu pourras ramener mes parents ?

Oh, c'était donc ça.

– Je ne sais pas, répondis-je avec sincérité et une once d'amertume. J'ai essayé de faire revivre des cendres une fois et ça n'a pas du tout marché.

– Même quand tu seras devenue la maîtresse de la Mort ?

– Il paraît que la Bienfaisante peut tout faire, dis-je en haussant les épaules. Alors peut-être.

Opo perdit à son tour son regard dans le jardin. Il avait l'air soudain très malheureux.

– Ils me manquent.

Je ne savais pas quoi répondre à ça. Mal à l'aise, je repris ma contemplation de la rue en espérant que mon silence suffirait.

– Je les ai perdus tous les deux en même temps, poursuivit-il de sa voix triste. Ça faisait beaucoup d'un coup. Je me suis accroché à l'idée que la Lyberté pourrait… mais maintenant que je t'ai trouvée, je me demande si ce sera vraiment possible. Et je ne sais pas quoi faire de ma vie.

– Tu m'aides à battre les nécromanciens.

– Oui, mais je n'ai même plus de maison. Avant, je dormais à la Lyberté, mais maintenant… qu'est-ce que je vais devenir après tout ça ?

Je me tournai à nouveau vers lui et me saisis de son bras que je pressai fermement.

– Après, on sera ensemble ! m'exclamai-je avec force. Je serai la maîtresse de la Mort et tu seras mon suivant le plus dévoué.

Un faible sourire commença à étirer ses lèvres.

– C'est vrai ! insistai-je. On pourra faire ce qu'on veut. Pour commencer, je ramènerai tes parents pour que vous puissiez vous dire plein de choses. Et ensuite, avec Qotah, on retournera à Joname, là où j'ai grandi. C'est un chouette village avec plein de choses à faire ! Je te montrerai Swen et la crypte, et puis le pavillon de chasse aussi. Et après, on pourra aller où tu veux. Mais juste une fois, alors ! Parce que c'est toi qui seras mon suivant, pas l'inverse.

Un rire étouffé lui échappa et il passa rapidement son bras devant ses yeux pour essuyer ses larmes.

– Tu as raison. J'ai hâte de voir tout ça. On sera les maîtres du monde !

J'allais renchérir encore un peu, heureuse de lui avoir redonné son sourire, quand une silhouette noire s'avança dans le jardin. Je me détournai à toute vitesse et poussai une exclamation de joie.

– C'est Coriolis !

Je bondis sur le parquet et me précipitai dans la cuisine. Qotah y était occupé à préparer notre repas du midi, les mains plongées dans un gros lapin qu'il dépiautait. Je lui déboulai dessus sans prévenir et attrapai son bras pour l'arracher à sa tâche.

– Maelys ! s'exclama-t-il avec exaspération.

– Coriolis est dehors !

Cette fois, je n'eus pas besoin de tirer bien fort pour qu'il lâche son lapin. Entre-temps, des coups avaient retenti et, lorsque nous arrivâmes à la porte, Sol venait d'inviter Coriolis à rentrer.

Contrairement à ce que j'avais pensé, Qotah ne se précipita pas pour la serrer dans ses bras. Il se contenta de l'accueillir avec un sourire qui exprimait tout son soulagement. Le regard sombre qu'elle lui adressa en retour n'avait cependant rien d'engageant.

– J'ai vu les mains de Shoms, annonça-t-elle sans préambule.

– Et alors ? demanda Qotah, pressant.

– Ce n'est pas un nécromancien. C'est un non-mort.

Un silence de stupeur générale accueillit ses paroles.

– Ça, je ne m'y attendais pas, finit par admettre Qotah.

– Tu n'avais pas complètement tort malgré tout, fit remarquer Sol, rapidement remis de sa surprise. Il travaille très probablement pour le compte du nécromancien qui l'a créé.

Coriolis hocha la tête, l'air plus défaite que jamais. Qotah le remarqua et tendit presque timidement le bras pour prendre la main de l'exorciste.

– Ça va ? lui demanda-t-il.

– Je croyais vraiment que c'était impossible, répondit-elle. Malgré tous les signes, toutes les choses louches… j'ai toujours cru que Shoms pensait ce qu'il disait.

Je fus surprise de constater qu'elle était au bord des larmes. Je savais que les adultes pouvaient pleurer, bien sûr, mais Coriolis ? La mort de son frère l'avait anéantie mais, depuis, elle se comportait comme si rien ne pouvait la toucher, et je devais reconnaître que je l'admirais secrètement pour cela. Sa détresse me déboussola et je me sentis soudain obligée d'intervenir.

– Au moins, on va pouvoir trouver le dernier nécromancien ! Il sera puni.

– Tu as raison, Maelys, répondit Coriolis en séchant ses larmes d'un rapide geste de la main. Et je sais où il est.

– Où donc ? demanda immédiatement Qotah.

– Dans le sous-sol de la Necroch.

– Comment sais-tu ça ?

– Les nécromanciens que nous capturons sont toujours emmenés au sous-sol. Seul Shoms a le droit d'y pénétrer. C'est forcément là qu'il donne les prisonniers en pâture à son maître. J'ai enquêté avant de revenir, et tous les exorcistes m'ont confirmé qu'ils n'y avaient jamais mis les pieds.

– Mais ça ne veut pas dire que le nécromancien habite dans le sous-sol, fit remarquer Sol. Il ne vient probablement que lorsque vous en attrapez un. Peut-être qu'il peut voir tout ce que Shoms peut voir, ou bien peut-être qu'il s'agit également d'un exorciste qui se fait passer pour l'un d'entre vous en laissant Shoms diriger.

– Tu as raison, dit Qotah en pleine réflexion. Même si nous réussissons à nous infiltrer là-bas, rien ne nous dit qu'il y sera. Ce serait prendre des risques pour rien.

– Comment pouvons-nous être sûrs qu'il s'y trouve ? demanda Coriolis.

Tout le monde resta silencieux quelques instants. Puis Sol se leva, les mains fermement posées sur la table.

– J'ai un plan.

***

Les semaines suivantes, Coriolis retourna à la Necroch pour répondre à ses obligations et éviter d'attirer l'attention. Qotah et Sol, eux, retournèrent au puits de Jan où l'armée d'Octorinambus n'avait encore été découverte par personne – je supposais que le puits se trouvait trop loin de Caffith pour que ses habitants s'y rendent souvent – et ils cachèrent les cadavres dans une grotte.

À mon grand agacement, Opo et moi étions toujours assignés à résidence. Le jeune garçon passait toutes ses journées le nez plongé dans le grimoire à marmonner des mots inaudibles, les mains occupées à confectionner ce dont nous aurions besoin pour mener le plan de Sol à bien. Il n'y avait plus personne pour m'apprendre à lire ou jouer avec moi, aussi errais-je comme une âme en peine, impatiente de passer à l'action. Heureusement, Opo acheva son ouvrage plus vite que je ne l'avais pensé. L'heure avait sonné.

La veille de notre infiltration, Sol vint me trouver dans le salon alors que je m'escrimais à déchiffrer un vieux livre qui parlait d'oiseaux. Qotah était occupé à préparer nos affaires pour le lendemain, et Opo relisait encore et toujours le grimoire, angoissé à l'idée d'avoir raté sa fabrication. J'étais donc seule lorsque le guérisseur vint s'asseoir à mes côtés.

– Comment te sens-tu ? me demanda-t-il.

– Très impatiente ! répondis-je en posant immédiatement mon livre, ravie qu'il vienne me parler.

– Tu n'as pas peur ?

– Non, j'ai très hâte ! Demain, je serai la maîtresse de la Mort !

– Eh bien, l'humanité n'est pas prête. J'espère que tu seras une maîtresse sage et bienveillante.

Je levai le visage vers lui, incertaine quant à l'intonation de sa voix, mais il sourit pour me signifier qu'il plaisantait.

– Tu ne viens toujours pas avec nous, demain ? demandai-je avec espoir.

– Non, je reste persuadé que ce serait une mauvaise idée. Je ne vous servirais à rien. Mais je serai là à attendre ton retour triomphant avec Opo, tu peux me croire.

Mon cœur se mit soudain à battre plus vite, et je sentis mes joues s'embraser.

– Dis, commençai-je en rassemblant mon courage, quand tout sera fini… Est-ce que tu voudras te marier avec moi ?

Les yeux cernés de Sol s'arrondirent comme des soucoupes et me dévisagèrent avec stupéfaction. Puis un sourire se dessina sur ses lèvres et il se mit à pouffer de rire.

– Quoi ? dis-je, blessée par sa réaction. Tu ne veux pas ?

– Oh, je suis désolé, Maelys, répondit-il en reprenant son sérieux. Je n'avais pas imaginé… Tu es un peu trop jeune pour penser à ce genre de chose, tu ne crois pas ?

– Mais c'est ce que je veux ! insistai-je avec fougue.

– Tu es une personne extraordinaire, Maelys, fit-il en m'ébouriffant gentiment les cheveux. Mais je suis trop vieux pour toi. Et puis, de toute façon, je préférerais me marier avec un garçon.

Je fronçai les sourcils, déboussolée par cette réponse.

– Mais tu es un garçon ! protestai-je.

– Eh oui, c'est comme ça, répondit-il en haussant les épaules. Mais ne t'inquiète pas. Quand tu seras maîtresse de la Mort, tu auras plein de prétendants bien plus beaux que moi qui seront à tes pieds.

Et il me fit un clin d'œil. La déception et la tristesse m'étouffaient. Je ne voulais pas de prétendants plus beaux, je voulais Sol ! Il dut se rendre compte que sa réponse m'avait chagrinée, car il pressa mon épaule de sa main.

– Ça ne veut pas dire que je ne resterai pas avec toi par la suite, ajouta-t-il doucement. Quoi qu'il arrive, tu pourras toujours compter sur moi, d'accord ? Ce n'est pas un mariage, mais c'est bien aussi, non ?

Je hochai la tête, un peu consolée, mais toujours amèrement déçue. Sol me tapota amicalement le bras avec un sourire désolé.

– Tu ne devrais pas t'embêter avec ce genre de choses. Pense à demain, plutôt. Ce sera un grand jour pour toi.

Qotah pénétra dans le salon sur ces entrefaites, et Sol se leva de sa chaise pour lui laisser la place à mes côtés.

– Qu'est-ce qu'il se passe ? demanda Qotah en voyant mon expression.

– Rien, répondis-je très vite en me détournant pour m'essuyer les yeux.

– Ah… D'accord.

Je le vis jeter un regard furtif en direction de Sol qui quittait la pièce et sus qu'il avait compris. Mon frère me connaissait mieux que n'importe qui. Sans rien ajouter, il m'attira à lui pour m'installer sur ses genoux.

– Je ne suis plus un bébé ! protestai-je en tentant d'échapper à son étreinte.

– Tu es mon bébé une dernière fois, ce soir, dit-il avec un sourire taquin.

C'était de l'humour, mais sa réponse me fit brutalement repenser à la discussion que j'avais surprise entre Coriolis et lui, le soir où je m'étais fait attaquer par un non-mort. Une boule d'angoisse naquit dans ma gorge, bien différente de la tristesse que j'avais ressentie à cause de Sol.

– Dis… tu ne m'abandonneras jamais, hein ?

Son sourire disparut.

– Maelys…

– Parce que même quand je serai très forte, j'aurai encore besoin de toi !

– On en reparlera quand tout sera fini, d'accord ? dit-il gravement.

– Non ! m'exclamai-je en sentant les larmes me monter à nouveau aux yeux, plus brûlantes celles-ci. Je ne veux pas en parler, je veux que tu restes avec moi !

Il me serra dans ses bras et je me débattis mollement avant de me blottir contre ton torse froid.

– Je resterai avec toi tant que je le pourrai, murmura-t-il dans mon oreille. Je ne disparaîtrai jamais sans prévenir, d'accord ?

Je reniflai et hochai la tête contre sa chemise. C'était une bien faible promesse, mais je savais que je devrais m'en contenter pour l'instant. De toute façon, Sol avait raison : je devais me concentrer sur le plan de demain. Je n'avais pas le temps de penser à autre chose.

***

Qotah et moi nous levâmes aux aurores le jour suivant pour quitter la maison alors que le ciel était encore sombre et les rues désertées. Opo et Sol nous souhaitèrent bonne chance, et je sentis mon cœur se serrer lorsque la porte de la maison se referma sur le visage déconfit d'Opo. Il aurait aimé nous accompagner, je le savais, mais tout le monde s'y était opposé. Je ne pouvais m'empêcher d'éprouver de la peine pour lui.

Furtifs et silencieux comme deux petites souris dans la ville immense et endormie, nous nous glissâmes à travers les rues sans croiser personne, jusqu'à l'entrée des catacombes où nous étions allés chercher l'Antique. Je menai Qotah au milieu des couloirs de pierre froide ; ensevelis par l'obscurité et le silence des étroites galeries, nous marchâmes longuement, si longtemps que je perdis toute notion du temps. Et puis, au bout d'un temps qui me parut infini, la lueur de nos torches dessina dans l'ombre la silhouette d'un immense serpent entassé sur lui-même. Très loin au-dessus de nous, le puits de Jan laissait filtrer un petit cercle lumineux.

– Il est encore là, murmurai-je, impressionnée.

J'avais oublié à quel point l'Antique était gigantesque et commençai à me demander si j'étais réellement parvenue à tirer un tel monstre. Précautionneusement, nous escaladâmes les écailles de son cou et nous perchâmes sur son large crâne. Presque avec timidité, je posai les mains sur sa peau squameuse et l'attirai à moi.

– Essaie de faire ça plus doucement que la dernière fois, me dit Qotah à voix basse.

Je hochai la tête tandis que le serpent se redressait lentement. Progressivement, sans à-coup, j'ordonnai à son corps de nous amener à la surface et il s'éleva docilement en nous emportant avec lui sur sa tête.

Émerger à l'air libre fut une bénédiction. La matinée était bien avancée, et la lumière du soleil me frappa délicieusement, dévoilant les abords détruits du puits tout autour de nous.

– Parfait, dit Qotah en sautant à terre. Garde-le ici pour l'instant, je vais t'amener à la grotte.

Je gardai mon emprise sur l'Antique et immobilisai son corps dans le conduit du puits, de manière que sa tête n'affleure qu'à peine à l'air libre. Il attendrait son heure ici.

À son tour, Qotah me mena à travers les arbres, jusqu'à un élèvement de terrain couvert de mousse, masqué par la végétation et qui exhalait une puissante odeur de pourriture. Une petite grotte s'ouvrait au milieu d'un amas rocheux, dans lequel Sol et Qotah avaient allongé les dizaines de cadavres qu'ils avaient récupérés. L'un d'entre eux, le corps d'une grande femme rousse, avait été installé à l'écart des autres. Ses mains peintes en noir ressemblaient aux miennes de façon troublante.

– Qu'est-ce que tu en penses ? me demanda Qotah.

Je m'approchai de la fausse nécromancienne et l'examinai avec attention. Ils avaient dû lui administrer de la potion qui empêche de pourrir, car son état de décomposition était bien moins avancé que celui de ses pairs. Sa peau se colorait d'une teinte étrange à certains endroits, mais il fallait la regarder de très près pour s'en rendre compte.

– Ça me semble bien, répondis-je.

– Vas-y, alors.

Je pris une profonde inspiration et me saisis de tous les morts en même temps pour les tirer à moi. Ils se levèrent tous en chœur, le regard vide, les bras ballants, prêts à exécuter les moindres de mes instructions. Je refoulai une grimace – ce n'était pas vraiment la même chose que de ramener des squelettes. Je pris conscience que tous ces pantins sans âme me mettaient mal à l'aise. J'aurais préféré pouvoir les ramener vraiment. Mais j'allais les envoyer à l'abattoir et, de toute manière, je ne les connaissais pas assez pour pouvoir accrocher leur âme.

Je me tournai alors vers la fausse nécromancienne. Pour elle, je devais faire plus que simplement la faire tenir debout. Elle devait passer pour une vivante pourvue de libre arbitre. Fermant les yeux, je plongeai la main dans ma poche et me saisis de la statuette sur laquelle Opo avait travaillé si dur, fabriquée à partir de morceaux de ses cheveux et de sa peau. Sitôt que l'associateur entra en contact avec mes paumes, le monde s'éclaira à nouveau malgré mes paupières fermées. Je nous vis par ses yeux, moi immobile au milieu de la grotte et Qotah qui m'examinait avec une attention inquiète.

Je rouvris les yeux.

– Ça marche très bien, dis-je pour le rassurer.

– Parfait. Fais-la un peu marcher pour voir ?

Je me concentrai et la femme rousse s'avança d'un pas assuré pour se planter en face de Qotah et lui adresser un regard de défi.

– Je suis Phénix, la dernière nécromancienne, clama-t-elle d'un ton arrogant. Vous allez tous mourir !

Qotah cligna des yeux de surprise.

– C'est toi qui lui fais dire ça ?

– Oui.

– Pourquoi Phénix ?

– J'aime bien ce nom.

Il sourit et reporta son attention sur elle. Pendant que je parlais avec lui, la fausse nécromancienne était retombée dans un état apathique et elle se redressa soudain sous mon ordre.

– Les exorcistes vont tous mourir ! s'exclama-t-elle avec des mouvements grandiloquents.

– N'en fais pas trop quand même, dit Qotah à mon attention.

– Pardon, répondis-je. Je ne sais pas trop comment se comportent les méchants.

– Pense à Octorinambus.

Je hochai la tête et lui fit faire plusieurs fois le tour de la grotte d'un pas conquérant en lui faisant réciter plusieurs des phrases que nous avions mises au point.

– Je n'aime pas trop faire ça, finis-je par avouer au bout d'un moment.

– C'est plutôt une bonne chose, fit Qotah. Si tout se passe bien, tu n'auras plus jamais besoin de faire ça après aujourd'hui. Fais bouger l'armée, maintenant.

Je m'exécutai et nous prîmes le temps de sérieusement nous entraîner. L'illusion devait être parfaite. Je craignais de peiner à faire se mouvoir autant de non-morts tout en faisant passer l'une d'entre eux pour une vraie humaine, mais je me rendais compte que l'exercice était plus facile que je l'avais imaginé. L'Antique restait également immobile aux abords de ma conscience, prêt à être appelé quand j'aurais besoin de lui.

Au bout de plusieurs heures, je dis à Qotah que je me sentais prête.

– Tu es sûre ? demanda-t-il en me scrutant d'un œil critique.

– Oui, assurai-je.

Il hésita quelques instants. Je savais qu'une part de lui repoussait le moment où nous allions lancer l'attaque. Mais j'étais déterminée, et il finit par hocher la tête.

– Allons-y, alors.

Je m'assis par terre et serrai les poings. Tous les non-morts se redressèrent d'un même mouvement et se mirent en marche, menés par la femme rousse qui exhibait ses mains noires avec une fierté que j'espérais manifeste. Quand le dernier non-mort eut quitté la grotte, je fermai à nouveau les yeux pour voir le monde par ceux de la fausse nécromancienne.

– Allons-y, répétai-je à mi-voix.

L'armée progressa rapidement et silencieusement à travers la forêt. Sol m'avait assommée d'explications sur le trajet à parcourir pour atteindre l'endroit où aurait lieu l'attaque, mais chaque arbre ressemblait trait pour trait à son voisin, et je n'étais plus vraiment sûre d'être sur le bon chemin. Au moment où je commençais à me demander si je ne m'étais pas complètement trompée, un cri sonore éclata dans les oreilles de ma nécromancienne.

Sa tête pivota à ma demande et je vis la silhouette d'un jeune garçon qui s'enfuyait en hurlant et en zigzaguant au milieu de la végétation. J'ordonnai à mes non-morts de suivre la même direction et, très vite, les arbres se clairsemèrent et des maisons apparurent. J'avais trouvé le village.

Ma nécromancienne se fendit du sourire maléfique que, selon moi, tout méchant se devait d'arborer avant d'agresser des innocents.

– À l'attaque ! s'écria-t-elle bien inutilement.

La horde de non-morts se déversa dans de minuscules ruelles, provoquant une panique absolue sur leur passage. Les paysans tentaient de fuir en hurlant, mais mes non-morts les attrapaient sans aucune difficulté.

– À l'aide ! s'écria un homme. Prévenez Caffith !

– Allez chercher les exorcistes ! hurla quelqu'un d'autre.

Comme prévu, je pris bien garde de laisser quelques personnes s'échapper. Une fois tous les autres capturés, j'intimai à mon armée de tous les réunir sur la petite place du village et de les agenouiller face à ma nécromancienne qui les toisait avec mépris.

– Je suis Phénix ! tonna-t-elle. Je suis venue prendre toutes vos richesses !

– Mais nous n'avons rien, gémit une femme.

– Montrez-moi où sont vos morts ! Ils rejoindront mon armée !

– Nos morts ont tous été brûlés ! Pitié !

Ils paraissaient réellement terrifiés, et j'eus un pincement de cœur en remarquant que la majorité d'entre eux était au bord des larmes. N'avais-je pas ressenti exactement la même chose qu'eux lorsque les exorcistes nous avaient attrapés, Qotah et moi ? Je me fis la promesse de revenir m'excuser auprès d'eux un jour.

– Dans ce cas, vous serez mes otages ! s'exclama la femme rousse. Qu'on m'apporte à boire et à manger !

Je passai un long moment à tourmenter ces pauvres paysans avec des caprices imaginaires. Tous se pliaient à ma volonté en tremblant de peur, bien qu'aucun de mes non-morts ne leur ait fait de mal. J'espérais de toutes mes forces que les exorcistes arriveraient le plus vite possible pour me libérer de cette mascarade. Mais le temps s'écoulait, s'étirait sans fin, et nul ne venait pour sauver les villageois à la merci de l'affreuse Phénix…

L'enfer se déchaîna d'un coup, sans aucun signe avant-coureur. La seconde d'avant, mes non-morts et la petite dizaine de villageois étaient seuls au milieu des maisons de bois miteuses, et voilà que des hommes et des femmes sortaient de toute part, armés jusqu'aux dents et, sans émettre un seul son, sautaient sur les cadavres animés pour les sabrer à grands coups de lames précis et professionnels. Les paysans se mirent à hurler en courant en tous sens, libérés de la pression des non-morts qui les avaient lâchés pour faire face à leurs nouveaux adversaires. J'avais bien en tête la mise en garde de Coriolis de ne blesser aucun de ses compagnons mais, même si je l'avais voulu, je crois que j'en aurais été incapable. Leurs corps paraissaient intouchables, leurs armes savaient exactement où trancher pour mettre hors-jeu des ennemis qui ne pouvaient pas mourir.

Au milieu de tout cet affrontement, la fausse nécromancienne hurlait toutes les imprécations que je pensais appropriées pour cette situation et que nous avions longuement répétées avec Sol pendant les semaines de préparation.

– Bandes de rats ! beuglait-elle pendant que les non-morts la protégeaient de leur corps. Chiens ! Vous allez mourir de la main de mes servants ! Nul ne peut m'arrêter !

Ses cris ne paraissaient pas troubler outre mesure les exorcistes, qui opéraient avec une froideur de bouchers, réduisant de seconde en seconde les effectifs dont elle disposait pour se défendre. Ils ne pouvaient me retirer leur contrôle, bien sûr, mais ils pouvaient suffisamment les handicaper pour les sortir totalement du combat. La chair volait sans sang, sans autre bruit que celui des épées qui tranchaient la peau. C'était un véritable carnage, et j'avais bien du mal à maintenir l'illusion que les non-morts se battaient. J'aurais aimé fermer les yeux pour ne pas assister à ça, mais mes paupières étaient déjà closes. Alors, je projetai tout mon dégoût et ma détresse dans la femme rousse qui se mit à vociférer comme une démente.

Bientôt, elle se retrouva seule. Je lui intimai l'ordre de reculer, mais deux exorcistes l'attrapèrent violemment par-derrière et la forcèrent à se mettre à genoux en tirant ses cheveux en arrière pour l'obliger à regarder devant elle. J'avais beau savoir que mon corps n'était absolument pas là-bas mais dans une grotte, avec Qotah, et qu'il ne s'agissait que d'un pantin que je manipulais, je me sentais terriblement oppressée de sentir tous ces regards posés sur elle – sur moi.

Shoms apparut au milieu des soldats, suivi de Coriolis et d'une autre femme. Ils avaient probablement participé au combat, car leurs vêtements étaient répugnants, mais je ne me souvenais pas les avoir vus se battre. Son masque était toujours aussi indéchiffrable mais, quand il baissa son regard sur la fausse nécromancienne, j'eus le sentiment que c'était moi qu'il regardait à travers elle, que c'était mon âme qu'il transperçait de ses yeux que je savais morts. L'autre nécromancien observait-il la femme rousse par ses yeux ? Étions-nous en train d'échanger un étrange regard par non-morts interposés ?

– Qui es-tu ? demanda Shoms de son horrible voix caverneuse.

La fausse nécromancienne tenta de lui cracher au visage. Le pitoyable jet de salive tomba devant ses chaussures sans le faire ciller du moins du monde. Du coin de l'œil, j'observai Coriolis qui se tenait en retrait par rapport à lui. Son expression était parfaitement froide et fermée. On aurait dit une exorciste exactement comme tous les autres.

– Je suis Phénix la Flamboyante ! siffla la femme rousse. Vous ne pouvez me tuer ! Je suis la représentante de Ly elle-même !

Sol m'avait dit qu'il lui semblait plus réaliste que notre faux nécromancien ait des accès de mégalomanie, et de ce que j'avais pu voir d'Octorinambus, je ne pouvais qu'être d'accord avec lui.

– Nous n'avons jamais entendu parler d'une nécromancienne nommée Phénix, dit Shoms sans se démonter.

– Peu m'importe quels pouilleux me connaissent dans votre royaume de miséreux !

J'étais assez fière de me souvenir de tous ces mots compliqués. À présent que le jeu consistait à parler et non plus à faire semblant de se battre, je me sentais bien plus à l'aise.

– As-tu croisé une fillette nécromancienne ? demanda Shoms.

– Cette pitoyable enfant ! Comment aurait-elle pu m'affronter ? Je l'ai vaincue comme j'ai vaincu tous les autres ! J'ai pris son pouvoir et je m'en servirai contre vous si vous ne me relâchez pas.

Pour faire bonne mesure, l'un des non-morts auquel on n'avait pas tranché les quatre membres tendit le bras depuis le sol pour attraper la cheville d'un exorciste. Ce dernier se débarrassa de la faible prise d'un coup de pied et trancha le bras récalcitrant sans aucune hésitation. L'altercation attira à peine l'attention de l'assemblée. Peu furent ceux qui y jetèrent même un simple coup d'œil.

– Que ton corps soit le tombeau de ton âme, déclara simplement Shoms.

Et il lui planta sa pique dans le cœur. Je lui fis porter ses mains à sa poitrine comme si elle avait voulu agripper la blessure et en profitai pour briser la fiole de sang que m'avait confiée Sol. Le sang se mit à couler sur ses vêtements et je relâchai tous ses muscles afin qu'elle retourne à l'état de cadavre, tout en gardant mon emprise sur elle pour continuer à voir et entendre via ses sens. Les deux exorcistes qui la maintenaient agenouillée se penchèrent vers elle pour l'examiner et je retins mon souffle. S'ils découvraient le pot aux roses, tout s'effondrerait.

– Elle est bien morte, annonça l'un d'entre eux à son chef et je me détendis.

– Parfait. Beau travail à tous. Cela fait des années que nous n'avions pas vaincu un nécromancien aussi pathétique. Elle a dû partir s'exiler dans d'autres contrées. Elle n'aurait jamais dû revenir…

C'était le moment. Laissant Shoms à son monologue, je relâchai l'intégralité de l'armée de non-morts découpés en morceaux et me saisis de l'Antique, qui attendait toujours dans le puits. Avec un sursaut de volonté, un peu déséquilibrée par l'essence de la créature, je lui ordonnai de sortir intégralement de son trou. Quand son interminable corps eut fini de s'extraire de la profonde gorge, sa tête s'éleva vers le ciel, aussi haut que possible, et il poussa un hurlement grave et profond qui fit vibrer toute la forêt.

Là-bas, dans le petit village, tous les exorcistes se figèrent et se tournèrent vers la silhouette du serpent qu'ils devaient voir se découper dans le bleu du ciel.

– Qu'est-ce que… balbutia un homme.

– Un Antique ! s'exclama un autre.

– C'est impossible…

– Chef ! Que faisons-nous ?

Shoms paraissait aussi impassible que d'ordinaire, mais la latence de sa réponse trahit son trouble.

– Vous tous ! finit-il par ordonner d'une voix plus agitée qu'à l'ordinaire. Allez-y. J'emmène la nécromancienne à la Necroch pour extraire son pouvoir. Je vous rejoins aussitôt que possible.

Il me fallut accorder au crédit des exorcistes qu'aucun d'entre eux ne flancha. Après un salut militaire parfaitement synchronisé ou presque, tous se saisirent de leurs armes et partirent en courant en direction de l'Antique, Coriolis avec eux. Shoms, quant à lui, souleva le corps de la femme rousse et le plaça sur son épaule comme un sac à patates avant de tourner les talons et de repartir à vive allure.

J'ouvris finalement les yeux et m'aperçus que j'étais trempée de sueur. La première chose que je vis fut le regard inquiet de Qotah, toujours agenouillé à mes côtés dans la petite grotte sombre. Après la débauche de lumière et de violence que je venais de vivre, j'avais l'impression de me réveiller d'un cauchemar particulièrement traumatisant dans une chambre paisible.

– Allons-y, dis-je simplement.

Il hocha la tête et nous quittâmes la grotte.

La dernière nécromancienne

Ma première pensée en voyant la Necroch fut de me demander pourquoi les exorcistes, gardiens autoproclamés du bien et de la justice, étaient allés s'installer dans un endroit aussi sinistre. La tour noire tranchait dans le ciel uniformément bleu à la manière du repère d'un méchant dans les contes que me racontait ma mère. Mais si les exorcistes étaient sans le savoir à la solde d'un nécromancien, ce choix faisait ironiquement sens.

– Où sont-ils ? demandai-je à Maelys à voix basse.

Accroupie derrière un des tonneaux qui remplissaient la cour du vieux moulin abandonné où nous nous étions cachés, Maelys ferma les yeux quelques instants.

– Ils sont presque arrivés à la tour, dit-elle laconiquement.

– Tout se passe bien avec l'Antique ?

– Ils l'attaquent.

Je ne lui demandai pas d'en dire plus, conscient de la difficulté que représentait l'exercice : elle devait maintenir son emprise sur une créature légendaire qui se battait à plusieurs kilomètres d'ici, tout en empêchant que ses adversaires soient blessés malgré la différence de taille et en restant concentrée sur notre mission actuelle. J'ignorai comment elle était capable de faire tout ça à la fois mais, s'il y a bien une chose que je savais, c'était que la suite des opérations serait de ma responsabilité.

Je jetai un coup d'œil impatient derrière moi. Nul ne venait jamais dans ce moulin qui était infesté de serpents, avait dit Coriolis. Il était rassurant de se dire que personne ne viendrait nous chercher des noises ici, mais beaucoup moins de songer que ma petite sœur était actuellement tapie non loin d'un nid de crotales. Si seulement elle pouvait se dépêcher...

– Il entre dans la tour, dit Maelys.

Je me sentais sur des charbons ardents. Le plan prévoyait que nous suivions Shoms au plus près afin de savoir précisément par où il passerait. Mais Coriolis aurait dû nous avoir rejoints depuis plusieurs minutes déjà, et il était illusoire d'espérer entrer dans la tour sans elle.

Au moment où je commençais à vraiment m'inquiéter, elle apparut soudain à mes côtés, comme par enchantement. Je réussis tant bien que mal à ne pas sursauter.

– Me voilà, murmura-t-elle en s'accroupissant avec nous. J'ai eu un peu plus de mal que prévu à m'éclipser. Bien joué, Maelys, c'était parfaitement exécuté.

– Il vient de rentrer dans la Necroch, dis-je.

– Ne perdons pas de temps, alors, allons-y. Il ne reste qu'une poignée de guerriers dans la tour, je doute qu'ils aient placé un guet.

Nous sortîmes du vieux moulin et empruntâmes le petit chemin en terre battue qui menait à la Necroch depuis la grande route. Il y avait quelque chose d'étrangement irréel à avancer à découvert en direction du quartier général de nos plus grands ennemis, mais je préférais ne pas penser aux risques que cela représentait. Je me contentai de fixer le dos de Coriolis qui avançait devant moi avec sa détermination habituelle, conscient que je plaçais énormément de ma confiance en une femme qui avait été jadis notre ennemie et qui nous menait droit chez les siens.

Bientôt, la tour dressa son imposante masse juste devant nous. Coriolis me jeta un regard pénétrant. Accrochée à ma main, Maelys se balançait doucement d'avant en arrière, les yeux à moitié clos, comme si elle se trouvait à la frontière entre un rêve et la réalité.

– Je m'en occupe, souffla Coriolis d'un ton qui ne souffrait aucune contestation. Restez cachés sur le côté et n'intervenez pas.

Je hochai la tête et entraînai Maelys hors de vue de la large porte en fer. Après avoir vérifié que nous étions convenablement cachés, Coriolis s'avança et frappa quatre coups.

Au bout d'un long moment, une femme ouvrit la porte.

– Coriolis ? dit-elle d'une voix surprise. Et les autres ?

– Désolée, Conny.

D'un geste si rapide que je n'en vis que les conséquences, Coriolis se jeta sur sa consœur et lui assena un violent coup sur le crâne. Conny s'écroula contre le mur comme une poupée de chiffon, mais Coriolis la rattrapa avant qu'elle ne touche le sol et la déposa délicatement à terre. Elle nous fit ensuite signe de la rejoindre.

– Prends-la avec toi et suis-moi, m'ordonna-t-elle. Dépêche-toi, elle ne restera pas inconsciente très longtemps.

Je ramassai le corps inerte et le jetai sur mon épaule. Puis je serrai la main de Maelys dans la mienne et m'engouffrai dans la Necroch à la suite de Coriolis.

L'intérieur était aussi lugubre que la façade : une froide pièce circulaire de pierre grise autour de laquelle s'enroulait un étroit escalier en colimaçon. Un bureau en bois massif recouvert de documents en tout genre et des bibliothèques débordantes de livres en occupaient une bonne partie. Des lampes à huile projetaient une lueur tremblotante que la faible lumière du jour, étranglée par des fenêtres hautes et étriquées, ne parvenait pas à occulter. Un vieux tapis vert tout rapiécé recouvrait l'essentiel du sol.

– Pose-la ici, dit Coriolis en m'indiquant le bureau.

Je m'exécutai et elle entreprit d'attacher Conny au meuble. Elle avait eu raison de me dire de me hâter, car à peine l'exorciste fut-elle ligotée et bâillonnée que, déjà, ses paupières papillonnaient et elle reprenait conscience. Ses yeux s'ouvrirent en grand et se braquèrent sur nous, furieux et accusateurs. Coriolis se détourna.

– Je suis désolée, Conny, répéta-t-elle. Je n'ai pas le temps de t'expliquer. Tu comprendras plus tard.

Conny lui adressa un regard de haine pure, mais Coriolis s'était déjà éloignée, probablement pour ne pas avoir à affronter la colère de son amie.

– Venez par ici, chuchota-t-elle.

Elle s'était penchée pour soulever le tapis et, une fois à ses côtés, je constatai qu'il cachait en réalité une large trappe de bois et de métal agrémentée d'un loquet épais comme mon poing, heureusement ouvert.

– J'espérais bien qu'il serait trop pressé par le temps pour la fermer, dit Coriolis. Suivez-moi, je passe devant.

– Attends, intervins-je. Tu vois où ils sont ? ajoutai-je à l'intention de Maelys.

– Il lui a fermé les yeux, dit-elle en clignant des paupières comme si elle ne parvenait pas à se réveiller. J'entends juste des bruits de pas.

– Et au niveau de l'Antique ?

– Ils l'ont blessé.

– Alors il faut se dépêcher. Allons-y.

J'aidais Coriolis à soulever la lourde trappe qui pivota sans un bruit, dévoilant un escalier grossièrement taillé dans la pierre qui descendait dans de sombres profondeurs. Nous prîmes deux lampes et entamâmes la descente après un dernier regard pour Conny, dont les cris étouffés exprimaient suffisamment tout ce qu'elle comptait nous infliger une fois qu'elle serait libérée. Je refermai la trappe derrière nous et l'obscurité nous engloutit.

Les marches étaient étroites et mal découpées : c'était un défi de tout instant que de poser un pied en dessous de l'autre sans trébucher, surtout en soutenant Maelys qui avait toujours autant de mal à se concentrer. Je savais qu'une bataille titanesque faisait rage quelque part dans sa tête, mais j'espérais qu'elle serait tout de même capable de réagir si les choses tournaient mal. Après tout, nous n'avions aucune idée de ce qui nous attendait en bas. Et si le nécromancien était venu accompagné d'une armée des soldats non-morts ? Notre plan me paraissait tout à coup bien incertain.

Au bout d'un moment, je sentis l'escalier devenir de plus en plus irrégulier sous mes pieds et se changer en pente douce. Nous finîmes par déboucher dans une large cave qui sentait l'humidité, remplie de tonneaux qui s'empilaient jusqu'au plafond en forme de voûte. Le couvercle de l'un d'entre eux reposait sur son flanc et je m'en approchai avec circonspection pour en scruter le contenu. Une mixture verte et épaisse le remplissait de moitié.

– Qu'est-ce que c'est ? murmura Coriolis par-dessus mon épaule.

– On dirait la potion pour ralentir le pourrissement des non-morts.

Nous échangeâmes un regard entendu. Nos soupçons se confirmaient.

La cave donnait sur un étroit couloir. Nous nous y engouffrâmes avec prudence, ma main fermement serrée sur celle de Maelys. Le bruit de nos pas me paraissait résonner de manière assourdissante tout autour de nous.

Une lueur perça les ténèbres devant nous. Creusée dans la paroi à notre gauche s'ouvrait une nouvelle cave, éclairée celle-ci. Sans un mot, Coriolis et moi éteignîmes nos lampes et tendîmes l'oreille. Pas un bruit. Prudemment, elle glissa un regard à l'intérieur de l'ouverture. Je vis ses yeux s'arrondir à la lumière de la pièce.

– Qu'est-ce que… souffla-t-elle.

Je m'avançai à mon tour pour regarder et je compris instantanément la raison de son étonnement. Cette cave, à peine plus grande que la première, avait été aménagée en une confortable pièce à vivre. Un lit une place était calé contre le mur du fond, accompagné d'une petite table de chevet sur laquelle vacillait une quantité impressionnante de livres empilés les uns sur les autres. Juste à côté, les portes entrouvertes d'un imposant placard dévoilaient une partie de son contenu, un grand nombre de bouteilles et de victuailles. Des dizaines de seaux d'eau étaient entreposés dans un coin de la pièce. J'aperçus également des quantités effrayantes d'armes en tout genre ainsi que des poids, des blocs de pierre, et plein d'autres outils utilisés vraisemblablement pour faire de l'exercice. Quelqu'un habitait ici, quelqu'un qui accordait de toute évidence beaucoup d'importance à sa condition physique.

– Qui pourrait supporter de vivre ici, sous terre ? demanda Coriolis à mi-voix.

– Peut-être le nécromancien ? chuchotai-je.

– Mais pourquoi ?

– Je n'en sais rien. Continuons.

Je pris néanmoins le temps de ramasser une des armes, un poignard à la lame étrangement allongée. Coriolis avait son épée et je ne voulais pas qu'elle se retrouve seule lorsque les choses tourneraient mal. Je me demandais même pourquoi je n'en avais pas pris une avec moi dès le début.

Nous reprîmes notre avancée dans le couloir à pas plus mesurés. Nous croisâmes une nouvelle ouverture, mais l'odeur pestilentielle qui s'en dégageait nous dissuada de l'explorer – je n'étais pas sûr d'avoir vraiment envie de voir où l'inconnu qui vivait ici faisait ses besoins. La lumière prodiguée par la pièce à vivre s'estompait dans notre dos, mais une nouvelle lueur se mis à éclairer le couloir devant nous, plus vive, celle-ci. Elle paraissait émaner du bout du couloir et je compris que nous nous approchions de la fin.

Des échos de voix étouffées parvinrent soudain à mes oreilles. Il y avait des gens là-bas. Au moins deux personnes. Je sentis Coriolis se tendre, et j'attirai Maelys plus près de moi.

– On y est, lui chuchotai-je. Essaie de te concentrer un peu.

Elle hocha la tête et fronça les sourcils. Devant nous, Coriolis avait continué sa progression et je me hâtai de la rattraper en faisant de mon mieux pour avancer à pas feutrés. Les voix devenaient de plus en plus nettes.

– … avons été trompés, distinguais-je tant bien que mal.

C'était la voix de Shoms, aucun doute là-dessus. Nul n'aurait pu confondre ce parler étouffé et sépulcral avec la voix de quiconque d'autre.

– Qui aurait fait ça ? fit la voix d'un autre homme.

– La petite nécromancienne et ses serviteurs. Ils se sont joués de nous. Ils cherchent à arriver ici. Peut-être même sont-ils déjà là.

Je m'immobilisai. Nous avions atteint une nouvelle porte en bois, entrebâillée, celle-ci, et je savais pertinemment ce qui nous attendait derrière. La lumière filtrait par l'ouverture. J'envisageai de rebrousser immédiatement chemin, mais Coriolis n'était visiblement pas de cet avis : loin de ralentir le pas, elle avait au contraire accéléré sa marche et avançait à présent comme un soldat qui part au front, d'une démarche mécanique, presque militaire. Je tendis le bras pour l'arrêter, mais il était trop tard : la porte claqua violemment contre la paroi de pierre et le couloir fut inondé de lumière.

Une troisième cave apparut devant nous. Je l'appelai « cave », car nous étions sous terre, mais à dire vrai, la pièce n'en avait nullement l'apparence. Beaucoup plus vaste que les précédentes, illuminée par des dizaines de torches plantées dans le sol à distance régulière, elle était également ornée de deux épaisses colonnes qui soutenaient une voûte de pierre. Entre ces deux colonnes, un trône blanc surplombait la pièce, immense, presque démesuré. Quelqu'un était assis sur ce trône, quelqu'un qui, par contraste, paraissait étrangement minuscule.

Entre nous et le trône se tenaient deux hommes, debout face à face. Ils se tournèrent immédiatement vers nous lorsque la porte s'ouvrit. Le premier était évidemment Shoms, enroulé dans sa grande cape noire. Le deuxième était un homme à la peau si blanche qu'elle en paraissait presque translucide, trapu et le crâne rasé. Tout chez lui dégageait une impression de force brute, impression renforcée par l'énorme massue qu'il tenait dans sa main. La surprise se lisait sur son visage.

Pris de court, je repoussai sans ménagement Maelys derrière moi pour la cacher. C'était bien évidemment vain, car les hommes n'avaient pas pu ne pas la voir. Leur attention était néanmoins pleinement concentrée sur Coriolis qui s'était plantée devant eux, hors de portée mais suffisamment proche pour pouvoir entamer le combat si besoin. Le silence plana dans la pièce un long moment et, tout à coup, un horrible doute me saisit.

Mais Coriolis dégaina soudain son épée de son fourreau et la pointa sur les deux hommes.

– Alors, c'était vrai, souffla-t-elle.

– Toi, Coriolis ? fit Shoms d'une voix où perçait une pointe d'incrédulité. Je me doutais bien être tombé dans un piège, mais je n'aurais jamais pensé que tu me trahirais…

– Je n'aurais jamais pensé que vous serviez un nécromancien, le coupa sèchement Coriolis.

Shoms resta muet quelques secondes. L'homme à ses côtés avait pointé son arme devant lui en réponse au geste de Coriolis et ne la quittait pas du regard. Il était évident qu'il bondirait sur elle au moindre de ses mouvements.

– Tu te trompes, finit par dire Shoms d'une voix étonnamment douce.

– J'ai vu vos mains, siffla Coriolis. Que valent vos beaux discours face à une preuve aussi flagrante ?

– Tu as raison, je suis un non-mort. Je honnis cet état de fait, mais c'est ainsi. Mais tu fais fausse route en supposant que je servirais un de ces ignobles nécromanciens. Toi, en revanche…

Il ne finit pas sa phrase et laissa son regard glisser sur Maelys et moi. Je vis très clairement la nuque de Coriolis rougir.

– Je ne sers personne ! s'exclama-t-elle avec colère. Personne d'autre que l'humanité. N'essayez pas de changer de sujet. Je sais que votre maître se trouve derrière vous !

– Regarde donc ma soi-disant maîtresse d'un peu plus près.

Et il fit un pas de côté pour s'écarter du trône et nous dégager la vue. Je plissai des yeux pour distinguer ce qui s'y trouvait, tandis que Coriolis penchait imperceptiblement la tête en avant.

La personne assise sur le trône était une femme. L'espace d'un instant, je crus qu'elle était morte : sa bouche était entrouverte, son corps avachi en avant, son buste à peine soutenu par ses bras qui reposaient mollement sur les accoudoirs du siège. Seuls ses yeux qui clignaient très lentement indiquaient qu'elle était encore en vie. Elle était vêtue d'une robe blanche très élégante, et sa peau était si pâle qu'elle semblait se fondre dans le trône, comme s'il s'était agi d'une statue taillée à même le siège. Même ses longs cheveux ruisselaient comme une cascade de neige sur ses épaules. Une seule chose ressortait de manière tout à fait frappante dans ce tableau : ses deux mains d'une noirceur de charbon, paumes levées vers le plafond.

Je vis alors quelque chose qui m'avait échappé : abandonnée sur le sol aux pieds de la femme blanche, le corps de notre fausse nécromancienne gisait pitoyablement, sa chevelure rousse étalée autour de son crâne comme une tache de sang.

– Qu'est-ce que… je ne comprends pas. Qu'avez-vous fait d'elle ? demanda Coriolis d'une voix soudain hésitante.

– Cette femme se nomme Gaïanella, répondit Shoms. Il y a deux choses que tu peux constater : de un, c'est une nécromancienne et de deux, elle est complètement à ma merci.

– Mais comment…

– Je t'expliquerai plus tard, Coriolis. Il suffit que tu saches que je n'ai jamais trahi les exorcistes. Mais avant tout, il me reste une dernière chose à régler.

Son masque s'était tourné vers moi – vers Maelys. Un frisson de terreur parcourut mon échine. D'un même mouvement, je fis un pas en arrière, repoussai un peu plus Maelys dans mon dos et brandis mon poignard devant moi.

À ma grande surprise, Coriolis vint se placer devant moi.

– Non ! s'exclama-t-elle. Je ne vous laisserai rien faire sans une explication. Vous me devez bien ça.

– Très bien, soupira Shoms, je vais te fournir ton explication. Mais assure-toi qu'ils ne s'enfuient pas.

Je sentais Maelys trembler dans mon dos. Était-ce de peur ? De fatigue à force de devoir contrôler l'Antique à distance ? Mon regard croisa celui de l'homme à la massue. Son expression s'était fermée. Il était prêt au combat.

– Par où commencer ? Comme tu l'as deviné, je suis un non-mort. L'un des plus vieux qu'il existe. Aujourd'hui, on m'appelle Shoms, mais trois siècles plus tôt, ma mère m'avait donné un autre nom. Celui de Luciano.

Il fit un pas en direction de Coriolis, léger, rapide. Celle-ci ne broncha pas. Son attention tout entière était concentrée sur ses paroles qu'elle écoutait avec un visage torturé, comme terrifiée de ce qu'elle allait entendre. De mon côté, je ne quittai pas l'inconnu du regard.

– J'étais un prince jadis, à l'époque où cette nation n'était pas celle des Royaumes Paysans, mais celle de la reine Rwola. J'étais destiné à régner. À l'époque, les nécromanciens pullulaient, et ma famille leur livrait une guerre sans merci. J'avais hâte de reprendre le flambeau et de mener la croisade à mon tour, hâte de gagner ma part de gloire. C'était il y a si longtemps…

Sa voix s'effaça doucement comme s'il se remémorait des souvenirs terriblement anciens. Il fit un nouveau pas en avant.

– Gaïanella me trouva avant tout ça. Faisant fi de mes gardes et de mes serviteurs, elle parvint à m'assassiner et à me réanimer si discrètement que personne n'en sut jamais rien. Elle fit de moi son pantin. Son idée était simple mais ingénieuse. Contrôler le roi de toute la contrée sans que personne ne se rende compte de rien afin de gouverner dans l'ombre. Mais elle commit une erreur. Elle n'était guère puissante à l'époque, n'ayant vaincu qu'un seul de ses pairs, et me contrôler complètement en permanence l'épuisait et l'empêchait d'accomplir quoi que ce soit d'autre. Alors, elle commença à me laisser un filet de libre arbitre – pas assez pour que je puisse agir entièrement de mon propre chef, bien sûr, mais suffisamment pour que je puisse faire instinctivement certains gestes qui la soulageaient.

Derrière lui, la nécromancienne blanche émit un étrange son guttural. Il l'ignora superbement, son regard braqué sur Coriolis.

– Elle trouva cela tellement agréable qu'elle finit par se convaincre de sa mainmise sur moi et me laissa de plus en plus libre de mes actes, persuadée que son emprise sur ma volonté persistait. J'ai vu certains nécromanciens tenir leurs non-morts ainsi au cours des années. Gaïanella était-elle trop faible, trop confiante ? Ou bien étais-je trop fort pour elle ? Toujours est-il que je finis par récupérer suffisamment de libre arbitre pour ourdir des représailles contre elle. Je dénichai un poison capable de la réduire à l'état de légume sans pour autant la tuer et trouvai un moyen de le lui administrer. Elle plongea alors dans un profond coma qui n'atténuait en rien sa magie, mais qui lui ôta toute forme de volonté. C'était il y a trois siècles. Elle y est encore.

Un frisson d'horreur me parcourut quand je jetai un regard à la femme blanche assise sur son trône grotesque. Un filet de bave coulait de la commissure de ses lèvres. Restait-il encore la moindre parcelle d'humanité dans ce corps supplicié ?

– J'aurais pu la tuer, bien sûr, reprit Shoms. Mais ces quelques années passées dans la peau d'un non-mort m'avaient inculqué une chose : personne, jamais, ne devrait avoir à subir cela. Les nécromanciens ou la Lyberté parlent de résurrection, de seconde chance, de nouvelle vie… mais moi, je sais de quoi il s'agit réellement. Je sais ce que c'est que d'occuper un corps mort, de le sentir dépérir. À l'instant où notre cœur cesse de battre, on n'est plus vraiment humain. Notre place n'est plus ici.

Je m'efforçai de ne pas tomber d'accord avec lui, mais une part de moi ne pouvait s'empêcher de faire écho à ses paroles. N'avais-je pas souhaité mourir vraiment au fond de mon cœur à plusieurs reprises ?

– Je n'étais plus prince, mais cela ne changeait rien : j'avais des responsabilités auprès de mon peuple. Alors, je décidai de monter une troupe d'élite, dont l'unique but serait de traquer et d'anéantir les nécromanciens. Comme il était impossible de simplement les tuer sous peine de voir leur ignoble magie se répandre sur le monde, je les apportais à Gaïanella et la poussai à absorber leur pouvoir. Ainsi, la magie de Ly restait sous mon contrôle tandis que je supprimais les nécromanciens un à un.

Soudain, il semblait s'adresser à lui-même plutôt qu'à Coriolis. Sa voix avait pris une intonation exaltée, frénétique. Il levait les bras comme pour accueillir à lui un ami imaginaire.

– Cela fait trois cents ans et, aujourd'hui, j'arrive enfin à la fin de cette quête éternelle. Aujourd'hui, enfin, j'aurai droit à la délivrance que j'appelle de mes vœux depuis tant d'années. Aujourd'hui, l'humanité sera définitivement débarrassée de ces monstres, et je pourrai reposer en paix.

Les yeux de Coriolis s'étaient écarquillés. Je voyais ses mains trembler alors que son maître arrivait presque à sa hauteur. Son épée s'affaissa lentement…

– L'homme que tu vois ici s'appelle Morois, reprit Shoms d'une voix plus mesurée. Il a juré de s'occuper de Gaïanella et de la protéger jusqu'à la fin de sa vie. Il s'agit de mon subordonné le plus loyal et je suis sûr qu'il te servira tout aussi bien.

– Me servira ? répéta Coriolis, confuse.

– Aujourd'hui sonne la fin de ma quête et, par conséquent, de ma non-vie. Mais je te l'ai dit, Coriolis. Même après la disparition des nécromanciens, l'humanité aura besoin des exorcistes. Et les exorcistes auront besoin de quelqu'un comme toi à leur tête.

– Mais je…

– Il sera toujours temps d'en discuter plus tard. À présent, livre-moi la petite nécromancienne. Ou écarte-toi si tu préfères que je m'en charge moi-même.

Il était assez près pour la toucher à présent, la main posée sur sa longue pique qu'il avait dégainée pendant son discours. Coriolis resta immobile, déstabilisée par ce qu'elle venait d'apprendre, ou bien peut-être simplement hypnotisée par les paroles de Shoms. Je fis un nouveau pas en arrière en assurant la prise sur mon poignard. Toutes sortes de pensées et de craintes s'entrechoquaient actuellement dans ma tête, mais une seule prédominait, implacable : Maelys devait sortir d'ici vivante.

Morois avait également commencé à avancer. Alors que Shoms passait à côté de Coriolis, la main de celle-ci fusa en avant et se referma sur la hampe de sa pique. Le masque de Shoms se tourna lentement vers elle.

– Non, dit-elle à voix basse.

Le temps parut se figer tout autour de nous alors que tout le monde s'immobilisait et qu'un silence de mort planait dans la salle.

– Elvert avait donc raison, finit par dire Shoms avec lenteur. Tu t'es bien amourachée de ce non-mort.

– Qu'allez-vous faire de Gaïanella une fois qu'elle aura absorbé l'intégralité de la magie de Ly ? demanda Coriolis en ignorant sa réflexion. Vous ne pouvez pas la tuer.

– Elle restera ici sous la garde de Morois, puis d'un autre après lui, jusqu'à ce que la vieillesse la rattrape ou jusqu'à la fin des temps.

– Et si elle s'enfuyait ?

Tous deux étaient à présent si proches que le nez de Coriolis touchait presque le masque de Shoms, leurs deux mains toujours serrées sur la pique.

– C'est impossible, répondit Shoms. Il y a bien longtemps que l'esprit de Gaïanella a quitté son corps.

– Comment pouvez-vous être sûr que Ly elle-même ne viendra pas libérer son héritière une fois qu'elle aura absorbé l'intégralité de son pouvoir ?

– C'est un risque que je suis prêt à prendre.

– Pas moi.

Les doigts de Shoms se contractèrent sur le manche de son arme.

– Et que proposes-tu d'autre ? demanda-t-il froidement.

– De donner ce pouvoir à une bonne nécromancienne.

– Cela n'existe pas.

– Elle se trouve pourtant dans cette pièce avec nous.

D'une rapide torsion du poignet, Shoms arracha son arme à la poigne de Coriolis et fit deux pas en arrière.

– J'aurais dû savoir que tu avais déjà choisi ton camp. Tu es folle, Coriolis, mais ta folie est née de ta bonté et de ton empathie. C'est avec beaucoup de chagrin que je te tuerai.

De sa main libre, il saisit un pan de sa cape et l'arracha d'un geste ample, dévoilant un corps solidement bâti, vêtu d'une tenue en cuir conçue pour le combat qui le couvrait presque intégralement.

– Je ne te laisserai pas faire échouer l'œuvre de trois siècles de souffrance.

Et il retira son masque. Un hoquet m'échappa. Le visage qui se cachait derrière était la chose la plus laide que j'aie vue de ma vie. Le crâne chauve évoquait une pomme pourrie tant la peau brune et tâchée se perdait en plis et en crevasses. Il n'y avait ni sourcils, ni nez, ni lèvres, et à peine pouvait-on distinguer deux petits yeux perdus dans l'amas de chair en putréfaction. Quand il ouvrit la bouche pour parler, je constatai qu'il n'avait plus de dents.

– Voyez à quoi ressemble la non-vie ! gronda-t-il d'une voix plus sépulcrale que jamais. Voilà quelle bénédiction pourra prodiguer votre héritière. Je ne vous laisserai infliger cela à personne !

Et, dans un même mouvement, Morois et lui bondirent en avant, respectivement sur Coriolis et moi. Je m'y étais attendu, mais la vitesse de l'homme me prit complètement au dépourvu. Par réflexe, je levai mon arme devant moi pour parer son coup. Son gourdin la frappa avec une force phénoménale dans un hurlement métallique et je fus projeté en arrière, entraînant Maelys dans ma chute.

J'entendis Coriolis pousser un cri de rage mais elle était trop occupée à repousser les assauts de Shoms pour pouvoir faire quoi que ce soit. Maelys et moi heurtâmes violemment le sol. Je bondis immédiatement sur mes pieds pour contrer le prochain assaut.

– Maelys ! criai-je. Lâche l'Antique et sauve-toi !

Je n'eus pas l'occasion de me retourner pour voir si elle obéissait : un nouveau coup s'abattit sur mon poignard et, cette fois, mon arme fut arrachée de mes mains et s'envola dans les airs. Aussitôt, les larges mains de mon adversaire se refermèrent sur moi.

– Qotah ! hurla Maelys derrière moi.

– Beau travail, Morois, dit Shoms en repoussant une attaque de Coriolis presque avec désinvolture. Il est temps de libérer ce pauvre garçon de ses tourments.

– Non ! cria Coriolis en projetant sa lame en avant.

Cette fois, l'épée entama profondément le bras de Shoms. Celui-ci jeta un regard à sa blessure et se débarrassa de l'arme d'un coup d'épaule impatient.

– Penses-tu vraiment pouvoir faire quoi que ce soit contre moi ? Morois ! Fais ton devoir.

L'homme entreprit alors de me tirer en arrière, ses bras épais refermés sur moi en une étreinte implacable. Je ruai, battis des pieds, donnai des coups de tête, mais rien ne semblait pouvoir stopper sa marche inébranlable.

– Arrêtez ! Arrêtez !

Maelys hurlait sans discontinuer, toujours à terre. Je la vis se redresser sur ses petites jambes tremblantes et marcher dans notre direction d'un pas titubant.

– N'avance pas ! rugis-je à son intention.

Elle s'arrêta net, les yeux baignés de larmes.

– Mais je…

– Fuis, Maelys ! Fuis tout de suite !

Ma jambe droite cogna contre le trône alors que Morois me forçait à m'aplatir sur les genoux de Gaïanella. Ma joue écrasée sur son genou blanc, je tentai de me redresser mais l'homme pressait l'intégralité de son poids sur moi et il ne bougeait pas d'un millimètre. J'aurais tout aussi bien pu être coincé sous une montagne.

– Arrêtez, je vous en supplie ! entendis-je gémir Coriolis, la voix à moitié couverte par les hurlements de Maelys.

– Vas-y, Morois. Laisse Gaïanella le libérer.

– Non !

Comme la fragile main de Gaïanella glissait dans mes cheveux, la seule pensée que je réussis à avoir fut que j'avais été vraiment pitoyable. Mais de toute façon, je n'avais jamais été qu'un piètre combattant… Tout ce que j'avais fait pour protéger Maelys, durant toutes ces années, avait été de la serrer dans mes bras. Rien de plus. Rien de moins.

Les doigts de la nécromancienne se posèrent sur mon front. Ma dernière vision fut celle de ma petite sœur qui tendait ses mains noires vers moi en hurlant, hurlant…

Pour le bien de tous

Je crois que je n'avais pas conscience que je criais à m'en arracher la gorge et que mes jambes avaient cédé sous mon poids ; je n'entendais ni les hurlements de Coriolis ni les imprécations de Shoms. Je ne pouvais que sentir le lien si solide qui maintenait Qotah dans ce monde avec moi s'effilocher sans que je ne puisse rien faire pour l'en empêcher. Je m'y accrochai de toutes mes forces, luttai de toute mon âme. Ils ne pouvaient pas me le prendre, pas à moi, pas Qotah, c'était tout ce que j'avais au monde, ma seule famille…

Et, soudain, il disparut.

Là-bas, sur le trône, je vis les yeux de Qotah se fermer, ses bras retomber contre son corps, ses muscles s'avachir. Sa bouche s'entrouvrit légèrement.

Il était parti.

Je restai effondrée au sol, les yeux braqués sur le corps vide qui avait jadis été mon frère. Mon esprit refusait d'accepter ce qu'il venait de se passer. Ils n'avaient pas pu l'arracher à moi, c'était impossible. Personne ne pouvait nous séparer.

– Qotah, geignis-je misérablement.

– Salaud ! Salaud ! hurlait Coriolis sans discontinuer.

Il me semblait que sa voix et les bruits d'acier qui s'entrechoquait me parvenaient de loin, si loin… Ils n'existaient plus. Plus rien ne pouvait exister si Qotah n'était plus là.

– Attrape-la ! vociféra Shoms.

Le colosse souleva le corps sans vie de mon frère et le jeta au pied du trône, aux côtés de la femme rousse. La tête de Qotah heurta brutalement le sol et rebondit pitoyablement sur la pierre froide.

C'est alors que la colère commença à enfler en moi. Brutale. Implacable. Elle se saisit de chaque partie de mon corps, mon cœur, mes poumons, mon cerveau, balaya le chagrin, balaya toute réflexion rationnelle. Une seule pensée me resta à l'esprit : tuer. Tuer Morois. Tuer Shoms. Tuer cette abominable nécromancienne blanche qui m'avait pris mon frère.

Le colosse avançait dans ma direction, ses petits yeux braqués sur moi. Je me redressai lentement, sans prendre garde à mes vêtements déchirés, et me campai sur mes jambes pour lui faire face. Derrière lui, les corps de Qotah et de la fausse nécromancienne se contractèrent et se redressèrent en silence. Alors que Morois s'apprêtait à poser ses mains sur moi, les deux pantins se jetèrent sur lui de concert et lui assenèrent chacun un coup d'une violence inouïe, l'un dans le cou, l'autre au creux des reins, mus par la force dévastatrice de ma haine. L'homme fut projeté de côté, sonné. Il reprit rapidement contenance et, d'un même mouvement, repoussa le corps de Qotah en arrière et projeta sa lourde massue sur le visage de la fausse nécromancienne.

Un craquement horrible retentit, mais la fausse nécromancienne ne vacilla même pas et se contenta de s'accrocher à son bras pour enfoncer aussi profondément que possible ses dents dans sa chair. Morois poussa un hurlement de souffrance. Sa massue s'abattit à nouveau sur la tête de la femme, encore et encore. Elle ne desserra pas sa prise.

Le corps de Qotah jaillit de nouveau en avant. Dans sa main brillait le poignard qu'il avait lâché quelques minutes plus tôt, lorsqu'il était encore vivant. Il tenta de frapper Morois au niveau du flanc, mais celui-ci avait vu venir le coup et se laissa subitement tomber en avant, écrasant la fausse nécromancienne sous lui. Le poignard rata sa cible et se planta dans son épaule. Le corps de Qotah retira immédiatement l'arme de la chair de son adversaire et tenta de frapper sa nuque à présent offerte ; mais Morois pivota au sol en s'appuyant sur son coude et faucha ses jambes d'un coup de pied. Qotah tomba à nouveau en arrière, le poignard toujours fermement serré dans sa main.

Morois tenta de se relever, mais la fausse nécromancienne était toujours accrochée à lui et, si légère fût-elle, elle le handicapait en continuant de labourer sa peau avec ses dents malgré son crâne défoncé. Haletant de souffrance, il saisit sa nuque et entreprit de tirer de toutes ses forces. La fausse nécromancienne ne pouvait lutter contre cette force implacable : elle fut arrachée à sa prise, la bouche dégoulinante de sang et de chair. À cet instant, je vis Morois hésiter pendant une fraction de seconde. Il devait se demander comment mettre hors combat un non-mort avec une massue. Cet instant lui fut fatal.

Alors qu'il semblait avoir pris la décision de la projeter dans les airs pour gérer un attaquant à la fois, le corps de Qotah enserra sa taille de ses bras et enfonça le poignard dans son ventre. Un hoquet échappa à Morois alors qu'il envoyait la fausse nécromancienne au loin. D'un geste machinal, comme je l'aurais fait pour chasser une mouche agaçante, il repoussa Qotah en arrière. Celui-ci retomba au sol, le poignard dans la main, et se releva aussitôt. Cette fois, Morois ne fut pas assez rapide : la lame s'enfonça dans son dos.

Le colosse tomba à genoux avec un cri bref. Ses yeux vides braqués sur le corps de notre adversaire, le corps de Qotah frappa mécaniquement son dos à plusieurs reprises, sans s'arrêter. Une part de moi aurait voulu le poignarder pour l'éternité, mais un hurlement de rage me tira de ma transe.

– Morois ! Non !

Je tournai la tête en direction de Shoms et Coriolis, que j'avais complètement oubliés. Coriolis haletait, les vêtements déchirés en plusieurs parts, tachée à maints endroits de sang qui ne pouvait que lui appartenir ; je voyais son épée trembler dans sa main. En face d'elle, Shoms paraissait aussi indemne que pouvait l'être un non-mort, mais son regard était tourné vers nous et l'expression de fureur qu'arborait son visage putréfié le transformait en véritable être de cauchemar.

– Qu'as-tu fait ? *Qu'as-tu fait ?*

Je ne répondis rien et me contentai de lui adresser un regard sombre. Il ne pouvait pas me faire peur. Rien ne pouvait plus me faire peur à présent que je n'avais plus rien à perdre.

Le corps de Qotah avait interrompu son matraquage et s'était redressé, les bras ballants, le poignard dégoulinant de sang tourné vers le sol. Une flaque de sang sombre s'élargissait sous ses pieds et sous Morois, prostré au sol face contre terre. Il n'était pas encore mort, je le sentais. Qu'importait, il ne ferait plus jamais de mal à quiconque.

Toujours en fixant Shoms dans les yeux, je levai sèchement la main et le corps de Qotah se dirigea vers le trône blanc. Avec un rugissement, le non-mort tenta de se précipiter sur moi, mais l'épée de Coriolis se planta dans son bras.

– Vous ne lui ferez pas de mal ! clama-t-elle en raffermissant sa prise malgré le sang qui coulait dans ses yeux.

– Laisse-moi passer, Coriolis ! Laisse-moi passer !

Il fit brutalement un pas en avant et la lame découpa son bras sous la force de la traction. Le membre tomba à terre et Shoms courut sur moi, à présent libre. Mais il était trop tard : Qotah avait atteint la nécromancienne sur son trône. D'un coup sec, il enfonça le poignard dans son œil.

Sans un bruit, Shoms trébucha en avant et s'écroula au sol, face contre terre.

Il y eut un instant de flottement. Puis, avec un gémissement, Coriolis tomba à genoux. Sans accorder un regard aux corps allongés entre elle et moi, j'allai m'accroupir à côté d'elle.

– Ça va ? demandai-je.

– Non, murmura-t-elle. Mais nous devons partir. Les autres exorcistes vont arriver.

Elle avait raison : j'avais complètement lâché mon emprise sur l'Antique lorsque Morois avait attrapé Qotah. Je pris une grande inspiration et m'efforçai de ne penser à rien. La colère refluait, mais je ne voulais rien d'autre que du vide à sa place.

Qotah m'attendait à côté de Gaïanella. Je m'approchai du trône à pas mesurés et me retrouvai face à eux. Mon frère me fixait d'un regard vide, le visage éclaboussé de sang. Ce n'était pas lui. Il n'avait rien à voir avec Qotah. Je sentis mes yeux se remplir de larmes, mais secouai farouchement la tête. Plus tard. Il me restait une dernière chose à faire. Je ne pouvais me permettre de ressentir quoi que ce soit.

Dans la mort, la nécromancienne ne paraissait pas tellement différente. Une traînée de sang dessinait un ruisseau cramoisi qui ruisselait de son œil jusqu'au bas de sa robe, débordait sur le trône et gouttait sur le sol. Ses mains noires étaient toujours ouvertes, comme prêtes à recevoir une offrande. Je les saisis dans les miennes et, sans plus attendre, aspirai son pouvoir.

Pour la première fois, quelque chose se produisit lorsque la magie coula en moi. Je sentis une force immense m'envelopper comme les bras d'un parent aimant. Un tourbillon de voix indistinctes éclata dans mon crâne comme si une rafale charriant des milliers de murmures s'était mise à souffler dans la pièce.

Soudain, j'aperçus quelque chose qui venait d'apparaître derrière le trône : une silhouette effacée, moins qu'une ombre, qui me regardait. La forme resta immobile quelques instants et quelque chose brilla alors au milieu de ce que je supposais être son visage – des yeux, une bouche ? Sans que je puisse comprendre comment, il me sembla qu'elle souriait.

Je clignai des yeux et le fantôme disparut. Les voix s'étaient éteintes. Gaïanella était encore en face de moi, ses mains se ratatinant à vue d'œil. Et Qotah me fixait toujours.

Un océan de chagrin déferla tout à coup en moi, sans prévenir, et je tombai à genoux avec un hoquet de détresse. Je sentis une main se poser doucement sur mon dos.

– Nous devons partir, Maelys, dit Coriolis.

Je constatai que sa voix était rauque, comme si quelque chose de coincé dans sa gorge empêchait les mots de sortir. Je me forçai à me redresser. C'était l'acte le plus difficile que j'avais eu à accomplir de toute mon existence.

Coriolis me regardait, le visage aussi triste et défait que devait l'être le mien.

– Tu peux… l'emmener avec nous ? demanda-t-elle d'une voix tremblante.

Je ne lui demandai pas de qui elle parlait.

– Je ne le laisserai pas ici, répondis-je simplement.

Elle hocha la tête, les yeux débordant de larmes. Doucement, elle passa son bras sous mon aisselle, bien qu'elle fût plus mal en point que moi, et m'aida à me relever complètement.

– Allons-y, murmura-t-elle.

Nous nous traînâmes jusqu'à la porte en boitillant. Le long couloir s'étirait devant nous ; c'était presque un soulagement de retourner dans l'obscurité étriquée de ces étroits murs de pierre, de quitter cette grande et lumineuse salle pleine de cadavres, de sang et de vies détruites. Nous nous y engageâmes en nous soutenant l'une l'autre. Je crois que nous évitions toutes les deux soigneusement de regarder derrière nous, de peur de croiser le regard du corps de Qotah qui nous suivait en silence, comme un fantôme dont nous aurions nié l'existence.

Lorsque nous passâmes devant la pièce de vie, je ne pus m'empêcher de jeter un coup d'œil à l'intérieur. Elle n'avait pas changé d'un iota et, pourtant, elle me sembla radicalement différente. Mon esprit me projeta une image de Morois, assis sur le petit lit, en train de lire pour la centième fois un des livres qui se trouvaient sur sa table de chevet. Qu'avait-il ressenti toutes ces années, seul et enfermé sous terre ? Je serrai les dents et muselai mes pensées. Je n'avais aucune envie de ressentir de la compassion pour cet homme qui m'avait pris mon frère.

La trappe s'ouvrit sans difficulté quand Coriolis la poussa et nous nous retrouvâmes dans la Necroch. La faible lumière du jour qui filtrait par les petites fenêtres me fit l'effet d'un souffle de vie. Tout à coup, j'avais le sentiment de m'être physiquement extraite d'un cauchemar. Mais c'était une illusion, je le savais : le cauchemar était toujours là, derrière moi, silencieux.

Toujours implacablement ligotée au bureau, Conny nous jeta un regard stupéfait. Je préférais ne pas imaginer de quoi nous avions l'air. Coriolis me lâcha doucement, claudiqua jusqu'à sa consœur et s'agenouilla pour la regarder dans les yeux.

– C'est terminé, Conny, dit-elle à voix basse. Il n'y a plus de nécromanciens. Shoms est parti.

Conny écarquilla les yeux et se tourna vers moi.

– Elle ne fera jamais rien de mal, Conny, je te le promets. Je vous le promets à tous. L'ère des nécromanciens est révolue. Je voulais simplement que vous sachiez… enfin…

Les larmes coulaient à flots sur ses joues. Sa gorge paraissait trop enflée pour lui permettre de s'exprimer correctement.

– Je n'ai jamais voulu vous trahir, finit-elle par balbutier. Je l'ai fait à la fin, mais… nul n'aura plus jamais à en souffrir. Tu en as ma parole.

Le regard de Conny n'exprimait plus rien d'autre que l'incompréhension. Coriolis se releva et essuya une partie de ses larmes avec sa manche.

– Viens, Maelys.

La lumière du soleil m'éblouit lorsque nous émergeâmes de la Necroch. Il n'y avait aucun exorciste en vue. Les arbres frissonnaient sous le vent, les oiseaux chantaient, le soleil brillait – et j'étais la maîtresse de la Mort, l'héritière de Ly en personne. Aurais-je dû en ressentir du contentement ? Tout ce dont j'avais envie, c'était de dormir pendant plusieurs saisons d'affilée.

Je m'avançai dans l'herbe à la suite de Coriolis puis, mue par une impulsion soudaine, me retournai.

Qotah se tenait devant moi. Je m'approchai de lui à pas lents, terrifiée au fond de moi. Une fois en face de lui, je me dressai sur la pointe des pieds et passai ma main sur sa joue, son nez cassé, l'imposante balafre qui séparait son visage en deux, ses lèvres glacées, ses épais cheveux noirs… Il n'eut pas un seul frémissement, pas un geste. Si je ne lui disais pas de bouger, il ne bougerait pas. Une boule énorme enflait dans ma gorge, aussi énorme que le chagrin qui m'engloutissait, inflexible, inesquivable. Un premier sanglot m'échappa, suivi d'un deuxième et, soudain, je perdis toute contenance. Dégoulinante de larmes, de morve et de salive, je m'écroulai contre le torse de mon frère et le serrai contre moi, pleurant de rage et de douleur.

Il ne leva pas les bras pour me serrer contre lui. Il ne le ferait jamais plus.

***

Nous rentrâmes à Caffith après nous être débarbouillées dans un ruisseau. Je me demandais vaguement si la garde de la ville allait nous arrêter pour examiner mes mains gantées ou même Qotah, mais ils nous ignorèrent superbement, peut-être parce qu'ils étaient persuadés qu'une enfant ne pouvait représenter aucun danger. J'en fus presque déçue. J'avais l'impression qu'une rage muette bouillonnait au fond de moi, une rage qui attendait le moindre prétexte pour pouvoir enfin exploser.

Sol et Opo nous attendaient dans le jardin. L'expression de joie qui se peignit sur leur visage au moment où ils nous aperçurent laissa vite place à la consternation lorsqu'ils virent Qotah marcher derrière nous comme un somnambule. Sans mot dire, Opo vint à ma rencontre et me serra dans ses bras toutes ses forces. Sol posa la main sur mon épaule et une larme roula sur sa joue. Je me dégageai de l'étreinte d'Opo et détournai le regard. J'avais déjà suffisamment à faire avec ma propre tristesse. Je ne voulais pas subir la leur en plus.

Lorsque nous entrâmes dans la maison, Coriolis, qui n'avait pas prononcé un mot depuis notre départ de la Necroch, alla s'enfermer dans le débarras où se trouvaient nos couchages. Personne n'essaya d'aller lui parler.

J'installai Qotah dans la pièce où Sol pratiquait ses activités de guérisseur, à l'endroit exact où je m'étais réveillée, quelques semaines plus tôt, et quittai aussitôt la pièce. Une part de moi se demandait ce que j'allais pouvoir faire de son corps, mais je refusai catégoriquement d'y penser pour l'instant.

Je demandai à ce qu'on me laisse seule et passai plusieurs heures dans le salon à tourner en rond. D'une certaine manière, j'avais l'impression de reproduire ce qu'il se passait à l'intérieur de ma tête, toutes les pensées qui tourbillonnaient sans pause, s'entrechoquaient en me laminant le cœur et l'esprit. De temps à autre, je jetais un coup d'œil furtif à la porte du débarras. Elle ne bougeait jamais. Aucun son ne s'en échappait.

Quand mon tête-à-tête avec mes pensées me fut devenu insupportable, je me mis en quête de Sol et Opo. Ce dernier avait étrangement disparu, mais je trouvai Sol dans sa chambre, allongé sur son lit en train de regarder le plafond.

Il se redressa quand il me vit entrer mais je ne lui laissai rien le temps de dire.

– Je suis la maîtresse de la Mort, déclarai-je de but en blanc.

Sol écarquilla les yeux de stupéfaction.

– Vous avez réussi, murmura-t-il.

– Oui. Je veux réessayer de ramener ton père.

Il reposa le livre qu'il tenait entre les mains et me dévisagea avec circonspection.

– Tu es sûre ? dit-il. Tu devrais te reposer, tu auras tout le temps de faire ça quand tu iras mieux…

– Je veux que ce pouvoir soit utile, coupai-je. Qu'il ne soit pas mort pour rien.

Il se tut, conscient qu'il était inutile d'ajouter quoi que ce soit, et se leva du lit pour ouvrir son armoire. Il en sortit l'urne qu'il déposa devant moi avec des gestes aussi révérencieux que la dernière fois. Puis il se recula.

– Tu as besoin de quelque chose ? demanda-t-il à mi-voix.

– Non, répondis-je en retirant le couvercle de l'urne.

– Tu n'es pas obligée de faire ça tout de suite, tu sais. Il faut que tu prennes soin de toi et…

– Je veux le faire.

Comme la dernière fois, je plongeai mes doigts dans les cendres. Cette fois, je sentis tout de suite que quelque chose était différent.

Le concert de murmures que j'avais entendu lorsque j'avais aspiré le pouvoir de Gaïanella s'était à nouveau réveillé dans ma tête, aussi ténu qu'une brise d'été. Au milieu de tous ces chuchotis indistincts, l'un d'eux semblait résonner plus fort que les autres, comme si quelqu'un avait haussé la voix au milieu d'une foule. Je compris qu'il s'agissait de Gordon sans avoir besoin de confirmation d'aucune sorte. Quelque chose en moi *savait.*

Lentement, avec plus de précautions que quand je tirai un cadavre, je saisis le souffle et l'attirai à moi.

– Bonjour, dis-je doucement.

« Qui êtes-vous ? » demanda la voix avec une note d'étonnement.

– Je suis l'héritière de Ly. Je viens vous voir parce que votre fils aimerait vous parler.

« Sol ? Il est là ? »

La voix s'était soudain faite plus fébrile, avait gagné en consistance. Prudemment, je pris ce que je supposai être l'âme de Gordon et l'attachai à Sol à l'aide d'un lien ténu qui me sembla infiniment facile à nouer.

« Sol ? C'est toi ? »

– Papa ! s'écria soudain Sol en portant ses mains à sa bouche, l'air bouleversé.

« Je suis si heureux de t'entendre. »

– Moi aussi…

Il pleurait à présent. Doucement, je me relevai et quittai la pièce. Ils avaient besoin d'être seuls, et je ne tenais pas à entendre ce qu'ils avaient à se dire.

Une fois sortie, je m'adossai au mur de l'entrée, les jambes tremblantes. Qu'étaient ces voix ? Étaient-elles les âmes de toutes les personnes décédées ? Cela semblait trop immense pour être vrai, et pourtant… Je me remémorai la silhouette que j'avais vue apparaître là-bas, sous la Necroch. Pouvait-il s'agir de Ly en personne ? J'avais beau avoir compris que j'étais étroitement liée à cette déesse et avoir vécu le plus gros de ma vie dans un de ses temples, je me rendais compte que je ne connaissais absolument rien d'elle. Qotah n'avait jamais pris la peine de faire mon éducation religieuse. Peut-être n'y connaissait-il rien non plus.

Penser à Qotah réveilla la blessure vive de mon cœur. Et si lui aussi murmurait au milieu de cette foule ? Peut-être étais-je capable de le ramener de la même manière que Gordon ? Mais Gaïanella avait libéré son âme. Et de l'aveu des Non-Morts, ainsi que du grimoire lui-même, il était impossible de ramener une âme qui avait été libérée par un nécromancien… Elle était perdue à jamais.

Le bruit de quelqu'un qui toquait à la porte me tira brutalement de mes réflexions. Mon premier réflexe fut d'aller chercher Sol, mais je me rappelai alors qu'il ne voudrait probablement pour rien au monde être dérangé à cet instant. Coriolis était toujours enfermée dans le débarras et Opo introuvable. Et moi, je n'avais pas le droit d'ouvrir cette porte. Je me contentai donc de hausser les épaules et de passer devant l'entrée. C'est alors qu'une voix filtra à travers la porte, bien tangible, celle-ci :

– Maelys ! C'est moi, Opo ! Ouvre-moi.

Surprise, je tournai la poignée et ouvris la porte.

L'étonnement me paralysa. Opo se tenait sur le palier, à nouveau vêtu de la cape noire des membres de la Lyberté qu'il avait laissée tomber depuis si longtemps. Et il n'était pas seul. Une dizaine de personnes se tenaient derrière lui, également drapées des pieds à la tête. Tous courbaient la tête avec déférence, si bien qu'il m'était impossible de distinguer leur visage sous leur capuchon. Une boîte était posée sur les fleurs du jardin, une boîte en bois précieux décorée de multiples dorures. Il y avait un cadavre à l'intérieur, je le sentais.

L'une des personnes se tenait légèrement en avant par rapport aux autres, juste à côté d'Opo. Contrairement à ses pairs, elle ne baissait pas la tête et je constatai qu'il s'agissait d'une vieille femme aux cheveux gris. Au-dessus de son nez crochu, ses yeux pétillaient de vie.

– Bonjour, Maelys, dit-elle avec douceur. Sais-tu qui nous sommes ?

– Vous êtes la Lyberté, répondis-je prudemment en m'accrochant à la porte, bien décidée à la refermer rapidement si les choses tournaient mal.

– Je m'appelle Layra, poursuivit la femme avec un sourire. Opo est venu nous informer que la Bienfaisante était finalement apparue. Et que, Ô joie, elle se trouvait ici même, à Caffith.

Je jetai un coup d'œil à Opo qui me retourna un sourire rayonnant.

– Je… commençai-je.

– Qu'est-ce que vous voulez ? intervint une voix sèche.

Je sursautai. Coriolis s'était glissée derrière moi sans que je l'entende arriver et elle s'était aussitôt interposée entre la Lyberté et moi. Son intervention ne parut pas déranger Layra dont le sourire ne fit que s'élargir.

– Je crois que je vous connais, dit-elle en examinant Coriolis. Oui, je vous ai déjà vue… Vous faites partie des exorcistes, n'est-ce pas ?

– Plus maintenant, rétorqua Coriolis d'une voix cinglante. Et votre présence n'est pas requise ici. Partez.

– Nous sommes simplement venu prêter hommage à la Bienfaisante. La Lyberté attend sa venue depuis si longtemps… C'est un honneur pour moi d'être la première à la rencontrer. Je suis heureuse qu'Opo soit venu nous prévenir.

Coriolis foudroya Opo du regard et ce dernier rougit subitement. De mon côté, j'observai Layra avec curiosité. Elle s'exprimait d'une voix extrêmement douce, presque éthérée, comme si elle se trouvait dans une transe permanente. Pourtant, son regard restait acéré. Je n'étais pas sûre de beaucoup l'apprécier.

– C'est bon, vous l'avez vue, dit sèchement Coriolis. Vous pouvez partir, maintenant.

– Il me faut néanmoins vérifier quelque chose, dit Layra sans se démonter. Une preuve que cette jeune fille est bien ce qu'elle prétend être.

– Elle n'a rien prétendu du tout. C'est ce garçon qui vous a dit ça.

– Bien sûr, bien sûr, fit Layra, conciliante. Il ne s'agit que d'un tout petit test de rien du tout. Ça ne prendra que quelques secondes.

– Qu'est-ce que c'est ? demandai-je, vaincue par ma curiosité.

Coriolis m'adressa un regard exaspéré, mais Layra eut l'air ravi.

– À l'intérieur de ce cercueil se trouve l'homme fondateur de notre ordre, Sin Orelian. La légende raconte qu'il ne pourra être ressuscité que par le Bienfaisant lui-même. De nombreux nécromanciens ont essayé de le ramener à travers les âges. Mais aucun n'a jamais réussi.

– Apportez-le-moi, dis-je avant que Coriolis ne puisse protester.

Layra s'inclina, et deux des silhouettes encapuchonnées se baissèrent pour ramasser la boîte et l'amener à mes pieds. L'une d'entre elles souleva le couvercle et je fus soudain prise à la gorge par une brusque bouffée d'odeur de moisi et de renfermé.

À l'intérieur, il y avait un corps, presque aussi mal en point que l'avait été celui de Shoms. Il était impossible de dire s'il s'agissait d'un homme ou d'une femme tant il avait été abîmé par le temps, mais il était vêtu d'une robe de soie noire des plus élégantes.

Dans un silence religieux, je m'agenouillai et pris la main du cadavre dans la mienne. Je fermai les yeux et, à nouveau, plongeai dans l'océan de murmures. Mais cette fois-ci, aucun d'entre eux ne ressortait par rapport aux autres. J'avais l'impression de voler au-dessus d'une foule constituée d'un million de crânes anonymes. Je n'étais capable d'en identifier aucun. Son âme ne se trouvait pas ici. Sans doute avait-elle été libérée des siècles plus tôt.

J'ouvris les yeux et m'apprêtai à expliquer à Layra que c'était impossible, quand quelque chose attira mon regard juste à côté du cercueil. La silhouette inconnue qui m'était apparue dans la cave de la Necroch se trouvait à nouveau à mes côtés, plus diaphane encore à la lumière du jour qu'elle ne l'avait été dans l'obscurité souterraine. Une fois de plus, j'eus l'impression qu'elle souriait, bien qu'aucun de ses traits ne soit visible – avait-elle seulement un visage ? Je pris conscience qu'elle ne me faisait pas peur, au contraire. J'avais le sentiment de rencontrer une vieille amie.

Contrairement à la première fois, elle bougea. D'un geste infiniment lent et gracieux, elle leva l'ombre d'une main qu'elle tendit dans ma direction. En plissant des yeux pour essayer d'atténuer la lumière du soleil, je constatai que quelque chose brillait dans sa paume. Sans réfléchir, je tendis ma propre main en avant et la posai sur la sienne. Sitôt que mes doigts furent entrés en contact avec la chose qui brillait, la silhouette disparut.

Elle m'avait donné une âme, je le compris immédiatement. Je la sentais flotter à la frontière de ma conscience, légère, éthérée. Délicatement, je me saisis de cette âme et l'insufflai au cadavre qui se trouvait devant moi.

Le corps de Sin Orelian frémit. Un frisson de stupéfaction parcourut la foule, mais Layra, elle, ne bougea pas d'un pouce. Elle observait le cadavre avec l'attention d'un oiseau de proie. Si elle avait connu des nécromanciens, elle devait savoir que n'importe lequel d'entre eux était capable de faire bouger un cadavre. Mais, cette fois, elle risquait d'être surprise.

Sin Orelian ouvrit ce qui restait de ses paupières et se redressa sur son séant. Autant que je puisse en juger avec son visage détruit, il paraissait complètement déboussolé.

– Que se passe-t-il ? souffla-t-il.

Sa voix était funèbre, assourdie. Ses cordes vocales avaient probablement été rongées par la putréfaction, comme l'avaient été celles de Shoms. Layra s'avança et s'accroupit à son tour devant lui.

– Qui êtes-vous ? demanda-t-elle à voix basse.

– Sin Orelian, répondit l'homme visiblement trop désemparé pour poser plus de questions.

– Quel était le nom de votre femme ?

– Hyaline. Mais pourquoi…

Layra s'était tout à coup redressée, les yeux écarquillés, toute grâce envolée. Son attitude paisible et mielleuse avait disparu : à la place, elle me fixait à présent avec une vénération qui tenait presque du fanatisme.

– Vous êtes vraiment la Bienfaisante, murmura-t-elle, incrédule.

– Je ne comprends pas, répondis-je honnêtement.

– Personne ne connaissait le nom de la femme de Sin Orelian. Personne d'autre que ses descendants, dont je fais partie. Ou que lui-même.

– Vous êtes ma fille ? demanda l'homme, complètement perdu. Mais je…

– Laisse-le aller, fit Layra sans prêter attention aux bégaiements de son ancêtre. Il a bien mérité son repos.

Elle n'eut pas besoin de me le dire deux fois : la détresse évidente de Sin Orelian me brisait le cœur et ce fut avec soulagement que je rompis le lien qui le rattachait à ce monde.

– Prosternez-vous tous ! clama alors Layra en se tournant vers ses suivants. Soyez reconnaissants, car la Bienfaisante se trouve actuellement devant vous !

Toutes les silhouettes encapuchonnées s'agenouillèrent en chœur et posèrent leur front dans l'herbe du jardin de Sol. Médusée, je remarquai que des gens s'étaient réunis dans la rue derrière pour observer l'étrange attroupement. Mon cœur s'était mis à battre très fort.

Layra elle-même s'était aplatie à mes pieds et avait saisi ma main pour la baiser. Je la retirai instinctivement, déstabilisée.

– Que pouvons-nous faire pour vous, Bienfaisante ? demanda-t-elle d'une voix servile. Dites-nous et vous l'aurez.

– Je… je… balbutiai-je, prise de court.

Mon regard croisa celui d'Opo. Celui-ci s'était prosterné comme ses pairs, face contre terre, mais il avait relevé un bout de sa capuche pour m'observer du coin de l'œil. Son visage était illuminé de bonheur.

– Je veux que vous me laissiez, dis-je, aussi fort que je pus. Allez chercher les cendres des parents d'Opo et mettez-les de côté. Je viendrai les voir bientôt. Mais, pour le moment, qu'on me laisse.

Je pensais avoir besoin d'insister mais, sitôt que j'eus fini de parler, tous les membres de la Lyberté se redressèrent et quittèrent le jardin en une sombre procession, emportant Opo avec eux. Étourdie, je les regardai partir avec incrédulité.

Brusquement, je me détournai et pénétrai dans la maison comme une furie. Prise de court, Coriolis me suivit.

– Maelys, qu'est-ce que tu…

– Suis-moi, l'interrompis-je.

Je n'avais pas de temps à perdre. Sans hésiter, je me précipitai dans la pièce où Sol s'occupait de ses patients, suivie par une Coriolis complètement dépassée par les événements.

Qotah gisait toujours sur le lit où je l'avais laissé, intouché. Je m'approchai de lui plus lentement et l'observai en silence. Quelqu'un, probablement Sol, avait fermé ses yeux et sa bouche et avait posé ses mains jointes sur son ventre. Il paraissait presque paisible ainsi. On aurait presque dit qu'il dormait. Depuis combien de temps ne l'avais-je pas vu si apaisé ?

Je posai une main tremblante sur son front. Pour la première fois, je m'interrogeais sur le bien-fondé de mon entreprise : même si j'étais capable de le ramener, en avait-il réellement envie ?

Derrière moi, Coriolis attendait en silence. Osait-elle espérer, ne serait-ce qu'un peu ?

Les doigts toujours posés sur sa peau froide, je sollicitai mon pouvoir – bien plus puissant à présent, je commençai tout juste à m'en rendre compte. Les murmures m'enveloppèrent, emplissant mon esprit. Comme je m'y attendais, la voix de Qotah ne s'y trouvait pas. Pendant un instant, la déception m'engloutit.

Alors, l'ombre apparut pour la troisième fois, plus proche de moi que jamais. Loin de m'en inquiéter, je lui adressai un sourire et il me sembla que sa tête sans visage me le retournait.

– S'il te plaît, chuchotai-je avec humilité. Rends-le-moi. C'est ma seule famille.

La silhouette ne bougea pas, mais je sentis une vague de compassion émaner d'elle sans être vraiment capable d'expliquer comment. Cette fois, elle joignit les deux mains devant elle comme pour prier. La bouche sèche, je la fixai sans oser prononcer un mot de plus, sans oser respirer, même.

Une lueur naquit lentement à l'endroit où ses mains se touchaient, faible tout d'abord, puis de plus en plus brillante. J'eus l'impression que mon cœur se bloquait dans ma gorge. Tout doucement, de crainte de les faire disparaître, je tendis mes mains noires pour me saisir du cadeau de l'ombre. Mes doigts se refermèrent sur la lueur. Je la reconnus tout de suite. C'était lui.

– Merci, murmurai-je à l'adresse de la silhouette. Merci.

Je ne m'étais pas rendu compte que mes joues étaient trempées de larmes. Quand avais-je commencé à pleurer ? L'ombre inclina légèrement ce qui lui servait de tête et disparut sans un bruit.

Tremblante de tous mes membres, je fermai les yeux et déposai l'âme dans le corps de mon frère.

Qotah ouvrit les yeux.

Coriolis poussa un cri étouffé, tandis qu'il tournait son regard vers moi. Un sourire apparut sur ses lèvres.

– Tu as réussi. Je suis si fier de toi.

Un sanglot m'échappa et je me jetai dans ses bras.

Épilogue

Six mois plus tard

– Cossy ! Attends-moi !

Cossy leva les yeux au ciel, exaspéré. Il savait pertinemment qu'il n'aurait pas dû emmener son petit frère avec lui, tout comme il savait qu'il ne se le serait jamais pardonné s'il l'avait laissé seul à la maison.

Hiri le rattrapa en courant, essoufflé de devoir forcer sur ses petites jambes pour tenir la cadence que Cossy imposait avec ses pas de géant.

– Attends… haleta-t-il en posant sa main sur un arbre pour reprendre son souffle. Tu es sûr… que c'est… une bonne idée ?

– On en a déjà parlé, rétorqua Cossy sèchement, et oui, je suis sûr.

– Mais on dit que c'est peut-être une méchante sorcière…

– Hiri, tu as déjà douze étés. Tu ne devrais pas te laisser impressionner par les histoires de mère Naga.

– Mais parfois, elle a raison ! protesta Hiri.

– Eh bien, cette fois, elle a tort, voilà. Viens, suis-moi. On ne doit plus être très loin.

Il raffermit sa prise sur la bride de son âne et le tira en avant pour reprendre sa marche. L'animal s'exécuta docilement et le petit chariot qu'il tirait s'ébranla dans un craquement de bois. Des claquements précipités lui indiquèrent que Hiri lui avait emboîté le pas. Bien.

Cette partie de la grande route était abîmée et cahoteuse : pas étonnant, dans un coin aussi reculé du royaume. Cossy s'inquiétait que le chariot ne tienne pas le coup jusqu'au bout du voyage. Il aurait du mal à transporter son précieux chargement lui-même. Et même, comment feraient-ils à la ferme s'ils n'avaient plus rien pour transporter les marchandises ? Ils n'avaient jamais été aussi pauvres que cette saison. Mais il connaissait les risques qu'il encourait lorsqu'il avait pris sa décision. Il n'était plus temps de faire marche arrière.

Il finit par trouver ce qu'il cherchait depuis son départ, le matin même : un étroit chemin de terre quittait perpendiculairement la grande route pour s'enfoncer dans la forêt. La voie n'avait rien de très rassurant, mais Cossy s'y engagea néanmoins avec son âne, suivi par Hiri qui gardait à présent le silence, probablement trop effrayé à l'idée de réveiller quelque créature maléfique.

Une obscurité constante régnait sous les frondaisons. Il semblait à Cossy que, où que son regard se tourne, quelque chose se mettait à bouger à la frontière de sa vision. On entendait bien un oiseau chanter de-ci de-là, mais, dans l'ensemble, l'endroit restait tout de même essentiellement sinistre. Il s'efforça de ne prêter aucune foi aux histoires d'Hiri et de mère Naga. Un exercice qui s'avérait bien plus simple à la lumière du jour qu'ici, dans ces bois, il s'en rendait compte à présent. Avalant sa salive, il posa sa main à plat sur l'encolure de son âne. La placidité de la bête le rassura. Il ne serait pas aussi calme si un danger rôdait autour d'eux, si ?

Il entendait claquer les dents d'Hiri à côté de lui. Une bouffée de remords le prit. Son petit frère l'agaçait bien souvent, mais il était le grand et, du haut de ses seize étés, c'était son devoir de prendre soin de lui, car personne d'autre ne le ferait à présent. Délaissant la fourrure chaude et familière de l'âne, il prit Hiri par l'épaule et se força à lui sourire.

Les arbres s'écartaient devant eux au fur et à mesure de leur avancée, et ils finirent par l'apercevoir : une large bâtisse à mi-chemin entre le manoir et le château trônait au milieu de la forêt, grossièrement taillée dans les pierres grises qu'on pouvait trouver dans la région. Les fenêtres étaient étroites, la porte haute et épaisse mais légèrement entrouverte. Un jardin en friche s'étalait devant la façade.

Alors que Cossy s'avançait en direction de l'entrée, bien décidé à ne pas se laisser intimider, il sentit Hiri tirer frénétiquement la manche de sa chemise.

– Qu'est-ce qu'il y a enc…

Il s'interrompit net. Il venait de voir ce qui avait attiré l'attention de Hiri. Derrière le château, sur la droite, quelque chose dépassait, quelque chose qu'il avait tout d'abord pris pour un énorme rocher mais qui s'avérait en réalité être une monumentale tête de serpent aux yeux clos.

– Cossy, gémit Hiri. J'ai peur. Allons-nous-en.

À cet instant, Cossy n'avait qu'une envie : écouter Hiri, tourner les talons et ne plus jamais revenir. Mais il se força à se rappeler la promesse qu'il s'était faite quelques jours plus tôt. Il devait être courageux.

– Il a l'air endormi, chuchota-t-il d'une voix qui ne tremblait presque pas. On va juste rentrer sans faire de bruit, d'accord ?

Tremblant de tous ses membres, Hiri secoua la tête mais n'ajouta rien de plus. Cossy déglutit et tira à nouveau l'âne en avant. Curieusement, l'animal ne paraissait pas troublé par la présence proche d'un gigantesque reptile.

À la grande surprise de Cossy, ils atteignirent la porte sans que la paupière du serpent ne bouge. Envahi par le soulagement, il entra dans la bâtisse sans réfléchir davantage.

Il débarqua dans un vaste hall étrangement vide. Quelques torches prodiguaient une faible lumière, et deux bancs de pierre s'alignaient sur le mur du fond, encadrant une porte en bois, mais c'était là tout le mobilier dont disposait la pièce. Subitement, Cossy se sentit minuscule avec son âne et ses pitoyables habits de paysans.

– Et maintenant, demanda Hiri d'une petite voix, on va où ?

– Je ne sais pas, je… commença Cossy.

– Bonjour ! l'interrompit une voix claironnante.

Les deux frères sursautèrent violemment. Un garçon venait de passer la porte en bois, un garçon qui semblait plus jeune que Cossy. Il était vêtu d'une chemise noire très élégante et d'un pantalon de lin clair. Son ton joyeux et ses joues colorées contrastaient vivement avec l'ambiance environnante. Il avança vers eux d'un pas vigoureux et leur adressa un large sourire.

– Qui êtes-vous ? Qu'est-ce que je peux faire pour vous ?

Cossy prit son courage à deux mains.

– Nous sommes venus voir la Maîtresse…

– Vous tombez bien, coupa le jeune homme, elle vient de finir son repas, elle va pouvoir vous recevoir immédiatement. C'est pour ça ? ajouta-t-il en désignant le chariot.

– Oui, répondit timidement Cossy.

– Je vais m'en occuper. Mogon ! Pipon ! Venez m'aider !

Un bruit de cavalcade éclata derrière lui et deux hommes apparurent à leur tour, intégralement vêtus de capes noires qui empêchaient de distinguer quoi que ce soit de leur physique.

– Mogon et Pipon vont transporter ce que vous avez amené, dit le jeune homme avec un sourire bienveillant. Suivez-moi.

Machinalement, Cossy prit la main d'Hiri dans la sienne avant d'emboîter le pas à leur hôte. Sa jovialité avait quelque chose d'étrangement décalé qui le perturbait plus qu'elle ne le rassurait. Un regard derrière lui lui apprit que les deux hommes de main s'étaient effectivement saisis de ce que contenait le chariot et les suivaient de près.

Le jeune homme leur fit emprunter un escalier de pierre qui déboucha dans une nouvelle salle, plus petite celle-ci et tout aussi vide que l'avait été le hall. Le seul ameublement consistait en une table et deux chaises d'apparence confortable, ainsi que d'une sorte d'autel érigé au centre de la pièce. Les deux hommes de main les dépassèrent et déposèrent précautionneusement leur chargement sur cet autel. Puis ils reculèrent et baissèrent la tête.

Cossy n'eut pas le temps de se demander ce qu'il allait se passer : par une ouverture qu'il n'avait pas encore remarquée, une jeune fille entra dans la pièce et avança vers eux. Elle était vêtue d'une robe blanche toute simple qui, couplée à ses longs cheveux blonds, lui donnait une apparence curieusement angélique. Le seul bémol à ce tableau enchanteur était ses mains, qui pendaient de part et d'autre de son bassin : noires du bout des doigts jusqu'aux coudes, elles semblaient aspirer la lumière des torches. Cossy retint sa respiration. C'était bien elle. Elle existait donc réellement.

La jeune fille se planta devant eux et le dévisagea sans aucune gêne. Il fut surpris de la profonde mélancolie qu'il discerna dans son regard.

– Qu'est-ce que vous voulez ? demanda-t-elle, sans brutalité mais sans excès de politesse non plus.

– Nous sommes venus… Nous aimerions… balbutia Cossy, incapable soudain de trouver ses mots.

La jeune fille pencha sa tête sur le côté avec une pointe d'impatience, l'air de dire qu'elle attendait la suite. Serrant les poings, Cossy prit le temps de retrouver sa contenance avant d'essayer de parler à nouveau.

– Notre grande sœur est morte il y a quelques jours, expliqua-t-il d'une traite, sans reprendre son souffle. C'était un accident ; nous n'avons pas d'autre famille et je n'arrive pas à m'en sortir à la ferme sans elle. Et Hiri a besoin d'elle. S'il vous plaît.

Sa voix pourtant entraînée à rester solide se brisa sur ces derniers mots. Quand il parlait d'elle, il ne pouvait faire semblant qu'elle ne lui manquait pas horriblement.

Un bref instant, il crut entrapercevoir un éclair de compassion dans les yeux de la jeune fille, une impression qui disparut aussitôt que le garçon qui les avait accueillis reprit la parole.

– Ils ont apporté du cidre et des fruits, fit-il en adressant un regard éloquent à la jeune fille.

Les joues de celle-ci se colorèrent légèrement.

– Des pommes ?

– Entre autres oui.

Un vrai sourire éclaira alors son visage. Cossy se rendit alors compte qu'elle était bien plus jeune que ce qu'il avait imaginé.

– On nous a dit qu'il fallait apporter une offrande, expliqua-t-il avec prudence.

– C'est très gentil à vous, sourit le jeune garçon.

La jeune fille hocha la tête et, sans rien rajouter, se détourna pour s'approcher de l'autel. Elle posa sa main noire sur le front du cadavre de Julia et resta silencieuse quelques instants. Après quoi, elle se tourna à nouveau vers les deux frères.

– Il faut que je vous prévienne de quelque chose avant de faire quoi que ce soit, dit-elle gravement. Je peux la ramener, mais cela ne veut pas dire qu'elle voudra rester longtemps. Les morts ne sont pas faits pour rester vivants. Elle pourra vous aider à remettre votre vie en place mais, après, il faudra la laisser partir, d'accord ?

– D'accord, répondit Cossy en tentant vainement de juguler les larmes qui lui montaient aux yeux.

– Quand elle voudra partir, je le sentirai et je la lâcherai. Vous lui direz ça.

Son regard se perdit alors dans le vide quelques instants. Un frisson parcourut le corps de Julia. Cossy et Hiri écarquillèrent les yeux, comme leur sœur se redressait soudain sur son séant, comme réveillée d'une longue sieste. Elle posa sur eux un regard surpris.

– Les garçons ? Où sommes-nous ? Qu'est-ce que…

Le reste de ses paroles disparut, effacé par l'étreinte étouffante dans laquelle l'enlaçaient les deux frères.

***

Un sourire mélancolique flottait sur les lèvres de Maelys alors qu'elle assistait aux retrouvailles des trois enfants. Un sourire qui finit par se transformer en une grimace amère. Elle se détourna et quitta la pièce sans rien rajouter.

La salle d'à côté, contrairement à la première, regorgeait de meubles en tout genre. Elle s'affala sur un épais fauteuil et entreprit de contempler le mur en face d'elle avec morosité.

– C'est chouette qu'ils aient apporté du cidre, commenta Opo qui l'avait suivie et s'était installé sur le siège à côté d'elle, des victuailles plein les bras. Ça fait une éternité que je n'en ai pas bu.

Il parut seulement alors prendre conscience du manque d'entrain de son amie.

– Tu sais, dit-il d'une voix plus douce, s'il te manque tant que ça, rien ne t'empêche de le ramener.

– Non, rétorqua Maelys, implacable.

– Simplement quelques minutes, le temps de discuter un peu…

– Je dois apprendre à vivre sans lui. C'est Coriolis qui l'a dit. Et c'est ce qu'il voulait.

Opo n'insista pas et s'adossa à sa chaise avec un soupir.

– Quand Coriolis reviendra-t-elle ? demanda-t-il au bout d'un moment.

– Pas tout de suite. Elle a reçu des informations sur la présence d'une chimère pas loin d'Elunart. Elle a pas mal de nouveaux apprentis exorcistes, alors elle a décidé de les mener elle-même, cette fois-ci. Elle a dit qu'elle m'emmènerait avec elle la prochaine fois.

– Sol est avec elle ?

– Oui. Elle a dit que, s'il voulait devenir guérisseur pour les exorcistes, il fallait qu'il se frotte à la réalité du terrain.

– Ce n'est pas très loin d'ici. Peut-être qu'ils passeront sur le retour ?

– Peut-être.

Le silence tomba à nouveau entre eux, épais, inconfortable. Opo se mit à jouer nerveusement avec le bouchon de la bouteille de cidre tandis que Maelys restait immobile, le regard toujours fixé sur le mur d'en face.

Elle finit néanmoins par briser le silence à son tour.

– Dis, Opo… Est-ce que Layra t'a déjà expliqué d'où venait le Bienfaisant ?

– Mais c'est toi, la Bienfaisante, répondit Opo en ouvrant des yeux ronds.

– Non, je veux dire… Pourquoi Ly a-t-elle donné ses pouvoirs à de pauvres humains ? Pourquoi nous a-t-elle obligés à nous battre ? Qu'est-ce que ça lui apportait ?

– Pourquoi tu veux savoir ça, tout à coup ?

– Ça me trotte dans la tête depuis un moment, mais les légendes ne disent rien de ses véritables intentions.

– Pourtant, dit Opo en fronçant les sourcils, tu m'as dit que tu pouvais la voir, non ?

– Il me semble que je vois un écho d'elle, parfois. Mais je n'en suis pas sûre. Et, de toute façon, ce n'est pas comme si elle en profitait pour m'expliquer quoi que ce soit. Elle me donne simplement accès… à des choses que je ne pouvais pas faire avant.

– Je vois. Eh bien, d'après ce dont je me souviens, certaines personnes disaient que Ly voulait affermir son autorité sur l'humanité. Avoir un représentant dans notre monde.

– Ce n'est pas vraiment ce que je voulais entendre, dit Maelys en se renfrognant encore davantage.

– Mais d'autres disaient… ils disaient que tout ça, c'était faux. Que Ly était simplement triste que Jan récupère tous les honneurs et que les humains ne l'aiment pas elle parce qu'elle était liée à la mort. Qu'elle voulait offrir un cadeau à l'humanité.

– Mais pourquoi nous obliger à nous battre ainsi ?

– Ils expliquaient… fit Opo en creusant dans sa mémoire. Ils expliquaient qu'elle voulait que son héritier soit quelqu'un qui avait expérimenté la mort et la souffrance. Qu'ainsi, il pourrait utiliser son pouvoir avec discernement et sagesse.

Le regard de Maelys se perdit alors du côté de la porte entrouverte qui donnait sur la pièce avec l'autel. Un vrai sourire franc et sincère apparut alors sur ses lèvres.

– Je préfère cette explication-là, dit-elle doucement.

Dans la pièce d'à côté, les deux frères enlaçaient toujours leur sœur comme si rien ne pourrait plus jamais les séparer.

Vous a-t-on déjà, au chevet d'un feu qui meurt,
Conté la légende de Maelys aux mains noires ?
Couchez vos enfants et apprêtez vos peurs
Je m'en vais de ce pas vous narrer cette histoire

Elle vint chevauchant un cheval aux yeux vides
Ses naseaux en lambeaux et son flanc creux et blanc
Diffusaient alentour des effluves putrides
Les mouches festoyaient dans son ventre béant

La fillette riait dans sa robe d'été
Ses bras nus enlaçant sa charogne chérie
Et ses pieds martelant les vieux flancs pourris
S'imaginaient hâter un galop effréné

La nuit on pouvait distinguer sous la lune
Un ballet d'épouvante où des morts sans figure
Dansaient tournoyaient autour de sa tête brune
Qui chantait au milieu en battant la mesure

Cette candide enfant ne rêvant que d'amour
Tint pourtant dans sa main des villes et des rois
Car à sa colère les cadavres alentour
Répondent d'un seul geste et d'une même voix

Aujourd'hui solitaire dans un palais de pierre
Elle gouverne morose une cour sans appas
Les yeux pleins de chagrin elle y pleure son frère
Et il sèche ses larmes de sa main aux doigts froids

Maelys aux mains noires, par Luzelle

Dépôt légal : janvier 2023

Achevé d'imprimer par Booksfactory
en janvier 2023.
N° d'impression :

Imprimé en Union européenne